南京乎

 王振羽 著

东南大学出版社
SOUTHEAST UNIVERSITY PRESS
·南京·

图书在版编目（CIP）数据

南京乎 / 王振羽著 . -- 南京 : 东南大学出版社，
2024.6. --（六朝松文库）. -- ISBN 978-7-5766-
1230-1

Ⅰ . I267

中国国家版本馆 CIP 数据核字第 2024JR0148 号

责任编辑：褚　婧　　责任校对：张万莹　　特约编辑：赵小龙
封面设计：鸿儒文轩·末末美书　　　　　　　责任印制：周荣虎

南京乎
NANJING HU

著　　者：	王振羽	
出版发行：	东南大学出版社	
出 版 人：	白云飞	
社　　址：	南京市四牌楼 2 号　邮编：210096　电话：025-83793330	
网　　址：	http://www.seupress.com	
经　　销：	全国各地新华书店	
印　　刷：	三河市华东印刷有限公司	
开　　本：	880 mm × 1230 mm　1/32	
印　　张：	13.5	
字　　数：	296 千	
版 印 次：	2024 年 6 月第 1 版第 1 次印刷	
书　　号：	ISBN 978-7-5766-1230-1	
定　　价：	78.00 元	

本社图书若有印装质量问题，请直接与营销部联系，电话：025-83791830。

序　言

　　每一座城市都有属于自己的历史，也有自己的特有文化，更有烛照当下的现实。或往事越千年绵延至今，或中断灭绝湮灭无闻荒草离离，或繁华不再沦落成萧条门前冷落车马稀，此消彼长，三十年河东，三十年河西，也都因符合城市发展的内在逻辑自然规律成为必然。

　　当年的长安三万里，李唐鼎盛之时，何等璀璨夺目。黄河岸边的东京汴梁，看《清明上河图》，就可遥想赵宋一朝在靖康之前此城此地是怎样的冠绝东亚物华天宝。物换星移，桑田沧海，步入残唐五代，长安最终几乎成为废墟，人烟稀少。靖康乱后，汴京残破，已经很难恢复鼎盛模样。南京有六朝经营，虽然城头变换，而总体上还是繁荣稳定，矗立东南。但杨隋渡江，彻底荡平，金陵古城几乎不复存在。此一古城在遭受重创踩躏之后再经多年生聚艰难恢复，直至晚唐五代，才有凤凰涅槃，浴火重生之象。

如今的城市昌盛，引领风流，多与交通便利经济发达人文荟萃有关，上海、纽约、伦敦、巴黎莫不如此，都柏林、首尔、东京也莫不如此。看近几年来很是流行的城市传记，有《伦敦传》，有《君士坦丁堡》，也有《浴火凤凰：开罗的辉煌与不朽》《一座梦想之城的创造与死亡：敖德萨的历史》，等等，琳琅满目，各有千秋，令人眼花缭乱目不暇接。为城市作传，各有写法，八仙过海，自有神通。南京在当下中国，并非一线城市，却是非常特别的城市，她是古都，也多被人称作文学之都，为之书写的人不胜枚举，关于她的文本也是杂花生树，充栋汗牛。

《南京乎》虽没有洋洋洒洒的磅礴气势，也没有气宇轩昂正襟危坐宣示如何，然而，作者在媒体上开设专栏，钩沉史籍的生动文字篇章，重新梳理遴选汇编成册，亦为读者认识旧都有了眼前一亮的感觉。此中有些篇目，我也曾拜读过，留下深刻印象。如说东汉初年的李仲都主政宣城，属于管辖南京的较早行政长官，如说刘裕、温峤这些南朝人物，并不大为人所提及，如说李善长与胡惟庸案的关联，相权的终结，如说方孝孺父子与南京、张玉张辅父子、廖永忠廖永安兄弟之死，都是此前不大被人注意的人物与历史关节点。

《南京乎》深入解读揣摩权威经典文本，参酌大量笔记信札文献，倾心研究解读明清人物，多有新的发现、新的解读，它说勋臣名将，也说文人风骨；它说风云激荡，也说中流砥柱；它说铁肩担当，也说文脉风流。蒋士铨与尹继善、袁枚、秦大士的一次聚会，引发出蒋士铨这一剧作家与南京的渊源。世人多知散原在南京流寓多年，却不知原来他的父亲陈宝箴也曾几次到宁。还有唐宋八大家之一的曾巩，他原来最终是死在南京。张之洞、曾国荃、刘坤一、张謇、陈独秀等等人物，都曾在南京留下过深深文化足迹。作者书写这些人物，站在南京的大街小巷审视揣摩这些人物，集中，专注，凝练，深入，不是耳食之言，不是三言两语，持之有故，言之成理，有理解式同情，有设身处地的打量，更有笔端常带浓烈感情的推心置腹，涵泳再三。

《南京乎》笔下人物自东汉到近现代，多集中在明清，功夫之深，文本解读之细，令人惊喜。我曾编选过《金陵旧颜》，也出版过《消逝的风景》《江南悲歌》等，对南京这座生活多年的城市有浓厚的感情，也与振羽有多年的交往沟通，价值观大体相近，我尤其欣赏他通读古今中外历史文献典籍所下的功夫，此书付梓在即，谨致祝贺。

是为序。

南大 丁帆
2024 年 6 月 23 日
于南京仙林和园

目　录

辑 一

丹阳太守李仲都　　　002

进香河侧说仲谋　　　009

五马渡前论司马　　　036

郭家山前谈温峤　　　055

麒麟铺里寻寄奴　　　063

子固因何落金陵　　　091

状元巷里议姓秦　　　105

辑 二

瞻园路上思徐达	130
李府巷口李善长	142
安怀路上说武康	155
信府河路觅汤和	164
兰园徘徊话蓝玉	172
廖家巷口有两廖	178
相府营边说沐英	188

辑 三

小板巷里说郭四	200
丰富路上谈道衍	205
景清的借书、刀子与女儿	222
铁铉的女儿卓敬的死	228
门东已无膺福街？	239
澹园弱侯何处寻	255
秦淮河畔著《史怀》	271

旅魂依旧到家山　　　　　　　280

百年相对眼青青　　　　　　　287

辑 四

一灯围聚老书生　　　　　　　292

九条巷里说九帅　　　　　　　311

刘公巷前说"忠诚"　　　　　　325

南台巷里说南皮　　　　　　　336

犹自潸然对夕阳　　　　　　　357

一生文章实地起　　　　　　　366

头条巷里说散原　　　　　　　376

一江凉月在孤舟　　　　　　　384

书院云何号钟山　　　　　　　405

跋　　　　　　　　　　　　　413

辑 一

丹阳太守李仲都

叙述回顾南京历史，多会提到冶城、越城、金陵邑，这些至今在南京若有若无存在的名称，会勾起人们对其背后三种巨大政治力量较量角逐的丰富联想，这就是吴、越、楚。三方力量，在南京这一地域空间之内，你方唱罢我登场，纷纭复杂，朝秦暮楚，上演了一幕幕活剧、惨剧、壮剧。虽然也有人说，冶城的吴并非春秋吴国，而是指东吴。但叶兆言先生觉得，汤山直立人，还有其他考古发现，甚至北阴阳营遗址，都太过于久远，他写《南京传》，就从孙权起笔，也就是六朝的开端——东吴。

但问题来了，孙权父兄奠基江东，定都南京，那当时的南京，究竟是什么状况？是继吴、越之后，又有楚国败亡的一片萧索荒芜？是祖龙自此路过认为隐隐有王气所钟的不大放心的再加焚毁旦夕之间又成一张白纸？有人提出，秣陵并非贬义；也有人说，秣陵之称于史无据，莫名其妙。但暴秦短命，两汉绵长，不说前汉，到了后汉，对南京地域有无进行有效管辖？南京是否得到了一定程度的开发发展、休养生息？答案是肯定的。东汉时期的一位历史人物，就是跻身光武帝刘秀云台二十八将的中水侯李忠，担任过丹阳太守，而丹阳郡治所在宣城，管辖范围就包括南京。且说李忠。

李忠，生年不详，字仲都，东莱黄县人。李忠的父亲担任过西汉的高密都尉，高密就是获得过诺贝尔文学奖的作家莫言的故乡。汉平帝元始年间，因为父荫，李忠被任命为郎官。这个时候的李忠，能够出任公职，服务社会，也拿薪水，吃俸禄，至少也有十几岁吧？刘向出任郎官之时，大概也是十二岁呢。当时郎官署之中有官员数十人，同僚之中，李忠以喜爱礼仪、品行端正而著称。少年郎官，玉树临风，行为得体，待人方正，很有发展潜力啊。但从平帝到哀帝，政局日益糜烂，王莽经过精心运筹，最终篡汉自立，此时的李忠，大概也只能随波逐流而已。

新莽政权时期，李忠担任了新博属长，新博也就是西汉的信都郡，属长这个官衔，相当于汉朝的都尉。李忠在此，忠于职守，严谨勤勉，郡中之人都尊敬信任他，政声据说还不错。

新莽地皇四年（23年）九月，昆阳之战后，王莽政权败亡，绿林军拥立刘玄为帝，改元更始。此年，也是刘向之子刘歆被杀之年。刘玄草草登基，派遣使者巡行郡国。新博也恢复了信都郡的名称，李忠再次被更始帝任命为信都郡都尉。刘玄称帝，天下纷乱，河北各州郡大都持观望态度，更始帝刘玄遣刘秀行大司马事北渡黄河，以镇慰河北州郡。刘秀得此机会，如龙归海，心花怒放。刘秀到河北之后不久，王郎在邯郸称帝，他还悬赏："天下有得刘秀首级献于朕者，赏邑十万户。"一时间，刘秀的处境颇为艰难，被迫南窜北逃，很是狼狈。

李忠慧眼识人，他认为当时众多的天下豪杰也只有刘秀能成大事。于是乎，李忠与信都太守任光、信都令万脩、功曹阮况、五官掾郭唐等同心协力固守信都，等待刘秀。更始二年（24年）春，刘秀从蓟县一路南逃，彷徨无措，闻听只有信都不服从王郎，也就不管不顾，奔赴信都。任光、李忠等听说刘秀来到，大喜过望，马上打开城门，率领官属欢迎晋谒，高呼万岁，令刘秀惊喜莫名。

刘秀入驻信都，任命李忠为右大将军，封武固侯。当时刘秀还解下自己所佩戴的绶带替李忠戴上，以示恩宠。随后，刘秀任命宗广领信都太守之职，留守信都，自己率领任光、李忠等诸将征讨周边不服从的属县。到达苦陉县之时，刘秀会合各路将领，笑问他们在征战中抢夺到了哪些财物。一问之下方才发现，诸将之中唯有李忠没有纵兵掠夺。刘秀很是感慨，他说："我想特别赏赐李忠，你们不会有什么不满吧？"他就以自己所乘的大骊马及绣被衣物赏赐李忠，这实际上也是一种很高的褒奖。

刘秀整顿兵马讨伐王郎，李忠也随刘秀一路打到巨鹿。巨鹿是邯郸门户，巨鹿一破，邯郸难保。王郎派大将王饶坚守巨鹿，负隅顽抗，另外又派遣将领进攻信都，以抄刘秀后路。

王郎的部队抵达信都，信都豪强马宠等人望风而降，打开城门将其放入城中，他们又把太守宗广及李忠的母亲、妻子劫持起来，令李忠的亲属去招降李忠。当时，马宠的弟弟跟从李忠为一校尉，李忠即时召见，斥责马宠等忘恩负义，立即斩杀之，以儆效尤。诸将惊恐地说："你母亲和妻子还在人家手中，杀了他的弟弟，不是太过分了吗！"言下之意，难道就不怕报复，伤及自己母亲、妻儿？李忠则说："若放纵贼人不杀，便是我对主公有了二心。"

刘秀听说这件事情之后，对李忠的行为很是赞赏，铭感于心。他对李忠说："当前我们的军队已经做好了部署，将军可以放心回信都去救你的母亲、妻子，你可以自行悬赏招募信都城中的吏民，有能救你家属的人，赏赐千万钱，到我这里来领取赏金就行。"李忠说："蒙明公大恩，我只想到为主公效命，实在不敢顾及自己家属。"

刘秀见李忠不肯回去救援家人，就派遣任光率兵回救信都，任光士卒在路上或四处逃散，或投降王郎，任光无功而返，令人沮丧。此时，恰逢更始帝刘玄派遣他人攻破信都，李忠家属才得以保全。刘秀因而让李忠返回信都，行太守事。李忠再回信都之后，把郡中归附王郎的豪强大姓，诛杀了数百人。任光回到信都郡，李忠又恢复原职，继续担任信都都尉。

建武二年（26年）春，刘秀称帝后第二次大封功臣，李忠被更封为中水侯，食邑三千户。同年，征拜为五官中郎将。大家知道，刘邦曾经册封因为追剿项羽而有功的吕马童为中水侯，也不知道，李忠对此在内心深处有无嘀咕？我如此忠心耿耿鞍前马后，怎能将我与吕马童相比呢？但也许李忠境界很高，根本就未加计较，也未可知。建武四年（28年）七月，刘秀派遣虎牙大将军盖延、平狄将军庞萌率军平定在东海郡割据的董宪。建武五年（29年）三月，庞萌反汉，归顺董宪。刘秀闻讯大怒，亲征讨伐。李忠也随光武帝出征，参加了这场平叛之战。

建武六年（30年），李忠迁任丹阳郡太守，郡治就在宛陵，即今安徽宣城。此时也只是天下初定，自南方海边到临近长江、淮河的广袤区域，多人拥兵割据，时局并不安稳。李忠来到丹阳郡，对郡内拥兵自立者大力招安，以怀柔之法安抚顺从亲附者，对拒不降服者则毫不手软全部诛杀。旬月之间，李忠便使全郡得以平定。

丹阳郡地处长江以南，郡内有许多越族土著，有其独有的风俗，当地男婚女嫁的礼节、仪式要落后于中原地区，李忠兴办学校，帮助他们练习礼节，熟悉朝廷法度。李忠还规定，每年春秋两季举行乡饮酒礼，选用明经的士子，以大力提高读书人的地位，使之成为郡中人们向往、羡慕的对象，带动当地的读书风气。李忠还制定政策，招怀流民，三年之间，流民定居丹阳郡从事农业劳动者达五万多人。随着在籍人口的增加，开垦的田土也不断增多。建武十四年（38年），中央政府对各州郡考核政绩，丹阳郡被评定为全国第一，李忠因此而被调任为豫章郡太守，治所即在南昌。李忠南征北战，事必躬亲，积劳成疾，因病免职，刘秀征召他回京休养。建武十九年（43年），李忠病亡。

永平年间，汉明帝追忆当年随其父皇奠定东汉江山的功臣宿将，命绘二十八位功臣的画像于洛阳南宫的云台，李忠名列第二十五位。李忠不仅在《东观汉记》里有记述，在《后汉书》中也有传。此后的《太平御览》《资治通鉴》，也均有关于其事迹的记载。《东汉十二帝通俗演义》《东汉演义》等通俗小说及评书、评话等民间曲艺之中，李忠手使一把长枪，是二十八星宿之中的星日马。但演义附会说他原为宛城县令，刘秀在白水村起兵时，李忠就开始追随刘秀，多与事实不符。李忠死后，其子李威嗣爵，李威死后，其子李纯嗣爵，永平九年（66年），因李纯的母亲杀了李纯的叔叔，爵位被废除。永初七年（113年），邓太后复封李纯为琴亭侯。

明代谈迁在《枣林杂俎》中曾说："景丹、傅俊、李忠，或收战胜之烈，或参帏幄之谋。为功不同，而其策立于当时者，要皆从王事于有终者也。"总之，李忠是东汉开国名将，他担任丹阳太守八年，治绩天下第一，是南京发展史上不可被遗忘的一位人物。

说过中水侯李忠，还有两个李忠，也不妨闲话一二。一是唐高宗之子李忠，还有就是《水浒传》中的虚构人物李忠。

唐高宗之子的这位李忠，在中水侯去世六百年后出生，字正本，是唐高宗李治的庶长子，母为宫人刘氏。这样的出身，金枝玉叶，自然尊贵显赫，可其母亲身份卑微，又使他不免尴尬，在高宗的八个儿子中，他一直谨小慎微，曾被封为皇太子，但还是难以幸免。他初封陈王，拜雍州牧，后来过继给王皇后，以寻求庇护。永徽三年（652年），李忠被册立为皇太子。显庆元年（656年），他失去太子之位，降封为梁王，授梁州都督，迁房州刺史。显庆五年（660年），坐罪被废为庶民，迁居黔州，囚禁于李承乾故宅。麟德元年（664年），中书令许敬宗陷害李忠联合宰相上官仪、宦官王伏胜谋反，坐罪赐死，时年二十二岁。唐中宗神龙元年（705年），李显觉得这位同父异母的哥哥实在太过冤枉，提出为其昭雪平反，李忠被追封燕王，追赠太尉、扬州大都督，陪葬于乾陵。据说，李忠常常惊恐，不能自安，有时甚至偷穿妇人衣服,以防备刺客。他常做怪梦噩梦,为自己占卜。《旧唐书》中曾如是说道:"高宗八子,二王早薨,为武后所毙者四人,章怀以母子之爱,颖悟之贤,犹不免于虎口,况燕、泽、素节异腹之胤乎!覆载胡心,产兹鸩毒,悲夫!"章怀太子李贤,才华出众,英年早逝,他的母亲武则天实在是太过厉害了,但其组织整理《后汉书》,泽被后人,自不待言。

另一李忠则是《水浒传》中的人物,纯属虚构,绰号打虎将,濠州定远人氏,原是江湖卖艺之人。他曾经是桃花山大寨主,后联合二龙山、白虎山一同攻打青州,并与一众好汉一同加入水泊梁山。梁山大聚义时,他成为一百单八将之一,排第八十六位,上应地僻星,职司为步军将校。征方腊时,李忠战死于昱岭关,追封义节郎。这一李忠,在《水浒传》中属于三流角色,因为小时候看《水浒传》,有一细节,鲁智深向其借钱救助落难之人,他吝啬小气,很为鲁智深所鄙夷不屑。但李忠后来居然主政桃花山,联合二龙山、白虎山,汇流到梁山水泊,也算一位人物。

三个李忠,自刘汉到李唐,再到施耐庵虚构文本中的人物,原本风马牛不相及,但章怀太子注解评点《后汉书》,看到中水侯李仲都,会想起自己也叫李忠的苦命哥哥否?

进香河侧说仲谋

南京被称为六朝古都,六朝之首,则是东吴。东吴的开国皇帝就是孙权。南京之成为国都,即使是偏安一隅的割据政权,源头即在孙权,他在武昌称帝,时在229年,但不久就顺江而下,迁都建业。

如今的南京,有孙权的陵墓,在东郊梅花山;有六朝博物馆,在长江路东端;还有一棵六朝松,就在进香河路东侧,东南大学四牌楼校区的西北一隅。凡此种种,都在提醒人们,这一方水土山川,这一方物华天宝,都可以追溯到三国时期,都可以与孙权扯上关系。

孙权与曹操、刘备年龄差距甚大,但他能够在其父兄的基础之上,保有江东,不断拓展,与曹操、刘备这两个堪称其父辈的"政治大玩家"屡屡过招,比肩而立,也真不愧所谓"生子当如孙仲谋"的评价了。说孙权之前,有必要先说说他的父兄,也就是孙坚与孙策。

孙坚出生于吴郡富阳,生年说法不一,与大作家郁达夫是同乡,黄公望的名画《富春山居图》也是以此地山水为背景而绘。孙坚字文台,据传他还是春秋时期大军事家孙武的后裔。史书说他"容貌不凡,性阔达,好奇节"。孙坚年少时曾为县吏,某年,他随父孙钟一起乘船去钱塘,途中碰上匪盗抢掠商人财物之后,正在河岸上分赃。商旅行人,大多避而远之,不敢多言。孙坚见状,却不顾父亲劝阻,挺身而出,带人上前追杀,因此而声名大噪,郡府也因此召他任代理校尉。这一故事,并非向壁虚构,而是来自《三国志》:"少为县吏。年十七,与父共载船至钱唐,会海贼胡玉等从匏里上掠取贾人财物,方于岸上分之,行旅皆住,船不敢进。坚谓父曰:'此贼可击,请讨之。'父曰:'非尔所图也。'坚行操刀上岸,以手东西指麾,若分部人兵以罗遮贼状。贼望见,以为官兵捕之,即委财物散走。坚追,斩得一级以还,父大惊。由是显闻,府召署假尉。"

会稽郡人许昌在句章兴兵作乱,孙坚以郡司马的身份招募精良勇敢之士千余人,协力讨伐。刺史臧旻向朝廷呈报孙坚之功,他被任命为盐渎县丞。此后,他又相继改任盱眙和下邳县丞,所到之处,甚有声望。《江表传》对孙坚有如是评说:"坚历佐三县,所在有称,吏民亲附。乡里知旧,好事少年,往来者常数百人,坚接抚待养,有若子弟焉。"

汉灵帝中平元年(184年),黄巾首领张角在魏郡起事,来势迅猛,百姓风起响应。车骑将军皇甫嵩、中郎将朱儁奉调围剿。朱儁奏请孙坚担任佐军司马。孙坚把家眷留在九江郡寿春县,他于淮、泗间招募士卒,追随朱儁南征北战。孙坚作战悍猛，常置生死于度外。他亲冒矢石，攻下宛城。朱儁呈报朝廷，孙坚被任命为别部司马。中平三年（186年），司空张温代理车骑将军，西讨兵乱，孙坚随行。张温率部驻扎长安，召见董卓。董卓应对之时，出言不逊，轻慢无礼，骄横跋扈之态，昭然若揭。孙坚见此情形，耳语张温道："董卓不害怕自己有罪反而出言狂妄，应当以不按时应召前来之罪，以军法杀掉他。"张温则说："董卓在陇、蜀一带享有威名，现在杀掉他，西进讨伐就没有依靠了。"此后，听说孙坚指陈董卓的三条罪状，并劝张温诛杀之，未被采纳，众人皆叹息不已。

中平四年（187年），朝廷任命孙坚为长沙太守。孙坚到任之后，检选循吏，安定民心，他越过郡界征讨零陵、桂阳，三郡得以安定，秩序井然。据《吴录》载，庐江太守陆康的侄子当时任宜春县令，被敌兵所攻，向孙坚求救。有人劝孙坚不要越界征讨，他回答说："我没有什么文德，只以征伐为功。越界征讨，是为保全郡国。倘若以此获罪，我无愧于天下！"孙坚因功而被封为乌程侯。

中平六年（189年），汉灵帝驾崩，大将军何进与宦竖十常侍等争权夺利，同归于尽。董卓渔翁得利，废少帝刘辩，改立陈留王刘协为帝，掌握朝中大权，横行跋扈、恣意妄为。天下诸多州郡，纷纷兴兵讨伐董卓。孙坚隶属袁术，也参与其事，率兵北伐。他兵到荆州，逼死刺史王叡，而后兵临南阳，杀掉太守张咨。孙坚继续北上，到达鲁阳，即今日河南鲁山，与袁术会师。袁术表奏孙坚为破虏将军，兼领豫州刺史。这才有了此后孙坚被称为孙破虏之说。

汉献帝初平元年（190年）冬，孙坚在鲁阳休整部队，厉兵秣马，准备伺机讨伐董卓。他在鲁阳城东门外集合官属，设帐饮酒，为长史公仇称去催促军粮送行。董卓闻听孙坚起兵，立即派东郡太守胡轸奔袭鲁阳。正在与部属饮酒的孙坚从容不迫，他命令部队整顿阵容，不得妄动，自己则面色如常，谈笑自若。敌人的骑兵越来越多，孙坚这才缓慢起身，离开席位，引导部下有条不紊地进入城内。他对部将们说："向坚所以不即起者，恐兵相蹈藉，诸君不得入耳。"胡轸见孙坚兵马整齐，纪律严明，斗志旺盛，不敢攻城，撤兵而去。

初平二年（191年）初，孙坚率军向梁东进发，辗转攻打洛阳，被敌军包围，全军溃败，他与十几个骑兵突围逃出。孙坚遭此大败，几乎丧生，但并未灰心。他一路收集散兵，尝胆卧薪准备伺机再战，以雪耻辱。董卓又派胡轸、吕布率部偷袭孙坚，但孙坚城中守备十分严密，没有破绽，胡轸无计可施。此时的胡轸军队饥渴困顿，士气低落。时在夜间，又无堑壕工事防御。胡轸军刚刚解甲休息，吕布又令人散布谣言，谎称孙坚乘夜来袭。胡轸在黑夜之中，不明真假，慌乱奔逃，弃盔甲，失鞍马，十分狼狈。孙坚乘势出城追击，胡轸全军溃败，其部下华雄也被斩杀。孙坚大获全胜，威望更著。"温酒斩华雄"是《三国演义》中的著名故事，但与事实不符，也就是说，斩华雄者是孙坚，而非关羽。

董卓畏惧害怕孙坚，他派部将李傕前往劝说，想与之结为婚姻之好，并让孙坚开列子弟中能任刺史、郡守的名单，答应保举任用之。利诱面前，孙坚一身正气，他义正词严地说道："董卓大逆不道，荡覆王室，如今不诛其三族，示众全国，我死不瞑目，难道还要与他和亲吗！"孙坚率部一直挺进到洛阳附近，董卓与孙坚交战，遭到重创。他留下吕布掩护，自己转守渑池和陕城。孙坚打败吕布，进入洛阳。当时洛阳空虚残败，数百里内没有烟火。孙坚入城，见此惨状，无限惆怅，潸然泪下。《江表传》中对孙坚有如此传神描述："旧京空虚，数百里中无烟火。坚前入城，惆怅流涕。"他命令清扫汉室宗庙，用太牢之礼祭祀之。据裴松之《三国志》注引《吴书》载，孙坚当时驻军洛阳城南，附近的甄官井上，早晨有五彩云气浮动，众军惊怪，无人敢汲水。孙坚命人下到井内，打捞出了传国玉玺，玺方圆四寸，上纽交五龙，缺一角，文字是"受命于天，既寿永昌"。有人说，此物乃当年张让等猖狂作乱，劫持天子出奔，掌玺人惶急之下投掷井中。

孙坚整饬部队，分兵进击新安、渑池。董卓留董越屯兵渑池，段煨屯兵华阴，牛辅屯兵安邑，他则退往长安。孙坚修复被董卓挖掘的汉室陵墓后，引兵回到鲁阳。董卓尚未被扫除，袁绍、袁术这对兄弟又起纷争。孙坚目睹此种局面，十分无奈地感慨道："我们同举义兵，目的是挽救江山社稷。如今逆贼将被扫灭，内部却如此争斗起来，我跟谁勠力同心，回天转日呢？"他仰天长叹，泪如雨下。讨伐董卓的关东群雄之中，孙坚军是唯一数次与董卓进行正面交锋且取得大胜的军队。在曹操兵败汴水、袁绍迟疑不进、酸枣联军瓦解、天下人驻足观望之际，孙坚的孤军奋战却使貌视天下的董卓如芒刺在背、仓皇西窜，但最终无法改变讨伐董卓草草收场的结果，天下更为糜烂不堪了。

初平三年（192年）春，袁术派孙坚征讨荆州，进攻刘表。刘表派黄祖在樊城与邓县之间迎战。孙坚击败黄祖，渡过汉水，包围襄阳。刘表闭门不战，派黄祖乘夜出城调集兵士增援，孙坚复与之大战。黄祖兵败逃到岘山之中，孙坚紧追不舍。黄祖部将从竹林间发射暗箭，孙坚中箭身亡。一代人杰，就此陨落，时年不到四十岁。

曾做过郏县令的魏晋之际的华谭，大概是因为祖父曾经在东吴之故，对孙坚、孙策父子赞誉有加："昔吴之武烈，称美一代，虽奋奇宛叶，亦受折襄阳。讨逆雄气，志存中夏，临江发怒，命讫丹徒。"《三国志》的作者陈寿则认为孙坚"勇挚刚毅，孤微发迹，导温戮卓，山陵杜塞，有忠壮之烈"。而元代大学者郝经甚至认为假若孙坚不早死，汉未必灭亡如此之早："破虏以雄才壮略，遭汉衰末，慨然有拨定之志。崛起吴会，陵蹈中原，讨灭黄巾，劝诛董卓，识度远矣。逮卓废立劫迁，奋其忠烈，以偏师追亡逐北，使不敢东。修塞园陵，保完汉玺，威震函洛，向非袁术掣肘，扶义而西，汉未必亡。"

孙坚有一哥哥孙羌，有一异母弟孙静。他有五个儿子，即孙策、孙权、孙翊、孙匡、孙朗。但，孙坚战死，并非由其年方十八岁的大儿子孙策直接掌握部众，而是由其侄孙贲暂代。孙策等人将孙坚安葬在江东曲阿，即今日丹阳。

再略说孙策。孙策出生于175年，字伯符，是孙吴政权真正的奠基者，《三国演义》称其武勇犹如霸王项羽，绰号"小霸王"。孙坚被荆州牧刘表部下黄祖所杀之时，孙策年仅十八岁，他将父亲下葬之后，举家迁到江都。汉献帝兴平元年（194年），孙策投奔袁术，袁术将孙坚旧部中的一部分交还给他统领。太傅马日䃅持节安抚关东，在寿春以礼征召孙策，并表奏朝廷任命孙策为怀义校尉。袁术曾叹息说："如果我袁术有孙郎这样的儿子，死也可瞑目了。"吴郡都尉朱治是孙坚的老部下，他认为袁术政德不立，难成气候，就劝说孙策收取江东，早日自立门户。孙策面见袁术说："我家旧日对江东人多有恩义，我愿带兵去帮助舅父征伐横江。横江攻克之后，我还可在当地招募士卒，大概能招募三万人。那时，我再率领他们助您平定天下，谋成大业。"袁术判断刘繇占据曲阿，王朗控制会稽，孙策能有什么作为？于是就答应了孙策所请，并表奏朝廷任命孙策为折冲校尉，代理殄寇将军。

孙策渡江转战，势如破竹。他军纪严明，百姓们多来依附。孙策相貌英俊，言谈幽默，豁达开朗，乐于接受意见，又善于用人，江东局面为之一新。《三国志》载："渡江转斗，所向皆破，莫敢当其锋，而军令整肃，百姓怀之。""策为人，美姿颜，好笑语，性阔达听受，善于用人，是以士民见者，莫不尽心，乐为致死。"

建安二年（197年），袁术占有传国玉玺，僭越称帝。孙策致信袁术，劝其不可。袁术不听所劝，两人就此决裂。建安三年（198年），孙策赶走袁术所委派的丹阳郡太守袁胤，平定宣城以东各地。他又亲自进攻丹阳泾县以西，下陵阳，擒获祖郎，后又擒获自封为丹阳太守的太史慈。汉廷任命孙策为讨逆将军，封其为吴侯。建安四年（199年），孙策正准备与曹操、董承、刘璋等并力讨伐刘表和强弩之末的袁术，袁术却得病而死。建安四年

（199年）末，孙策大败黄祖后东进豫章，驻军椒丘，豫章太守华歆举城投降。孙策留中护军周瑜镇守巴丘，派遣太史慈为建昌都尉，治海昏。

孙策在短短几年间，迅速削平大量割据势力，占有吴郡、会稽郡、丹阳郡、庐江郡和豫章郡，为孙吴立国奠定了基础。他不仅是当时若干政治军事集团中实力发展最快者，也是魏、蜀、吴三国创业者中最年轻者。但孙策年仅二十六岁就赍志而死，令人叹息。据《江表传》载："策性好猎，将步骑数出。策驱驰逐鹿，所乘马精骏，从骑绝不能及。初，吴郡太守许贡上表于汉帝曰：'孙策骁雄，与项籍相似，宜加贵宠，召还京邑。若被诏不得不还，若放于外必作世患。'策候吏得贡表，以示策。策请贡相见，以责让贡。贡辞无表，策即令武士绞杀之。贡奴客潜民间，欲为贡报仇。猎日，卒有三人即贡客也。策问：'尔等何人？'答云：'是韩当兵，在此射鹿耳。'策曰：'当兵吾皆识之，未尝见汝等。'因射一人，应弦而倒。余二人怖急，便举弓射策，中颊。后骑寻至，皆刺杀之。"孙策之死，余波荡漾，另有说法。《吴历》载："策既被创，医言可治，当好自将护，百日勿动。策引镜自照，谓左右曰：'面如此，尚可复建功立事乎？'椎几大奋，创皆分裂，其夜卒。"而干宝的《搜神记》却另有所载："策既杀于吉，每独坐，仿佛见吉在左右，意深恶之，颇有失常。后治创方差，而引镜自照，见吉在镜中，顾而弗见，如是再三，因扑镜大叫，创皆崩裂，须臾而死。"干宝所称"吉"即许吉，是一道士，为孙策所杀。

曹操的大谋士郭嘉，旁观者清，他对孙策有如此看法："策轻而无备，虽有百万之众，无异于独行中原也。若刺客伏起，一人之敌耳。以吾观之，必死于匹夫之手。"晚清的清流党大名士、李鸿章的乘龙快婿张佩纶则这样评价孙策："嗟乎！伯符与公瑾实创江东，其意亦欲取荆州袭许都。使天老其才，以与公瑾勠力中原，天下事未可知也。"

终于可以说说孙权了。孙权比孙策小七岁，他的大哥猝然离世之时，他也就十九岁而已。但孙权果然不负孙策所托，他很快就进入角色，掌握了局势。且说一说孙权的大致经历。

孙权出生于东汉灵帝光和五年（182 年），他出生之时，孙坚正担任下邳县丞之职。中平元年（184 年），时任佐军司马的孙坚随朱儁征讨黄巾军，孙权与家人留居九江郡寿春县。中平六年（189 年），孙坚起兵响应讨伐董卓的关东联军之时，孙权跟随长兄孙策迁居至庐江郡舒县。孙坚猝然战死，丧事完毕后，全家迁往广陵郡江都县。孙权十一岁丧父，受到其母吴夫人的精心抚育，严格管教。汉献帝初平四年（193 年），孙策投奔袁术，他让吕范把孙权等人接到住在曲阿的舅舅吴景处。次年，孙策攻打庐江郡，扬州刺史刘繇欲对孙权及其母等不利，朱治派人迎接孙策母亲及孙权等幼弟到曲阿，提供养护。后来，孙权跟着吴夫人又迁往历阳县，再迁往阜陵县。

兴平二年（195 年），孙策起兵渡过长江，在击败刘繇后，派人到阜陵把家人接回曲阿。孙权性度弘朗，仁而多断，崇尚侠义，喜欢蓄养贤才，渐与父兄齐名。他常跟随孙策左右，参与决策，其见解常令孙策自叹不如。宴请宾客时，孙策常常回头看着孙权说："这些人以后都会是你的手下。"建安元年（196 年），孙策收得丹阳、吴、会稽三郡之后，十五岁的孙权被任命为阳羡长，吴郡太守朱治察举他为孝廉，扬州刺史严象举其为茂才。孙权后又代理奉义校尉。建安四年（199年），孙权随孙策讨伐庐江太守刘勋与江夏太守黄祖，收得庐江、豫章二郡。

建安五年（200年），孙策被许贡门客行刺身亡而英年早逝，临终前遗命孙权接替其位。孙权当年虚岁十九，被东汉朝廷册拜为讨虏将军，兼领会稽太守，驻守吴郡。孙权掌管江东之初，局势动荡，人心浮摇。庐江太守李术更是公开反叛，宗室内部，庐陵太守孙辅暗通曹操，孙暠企图夺权，丹阳太守孙翊和宗室重臣孙河遭到杀害，豫章、会稽等地数万山越也伺机作乱。孙权处变不惊，谨慎应对，他以张昭为师傅，以周瑜、程普等旧臣统御诸将，先消灭李术，得其部众三万余人，再阻止宗室动乱，又灭山越六千，收编万余。他又广招贤才，聘求名士，诸葛瑾、鲁肃、严畯、步骘、陆逊、徐盛、顾雍、顾邵等人被招至麾下，安定了地方大族及宾旅寄寓之士之心，稳定了江南局势。孙权又三次进攻江夏郡，最终击杀黄祖，占领江夏郡大部。

建安十三年（208年），曹操南征，大败左将军、豫州牧刘备。曹操占领江陵后，致信孙权："近者奉辞伐罪，旌麾南指，刘琮束手。今治水军八十万众，方与将军会猎于吴。"表露取下东吴的雄心。孙权阵营内部分化为主战、主降两派，主战派以鲁肃、周瑜为代表，主降派以张昭为首。此时，鲁肃从江夏带来刘备的谋士诸葛亮，表明刘备联孙抗曹的意向。周瑜向孙权分析曹操出兵的种种弊端，决战有望获胜。孙权果断决定以周瑜、程普为左右都督，与刘备合兵，对曹操决战。周瑜用黄盖之谋，以五万人于赤壁大破曹操。战后,刘备、周瑜等又追击曹操至南郡,曹操只好撤回北方,留曹仁、徐晃驻扎江陵,派乐进镇守襄阳。此时,甘宁在夷陵被曹仁的部队包围,周瑜采纳吕蒙之计,留下凌统抵御曹仁,以一半兵力驰救甘宁,获胜而返。同年,孙权亲率大军围困合肥,派张昭攻打九江郡的当涂县。张昭出兵不利,孙权攻合肥亦未能破城,只得退兵,怏怏而返。

建安十四年(209年),周瑜与曹仁相持已一年有余。曹仁军队死伤众多,最终弃城而走。孙权得到南郡后,任命周瑜为太守。同年,刘备上表奏封孙权代理车骑将军,兼任徐州牧。孙权与刘备在京口会晤,同意借南郡等地给刘备。二人此次会面,再次巩固了孙刘联盟。曹操为防范孙权,强制内迁淮南民众,引发江淮十余万百姓惊慌不安,使其尽皆渡江,归附孙权。

建安十五年(210年),孙权遣交州刺史步骘挥师南征。步骘大军压境,交州九郡无不臣服。交趾太守士燮接受孙权管制,唯有刘表所任命的苍梧太守吴巨阳奉阴违,最后被步骘斩杀。孙权为笼络士燮,加其为左将军。建安十六年(211年),孙权听从谋臣张纮建议,将治所迁至秣陵。次年,孙权修筑石头城,改秣陵为建业。同年,他又修筑濡须坞以防范曹操南侵。建安十八年(213年)正月,曹操攻打濡须坞。孙权以舟师围攻曹操水军,曹军大败。在与之相持一个多月后,孙权成功劝退曹操。建安十九年(214年)五月,孙权率吕蒙、甘宁征讨皖城,虏获庐江太守朱光。自此之后,孙权控制了江淮南部。

建安二十年(215年),刘备收取益州,孙权遣诸葛瑾欲讨还荆州,刘备不从。盛怒之下的孙权以吕蒙为将,连下长沙、桂阳、零陵三郡。刘备亦起兵赴公安，关羽于益阳与鲁肃对峙，吕蒙、孙皎、潘璋等人纷纷赶来支援，大战一触即发。曹操于此时却率主力西征汉中，刘备腹背受敌，不得不与孙权议和。最终，长沙、江夏、桂阳归属孙权，南郡、零陵、武陵归属刘备。与刘备议和之后，孙权再次征讨合肥。他刚到合肥城外，便遭遇了张辽的突袭，猛将陈武奋战至死，孙权弃旗登山，方得以脱险。撤军之时，孙权再次遭遇张辽突袭，在吕蒙、凌统、甘宁等人拼死保护之下，孙权蹴马趋津，助鞭过桥，再度脱险。

建安二十一年（216年）冬，曹操进驻居巢，再攻濡须坞，又在丹阳煽动费栈等山越宗帅起事。《三国志》注引《吴历》载："曹公出濡须，作油船，夜渡洲上。权以水军围取，得三千余人，其没溺者亦数千人。权数挑战，公坚守不出。权乃自来，乘轻船，从灞须口入公军。诸将皆以为是挑战者，欲击之。公曰：'此必孙权欲身见吾军部伍也。'敕军中皆精严，弓弩不得妄发。权行五六里回，还作鼓吹。公见舟船器仗军伍整肃，喟然叹曰：'生子当如孙仲谋，刘景升儿子若豚犬耳！'权为笺与曹公，说：'春水方生，公宜速去。'别纸言：'足下不死，孤不得安。'曹公语诸将曰：'孙权不欺孤。'乃彻军还。"

建安二十二年（217年）春，孙权与吕蒙商议拟伺机收回荆州。孙权积极备战，又命都尉徐详拜访曹操，请求归降，曹操同意修好，立誓重结为姻亲。建安二十四年（219年），孙权攻合肥，曹魏诸州皆抽调兵力赴扬州屯驻。刘备荆州守将关羽趁襄樊空虚，发动襄樊之战。在此期间，据称关羽曾数次辱骂孙权所派使者，后来还派人"擅取湘关米"，孙权以此为名，出征荆州。

吕蒙兵不血刃，袭取刘备治下的南郡、零陵、武陵三郡。将军潘璋、朱然也将关羽擒杀。曹操上表任命孙权为骠骑将军，假节兼荆州牧，封南昌侯。

建安二十五年（220年）正月，曹操病逝，其子曹丕袭位。同年秋，曹丕将领梅敷派张俭请求孙权安抚接纳，南阳郡中五县的五千多户百姓也前来归附。曹丕代汉称帝，国号魏，史称曹魏。章武元年（221年）四月，刘备称帝，国号汉，史称蜀汉。同年，孙权自公安迁至鄂州，改鄂州为武昌，随即修筑武昌城。曹丕称帝后，孙权遣使请求成为魏的藩属，并将降将于禁等送回北方。曹丕赐孙权九锡，册封其为吴王、大将军，领荆州牧，节督荆、扬、交三州诸军事。刘备兴兵问罪，讨伐孙权。孙权果断任命陆逊为大都督，迎击刘备，于次年的夷陵之战中大破蜀军，刘备仓皇逃回白帝城。此战稳固了东吴控制下的荆州地域。

黄武元年（222年），曹丕判断孙权并非真心归附，便三路出师，举兵伐吴。魏军东路由曹休、张辽、臧霸出兵洞口，中路由曹仁出兵濡须坞，西路由曹真、夏侯尚、张郃、徐晃率军围攻南郡。东路，吴军作战不利；西路，双方互有胜负；中路，因吴将朱桓重创曹仁军，得以扭转整个战局。西路的朱然及时除掉了内应姚泰，固守江陵。孙权又派诸葛瑾率军前来增援。魏军只得于次年全面撤退。孙权派太中大夫郑泉前往白帝城拜谒刘备，蜀、吴两国重新通好。但孙权与曹丕之间亦仍有使节往来，后来方才正式断绝关系。

黄武二年（223年）仲春，刘备病逝。之前，戏口守将晋宗杀死将军王直，率部投降曹魏，被任命为蕲春太守，屡次侵犯江东。孙权命将军贺齐等袭取蕲春，活捉晋宗。蜀汉派中郎将邓芝访问江东，缓和关系。次年夏，孙权派辅义中郎将张温访问蜀汉，握手成都。黄武四年（225年）底，鄱阳人彭绮率军反叛，攻陷数县，拥众数万。曹丕率军突至广陵，孙权严防固守。此时大寒，河面结冻，曹丕撤归。黄武五年（226年）七月，孙权听闻曹丕病逝，乘机攻江夏，不克而还。同年，交趾太守士燮去世，孙权分交州置广州，分交趾、九真、日南三郡为交州，以戴良为刺史；以苍梧、南海、郁林、合浦为广州，任命原交州刺史吕岱为刺史。士燮之子士徽起兵，自称交趾太守，但不久即被吕岱诱斩。其后，孙权又将交州、广州合为交州。黄武六年（227年）正月，东吴诸将平定彭绮叛乱。黄武七年（228年）八月，石亭之战爆发，孙权指挥大都督陆逊督率诸将大败曹休。

黄龙元年（229年），孙权于武昌登基称帝，国号吴，孙吴王朝正式建立，是年孙权四十八岁。孙权与前来祝贺其登基的蜀汉使者陈震商议平分天下，并制定盟书。是年九月，孙权下诏迁都建业，并命上大将军陆逊辅佐太子孙登董督军国事务，驻守武昌。黄龙三年（231年），孙权派太常潘濬与吕岱率军五万，讨伐叛乱的五溪蛮。嘉禾元年（232年），孙权派遣将军周贺等航海北到辽东。割据辽东的公孙渊自从黄武七年（228年）废叔继位之后，便多次与孙权来往。十月，公孙渊遣使向孙吴称臣，企图以孙吴为外应以叛曹魏。孙权欲册封公孙渊为燕王，遭到顾雍、张昭等反对，但他仍然派张弥、许晏等携金玉珍宝立公孙渊为燕王。公孙渊又认为孙吴太远而曹魏靠近，害怕曹魏讨伐，却又垂涎孙吴送来的珍宝，便诱斩吴使，将其首级献给魏明帝曹叡。孙权愤恨公孙渊巧诈反复，欲亲自率军前往征讨，后听从朝臣劝谏，方未大动干戈。嘉禾二年（233年），孙权亲征合肥新城，未能攻克，只得撤军。赤乌四年（241年），孙权派卫将军全琮攻淮南、威北将军诸葛恪攻六安。全琮与魏将王凌在芍陂交战，不利而还。

孙权在太子孙登死后，立其三子孙和为太子。自赤乌五年（242年）起，孙和与鲁王孙霸因储君问题彼此缠斗，朝野彷徨。朝中大臣亦分为两派，选边站队，分别支持太子和鲁王。陆逊、顾谭、吾粲、朱据、诸葛恪等支持太子孙和，而步骘、吕岱、全琮、吕据和孙弘等则支持鲁王孙霸。赤乌十三年（250年），孙权废黜孙和，赐死孙霸，并于同年十一月改立孙亮为太子。太元元年（251年）冬，孙权南郊祭祀天地后便罹患风疾，当年底，他急召大将军诸葛恪入朝，委托后事。神凤元年（252年）四月，孙权驾崩，终年七十一岁，在位近二十四年，谥号大皇帝，庙号太祖，葬于蒋陵。孙权是三国时代统治者中最长寿者。孙权在位期间年号变动不已，总计有黄武、黄龙、嘉禾、赤乌、太元、神凤六个年号。

毛泽东曾说"孙权是个很能干的人""当今惜无孙仲谋"。孙权作为烟水六朝的第一位帝王，可圈可点之处甚多。他注重发展经济以富国强兵。接替其兄主事不久，他即开始推行屯田。东吴屯田分军屯、民屯，设典农校尉、典农都尉、屯田都尉等职官，加以管理。屯田兵且耕且战，屯田户只需种田，免除民役。皖城的屯田基地有屯兵数千家，而毗陵的屯田民则有男女数万口。东吴屯田，规模可观，且多用牛耕。海昌县是孙吴早期的屯田县,陆逊为屯田都尉。黄武五年(226年),陆逊上表请令诸将增广农田、拓开屯田,孙权同意,还把驾车的牛改作耕牛,他亲自耕田,鼓励将吏屯垦。孙权兴修水利,他于黄龙二年(230年)筑东兴堤,以遏巢湖水。赤乌八年(245年)八月,孙权派校尉陈勋开凿句容城中路运河,建造粮仓,又于赤乌十三年(250年)作堂邑涂塘。他还开凿了数条运河,既是内河航道,又有灌溉作用。

孙权善于整合内部,也比较节俭、重视民生。《三国志》裴松之注引《吴书》载:"是时天下分裂,擅命者众。孙策莅事日浅,恩泽未洽,一旦倾陨,士民狼狈,颇有同异。及昭辅权,绥抚百姓,诸侯宾旅寄寓之士,得用自安。权每出征,留昭镇守,领幕府事。"孙权称帝后在山越地区设立郡县,扩充领地,加强治理。山越人为逃避苛重赋税,躲进山林。孙权派兵镇压,收效不大。他改变策略,调集大将吕范、程普、太史慈、韩当、周泰等领兵合围,山越人的头领被逐个抓获,其他山越人则区别对待:强壮的青年人充实军队,老人、妇女统一管理,从事农业生产。孙权此举,最终解决了山越人问题,后方得以稳固。孙权夺取荆州后正逢时疫,他免除荆州农民的租税,并下令诸将居安思危,加强武备,崇尚节俭,放宽催收农夫所欠租税。赤乌三年(240年),孙权下诏,严禁官吏以劳役为由干扰农事。太元元年(251年),他又下诏减省徭役、征赋,革除民弊。孙权迁都建业,不建造新宫殿,因陋就简沿用旧将军府寺为宫,至赤乌十年(247)腐朽损坏后仍仅以武昌宫加以重建。孙吴迁都城于建业,这一原名秣陵之地,本是一区区小县,因孙权定都于此并开凿运河而成为一大都市，此后亦成为六朝的政治与文化中心。

孙权在军事上有胜有败，比之父兄，似乎有所逊色。《三国演义》把温酒斩华雄移植到关羽身上，而草船借箭本属孙权，却被罗贯中转借给诸葛亮了。《三国志》注引《魏略》："权乘大船来观军，公使弓弩乱发，箭著其船，船偏重将覆，权因回船，复以一面受箭，箭均船平，乃还。"孙权在位时期，曾多次出兵北伐，发动两次合肥之战，双方各有胜负。《三国志》的《张乐于张徐传》载有孙权败走"麦城"一节，颇为生动："于是，辽夜募敢从之士，得八百人，椎牛飨将士，明日大战。平旦，辽被甲持戟，先登陷陈，杀数十人，斩二将，大呼自名，冲垒入，至权麾下。权大惊，众不知所为，走登高冢，以长戟自守。辽叱权下战，权不敢动，望见辽所将众少，乃聚围辽数重。辽左右麾围，直前急击，围开，辽将麾下数十人得出，余众号呼曰：'将军弃我乎！'辽复还突围，拔出余众。权人马皆披靡，无敢当者。自旦战至日中，吴人夺气……"赤乌二年（239年），孙权派羊衜等远征辽东，但公孙渊已于此前为司马懿所攻灭，吴军便攻打旅顺口的魏军海防城堡牧羊城，击败魏将张持、高虑，俘获大批人口。

孙权视野开阔，胸有丘壑。他着眼东北，放眼岭南，都是极具战略眼光的大手笔。孙权经略辽东，通达夷洲、亶洲，极具积极意义。孙吴以前，先秦与秦汉时期虽然已先后开通了由山东半岛到辽东半岛的航道、由江浙沿海至山东半岛的航道，但由于东汉时期江左地区经济文化还比较落后，这条航道的来往并不频繁，而且还没有开通从江左直达辽东半岛的航路。孙吴立国江左之后，建业得以迅速发展。孙权频繁通使辽东，江左与辽东地区的直通航线舟楫往来，颇为繁忙。《太平御览》载："先是，辽川无桑，及（慕容）廆通于晋，求种江南，平川之桑，悉由吴来。"这条航道，从建康沿长江东下，在长江口北端海门附近之料角转向北行驶，傍黄海海岸北行，绕过山东半岛东端的成山角，再进入登州大洋，即威海、烟台北部海域，再沿庙岛列岛北上，经大榭岛、乌湖岛等，渡渤海海峡到达辽东半岛南端的都里镇。都里镇即马石津，亦称沓津，即今辽宁旅顺附近，孙吴出使辽东的船队即停泊于此，进行互市，再由此处上岸由陆路至公孙渊首府襄平。此后，正是依赖这一海道，东晋及南朝得以与东北地区的少数民族政权和朝鲜半岛诸国建立交往。《三国志》载："吴虽在远，水道通利，举帆便至，无所隔限。"而《南齐书》中也说："乘舶泛海，使驿常通。"《三国志》注引《魏略》则载："比年已来，复远遣船，越渡大海，多持货物，诳诱边民。边民无知，与之交关。"《晋书·孙楚传》中也有载："昔公孙氏承藉父兄，世居东裔……不供职贡，内傲帝命，外通南国，乘桴沧海，交酬货贿，葛越布于朔土，貂马延于吴会。"宋人曾极在《吴大帝陵》的诗作中提到"四十帝中功第一，坏陵无主使人愁"，刘克庄也曾在《吴大帝庙》中叹息"今人浑忘却，江左是谁开"，都是感慨孙权功不可没，应该铭记。

孙权在三国复杂博弈之中，能屈能伸，灵活多变，知虚实，善谋划，其外交实践强于军事攻伐，成为东吴得以偏安东南的重要支撑。孙权登基后，吴、蜀两国使臣互往，各自承认对方。孙权与蜀汉使臣费祎、宗预、邓芝也构建了良好关系。吴、魏虽于魏文帝黄初四年（223年）断绝了正式来往，但在孙权的许可之下，双方之间仍有贸易往来。割据辽东的公孙渊从黄武七年（228年）后，便多次与孙权互派使者。黄龙二年（230年），孙权遣将军卫温、诸葛直将甲士万人，浮海求夷洲、亶洲，揭开了大陆与台湾交往的历史序幕。赤乌五年（242年），孙权又派遣将军聂友、校尉陆凯航行至珠崖、儋耳。孙权进一步巩固了对交州的治理，派人与徼外的扶南、林邑诸国建立友好关系，后又派交州刺史出使南洋诸国，与印度建立了外交关系。赤乌六年（243年），扶南王范旃遣使献乐人及方物。范寻为扶南王时，孙权派宣化从事朱应、中郎康泰出使扶南和南海诸国。朱应撰《扶南异物志》，康泰撰《吴时外国传》，两书虽已失传，仅在《水经注》《北堂书钞》《艺文类聚》《初学记》《通典》《太平御览》《文选注》等书中残存一些片段引文，却是研究东吴与外国交往的重要资料。对于孙权的灵活外交，清代学者王鸣盛，说他实属"阴谋狡猾""惟利是视"："孙权称臣事魏已久，及黄武元年春大破蜀，刘备奔走，势愈强盛，则魏欲与盟而不受，九月魏兵来征，又卑辞上书求自改悔，乞寄命交州乃随，又改年临江拒守，彼此互有杀伤，不分胜负。十二月又通聘于蜀，乃既和于蜀，又不绝于魏，且业已改元而仍称吴王。五年令曰北虏缩窜，方外无事，乃益务农亩，称帝之举，直隐忍以至魏明帝太和三年，而后发，反覆倾危，惟利是视，用柔胜刚，阴谋狡猾，史评以勾践相比，非虚语也。"

孙权外貌不凡，有帝王之相，其臣下则多以"至尊"称呼他。据载，孙权出生时方颐大口，目光颇有神采。东汉朝廷使者刘琬奉命授予孙策官爵时，曾一一为孙权诸兄弟相面。刘琬说孙权形貌奇伟，认为他有大贵之表且会是孙氏兄弟中最长寿之人。《三国志》裴松之注引《江表传》载："坚为下邳丞时，权生，方颐大口，目有精光，坚异之，以为有贵象。"裴松之注《献帝春秋》记载孙权为"紫髯将军，长上短下，便马善射"。《世说新语》中亦载，孙权相貌威武，司马懿与东晋权臣桓温都颇为神似他。

孙权与孙策一样，喜爱狩猎，常常骑马射虎，早出晚归。一次，孙权至庱亭射虎，老虎向前扑上马鞍，孙权把双戟投向老虎，老虎受伤试图逃走，孙权的侍从张世趁机用戈再击，老虎最终被抓获。《三国志》记载了孙权乐此不疲的射猎爱好，还有他与张昭之间生动的对话："权每田猎，常乘马射虎，虎常突前攀持马鞍。昭变色而前曰：'将军何有当尔？夫为人君者，谓能驾御英雄，驱使群贤，岂谓驰逐于原野，校勇于猛兽者乎？如有一旦之患，奈天下笑何？'权谢昭曰：'年少虑事不远，以此惭君。'然犹不能已，乃作射虎车，为方目，间不置盖，一人为御，自于中射之。时有逸群之兽，辄复犯车，而权每手击以为乐。昭虽谏争，常笑而不答。"

孙策掌理江东之时，曾让吕范管理财计。当时孙权年少，私下向吕范借钱索物，吕范定要禀告，不敢专断许可，被孙权怨恨。孙权代理阳羡长，有私下开支消费，孙策有时进行核计审查，功曹周谷就为孙权制造假账，使他不受责问，孙权对他十分满意。但待孙权统管国事之后，他认为吕范忠诚，深为信任，而周谷善于欺骗，伪造簿册文书，不再录用。吕范去世后，孙权路过吕范墓，忍不住呼喊他的字："子衡！"言毕泪流不止。

孙权风趣幽默，喜欢与人开玩笑。《三国志》载："孙权性既滑稽，嘲啁无方。"他曾对侍中郑泉说："你喜欢当众规劝我，叫我好没面子，你不怕惹怒我吗？"郑泉回答道："臣听说有贤明的君主，就有正直的大臣。今朝廷能够畅所欲言，是因为大家都知道主公器量宏伟。倚仗厚恩，我不怕逆鳞。"某次宴会，孙权吓唬郑泉要治他的罪，郑泉快走出门的时候不停回头张望孙权。孙权喊着他的名字让他回来，笑着说："你不是不怕我生气吗？怎么还总回头看我呢？"郑泉回答："臣知道主公一向爱护臣下，肯定不会有性命之忧。快出门的时候被主公的英姿所打动，忍不住想回头再多看几眼。"大将朱桓出征时，孙权亲自为他送行。朱桓忽然端起酒杯说："上天授予陛下圣人的容貌，应当君临四海，委任重臣，来清除叛逆。如今臣就要离开陛下远去了，要是能摸一摸陛下的胡须，臣死而无憾了。"孙权闻言微微地倚着案几，把脑袋伸了出去。朱桓上前捋须，感叹道："今天总算可说是捋到虎须了！"

孙权常以表字称呼臣下，以显示君臣关系之亲密。凌统的随从战死，他难过不已。孙权用自己衣袖给凌统擦干眼泪，对他说："公绩，死的已然死了。只要有你在，还怕没有人吗？"凌统受了重伤，孙权把他留在自己船上，帮他更衣。凌统英年早逝留下两个年幼的儿子。孙权收养在宫中，疼爱得跟自己子女一样，凡有客人来就介绍道："这是我的虎子呀。"《三国志》对此有如此记载："二子烈、封，年各数岁，权内养于宫，爱待与诸子同，宾客进见，呼示之曰：'此吾虎子也。'及八九岁，令葛光教之读书,十日一令乘马,追录统功,封烈亭侯,还其故兵。后烈有罪免,封复袭爵领兵。"孙权劝学,教诲吕蒙,更是家喻户晓,人人皆知,成为一段佳话。《资治通鉴》载:"初,权谓吕蒙曰:'卿今当涂掌事,不可不学!'蒙辞以军中多务。权曰:'孤岂欲卿治经为博士邪!但当涉猎,见往事耳。卿言多务,孰若孤?孤常读书,自以为大有所益。'蒙乃始就学。及鲁肃过寻阳,与蒙论议,大惊曰:'卿今者才略,非复吴下阿蒙!'蒙曰:'士别三日,即更刮目相待,大兄何见事之晚乎!'肃遂拜蒙母,结友而别。"吴下阿蒙,这一故事即出于此,最早见于《三国志》裴松之注引《江表传》。

孙权攻取荆州后,多人纷纷归附,唯潘濬称疾不见。孙权派人抬床将他接来。潘濬掩面于床,不肯起来,悲哭哽咽,不能自已。孙权叫着他的字说:"承明啊,过去的观丁父是都的俘虏,楚武王任用为将帅。彭仲爽是申的俘虏,楚文王以之为令尹。这二人都是你们楚地的贤人,虽为俘虏仍受提拔。你不肯投降,难道是认为我的器量异于古人吗?"孙权让近侍用手巾为潘濬擦拭脸面,潘濬于是下地拜谢。《三国志》裴松之注引《江表传》对此描述颇为生动:"权克荆州,将吏悉皆归附,而濬独称疾不见。权遣人以床就家舆致之,濬伏面著床席不起,涕泣交横,哀咽不能自胜。权慰劳与语,呼其字曰:'承明,昔观丁父,鄀俘也,武王以为军帅;彭仲爽,申俘也,文王以为令尹。此二人,卿荆国之先贤也,初虽见囚,后皆擢用,为楚名臣。卿独不然,未肯降意,将以孤异古人之量邪?'使亲近以手巾拭其面,濬起下地拜谢。即以为治中,荆州诸军事一以谘之。"

崔豹《古今注》载：孙权有六柄宝剑，称为"吴六剑"，分别名之为白虹、紫电、辟邪、流星、青冥、百里。另据《古今刀剑录》记载，孙权在黄武五年（226年）时，采武昌铜铁锻造有千口剑、万口刀，分别长三尺九寸。刀头方都由南铜越炭制作而成，以小篆书写"大吴"。孙权善书法，据《书史会要》《书小史》等载，孙权擅长行书、草书、隶书。李唐张怀瑾在《书估》中列其书法为第三等，评价孙权等人的墨宝"或奇材见拔，或绝世难求"。明人杨慎《法帖神品目》载有吴大帝黄武二年刻字，位于杭州粟山。

《三国志》载，孙权死后葬于蒋陵，与步皇后、潘皇后合葬。孙权因避祖父孙钟名讳把钟山改名为蒋山，孙权陵因在蒋山而称作蒋陵。《建康实录》中说蒋陵在"钟山之阳"，《祥符江宁图经》中说"在钟山南麓"。孙权安葬处得名"孙陵岗"，后人又称"吴皇陵"，而这也是南京地区最早的六朝陵墓。近代以来，因岗上多梅花，故将孙陵岗改名为梅花山。

"一主参差六十年，父兄犹庆授孙权。不迎曹操真长策，终谢张昭见硕贤。建业龙盘虽可贵，武昌鱼味亦何偏。秦嬴谩作东游计，紫气黄旗岂偶然。"与孙权同时代的人，对他有着怎样的观察与评价？最为著名的是曹操所谓"生子当如孙仲谋，刘景升儿子若豚犬耳！"而被曹操称作枭雄的刘备则认为"孙车骑长上短下，其难为下，吾不可以再见之"。被神化得有点近乎妖气的诸葛亮在《隆中对》里曾说："孙权据有江东，已历三世，国险而民附，贤能为之用。"他还说道："今议者咸以权利在鼎足，不能并力，且志望以满，无上岸之情，推此，皆似是而非也。何者？其智力不俦，故限江自保；权之不能越江，犹魏贼之不能渡汉，非力有余而利不取也。"痛骂过曹操的陈琳，是建安七子之一，他眼中的孙权则面目狰狞，乏善可陈："夫天道助顺，人道助信，事上之谓义，亲亲之谓仁。盛孝章，君也，而权诛之，孙辅，兄也，而权杀之。贼义残仁，莫斯为甚。乃神灵之逋罪，下民所同仇。辜仇之人，谓之凶贼。"大书法家钟繇却认为孙权"妩媚"，也不知道他的"妩媚"，究竟是什么意思："顾念孙权，了更妩媚。"史家陈寿评点孙权，客观辩证，令人信服。他既指出孙权的长处，予以充分肯定："孙权屈身忍辱，任才尚计，有勾践之奇，英人之杰矣，故能自擅江表，成鼎峙之业。"但也充分看到了孙权的不足与短处："然性多嫌忌，果于杀戮，暨臻末年，弥以滋甚。至于谗说殄行，胤嗣废毙，岂所谓贻厥孙谋以燕翼于者哉？其后叶陵迟，遂致覆国，未必不由此也。""远观齐桓，近察孙权，皆有识士之明，杰人之志，而嫡庶不分，闺庭错乱。"为《三国志》做注解的裴松之，对孙权的评价就比较负面与严苛了："权愎谏违众，信渊意了，非有攻伐之规，重复之虑。宣达锡命，乃用万人，是何不爱其民，昏虐之甚乎？此役也，非惟暗塞，实为无道。"《晋阳秋》的作者、出身于太原孙氏的东晋史学家孙盛，向以耿直爽利敢于秉笔直书著称，即使面对桓温的淫威残暴也无所畏惧，他对孙权有如此评价："盛闻国将兴，听于民；国将亡，听于神。权年老志衰，谗臣在侧，废适立庶，以妾为妻，可谓多凉德矣。而伪设符命，求福妖邪，将亡之兆，不亦显乎！"孙盛进而又说道："观孙权之养士也，倾心竭思，以求其死力，泣周泰之夷，殉陈武之妾，请吕蒙之命，育凌统之孤,卑曲苦志,如此之勤也。是故虽令德无闻,仁泽罔著,而能屈强荆吴,僭拟年岁者,抑有由也。然霸王之道,期于大者远者,是以先王建德义之基,恢信顺之宇,制经略之纲,明贵贱之序,易简而其亲可久,体全而其功可大,岂委琐近务,邀利于当年哉?语曰'虽小道,必有可观者焉,致远恐泥',其是之谓乎!"

唐初的大才子、英年早逝的王勃特别注意到了孙权对中国南方的开拓之功:"孙仲谋承父兄之余事,委瑜肃之良图,泣周泰之痍,请吕蒙之命,惜休穆之才不加其罪,贤子布之谏而造其门。用能南开交趾,驱五岭之卒;东屈海隅,兼百越之众。地方五千里,带甲数十万。"三苏之中的苏子由,对孙权的月旦品评,可谓知人之论:"吴大帝方其属任贤将,抗衡中原,曹公惮之。及其老也,贤臣死亡略尽,喜诸葛恪之劲悍,越众而付以后事。闵其用兵劳民之后,继起大役,兵折于外,既归而不能自克,将复肆志于僚友。恪既以丧其躯,而孙氏因之三世绝统,吴、越之民陷于炮烙之地,国随以亡。彼以进取之资用进取之臣,以徼一时之功可耳,至于托六尺之孤,寄千里之命,而亦属之斯人,其势必至是哉。""今夫曹操、孙权、刘备,此三人者,皆知以其才相取,而未知以不才取人也。世之言者曰:'孙不如曹,而刘不如孙。'"南宋大词人辛弃疾有"千古江山,英雄无觅,孙仲谋处""何处望神州,满眼风光北固楼,千古兴亡多少事?悠悠。不尽长江滚滚流。年少万兜鍪,坐断东南战未休,天下英雄谁敌手?曹刘,生子当如孙仲谋"的名句,脍炙人口,流传甚广。而南宋叶适则认为孙权"残民以逞",咎由自取:"权有地数千里,立国数十年,以力战为强,以独任为能。残民以逞,终无毫发爱利之意,身死而其后不复振,操术使之然也。"

"仲谋才志拟难兄,江左开基事竟成。仇国称臣缘底急,同盟归妹却相倾。南邦文武材何在,东鄂江山迹已更。惟有遗宫传避暑,古苔荒草对孤城。"明清以来,对孙权的评价仍旧热度不减,却有逐步走低之势。在王夫之眼中,刘备不及孙权:"于是而知先主之知人而能任,不及仲谋远矣。仲谋之于子瑜也、陆逊也、顾雍也、张昭也,委任之不如先主之于公,而信之也笃,岂不贤哉?""孙文台奋身郡将,讨董卓,复雒京,父子三世,退保吴、楚,民不受兵者百余年。"以"老屋三间,破书万卷,平生志愿足矣"自命的清初宝应人王懋竑,对孙权的分析较为深入而严峻:"至权时,张昭、张纮虽见尊礼而不复任用,昭且几不免,而翻竟以窜死,惟顾雍、潘濬辈从容讽议,得安有位。陆逊有大功,而以数直谏愤恚而卒。周瑜、鲁肃幸已早死,不与陆逊同祸,而亦恩不及嗣。有所爱重者,惟吕蒙、凌统、甘宁、周泰辈,以视策万万不逮矣。其保有江东者,以有吕蒙辈为之用,得其死力,而其不能廓大基业,窥中原者,亦以此。"《义门读书记》的作者何焯甚至直接痛骂孙权"老悖昏惑,吴亡不待皓而决",而《越缦堂读书记》的作者、晚清大名士李慈铭对孙权则分析得更为具体:"三国时,魏既屡兴大狱,吴孙皓之残刑以逞,所诛名臣,如贺邵、王蕃、楼玄等尤多。少帝之诛诸葛恪、滕胤,皆逆臣专制,又当别论。惟大帝号称贤主,而太子和被废之际,群臣以直谏受诛者,如吾粲、朱据、张休、屈晃、张纯等十数人,被流者顾谭、顾承、姚信等又数人,而陈正、陈象至加族诛，吁，何其酷哉！自是宫闱之衅，未有至此者也。"《丑陋的中国人》的作者柏杨则独抒己见，别具只眼，他充分肯定孙权是中国历史上最可爱最有人情味的皇帝之一。

桑田沧海，物是人非。进香河，已经不是一条河流，不是孙权当年开挖的运渎潮沟一段，不是与青溪、运渎、玄武湖各水道相连的六朝都城的运输大动脉，而是一条路。云杉高耸，浓荫如盖。此路北端东侧，有一棵古树，唤作六朝松。在这片地域内的东南大学百年校庆之际的碑记中，提到了五个人，有沈约、萧衍、祖冲之、张之洞，还有就是孙权的儿子吴景帝孙休，为何不提一下孙权呢？莫非是因为他晚年的过失或者罪过的缘故？《孙权传》的作者张作耀，分析孙权暮年失误，说得也比较中肯，大致有三条：废立失度，并宠太子孙和与鲁王孙霸，最终酿成"二宫之变"，动摇了国之根基，而立幼子为储，更是为权臣乱政提供了契机；诛杀大臣，罪流无辜；迷信异兆，崇信鬼神。语言比较现代，但归根结底，还是数落孙权没有处理好接班人这个大问题。

五马渡前论司马

南京扬子江边幕府山下,有一五马渡广场。五匹骏马,仰天长啸,烈鬃腾空。但"五马渡江,一马成龙",典故明晰,就是指西晋末年的司马氏五王南渡长江,司马睿于建邺建立东晋王朝旧事。

自号鹿门子的晚唐诗人皮日休的五言长诗中有"五马渡江日,群鱼食蒲年"之句,而赵宋之际的大政治家王安石则有《答张奉议》诗:"五马渡江开国处,一牛吼地作庵人。结蟠茅竹才方丈,穿筑沟园未过旬。我久欲忘言语道,君今来见句文身。思量何物堪酬对,棒喝如今总不亲。""五马渡江,一牛吼地。"本意大概是指王安石自己在此赋闲萧散,如同苦庵孤僧,与张奉议驻地距离很近。但马牛并列,令人浮想联翩。因为司马睿,也有人称作牛睿呢。且说司马睿父子。

晋元帝司马睿,字景文,于晋武帝咸宁二年(276年)出生于洛阳。司马睿祖父琅琊王司马伷是司马懿的庶子,魏帝曹芳正始年间,始受封为南安亭侯。嘉平元年(249年),司马懿发动高平陵政变,完全控制曹魏实权。在此之后,司马懿分别派诸子出任曹魏境内重要地区的都督。司马伷以宁朔将军坐镇邺城。邺城是曹操被封魏王后的都城,曹魏王公的聚居之地,素为屯兵屯粮的重镇。司马伷负责镇守此地,表明司马懿对他的看重。

西晋开国之后,司马伷又历任尚书右仆射、抚军将军、镇东大将军等职,初封东莞郡王,后改封琅琊王。平吴之役,司马伷率军出涂中,立有大功,遂加侍中的服饰,进拜大将军、开府仪同三司,都督青州诸军事。司马睿父司马觐为司马伷长子,初拜冗从仆射,后袭爵琅琊王,平生碌碌,但地位显赫。

太熙元年(290年),司马觐去世,年仅十五岁的司马睿依例袭琅琊王爵。同年春,晋武帝司马炎去世。继立的司马衷鲁愚迟钝,无力驾驭政局。在动荡险恶的政治环境中,处于帝室疏族地位的司马睿无兵无权,为避杀身之祸,他恭俭退让,尽量避免卷入斗争的旋涡,在当时却获得过名士嵇康之子、侍中嵇绍的高度评价。在都城洛阳,司马睿交结密切的朋友只有王导。王导,字茂弘,来自北方士族琅琊王氏,被公认的名士领袖王衍是其族兄。琅琊是司马睿的封国,在西晋封国之中算是大国,与司马越的东海国彼此相邻。

晋惠帝永兴元年(304年)夏,"八王之乱"进入高潮。东海王司马越挟持晋惠帝司马衷亲征邺城。当时,坐镇掌控邺城的是皇太弟成都王司马颖。此前不久,司马颖击杀了执政的长沙王司马乂,强迫晋惠帝封他为皇位继承人。取得了都督中外诸军事、丞相等职务之后,司马颖将皇帝的乘舆服御尽数据为己有,并以邺城为巢穴遥制洛阳。司马颖的横暴专权,引起众人不满。尚书令司马越乘机以晋惠帝名义发布檄书,征召军队讨伐司马颖。时任左将军的司马睿奉命参加了讨邺战争,此年,他已二十九岁。两军在荡阴即今河南汤阴展开激战。司马越兵败,遁回封国东海。晋惠帝及随军大臣被司马颖劫掠入邺,司马睿也在其中。不久,司马睿的叔父东安王司马繇被司马颖杀害。司马睿害怕祸事殃及自身,潜逃出邺,奔往洛阳,行至黄河岸边,险被津吏捕获,遭遇不幸。司马睿到达洛阳后,马上将家眷接出,赶赴封国琅琊,琅琊国治所即在今山东胶南。

永兴二年(305年),东海王司马越再次起兵下邳,准备西迎晋惠帝。他起用琅琊王司马睿为平东将军、监徐州诸军事,留守下邳。司马睿受命之后,请从弟王衍、参与东海王司马越军事行动的好朋友王导为平东将军司马,委以重任,信任有加。

晋怀帝永嘉元年(307年)秋,司马睿偕王导渡江至建邺,史称永嘉南渡。张籍《永嘉行》描述永嘉之乱,并非夸张,近乎写实:"黄头鲜卑入洛阳,胡儿执戟升明堂。晋家天子作降虏,公卿奔走如牛羊。"晋室政治中心,自此逐渐南移江东。永嘉南渡后,王导始终居机枢之地,王敦则征讨于长江上游,王氏家族近属居内外之任,布列显要者,人数甚多。以王导、王敦为代表的王氏家族势力在当时的东晋朝野非常牢固,使"王与马,共天下"的局面在江左维持长达二十余年,直到庾氏家族兴起并凌驾于王氏为止。建兴四年(316年),刘曜围攻长安,晋愍帝无奈出降,西晋宣告灭亡。

建兴五年(317年)春,司马睿即晋王位,改元建武,史称东晋。他广辟掾属以为辅佐,有"百六掾"之称。春夏之交,孤悬北方的西晋地方长官刘琨、段匹䃅、刘翰与王导等上书,劝说司马睿即皇帝位。

大兴元年(318年)春,晋愍帝死于汉国的讣告传到江东,司马睿即皇帝位,改元大兴。东晋掌控长江中下游以及淮河、珠江流域地区。司马睿即位称帝,但他在皇族中声望不够,势单力薄,皇位不稳。王导运用策略,终使南方士族支持司马睿,北方南迁的士族也决意拥护他。司马睿十分感激王导,任他为宰相,执掌朝政。

司马睿完全信任王导,叫他"仲父",把他比作自己的"萧何"。王导也经常劝谏司马睿克己勤俭,优待士民,与人为善。司马睿和王导在东晋草创时期,君臣相敬相爱,比较和谐。琅琊王家也达到了权势的高峰,王导担任丞相,王敦掌控长江中游,兵强马壮;四分之三的朝野官员是王家人或与王家相关者。王家在南朝时期还出了八位皇后。

王家势众,长此以往,大权旁落,司马睿深知前车之鉴,自然如芒刺在背。他引刘隗、刁协、戴渊等为心腹,试图平衡王氏权势。永昌元年(322年),素有野心的王敦以诛刘隗为名,起兵武昌,直扑建康石头城。王导为保全王氏家族利益,也态度暧昧,暗助王敦。王敦攻入建康,杀死戴渊等人,刘隗投奔石勒。司马睿一败涂地,无奈之下,他"脱戎衣,著朝服",对王敦说:"你如果想当皇帝,早和我说啊,我把皇位让给你,还当我的琅琊王去。何苦让百姓跟着受苦呢?"司马睿如此哀求,并没有削除王敦的野心。王敦自封为丞相、都督中外诸军事、录尚书事。司马睿征讨王敦时，曾下令"有杀敦者，封五千户侯"，而王敦却自封"武昌郡公，邑万户"，不无嘲弄挖苦司马睿之意。司马睿徒具虚名，形同玩物，朝中任何事情都由王敦做主。王敦看到太子司马绍有勇有谋，便想以不孝之名而废之，后因百官皆不从而作罢。王敦还师武昌后，仍遥控朝政，王敦更加猖狂，以至于司马睿和他的朝廷完全成了摆设与傀儡。

司马睿虽然名义为天子，号令却不出宫门，渐渐忧愤成疾，卧床不起。他觉得大臣中只有司徒荀组对自己还算比较忠顺，就任命他为太尉兼领太子太保，让他参与朝政，以钳制王导。不料荀组还未到任就病死了，司马睿更加忧伤，病势加重。永昌元年闰十一月初十日（323年1月3日），晋元帝忧愤而逝，终年四十七岁，在位六年，谥号元皇帝，庙号中宗，葬于建平陵，遗诏由太子司马绍继位。

与司马睿父子相处经年的王导对司马睿有如此评价："琅琊王仁德虽厚，而名论犹轻。"东晋文学家、写过《夜听捣衣》的曹毗对司马睿较为肯定："运屯百六，天罗解贯。元皇勃兴，网笼江汉。仰齐七政，俯平祸乱。化若风行，泽犹雨散。沦光更耀，金辉复焕。德冠千载，蔚有余粲。"写有《魏书》的魏收则认为司马睿毫无可取之处，甚至还不如东吴末帝孙皓："司马睿之窜江表，窃魁帅之名，无君长之实，局天蹐地，畏首畏尾，对之李雄，各一方小盗，其孙皓之不若矣。"大书法家、历经陈隋唐三朝、名列凌烟阁的虞世南比魏收的看法较为辩证，他认为："元帝自居藩邸，少有令闻，及建策南渡，兴亡继绝，委任宏茂，抚绥新旧，故能嗣晋配天，良有以也。然仁恕为怀，刚毅情少，是以王敦纵暴，几危社稷，蹙国舒祸，其周平之匹乎？"唐朝宰相房玄龄则认为司马睿是中兴之主，虽然对他驾驭强臣无方而不无惋惜："晋氏不虞，自中流外，五胡扛鼎，七庙隳尊，滔天方驾，则民怀其旧德者矣。昔光武以数郡加名，元皇以一州临极，岂武宣余化犹畅于琅琊，文景垂仁传芳于南顿，所谓后乎天时，先诸人事者也。驰章献号，高盖成阴，星斗呈祥，金陵表庆。陶士行拥三州之旅，鄢外以安；王茂弘为分陕之计，江东可立。或高旌未拂，而遐心斯偃，回首朝阳，仰希乾栋，帝犹六让不居，七辞而不免也。布帐绿帷，详刑简化，抑扬前轨，光启中兴。古首私家不蓄甲兵，大臣不为威福，王之常制，以训股肱。中宗失驭强臣，自亡齐斧，两京胡羯，风埃相望。虽复六月之驾无闻，而鸿雁之歌方远，享国无几，哀哉！"南宋大学者、开创婺学的范浚却认为："昔晋元帝启基江左，出师露次，躬擐甲胄，移檄四方，刻日北征，至以漕饷稽期，诛督运令史，志非不速也；然终不能成尅复功者，惟无图功之谋而已。"偏安江南的天水一朝的宋高宗赵构居然如此批评司马睿："若元帝，仅能保区区之江左，略无规取中原之心。"赵构在位三十五年，做太上皇二十五年，也是偷安割据，他比司马睿高寿得多，得年八十一岁。南宋大学者朱熹则认为："晋元帝无意复中原，却托言粮运不继，诛督运令史淳于伯而还。行刑者以血拭柱，血为之逆流。天人幽显，不隔丝毫！"清末民初的萧山秀才蔡东藩，身逢乱世，触目时艰，他感慨地说："元帝实一庸主，毫无远略，始则纵容王敦，使据长江上下游，继则信任刁协、刘隗，疑忌王敦，激之使叛，而外无可恃之将，内无可倚之相，孤注一掷，坐致神京失守，受制贼臣,刁协死,刘隗遁,周顗、戴渊又复被戮,其不为敦所篡弑者,亦几希矣。"

曹魏时期,有一本流传很广的谶书《玄石图》,书中记有"牛继马后"的预言。司马懿请星象家管辂占卜子孙运势,管辂占卜的结果与《玄石图》不差毫厘,司马懿不解何意。他位居太傅之职后,权倾天下,其手下有一将领叫牛金,为他出生入死,立下殊勋。司马懿忽有所触,想起"牛继马后"的预言,十分忌讳,唯恐牛金将来对自己的子孙不利,请他赴宴,暗自在酒中下毒。牛金为人坦荡,毫无提防之心,"饮之即毙"。

司马懿以为牛金已死,子孙便可高枕无忧,殊不知世事难料。司马懿的孙子司马觐袭封琅琊王后,其妻夏侯氏被封为妃子,夏侯氏人很风流,与王府一个也叫牛金的小吏勾搭成奸,生下了司马睿。此即史书所言,司马睿并非皇族血脉,而是琅琊王府小吏牛金的儿子。牛继马后,传言甚广。历史文献也多有记载,《晋书》载:"初,玄石图有'牛继马后',故宣帝深忌牛氏,遂为二榼,共一口,以贮酒焉,帝先饮佳者,而以毒酒鸩其将牛金。而恭王妃夏侯氏竟通小吏牛氏而生元帝,亦有符云。"《魏书·僭晋司马睿传》亦载:"僭晋司马睿,字景文,晋将牛金子也。初晋宣帝生大将军、琅邪武王伷,伷生冗从仆射、琅邪恭王觐。觐妃谯国夏侯氏,字铜环,与金奸通,遂生睿,因冒姓司马,仍为觐子。由是自言河内温人。"除《晋书》《魏书》外,《鹤林玉露》《容斋随笔》《宾退录》等也有相关记述。《鹤林玉露》载:"司马氏欺人孤寡,而夺之位,不知魏灭未几,而晋亦灭矣。何也? 元帝乃牛金之子,则是司马氏为牛氏所灭也。"《容斋随笔》把秦、晋、隋相提并论,说得更为纵深宏阔:"秦、晋、隋皆相似,然秦、隋一亡即扫地,晋之东虽曰'牛继马后',终为守司马氏之祀,亦百有余年。"《宾退录》则说到了司马绍与王导的一番对话:"晋明帝问王导晋所以得天下。导陈司马懿创业之始,及司马昭弑高贵乡公事,明帝以面覆床曰:'若如公言,晋祚复安得长远!'殊不思'牛继马后',晋已绝矣。"后人遂戏谑地称司马睿为牛睿,朱明思想家李贽,就直称东晋为"南朝晋牛氏",而不称司马氏。司马睿的儿子司马绍的母亲荀氏,鲜卑人,王府宫人,遣出改嫁马某。明帝时,封建安君。成帝时,追赠豫章君。司马睿的六子司马昱的母亲郑阿春,明帝时,称建平园夫人,成帝时,追号会稽太妃。晋孝武帝时,追封简文宣太后。司马睿共有六子,长子是司马绍。

说过司马睿,再说晋明帝司马绍。司马绍,字道畿,司马睿长子,晋简文帝司马昱异母兄,出生于299年。司马绍性情孝顺,腹有文韬武略,聪明有机断。永嘉元年(307年),司马绍随父亲司马睿一同移镇建业。建兴元年(313年),晋愍帝司马邺继位,升任司马睿为左丞相,以司马绍为东中郎将,镇守广陵。

大兴元年(318年)春,晋元帝立司马绍为皇太子。

司马绍敬贤爱客,机敏而喜好文章辞藻。据说,司马绍年幼时,某次,司马睿闲坐,将他放置在膝前,正遇长安使者到来,就问司马绍道:"你说日与长安哪个远?"司马绍回答说:"长安近,不曾听说过人从日边来,由此就可以知道了。"晋元帝觉得奇异。第二天,群臣宴会时又问他这个问题,回答说:"日近。"晋元帝脸色一变说:"怎么和昨天说的不同呢?"司马绍回答说:"抬头就望见日,但却望不见长安。"《世说新语》对此事也有记载:"晋明帝数岁,坐元帝膝上。有人从长安来,元帝问洛下消息,潸然流涕。明帝问何以致泣?具以东渡意告之。因问明帝:'汝意谓长安何如日远?'答曰:'日远。不闻人从日边来,居然可知。'元帝异之。明日集群臣宴会,告以此意,更重问之。乃答曰:'日近。'元帝失色,曰:'尔何故异昨日之言邪?'答曰:'举目见日,不见长安。'"

司马绍办事果断,雷厉风行,还有一件小事可为佐证。《世说新语》载:"晋明帝欲起池台,元帝不许。帝时为太子,好养武士。一夕中作池,比晓便成。今太子西池是也。"当时的名臣,从王导、庾亮到温峤、桓彝、阮放等,都被他亲近看重。司马绍好习武艺,善于安抚将士。当时江东人才济济,远近都归心于司马绍。一次,王导和温峤一起谒见司马绍。司马绍问温峤前代统一天下的原因。温峤还没有回答,王导抢先说道:"温峤年轻,还不熟悉这一段的事情,请允许臣为陛下说明。"王导就一一叙说晋宣帝司马懿创业经历,司马绍听后,掩面伏在坐床上说:"如果像您说的那样,晋朝天下又怎能长久呢!"此事,亦见于《世说新语》:"王导、温峤俱见明帝,帝问温前世所以得天下之由。温未答,顷,王曰:'温峤年少未谙,臣为陛下陈之。'王乃具叙宣王创业之始,诛夷名族,宠树同己,及文王之末高贵乡公事。明帝闻之,覆面著床曰:'若如公言,祚安得长!'"此一说法,与前文提到的《宾退录》所载此事,大同小异,意思一样。

王敦之乱,王室六军溃败,纷乱不已。司马绍欲率将士与叛军决战。太子中庶子温峤坚决谏阻,他抽剑斩断马套绳,司马绍方才作罢。王敦认为司马绍神武有明略,为朝野所钦佩信赖,拟废黜他。他大会百官,当众问温峤:"皇太子有什么功德值得称道?"声色俱厉,一定要温峤说出废太子的话。温峤回答说:"探讨高深的治国之道,使国家长治久安,这不是见识短浅的人所能认识的。从礼的角度看,这就是孝。"大臣们支持温峤的意见,王敦的阴谋遂被阻止。《晋书》对司马绍当年如此一段不堪岁月有如是记述:"性至孝,有文武才略,钦贤爱客,雅好文辞。当时名臣,自王导、庾亮、温峤、桓彝、阮放等,咸见亲待。尝论圣人真假之意,导等不能屈。又习武艺,善抚将士。于时东朝济济,远近属心焉。及王敦之乱,六军败绩,帝欲帅将士决战,升车将出,中庶子温峤固谏,抽剑斩鞅,乃止。敦素以帝神武明略,朝野之所钦信,欲诬以不孝而废焉。大会百官而问温峤曰:'皇太子以何德称?'声色俱厉,必欲使有言。峤对曰:'钩深致远,盖非浅局所量。以礼观之,可称为孝矣。'众皆以为信然,敦谋遂止。"

永昌元年(322年)闰十一月初十日,司马睿去世,《晋书》载:"闰月己丑,帝崩于内殿,时年四十七。"闰十一月十一日,皇太子司马绍即皇帝位,大赦天下,是为晋明帝,尊生母荀氏为建安郡君。太宁元年(323年)二月,司马绍将晋元帝安葬在建平陵,在鸡笼山之阳。《晋书》载:"二月,葬元帝于建平陵,帝徒跣至于陵所。"六月初六日,司马绍立妃庾文君为皇后。

王敦于永昌元年(322年)回到武昌,继续图谋篡位,他于太宁元年(323年)暗示朝廷征召其入朝。司马绍以手诏征召王敦，武卫将军王允之在一酒宴得知王敦图谋，回京告诉其父荆州刺史王舒。王舒与王导一同报告晋明帝，让其早做防备。《晋书》载："敦尝夜饮，允之辞醉先卧。敦与钱凤谋为逆，允之已醒，悉闻其言，虑敦或疑己，便于卧处大吐，衣面并污。凤既出，敦果照视，见允之卧吐中，以为大醉，不复疑之。时父舒始拜廷尉，允之求还定省，敦许之。至都，以敦、凤谋议事白舒，舒即与导俱启明帝。"司马绍得悉王敦谋反，积极准备，严加防范，调度有方，有条不紊，成功击败王敦属下王含所统帅的部队，平定了王敦之乱。《晋书》就王敦之乱，有如此描述："秋七月壬申朔，敦遣其兄含及钱凤、周抚、邓岳等水陆五万，至于南岸。温峤移屯水北，烧朱雀桁，以挫其锋。帝躬率六军，出次南皇堂。至癸酉夜，募壮士，遣将军段秀、中军司马曹浑、左卫参军陈嵩、钟寅等甲卒千人渡水，掩其未备。平旦，战于越城，大破之，斩其前锋将何康。王敦愤惋而死。前宗正虞潭起义师于会稽。沈充帅万余人来会含等，庚辰，筑垒于陵口。丁亥，刘遐、苏峻等帅精卒万人以至，帝夜见，劳之，赐将士各有差。义兴人周蹇杀敦所署太守刘芳，平西将军祖约逐敦所署淮南太守任台于寿春。乙未，贼众济水，护军将军应詹帅建威将军赵胤等距战，不利。贼至宣阳门，北中郎将刘遐、苏峻等自南塘横击，大破之。刘遐又破沈充于青溪。丙申，贼烧营宵遁。丁酉，帝还宫，大赦，惟敦党不原。于是分遣诸将追其党与，悉平之。"

司马绍平定王敦之乱，还有一遗鞭脱身的演义故事，《世说新语》说得近乎传奇："王大将军既为逆，顿军姑孰。晋明帝以英武之才，犹相猜惮，乃著戎服，骑巴賨马；赍一金马鞭，阴察军形势。未至十余里，有一客姥居店卖食，帝过憩之，谓姥曰：'王敦举兵图逆，猜害忠良，朝廷骇惧，社稷是忧，故劬劳晨夕，用相觇察。恐形迹危露，或致狼狈。追迫之日，姥其匿之。'便与客姥马鞭而去，行敦营匝而出。军士觉，曰：'此非常人也！'敦卧心动，曰：'此必黄须鲜卑奴来！'命骑追之，已觉多许里。追士因问向姥：'不见一黄须人骑马度此邪？'姥曰：'去已久矣，不可复及。'"此段故事，并非荒诞无稽，《晋书》也有相似记载："六月，敦将举兵内向，帝密知之，乃乘巴滇骏马微行，至于湖，阴察敦营垒而出。有军士疑帝非常人。又敦正书寝，梦日环其城，惊起曰：'此必黄须鲜卑奴来也。'帝母荀氏，燕代人，帝状类外氏，须黄，敦故谓帝云。于是使五骑物色追帝。帝亦驰去，马有遗粪，辄以水灌之。见逆旅卖食妪，以七宝鞭与之，曰：'后有骑来，可以此示也。'俄而追者至，问妪。妪曰：'去已远矣。'因以鞭示之。五骑传玩，稽留遂久，又见马粪冷，以为信远而止不追。帝仅而获免。"

平乱之后，司马绍下令不再问罪于王敦一众官属，又分别以应詹为江州刺史、刘遐为徐州刺史、陶侃为荆州刺史、王舒为湘州刺史，调整各州布局，消除王敦以琅琊王氏宗族占据诸州凌弱皇室的失衡格局。

很可惜，司马绍的身体不争气。他终于解决了王敦这个大难题，自己的身体也垮掉了。太宁三年（325年）三月初二日，司马绍立长子司马衍为皇太子。闰八月十九日（10月12日），司马绍召太宰、西阳王司马羕、司徒王导、尚书令卞壶、车骑将军郗鉴、护军将军庾亮、领军将军陆晔、丹阳尹温峤等一起接受遗诏，辅助皇太子司马衍。闰八月二十五日（10月18日），司马绍病逝于东堂，享年二十七岁。闰八月二十六日（10月19日），皇太子司马衍即皇帝位，是为晋成帝，为司马绍上谥号为明皇帝，庙号肃祖。司马衍将司马绍安葬于武平陵，也在鸡笼山之阳。《晋书》载："闰月戊子，明帝崩。己丑，太子即皇帝位，大赦，增文武位二等，赐鳏寡孤老帛，人二匹，尊皇后庾氏为皇太后。"

司马绍聪明敏捷，能随机断事，尤能明白事理，胸有大局。他在位期间，兵乱连年，饥荒不断。死于饥荒战乱瘟疫者，超过人口之半，国库空虚，社会凋敝，国事极端艰难。又值王敦挟兵自重，欲窃夺神器。司马绍虚与周旋，以弱制强，潜心谋划，当机立断，最终肃清大凶。他又调整荆、湘等四州将领，拨乱反正，加强根本，削弱枝叶，虽在位时间短暂，但对安定国家大局的影响深远。

东晋自建国以来，北方侨姓士族与南方士族之间的矛盾一直十分尖锐，南方士族往往受到排挤与压制。明帝为稳定政权，临终前一个月，他下诏说："吴时将相名贤之胄，有能纂修家训，又忠孝仁义，静己守真，不闻于时者，州郡中正亟以名闻，勿有所遗。"力图调解矛盾，以期打破宗族界限，为国家选拔人才。临终遗言中，他还要求为自己治丧时"务从简约"，不得奢侈。

《世说新语》载，王敦称司马绍为"黄须鲜卑奴"，并称其相貌特征是"黄须"。注引《异苑》所载，王敦语作"黄头鲜卑奴"，并解释说："帝所生母荀氏，燕国人，故貌类焉。"黄头指的是金发，黄须指的是黄胡子，可见司马绍的相貌特征就是金发黄胡子。《晋书》亦载，王敦称司马绍为"黄须鲜卑奴"，并称"帝状类外氏，须黄，敦故谓帝云"，明确指出司马绍的相貌与其母族相近。既然司马绍被称为"黄头鲜卑奴"或"黄须鲜卑奴"，其生母荀氏应为鲜卑人。司马绍生母荀氏的身份是宫人，《晋书》称其为"燕代人"，"起雁门以东，尽辽阳，为燕代"。但《晋书》称"鲜卑之众星布燕代"，说荀氏为燕代人，不直书荀氏为鲜卑人，而以与鲜卑人关系至为密切的燕代地区代指。

生卒年月被争论不休的东晋文人曹毗，据说是曹休的后代，他在《晋江左宗庙歌》中如此称誉司马绍："明明肃祖，阐弘帝胙。英风凤发，清晖载路。奸逆纵忒，罔式皇度。躬振朱旗，遂豁天步。宏猷渊塞，高罗云布。品物咸宁，洪基永固。"李唐名相房玄龄主持编纂的《晋书》对司马绍评价颇高："帝聪明有机断，尤精物理。于时兵凶岁饥，死疫过半，虚弊既甚，事极艰虞。属王敦挟震主之威，将移神器。帝骑驱遵养，以弱制强，潜谋独断，廓清大昆。改授荆、湘等四州，以分上流之势，拨乱反正，强本弱枝。虽享国日浅，而规模弘远矣。"明末清初的大思想家王夫之在《读通鉴论》中论及司马绍也是不吝溢美之词："明帝不夭，中原其复矣乎！……王敦之横，元帝慖慖而崩，帝以幼冲当多难，举动伟然出人意表，可不谓神武哉？"司马绍儿子有晋成帝司马衍与晋康帝司马岳，女儿南康公主司马兴男，下嫁桓温，庐陵公主司马南弟下嫁刘惔，南郡悼公主下嫁羊曼之子羊贲。

司马睿无力驾驭权臣，忧愤而死。司马绍有此能力，却英年早逝。此后东晋王朝始终被权臣问题所困扰，最终被刘裕取而代之。余波荡漾，且就司马睿司马绍父子之后的东晋朝局略作交代。

永嘉之乱，衣冠南渡，是一次改变中国历史的大变局、大迁徙。318年，晋愍帝司马邺死于匈奴汉国的讣告传到建康。司马睿正式登基为帝，是为晋元帝。柏杨评述说，南迁的晋政府实质上是一个流亡政府，统治一个他们根本不了解的世界。初渡长江的司马睿就曾说过："寄人国土，心常怀惭。"晋元帝掌握政权必须取得北方士族和南方士族的支持，首先是名望最高的王、谢两大家族，而王导则运用他的才能和影响，尽力协调各方，以维持东晋朝廷。侨州郡县的设置，就是专为安置北方流亡士族而采取的主要措施。

南迁不久，文官武将都希望能收复北方。《世说新语》载："过江诸人，每至美日，辄相邀新亭，藉卉饮宴。周侯中坐而叹曰：'风景不殊，正自有山河之异！'皆相视流泪。唯王丞相愀然变色曰：'当共勠力王室，克复神州，何至作楚囚相对？'"晋穆帝永和九年（353年）三月三，"书圣"王羲之与谢安、孙绰等四十一位军政高官，在山阴兰亭"修禊"，大家乘兴吟诗，然后将这些诗汇编成册，由王羲之作序并亲笔书写："永和九年，岁在癸丑，暮春之初，会于会稽山阴之兰亭，修禊事也。群贤毕至，少长咸集。此地有崇山峻岭，茂林修竹，又有清流激湍，映带左右，引以为流觞曲水，列坐其次。虽无丝竹管弦之盛，一觞一咏，亦足以畅叙幽情。"从"新亭对泣"到"曲水流觞"，南迁之士族已经适应南方的气候和习俗，北国倒成了陌生的异乡。

东晋对北伐态度消极，但却可以作为幌子，赢得舆论支持。

晋元帝只想做偏安皇帝，王导的目光也只专注于江东内部，无意北伐，也反对他人主张北伐。祖逖素有远大抱负，"闻鸡起舞"的主角就是他和好友刘琨。他向司马睿毛遂自荐，决意北伐。司马睿对祖逖此举，左右为难，只好任命他为豫州刺史，给一千人的口粮，三千匹布，但不配给武器，让他自己去募集。祖逖满腔热血，北渡长江。行到江中，他敲打着船桨发誓："我如果不能恢复中原而要再渡江回来的话，就像这江水一样流去！"

祖逖驻扎淮阴，制造兵器，招募两千多人，继续北进。他屡次击败石勒军，曾一度收复黄河以南大片土地。当他准备收复河北时，晋元帝却只委托他镇守之职，而派根本不出征的戴渊做征西将军。祖逖北伐，后继无力，最终宣告失败。

刘琨年轻时曾为金谷二十四友之一。永嘉之乱后，刘琨据守晋阳近十年，抵御前赵石勒。但刘琨承平时代并未得志，乱世才被识得忠贞。他派温峤南下，温峤终成一代名臣，只可惜也是早早去世，得年仅四十二岁，最终墓在南京郭家山。刘琨最后在独力奋斗环境中，反被撤退到江南的豪族主流派陷害而牺牲。曾经的金谷园浪荡子刘琨慷慨奔赴国难，留下千古绝唱"何意百炼刚，化为绕指柔"！

司马睿担心有人因北伐立下大功，建立威望，尾大不掉，难以驾驭，并非杞人忧天。桓温、刘裕相继利用北伐，图谋篡位，验证了他的这种担忧。

桓温，字元子，晋明帝的驸马，兼具英雄本色和名士风流，自信而睥睨当世，骄傲而指点河山。他有一名言："如果不能流芳百世，那还不如遗臭万年！"野心犹如一粒种子，在权力和威望的催生下生根发芽，不断滋长。永和十年（354年），桓温初次北伐，从江陵出发，经襄阳、淅川进入关中，打败前秦军队，一直进军到长安东南的灞上。后因军粮不继而撤兵。永和十二年（356年），桓温二次北伐，在伊水之北打败羌人酋长姚襄，收复洛阳，故都洛阳又被控制在东晋手中将近十年。桓温北伐成功，地位迅速上升，他的职务也升到大司马，都督中外诸军事，后又进封扬州牧兼徐、兖二州刺史。369年，桓温率步骑五万第三次北伐，打到了离前燕都城邺城只有二百里的枋头，因侧翼配合不力，桓温孤军深入，最终军粮耗尽，只得下令撤退，在襄邑又遭前燕军队伏击，损失惨重，北伐失败，威望大跌。371年，桓温废掉皇帝司马奕，另立司马昱为帝，是为简文帝。咸安二年（372年），司马昱被立为皇帝仅仅一年就病死了。此时，桓温也疾病缠身，年逾花甲，他加快了篡位步伐，要求新即位的孝武帝司马曜给他举行加九锡礼。但谢安、王坦之等人以九锡礼的策命之文写得不合格为借口，让执笔者一遍又一遍地反复修改，一直修改了八九个月，直到桓温一命呜呼，还没有修改好。

谢安在未出仕以前，隐居浙江会稽东山，四十岁后才应桓温之请出任大将军帐下的司马。太元二年（377年），因前秦强大，威胁东晋，朝廷诏求文武良将镇御北方。谢安之侄谢玄被拜为建武将军、兖州刺史，领广陵相、监江北诸军事，镇广陵，他招募劲勇，京口、广陵流民纷纷应募入伍。谢玄以刘牢之为参军，常领精锐为前锋，战无不捷。太元四年（379年），谢玄加领徐州刺史，镇京口，东晋称京口为"北府"，这支军队被称作北府兵。北府兵在四年后的淝水之战及东晋灭亡、南朝刘宋建立的过程中均发挥了关键作用。

元兴三年（404年），桓温最小的儿子桓玄篡晋自立。出身北府军的建武将军刘裕，起兵征讨桓玄，攻入建康，大败桓玄，重新迎回司马德宗登上帝位。刘裕击败桓玄后开始掌握东晋实权，也坚决实行北伐。义熙五年（409年），刘裕攻南燕。义熙八年（412年），攻破江陵城。义熙九年（413年），刘裕遣将收复成都。义熙十一年（415年），又攻克襄阳。义熙十二年（416年），刘裕军分五路，水陆并进，进攻后秦国。义熙十三年（417年）冬，刘裕率晋军浩浩荡荡抵达长安。他在此稍作休整，准备经略关中，不料，传来刘穆之病死的消息。刘裕遂留其十二岁的儿子刘义真以及王修、王镇恶、沈田子等共守长安，自己统军南归。此次北伐，自潼关向东直至青州，都成为东晋疆土。巨大的军功，使刘裕在朝廷的地位显赫无比。永初元年（420年），刘裕代晋称帝，改国号为宋。存在百余年的东晋彻底结束。刘裕于422年去世。

晋元帝司马睿缺少才能和声望，在晋宗室中又是疏属。他能够取得帝位，主要是依靠王导的支持，但东晋、南朝约三百年间，南方经济上升，文化远超北方，东晋所起的积极作用，不容抹杀，创立东晋政权的司马睿，功不可没。范文澜则高度评价刘宋，他说："刘裕所创的宋朝，皇帝独掌大权，主要辅佐，多选用寒门，原来的高门大族，只能做名大权小的官员，难得皇帝的信任。削弱士族的政治力量，实行皇帝专制的中央集权，宋朝的统一程度远非强藩割据的东晋朝所能比拟，政权大大增强了。"

"朱雀桥边野草花，乌衣巷口夕阳斜。旧时王谢堂前燕，飞入寻常百姓家。"鲜卑拓跋部统一黄河流域,北方出现了强大的魏国,如果南方没有统一的汉族政权,鲜卑人几次大举南侵,很有可能并吞长江流域,摧残发展中的经济和文化。刘裕取代纪纲不立、豪强横行的东晋,建立宋朝,对于有力抗衡北朝,是一大贡献。刘宋的建立也标志着东晋门阀政治的正式结束。

郭家山前谈温峤

郭家山，地处南京城北，还在建宁路与中央门之北，这里已经看不出原来有小山丘的模样了。当年，江苏省新华印刷厂自湖南路高云岭搬迁到此，又迁栖霞新港，业内人士多称郭家山，就是代指印刷厂。每次到此，也往往是来去匆匆，不曾留意。苏童有一小说《城北地带》，写尽江南某城北部地域之内的芜杂凌乱，底层民众的一地鸡毛，人性复杂挣扎的世相百态，处在社会生物链底端芸芸众生的绝望、苟且、好死不如赖活着的混世状态。走在郭家山左右，就会想起苏童的这部小说来，还有他的一系列中短篇小说，大都堪称上乘之作。但温峤的墓地，也就在这里呢。

南京人提到东晋，多说王谢，也就是王导与谢安，甚或说到周处。对温峤，似乎说得较少。刘宋取代东晋，追封前朝元勋，也就三人而已，三人都是谁？王导、谢安、温峤。今天，不妨说说温峤其人，还有他所处的那个风云纷乱的时代。

温峤出生于288年,字泰(太)真,太原祁县人,聪敏博学,为人孝悌,博学善文,尤擅清谈,且风仪俊美,颇有器量。他早年多次拒绝州郡征辟。永兴二年(305年),温峤做了"监察"干部,所谓都官从事,负责监察百官,年轻气盛,锐意作为。他弹劾名士庾敳搜刮民财,却反而得到庾敳赞赏:"森森如千丈松,虽磥砢多节,施之大厦,有栋梁之用。"温峤顿然间名声大噪。后来,温峤被举为秀才、灼然,又被辟为司徒府东阁祭酒,补任上党郡潞县县令。

永嘉四年(310年),并州刺史刘琨升任平北大将军。温峤是刘琨内甥,素受刘琨礼遇,被辟为平北参军。建兴元年(313年),刘琨进拜大将军。刘琨当然也是一代雄杰,因闻鸡起舞,与祖逖齐名。温峤出任刘琨大将军府从事中郎,领上党太守,加建威将军、督护前锋军事。当时,匈奴汉国肆虐中原,晋室皇族、世家纷纷渡江南下,投靠琅琊王司马睿。西晋政权名存实亡,并州孤悬北方,境内盗贼蜂起,周边又有石勒、刘聪等强敌环绕。温峤在与石勒等人的争斗中屡建战功,被刘琨倚为心腹。建兴三年(315年),刘琨进位司空,又以温峤为司空府右司马。建兴四年(316年),西晋灭亡,并州陷落。温峤随刘琨投奔幽州,依附于幽州刺史段匹磾。

温峤南下江东,他的人生掀开了新的一页。且说建武元年(317年),司马睿在建康建立东晋,却只称晋王,并未称帝。刘琨遂以温峤为司空府左长史,让他南下江东劝说司马睿早日称帝。这段故事,《晋书》有如此描述:"属二都倾覆,社稷绝祀,元帝初镇江左,琨诚系王室,谓峤曰:'昔班彪识刘氏之复兴,马援知汉光之可辅。今晋祚虽衰，天命未改，吾欲立功河朔，使卿延誉江南，子其行乎？'对曰：'峤虽无管张之才，而明公有桓文之志，欲建匡合之功，岂敢辞命。'乃以为左长史，檄告华夷，奉表劝进。"温峤抵达建康后，在朝堂之上慷慨陈词，盛赞刘琨忠义，力言江东承袭晋统乃是众望所归，深得司马睿赞赏。当时名士如王导、周𫖮、谢鲲、庾亮、桓彝，也都非常欣赏温峤，争相与之交往。温峤多次请求返回幽州向刘琨复命，但未获允准。

大兴元年（318年），司马睿正式称帝，温峤被任命为散骑常侍。温峤以母丧为由，请求北归。当他闻听刘琨已在内乱中被段匹䃅冤杀，迫于形势，只得接受任命，留在江东。他恳求朝廷褒崇刘琨，以慰海内之望。但晋廷正倚重段匹䃅抵抗石勒，并未对刘琨有所追赠抚恤。此后，温峤历任骠骑长史、太子中庶子。他极尽规谏之责，并献《侍臣箴》，深得太子司马绍器重，引为布衣之交。大兴三年（320年），司空府故属卢谌、崔悦由北方辗转表奏晋廷，替刘琨诉冤。温峤趁机再次上表，请求昭雪刘琨。晋元帝遂追赠刘琨为侍中、太尉，并赐谥号。

平定王敦，温峤功不可没。永昌元年（322年），大将军王敦以诛杀刘隗、刁协的名义起兵，进逼建康。温峤对王敦尚抱有同情之心，他曾对仆射周𫖮说道："大将军这么做似乎有一定原因，不算过分吧？"王敦攻入建康，欲废黜太子，以图取代晋室。温峤挺身而出，回护司马绍，挫败王敦图谋。司马绍即位后，以温峤为侍中。太宁元年（323年），温峤又改任中书令。他执掌诏命文翰，参与机密大谋，深得晋明帝司马绍倚重。当时，王敦虽然还镇江州，却遥控朝政，他提出以温峤为幕府左司马。温峤假意勤勉恭敬，为王敦出谋划策，又刻意结交其心腹钱凤，逐渐取得王敦的信任。

太宁二年（324年），丹阳尹出缺。温峤以丹阳尹守备京师为由，劝王敦越过朝廷亲自选择任职人选，并举荐钱凤。钱凤则推荐温峤。王敦遂以温峤为丹阳尹。温峤得以返回建康，将王敦的谋划与虚实尽数禀告晋明帝，请其做好应变准备。王敦得知温峤背叛，大为恼怒，以诛杀温峤的名义再次起兵，并扬言要亲自拔掉温峤的舌头。此段故事，还有"即席用谋"之说。据说，温峤被任命为丹阳尹后，担心钱凤会阻挠，便在王敦为他饯别时，故意到钱凤面前敬酒。钱凤动作稍微迟缓，温峤便装醉击落钱凤的头巾，变色道："钱凤是什么东西，温太真行酒，胆敢不喝？"王敦以为温峤真的醉了，忙出言劝解。温峤出发后，钱凤对王敦说："温峤和朝廷关系密切，而且和庾亮交好，恐怕难以信任。"王敦说："太真昨天喝醉了，对你稍有失敬，你怎么能马上就这样诋毁他呢！"晋明帝遂封温峤为中垒将军、持节、都督东安北部诸军事，抵抗王敦。王敦军队到达秦淮河南岸，兵临城下。温峤认为军力不足，援军未到，下令烧毁朱雀桥以阻敌军。两军隔河对峙，温峤亲自率军渡河奇袭，大败王敦族兄王含，又命刘遐击败钱凤。不久，王敦病亡。王敦之乱得以平定。

王敦变乱之初，朝廷军队尽皆败归，司马绍打算亲自领兵出战。温峤拦马进谏，司马绍这才作罢。王敦攻破建康后，欲废黜太子。温峤据理力争，王敦阴谋未能得逞。晋明帝下诏将王敦的党羽革职除名，僚属予以禁锢。温峤认为，陆玩、刘胤、郭璞等被迫跟从王敦的人应该宽宥。司马绍采纳了温峤的意见。温峤被晋明帝封建宁县公，赏绢五千四百匹，进号前将军。

太宁三年（325年），晋明帝病逝。太子司马衍即位，史称晋成帝。温峤作为丹阳尹，与太宰司马羕、司徒王导、尚书令卞壶、车骑将军郗鉴、护军将军庾亮、领军将军陆晔一同受遗诏辅政。当时，成帝年幼，太后庾氏临朝称制。庾亮以中书令之职负责政事决策。温峤有轻慢放肆之语，卞壶以礼法之士自居。两人有一次在庾亮处，互相抨击。温峤说话粗俗不堪，庾亮慢吞吞地说："太真整天出言不俗。"咸和元年（326年），温峤被任命为江州刺史、持节、都督、平南将军，出镇武昌。当时，征西将军陶侃驻节荆州，威震西陲。庾亮对陶侃非常忌惮，命温峤坐镇江州，以防范陶侃。温峤主政江州期间，拔擢人才，广施仁政，颇有作为。

咸和二年（327年），庾亮欲削除历阳内史苏峻的兵权，不顾温峤多次致信劝阻，征召苏峻入朝为大司农。温峤担心苏峻谋反，遂请求率军入卫建康，以备不测之变，又被庾亮拒绝。庾亮写信给温峤说："吾忧西陲过于历阳，足下无过雷池一步也。"苏峻果然起兵叛乱，进攻建康。温峤由武昌进屯寻阳，援救建康。

咸和三年（328年）初，苏峻叛军攻陷建康，挟持晋成帝，控制朝政。庾亮逃离建康，奔赴寻阳，投奔温峤。当时，庾亮以太后的名义进温峤为骠骑将军、开府仪同三司。但温峤以苏峻之乱未平为由，拒绝接受任命。温峤与庾亮起兵讨伐苏峻，互推对方为盟主。温峤的弟弟温充建议推举位重兵强的陶侃为盟主，温峤修书陶侃，痛陈利弊，说服陶侃起兵共赴国难。温峤传檄天下，宣告苏峻罪状，兴师讨伐。征讨苏峻联军旌旗连接七百余里，声势大振，兵锋直指石头城。两军对峙，联军却败多胜少，而温峤军粮将尽，苦苦支撑。

温峤修建行庙，大设坛场，祭告皇天后土祖宗之灵，他亲自宣读祝文，语气激昂，泪流满面，三军将士几乎不敢抬头仰视，士气大振。陶侃都督水军攻打石头城，庾亮、温峤等率步兵万人从白石山出战。苏峻酒醉之下，竟然马失前蹄，被陶侃麾下将领斩杀。苏峻之乱，得以平定。

咸和四年（329年）春，温峤被封为骠骑将军、开府仪同三司，加散官散骑常侍，进爵始安郡公，食邑三千户。如何处理苏峻余党，王导有予以宽容之意，但温峤认为不妥，《晋书》载："初，峻党路永、匡术、贾宁中途悉以众归顺，王导将褒显之，峤曰：'术辈首乱，罪莫大焉。晚虽改悟，未足以补前失。全其首领，为幸已过，何可复宠授哉！'导无以夺。"

苏峻之乱平定之后，朝廷拟让温峤留在朝中辅政，但他认为王导是先帝所任命的人选，他要求返回江州。温峤西行路过牛渚矶，听闻水下多有怪物，便命人点燃犀角下水照看。燃犀温峤，典出于此。当夜，温峤中风，回到武昌后不久就去世了，终年四十二岁。晋成帝下诏追赠温峤为侍中、大将军，谥号忠武。大史学家王鸣盛说："诸臣中亦惟温峤有英略，而峤又不永年，有以知晋祚之不长。"此言虽然有点宿命色彩，却也是历史事实。

温峤是轻裘缓带的大将军，也是有魏晋风度的潇洒人物。据说，温峤妻子去世。他的堂姑刘氏，因战乱与家人失散，只有一个女儿，美丽聪慧。堂姑嘱咐温峤给女儿寻一门亲事，温峤私下已有自己娶她的意思，就回答道："好女婿实在难找，像我这样的如何？"堂姑说："战乱中得以生存，就足以告慰我的后半生了，哪里敢奢望你这样的人呢？"事后没几天，温峤告诉堂姑："已经找到人家了，门第还算可以，女婿的名声职位都不比我差。"随即送了一个玉镜台作为聘礼。结婚行礼之后，新娘拨开团扇，笑道："早就怀疑是你，果然不出我所料！"元代关汉卿的《温太真玉镜台》、明代朱鼎的《玉镜台记》、京剧中的《玉镜台》都取材于此温公却扇的故事。

综观温峤短暂的一生，主要政绩在西晋末东晋初的动乱年代。南下之前，他辅佐刘琨治理并州，抵御前赵，尽心效力，疲于奔命。南渡之后，历元、明、成三帝，平王敦、苏峻两次叛乱，内涉中枢，外任方镇，为东晋王朝的创立和巩固，立下丰功伟绩，充分显示出他出将入相、文治武备的过人才干，诚为挽狂澜于既倒的国之勋臣。晋成帝作为偏安一隅的皇帝，对温峤自然是倚重有加，感受最为真切："公明鉴特达，识心经远，惧皇纲之不维，忿凶寇之纵暴，唱率群后，五州响应，首启戎行，元恶授馘。王室危而复安，三光幽而复明，功格宇宙，勋著八表。"作为温峤同事的一代名臣陶侃，对温峤有如是评说："故大将军峤忠诚著于圣世，勋义感于人神，非臣笔墨所能称陈。临卒之际，与臣书别，臣藏之箧笥，时时省视，每一思述，未尝不中夜抚膺，临饭酸噎。'人之云亡'，峤实当之。"《文心雕龙》的作者刘勰则着眼于温峤的文字功夫，他说："温太真之笔记，循理而清通，亦笔端之良工也。"温峤有《温峤集》流布后世。主持纂修《晋书》的唐朝名相房玄龄，超脱于现实的纠结，评价温峤，更显公允:"忠臣本乎孝子,奉上资乎爱亲,自家刑国,于期极矣。太真性履纯深,誉流邦族,始则承颜候色,老莱弗之加也;既而辞亲蹈义,申胥何以尚焉!封狐万里,投躯而弗顾;猰㺄千群,探穴而忘死。竟能宣力王室,扬名本朝,负荷受遗,继之全节。言念主辱,义声动于天地;祗赴国屯,信誓明于日月。枕戈雨泣,若雪分天之仇;皇舆旋轸,卒复夷庚之躅。微夫人之诚恳,大盗几移国乎!"

后人赋诗追念温峤,有"奄忽神游哲人萎,远迩闻讣泪涟洏。丘墓千载江之湄,祠宇虽存人莫知"之语。丘墓千载江之湄,这江之湄究竟在何处?晚清有一将军驻军幕府山下,错把老虎山一坟茔误为温峤墓。到了2001年初,在南京鼓楼郭家山西南麓发掘一东晋墓葬,被确认为温峤墓。温峤墓为长甬道单室穹窿顶砖砌墓,是南京地区迄今正式发掘的墓主身份明确、地位最高的东晋勋臣墓葬。墓葬由下水道、封门墙、挡土墙、甬道、墓室构成,总长7.49米,出土有各类文物80余件(套),包括砖质墓志一方。墓志基本呈方形,长45厘米、宽44厘米、厚6厘米,文字及方格线刻画较浅。墓中志文隶书,凡10行104字,字迹清晰。

曾经到过幕府山与燕子矶的大学者渔洋山人王士禛,想必也是到过温峤墓的。他写了这样一首五言诗,也足见在其心目中,温峤是第一流的历史人物:"不是温忠武,谁堪第一流。飞书先赴难,洒泪独登舟。赤帻惊幽渚,黄旗指石头。孤亭临玉镜,淅淅荻芦秋。"

麒麟铺里寻寄奴

西晋短命，八王之乱，纷乱如麻。五胡乘机，扰乱天下。琅琊王司马睿受王导指教，脱身中原是非之地，别走江南，五马渡江，一马成龙。但此龙懦弱，王与马共天下。然，虽有王敦之乱，王导最终并没有成为王莽。司马绍的女婿桓温要取而代之，也并没有如愿以偿。东晋偏安江南一隅，暗弱可欺，居然也有百年之久。桓玄篡位，刘裕崛起，诛灭桓玄，权倾天下，最终刘宋代晋，进入新的历史阶段。且说刘裕。

刘裕，字德舆，小名寄奴。祖籍彭城郡彭城县绥舆里，在363年出生于晋陵郡丹徒县京口里。刘裕自幼家贫，《魏书》载："裕家本寒微，住在京口，恒以卖履为业。意气楚剌，仅识文字，樗蒲倾产，为时贱薄。"《南史》也说："帝素贫，时人莫能知。"

据说，刘裕是汉高祖刘邦之弟、楚元王刘交的二十二世孙，与刘向、刘歆同属一脉。其家族早年随晋室南渡，居丹徒京口里，有人将刘裕的门第归于江左"低级士族"，陈寅恪则认为是

"次等士族"。刘裕家境贫苦,其母在分娩后去世,其父刘翘无力请乳母,一度打算抛弃他,只因刘怀敬之母伸出援手,他才得以存活。《宋书》载:"高祖武皇帝讳裕,字德舆,小名寄奴,彭城县绥舆里人,汉高帝弟楚元王交之后也。"《资治通鉴》载:"初,彭城刘裕,生而母死,父翘侨居京口,家贫,将弃之。"《宋书》之《刘怀肃传》则有如此描述:"初,高祖产而皇妣殂,孝皇帝贫薄,无由得乳人,议欲举高祖。高祖从母生怀敬,未期,乃断怀敬乳,而自养高祖。"刘裕长大之后,"雄杰有大度",身高七尺六寸,风骨奇伟,不拘小节,侍奉继母以孝顺闻名。刘裕早年因过于贫寒,落魄到靠砍柴、种地、打鱼和卖草鞋为生。刘裕仅仅粗通文字,曾因为赌博樗蒲而倾家荡产,遭乡里轻鄙。但出身琅琊王氏的王谧却对刘裕颇为赏识,他曾对刘裕说:"你应当会成为一代英雄。"《晋书》的《王谧传》对此记述简略:"初,刘裕为布衣,惟谧独奇贵之,尝谓裕曰:'卿当为一代英雄。'"

刘裕从军,成为北府军将领、冠军将军孙无终的司马。隆安三年(399年)冬,孙恩在会稽起兵反晋,东南八郡纷起响应,朝野震惊。晋廷派卫将军谢琰、前将军刘牢之前往弹压。或因孙无终的荐举,刘裕转入刘牢之的麾下,担任参军。刘牢之率部抵达吴地,遭遇数千孙军,刘裕率众迎战,在随从战死大半的情况下仍手舞长刀,酣战不止。后来,刘牢之的儿子刘敬宣及骑兵主力相继前来,孙军溃退,刘裕乘胜收复山阴。

隆安四年(400年)春末,孙恩攻克会稽郡,杀死谢琰。刘牢之再次领兵东征,孙恩败退。刘牢之驻扎上虞,派刘裕戍守句章城。刘裕披坚执锐,身先士卒,每战都冲锋在前,孙恩军退回浃口。隆安五年（401年）春，孙恩频繁进攻句章城，均被刘裕击败。孙恩转进渡海，聚集部众达十余万，突袭丹徒。刘牢之还驻山阴，京师震动。刘裕闻讯，日夜兼程，与孙恩军同时抵达丹徒。孙恩率兵数万，攻打蒜山。当时敌我众寡悬殊，刘裕长途行军，十分疲惫，而丹徒守军又无斗志。但刘裕神勇，振奋军心，率部阻击孙恩，狭路相逢勇者胜。孙恩军功败垂成，跳崖投水而死者甚众。朝廷因此役加刘裕为建武将军、下邳太守，派他率领水军追击孙恩至郁洲，大败之。后刘裕在海盐再度击破孙恩。刘裕三战三捷，俘虏孙军数以万计，而孙军遭遇"饥馑疾疫"，死亡过半，被迫从浃口撤至临海。转战三吴数载，刘裕屡充先锋，每战挫敌，其军事干略初步显露。当时东晋诸将多纵兵暴掠，涂炭百姓，而刘裕治军整肃，法纪严明。刘裕率水军继续追讨孙恩，迫使其投海而死。

孙恩起兵，消耗晋廷，京防空虚，给盘踞长江上游军事重镇荆州、虎视三吴的桓玄以可乘之机，桓玄欲挥师东进。元兴元年（402年），骠骑大将军司马元显率刘牢之等西讨桓玄。刘牢之率部到达溧州，遭遇桓玄所部。刘裕请求发起攻击，未得同意。刘牢之拟派其子刘敬宣赴桓玄营中讲和，刘裕与刘牢之的外甥何无忌坚决谏阻，刘牢之置之不理。桓玄攻入建康，杀死司马元显，收夺刘牢之兵权，以其堂兄桓修代之。刘牢之惧祸而逃后自缢身亡。刘裕审时度势，暂投桓玄，以行韬晦之计。因刘裕屡建军功，在北府军旧部中颇有声望，桓玄不敢小视，任命他为中兵参军。《宋书》载其事："元兴元年正月，骠骑将军司马元显西伐荆州刺史桓玄，玄亦率荆楚大众，下讨元显。元显遣镇北将军刘牢之拒之，高祖参其军事，次溧洲。玄至，高祖请击之，不许，将遣子敬宣诣玄请和。高祖与牢之甥东海何无忌并固谏，不从。遂遣敬宣诣玄，玄克京邑，杀元显，以牢之为会稽内史。惧而告高祖曰：'便夺我兵，祸其至矣。今当北就高雅于广陵举事，卿能从我去乎？'答曰：'将军以劲卒数万，望风降服。彼新得志，威震天下。三军人情，都已去矣，广陵岂可得至邪！裕当反复还京口耳。'牢之叛走，自缢死。何无忌谓高祖曰：'我将何之？'高祖曰：'镇北去必不免，卿可随我还京口。桓玄必能守节北面，我当与卿事之。不然，与卿图之。今方是玄矫情任算之日，必将用我辈也。'桓玄从兄修以抚军镇丹徒，以高祖为中兵参军，军、郡如故。"

元兴二年（403年）初，刘裕败孙恩妹夫卢循于东阳。卢循逃往永嘉，刘裕追击，杀其大帅张士道，卢循渡海南逃。刘裕被加封为彭城内史。桓玄篡位，他对司徒王谧说："昨日看见刘裕，气度不凡，是人中豪杰。"于是对刘裕款待备至，恩宠有加。桓玄的妻子刘氏颇能识人，她多次劝桓玄除掉刘裕，但桓玄却以要借刘裕荡平中原为由拒绝此议。桓玄称帝后，大力剿杀北府兵旧将，刘裕暗中联络北府兵残余兵将，伺机反击桓玄。

元兴三年（404年）初，刘裕以打猎为名，聚集北府兵余部一千七百余人，举兵京口，传檄四方，各地纷起响应。桓玄获悉刘裕率众起事，忧心忡忡，无计可施。有人说："刘裕等力量弱小，哪里具备成气候的力量，陛下何必担忧呢？"桓玄回答道："刘裕堪称当代雄才，刘毅家无多少储蓄，却像掷骰子一样掷出百万，何无忌是刘牢之的外甥，很像他舅舅。他们联合起来，共举大事，怎能说他们不会成功呢？"桓玄派手下吴甫之及皇甫敷抵抗寄奴，刘裕先于江乘杀吴甫之，至江乘以南的罗落桥时奋力作战，又杀皇甫敷。刘裕进攻覆舟山，他命弱兵登山，持旗帜分道而行，以营造四周皆有士兵、数量众多的假象，而又因桓玄守军大多为北府军旧部，面对刘裕几无斗志。刘裕以火攻击溃桓玄守军后，桓玄弃城西逃。就此交锋，《宋书》如此记载："以孟昶为长史，总摄后事；檀凭之为司马。百姓愿从者千余人。三月戊午朔，遇吴甫之于江乘。甫之，玄骁将也，其兵甚锐。高祖躬执长刀，大呼以冲之，众皆披靡，即斩甫之。进至罗落桥，皇甫敷率数千人逆战。宁远将军檀凭之与高祖各御一队，凭之战败见杀，其众退散。高祖进战弥厉，前后奋击，应时摧破，即斩敷首。"

《宋书》又载："玄闻敷等并没，愈惧，使桓谦屯东陵口，卞范之屯覆舟山西，众合二万。己未旦，义军食毕，弃其余粮，进至覆舟山东，使丐士张旗帜于山上，以为疑兵；玄又遣武骑将军庾祎之，配以精卒利器，助谦等。高祖躬先士卒以奔之，将士皆殊死战，无不一当百，呼声动天地。时东北风急，因命纵火，烟焰张天，鼓噪之音震京邑。谦等诸军，一时土崩。玄始虽遣军置阵，而走意已决，别使领军将军殷仲文具舟于石头，仍将子侄浮江南走。"

桓氏势力仍在荆州盘踞，反攻江陵。义熙元年（405 年），晋军再度收复江陵，迎回晋安帝。刘裕还镇丹徒。是年，刘裕遣使赴后秦，要求后秦归还之前占领的南乡、顺阳、新野、舞阴等淮北诸郡。后秦皇帝姚兴或鉴于西面战事吃紧，无力再在东面与刘裕为敌，便答应将淮北十二郡归还东晋。义熙二年（406年），刘裕因功受封为豫章郡公，食邑万户，获赏绢三万匹。僚佐规格只比原太傅谢安府低一等。义熙四年（408年）正月，因王谧在前一年去世，刘裕听从幕僚刘穆之劝言，入朝商议继任人选，获授侍中、车骑将军、开府仪同三司、扬州刺史、录尚书事、兼徐兖二州刺史，入掌朝政大权。刘穆之据说是刘邦庶长子刘肥之后。《宋书》之《刘穆之传》载："穆之曰：'昔晋朝失政，非复一日，加以桓玄篡夺，天命已移。公兴复皇祚，勋高万古。既有大功，便有大位。位大勋高，非可持久。公今日形势，岂得居谦自弱，遂为守藩之将邪？刘、孟诸公，与公俱起布衣，共立大义，本欲匡主成勋，以取富贵耳。事有前后，故一时推功，非为委体心服，宿定臣主之分也。力敌势均，终相吞咀。扬州根本所系，不可假人。前者以授王谧，事出权道，岂是始终大计必宜若此而已哉！今若复以他授，便应受制于人。一失权柄，无由可得。而公功高勋重，不可直置，疑畏交加，异端互起，将来之危难，可不熟念。今朝议如此，宜相酬答，必云在我，厝辞又难。唯应云"神州治本，宰辅崇要，兴丧所阶，宜加详择。此事既大，非可悬论，便暂入朝，共尽同异。"公至京，彼必不敢越公更授余人，明矣！'高祖从其言，由是入辅。"

东晋自偏安以来，时时面临北方威胁。祖逖、庾亮、褚裒、殷浩、桓温都曾先后北伐，但无一成功。义熙五年（409年），南燕皇帝慕容超袭位，纵兵肆虐淮北。刘裕为抗击南燕，外扬声威，他于建康率舟师溯淮水入泗水，进抵下邳，留船舰、辎重，改由陆路进至琅琊。为防南燕以奇兵断其后，刘裕所过之处皆筑城垒,留兵防守。慕容超恃勇轻敌,对晋军入境不以为虑。刘裕未遇抵抗,过莒县,越大岘山。慕容超此前先遣公孙五楼、贺赖卢及段晖等,率步、骑兵五万进据临朐。燕军至临朐,慕容超派公孙五楼率骑前出,与晋军前锋孟龙符遭遇,公孙五楼战败退走。刘裕以战车四千辆分左右翼,兵、车相间,骑兵在后,向前推进,与慕容超所派精骑激战,胜负未决。刘裕采纳参军胡藩之策,派兵绕至燕军之后,乘虚攻克临朐,又纵兵追击单骑逃脱的慕容超,大败燕军。刘裕乘胜追击北上,攻克广固外城。慕容超退守广固内城。刘裕筑围困之,招降纳叛,并就地取粮养战。慕容超被困于广固,先后遣使求援后秦。后秦皇帝姚兴派卫将军姚强率步、骑兵一万,与洛阳守将姚绍会合,共救南燕。姚兴遣使告诉刘裕,后秦以十万兵屯洛阳,若晋军不还,当长驱而进。刘裕识破姚兴虚张声势,不为所动。慕容超久困于广固,不见后秦援兵,欲割地、称藩于东晋,刘裕不允。晋军在南燕降将张纲的帮助下,制成飞楼、冲车等攻城器具,加强攻防能力。《晋书》之《慕容超传》载:"至是,城中男女患脚弱病者大半。超辇而升城,尚书悦寿言于超曰:'天地不仁,助寇为虐,战士尪病,日就凋陨,守困穷城,息望外援,天时人事,亦可知矣。苟历运有终,尧、舜降位,转祸为福,圣达以先。宜追许、郑之踪,以全宗庙之重。'超叹曰:'废兴,命也。吾宁奋剑决死,不能衔璧求生。'于是张纲为裕造冲车,覆以版屋,蒙之以皮,并设诸奇巧,城上火石弓矢无所施用,又为飞楼、悬梯、木幔之属,遥临城上。超大怒,悬其母而支解之。"

义熙六年(410年)初,贺赖卢、公孙五楼率军挖地道出击晋军，被击败后，退回内城。刘裕乘机四面攻城，南燕尚书悦寿打开城门迎降，晋军攻入广固内城。慕容超率数十骑突围而走，被晋军追获，南燕灭亡。刘裕以广固久守不降为由，入城之后，尽杀南燕鲜卑族王公以下三千人。慕容超被押送到石头城，于建康街头斩首示众。

占据岭南的卢循、徐道覆趁刘裕领兵在外，于义熙六年（410年）起兵，连取南康、庐陵、豫章各郡，朝廷急征刘裕南回。刘裕刚灭南燕，收到诏书，即撤还建康。刘裕撤至山阳时，得知江州刺史何无忌已战死，加速回防建康。卢循大败豫州刺史刘毅后继续东下，兵锋甚锐。刘裕招募兵众，修治石头城，迎击十多万人的卢循大军。面对如此实力悬殊，刘裕拒绝北归广陵避敌之议，决心背水死战。卢循军停驻蔡洲，大致在今南京西南江心洲中。刘裕就以木栅阻断石头城及淮口，修筑越城并建查浦、药园、廷尉三座堡垒，分兵戍守以御卢循。卢循曾分疑兵进攻白石及查浦，自率大军进攻丹阳郡，但都没有取胜，且在各地无法抢掠到物资，只得退兵江州。刘裕率刘藩、檀韶等人进攻卢循，大败之，卢循只得南逃广州。刘裕早已派孙处及沈田子经海路攻占了卢循的根据地番禺。卢循一再败逃，终为交州刺史杜慧度所杀。

刘裕于义熙七年（411年）班师回到建康，被授太尉、中书监职位。次年四月，朝廷以刘毅为荆州刺史。此时，刘毅还拥有豫州、江州，其弟刘藩占据兖州。刘毅不服刘裕，表面拥戴，内心却极度妒恨。《晋书·刘毅传》载："毅刚猛沉断，而专肆很愎，与刘裕协成大业，而功居其次，深自矜伐，不相推伏。及居方岳，常怏怏不得志，裕每柔而顺之。毅骄纵滋甚……""故欲擅其威强，伺隙图裕""刘裕自率众讨毅，命王弘、王镇恶、蒯恩等率军至豫章口，于江津燔舟而进。毅参军朱显之逢镇恶，以所统千人赴毅。镇恶等攻陷外城，毅守内城，精锐尚数千人，战至日昃，镇恶以裕书示城内，毅怒，不发书而焚之。毅冀有外救，督士卒力战。众知裕至，莫有斗心。既暮，镇恶焚诸门，齐力攻之，毅众乃散，毅自北门单骑而走，去江陵二十里而缢。"此前，刘牢之自缢而死，刘毅也是自缢而死。乱世纷纭，成王败寇，相当血腥残酷。

刘裕率军攻克江陵，逐步消灭刘毅残余势力，吞并豫、江二州。刘裕鉴于江州、荆州凋敝残破，百姓疲惫匮乏，为赋税劳役所困，难以为生。他下令减免税役，并推广到全国，同时对未作军用州郡县的屯田、池塘、边塞之税，一律免除。对于因战争需要被征发的奴隶也一律放还。

消灭刘毅之后，刘裕又图伐蜀。义熙八年（412年）底，刘裕因赏识朱龄石的军事才干，不顾他人反对，超擢他为益州刺史，命其率臧熹、蒯恩、刘钟和朱林等领军伐蜀。刘裕曾与朱龄石讨论作战策略，他们推测谯蜀鉴于刘敬宣伐蜀是从内水进攻，无功而返，此次想出其不意，仍然会从内水进攻。为免军情外泄，刘裕特将一封密函交给朱龄石，示意他到白帝城时才能打开。朱龄石大军自江陵出发后一直都不知循何道进军，谯蜀亦无从以晋军势态察知刘裕图谋。至白帝城时，朱龄石公布密函："大军一律经外水攻向成都，臧熹、朱林在中水攻取广汉，命弱兵搭乘十多艘高舰由内水兵向黄虎。"此后朱龄石率大军加快速度行军。而谯蜀果如刘裕所想,设主力防备内水,命谯道福在涪城驻以重兵,别遣侯晖及谯诜领万余屯彭模,依水两岸建城垒作防御。义熙九年(413年),晋军成功灭谯蜀,巴蜀地区再入南方版图。《宋书·朱龄石传》载:"初,高祖与龄石密谋进取,曰:'刘敬宣往年出黄武,无功而退。贼谓我今应从外水而往,而料我当出其不意,犹从内水来也。如此,必以重兵守涪城,以备内道。若向黄武,正堕其计。今以大众自外水取成都,疑兵出内水,此制敌之奇也。'……谯纵果备内水,使其大将谯道福以重兵戍涪城……"刘裕灭蜀后,下令精简各地劳役,让人民休养生息。

早在义熙元年(405年),仇池国氐王杨盛趁谯纵叛晋之机,占据汉中。义熙九年(413年),刘裕任命敦煌索邈为梁州刺史,恢复对汉中管治。

自东晋建立以来,朝廷纲纪,松弛紊乱,权贵之门竞相兼并,百姓流离失所。刘裕掌握朝政后,明确规章制度,施行土断,禁止兼并。会稽郡余姚县世族虞亮藐视国法,藏匿逃亡人员一千多人,对抗刘裕改革。刘裕铁腕诛灭虞亮,罢免包庇他的会稽内史,法办大批涉事的士族及官员。一时间士族豪强肃然,谨慎规矩,遵法守纪,再也不敢胡作非为。刘裕鉴于各州所送秀才、孝廉大多名不符实,申明规定,严整法纪,对地方选拔之人专门进行考试,如有不实,一律严查,以保证官员的选拔公正,唯才是举。义熙十年(414年),刘裕减轻徭役,让百姓休养生息。山湖川泽多被豪强士族夺取,百姓打柴、采摘、打鱼、垂钓,都要强迫交税,刘裕下令一律禁绝,免征,还山于民,还地于民。刘裕制定条例，依划分土地为准，施行土断，只有徐、兖、青三州居住在晋陵者不在划分的范围之内。流民聚集的郡县，大多进行了合并。

义熙八年（412年），刘裕征讨刘毅时，晋宗室司马休之占据荆州，拥兵自重。东晋荆、扬二州，地广兵强，对东晋形成巨大威胁。义熙十年（414年），司马休之之子司马文思在建康召集轻侠，欲谋杀刘裕。刘裕将司马文思交给司马休之，让他处置。司马休之只是上表废除其谯王爵位，写信向刘裕道歉而已，文过饰非。义熙十一年（415年），刘裕收杀司马休之在建康的次子司马文宝及侄儿司马文祖，出兵讨伐司马休之，自加黄钺，领荆州刺史。司马休之则上表刘裕罪状，派兵抵抗。当时的雍州刺史鲁宗之自感不被刘裕所容，与司马休之合兵反击刘裕。刘裕击败司马休之，攻克江陵，直捣襄阳，荆、扬二州尽被刘裕吞并。司马休之与鲁宗之北投后秦。自桓玄作乱以来，南方各大割据势力，自此全部被刘裕灭亡，南方归为一统。刘裕在消灭司马休之以后，更获剑履上殿、入朝不趋、赞拜不名的殊荣。义熙十二年（416年）初，刘裕加领平北将军、兖州刺史、都督南秦州诸军事。至此，他一人已经都督徐州、南徐、豫、南豫、兖、南兖、青、冀、幽、并、司、郢、荆、江、湘、雍、梁、益、宁、交、广、南秦共二十二州。刘裕宛如当年曹操，离称王自立，仅一步之遥。

义熙十二年（416年）初，后秦皇帝姚兴病逝，姚泓继位，内部叛乱迭起，政权不稳。刘裕认为此是灭亡后秦的天赐良机，他以刘穆之任尚书左仆射，内总朝政，外供军粮，自己亲率大军分四路北伐，抵达彭城。龙骧将军王镇恶、冠军将军檀道济领兵由淮、泗转向许、洛，后秦诸屯守皆望风降附，晋军进展神速。王镇恶军占领洛阳。义熙十三年（417年）初，刘裕留其子刘义隆镇守彭城，自率大军北上。此时北魏派十万重兵驻守河北，并以游骑骚扰晋军。刘裕虽常设奇阵或用大弩强槊击败魏军，但进军缓慢。王镇恶军由洛阳进抵潼关后，为后秦主力守险阻拦，檀道济军的粮道也为秦将姚绍截断。晋军一时处于危境，王、檀向刘裕求援，而刘裕却为北魏军牵制，自顾不暇。刘裕以左将军向弥率部分兵力屯于黄河重要渡口碻磝，自率大军进入黄河；魏军以数千骑兵沿黄河北岸跟随刘裕军西行，防止晋军于黄河北岸登陆向魏进击，凡漂流至北岸的晋军，均被魏军擒杀。刘裕率军登上黄河北岸，列阵而进，拼力死战，魏军败退。刘裕进至洛阳，河南全境收复，刘裕随后进至陕城，终至潼关，与诸部会合。他采纳王镇恶提议，命他率水军从黄河入渭水，逼向长安。刘裕大军随之逼近。王镇恶突破潼关防线，率师直进，一举攻陷长安，姚泓率群臣投降，后秦灭亡。

义熙十三年（417年）冬，刘裕率军抵达长安。此时，传来刘穆之病死的消息。刘裕召集在长安的文武将佐商议今后方略，决定不再继续北伐。刘裕遂留其十二岁的儿子刘义真及王修、王镇恶、沈田子等共守长安，自己统军南归。《南史·刘穆之传》载："帝在长安，本欲顿驾关中，经略赵、魏，闻问惊恸，哀惋者数日。以根本虚，乃驰还彭城。"《资治通鉴》也载："始，裕欲留长安经略西北，而诸将佐皆久役思归，多不欲留。会穆之卒，裕以根本无托，遂决意东还。"

刘裕南归不久，夏主赫连勃勃派军南断青泥，东扼潼关，率大军进攻长安。《资治通鉴》载："夏王勃勃闻太尉裕东还，大喜，问于王买德曰：'朕欲取关中，卿试言其方略。'买德曰：'关中形胜之地，而裕以幼子守之。狼狈而归，正欲急成篡事耳，不暇复以中原为意。此天以关中赐我，不可失也。青泥、上洛，南北之险要，宜先遣游军断之；东塞潼关，绝其水陆之路；然后传檄三辅，施以威德，则义真在网罟之中，不足取也。'"刘裕留守长安的晋朝文武发生内讧，沈田子杀王镇恶，王修杀沈田子，刘义真复杀王修。刘裕得到消息，震惊不已，急令朱龄石镇守长安，命刘义真速回南方。刘义真大掠财宝美女，车载南还，为夏军追击。朱龄石阵亡，刘义真单骑逃逸。钱穆在《国史大纲》中认为："裕之北伐，在廷之臣，无有为裕腹心者……要之江南半壁，依然在离心的倾向上进行。诸名族虽饱尝中原流离之苦，还未到反悔觉悟的地步。"江南士族习于偏安，不愿北归，难以与刘裕同心。刘裕提议迁都洛阳，同样遭到反对。长安虽得而复失，但潼关以东收复的部分关中之地和整个河南地区仍然得到刘裕的重兵扼守。经过两次北伐，黄河以南、淮水以北以及汉水上游的大片地区，为刘裕所恢复。

义熙十四年（418年），刘裕接受相国、总百揆、扬州牧的官衔，以十郡建"宋国"，受封为宋公，并受九锡殊礼。刘裕指派王韶之缢杀晋安帝，立其弟、琅邪王司马德文为帝，即晋恭帝。元熙元年（419年）秋，刘裕进爵为宋王，宋国又增加十郡食邑，总计已达二十郡。同年末，又获加皇帝规格的十二旒冕、天子旌旗等一系列殊礼。元熙二年（420年）六月丁卯日（7月

10日），刘裕代晋称帝，降封司马德文为零陵王，东晋灭亡。《晋书》载："二年夏六月壬戌，刘裕至于京师。傅亮承裕密旨，讽帝禅位……刘裕以帝为零陵王，居于秣陵……宋永初二年九月丁丑，裕使后兄叔度请后，有间，兵人逾垣而入，弑帝于内房。"《资治通鉴》则有刘裕后人被萧齐取而代之的彼此对话，颇为生动："辛卯，宋顺帝下诏禅位于齐。壬辰，帝当临轩，不肯出，逃于佛盖之下，王敬则勒兵殿庭，以板舆入迎帝。太后惧，自帅阉人索得之，敬则启譬令出，引令升车。帝收泪谓敬则曰：'欲见杀乎？'敬则曰：'出居别宫耳。官先取司马家亦如此。'帝泣而弹指曰：'愿后身世世勿复生天王家！'"《南史》对此记载很是简略："封帝为汝阴王，居丹徒宫，齐兵卫之。建元元年五月己未，帝闻外有驰马者，惧乱作。监人杀王而以疾赴……"《宋书》又载刘裕称帝："永初元年夏六月丁卯，设坛于南郊，即皇帝位，柴燎告天。"

刘裕代晋，史学家吕思勉有如此评价："宋武代晋，在当日，业已势如振槁，即无关、洛之绩，岂虑无成？苟其急于图篡，平司马休之后，迳篡可矣，何必多伐秦一举？武帝之于异己，虽云肆意翦除，亦特其庸中佼佼者耳，反之子必尚多。刘穆之死，后路无所付托，设有窃发，得不更诒大局之忧？欲攘外者必先安内，则武帝之南归，亦不得訾其专为私计心也。义真虽云年少，留西之精兵良将，不为不多。王镇恶之死，在正月十四日（应为十五），而勃勃之图长安，仍历三时而后克，可见兵力实非不足。长安之陷，其关键，全在王修之死。义真之信谗，庸非始料所及，此尤不容苟责者也。"

刘裕即位之后,以司马氏为前车之鉴,削弱强藩,集权中央。他有鉴于荆州屡为祸乱之源,便裁并荆州辖区,限制其将吏额员。为防止权臣乱政,他特下诏:凡日后大臣外出征讨,一律配以朝廷军队,军还交回朝廷。刘裕还下令整顿户籍,厉行土断之法,严禁世族隐匿户口。他规定政府所需物资,不准滥行征发,而是派有关官员以钱购买。他适当降低农民租税,废除苛繁法令,发展生产。魏晋以来,皇室、官府崇尚奢华。刘裕出身孤寒,知晓稼穑艰辛,他平时清简寡欲,生活节俭,不喜奢侈。

永初三年(422年),刘裕欲出征北魏,但已疾病缠身,力不从心。他遗命司空徐羡之、尚书仆射傅亮、领军将军谢晦及护军将军檀道济四人为顾命大臣,辅助太子刘义符。此年五月二十一日(6月26日),刘裕在西殿崩逝,享年六十岁。刘裕被葬于丹阳建康县蒋山的初宁陵,庙号高祖,谥号武皇帝。《南史》载:"三月,上不豫,太尉长沙王道怜、司空徐羡之、尚书仆射傅亮、领军将军谢晦、护军将军檀道济并入侍医药。群臣请祈祷神祇,上不许,惟使侍中谢方明以疾告庙而已……己未,上疾瘳,大赦……五月,上疾甚,召太子,戒之曰:'檀道济虽有干略,而无远志,非如兄韶有难御之气。徐羡之、傅亮当无异图。谢晦屡从征伐,颇识机变,若有异,必此人也。小却,可以会稽、江州处之。'又为手诏:'朝廷不须复有别府,宰相带扬州,可置甲士千人。若大臣中任要,宜有爪牙,以备不祥人者,可以台见留队给之。有征讨,悉配以台见军队,行还复旧。后世若有幼主,朝事一委任宰相,母后不烦临朝。仗既不许入台殿门,要重人可详给班剑。'癸亥,上崩于西殿,时年六十。七月己酉,葬丹阳建康县蒋山初宁陵。"刘裕有七子十女，不说其女，其子有刘义符、义真、义隆、义康、义恭、义宣、义季，刘义符即宋少帝，即位不久即被废、随后被杀，刘义隆就是宋文帝，另外五子多被诛杀或佯狂被发醉酒终日以避祸，史学家范晔就是因刘义康案而被杀。但刘宋是南朝中存在时间最久、疆域最大的朝代，共传四世，历经十帝，享国五十九年。

刘裕称帝不过两年，但他掌权日久，勇于任事，对当时积弊已久的政治屡做整顿，可圈可点。

一是抑制兼并，整顿吏治。门阀士族兼并土地，积弊甚深，令诸多百姓流离失所，无立锥之地。刘裕一改东晋以来坐视兼并放任自流的状况，重订规矩，公之于众，大力抑制门阀豪强。刘裕禁止门阀豪强私占山泽，削夺世族以及皇室私产。刁氏一族富有，奴客亦多，刘裕诛灭刁氏后，分发其资产，赈济他人。义熙九年（413年），刘裕将临沂、湖熟原属晋皇后所有的田地分配给穷人。《宋书》载："先是，山湖川泽，皆为豪强所专，小民薪采渔钓，皆责税直，至是禁断之……于是依界土断，唯徐、兖、青三州居晋陵者，不在断例。诸流寓郡县，多被并省。"刘裕遣使巡行四方，举善旌贤，访问民间疾苦。义熙土断，打击了东晋豪强士族势力，减轻了百姓负担，重建了中央政府权威。

刘裕整顿吏治，大刀阔斧。他的亲信、功臣中有"骄纵贪侈，不恤政事"者，他也严惩不贷。东晋时期，中央和州、郡大权一直掌握在王、谢、庾、桓等世族手中，选拔官吏，主要依据门第。刘裕依据军功录用寒门庶族之人，奠定了南朝"寒人掌机要"的政治格局。如刘穆之、檀道济、王镇恶、赵伦之等，皆出身寒微。

东晋末年,置官滥乱,百姓苦不堪言。刘裕称帝后,削弱强藩,限制荆州州府置将和官吏数额,前者不可多于二千人,后者亦不可多于一万人;其他州府置将及官吏数亦分别不得多于五百人及五千人。为防止权臣拥兵,他特别下诏命不得再别置军府,宰相领扬州刺史,可置一千兵。为防外戚乱政,刘裕临终前诏令:幼主即位,委政于宰相,母后不烦临朝。

二是轻徭薄赋,发展生产。刘裕整顿赋役,严禁地方官吏滥征租税、徭役,规定租税、徭役,都以现存户口为准。凡是州、郡、县的官吏利用官府之名,占据屯田、园地者,一律废除。刘裕下令凡官府需要的物资,都要到市场采购,照价给钱,不得向人民征调。他又下令官员不可征去人民车牛,亦不能以官威逼迫人民献出车牛,另亦将繁多的交易税项作出减省,便利市场商业交易。

三是发展教育,广收书籍。刘裕虽行伍出身,识字不多,但非常重视教育。永初三年(422年)正月,他下诏称:"今王略远届,华域载清,仰风之士,日月以冀。便宜博延胄子,陶奖童蒙,选备儒官,弘振国学。主者考详旧典,以时施行。"《宋书》载:"(永初)三年春正月……乙丑,诏曰:'古之建国,教学为先,弘风训世,莫尚于此;发蒙启滞,咸必由之。故爰自盛王,迄于近代,莫不敦崇学艺,修建庠序。自昔多故,戎马在郊,旌旗卷舒,日不暇给。遂令学校荒废,讲诵蔑闻,军旅日陈,俎豆藏器,训诱之风,将坠于地。后生大惧于墙面,故老窃叹于子衿。此《国风》所以永思,《小雅》所以怀古。'"自西晋永嘉之乱以来,许多汉文化的书籍和典籍遗散大半。刘裕北伐后秦前,加之府藏所有,当时的东晋藏书仅四千卷。刘裕北伐中,将流落中原各地的图书悉数收藏运回建康,又下令对赤轴青纸、文字古拙之书,亦加收藏以传后世。到刘宋初年,官方所藏的书籍已达六万多卷。

四是创新战术,治军有方。刘裕是敢于创新的军事家,既能发挥自身优势,又巧妙布阵,弥补己短,使"却月阵"成为一前无古人、后无来者的战术,充分显示了其卓越的军事才能。刘裕吸取早期阵法之不足,大胆地将水军用于阵中,利用水军优势来克制骑兵,开创了战术史上的新篇章。他采取弧形方式列阵,增加抵抗能力,又将弩、槊等有机地结合起来,增强杀伤力。他推进多兵种结合,协同作战,以水军为后援、以战车列阵御敌、以步兵杀伤敌人、再以骑兵发起追击。他适时选择战机,做到"临境近敌,务在厉气",巧妙选择战场,使自己能够安全占据制高点;他利用阵中士卒的心理,将其置之死地,以绝士卒后退之心;他抓住敌人迟疑之机,迅速派兵跟进布阵,利用敌军人多势众心理,示弱纵敌,取胜后又及时派兵增援,适时发起追击。刘裕主张把握全局,出奇用诈,避实击虚。他要求在战前对敌情了若指掌,对兵力部署、开战时间必须考虑周全,慎重决策。他重视选择主攻方向,力避腹背受敌;强调多路围攻,反对孤军突进;对强敌来攻,主张先固守养锐,待其粮尽兵疲时伺机袭破之;对溃逃之敌,则穷追不舍,务求全歼。他注重以诈取胜,偃旗息鼓,佯装虚弱;多置旗鼓,张扬兵势;伪传讯息,混淆视听;用降臣劝降,瓦解敌方军心。他善于凭借天时、地利施智用计,如乘风纵火、以水灌城、迂回伏击等。刘裕恩威兼施,既注重军纪严明,又较能体恤部众。他主张择才用将,不重资名,只要才堪重用,即使资浅名轻,亦委以重任;他不求全责备,对犯有过失者,避短用长。刘裕撰有《兵法要略》,已亡佚。

五是南征北伐,武功赫赫。刘裕先后于元兴元年(402年)平定孙恩;义熙元年(405年)灭桓楚;义熙七年(411年)击溃卢循,收复岭南;义熙八年(412年)攻破江陵,杀割据者刘毅;义熙九年(413年)灭西蜀,收复巴蜀;义熙十一年(415年)攻克襄阳,收复荆、扬二州,自此南方归为统一。此后,刘裕两次北伐,先后灭南燕、后秦,他以却月阵大破北魏,降服仇池。相继收复淮北、山东、河南、关中等地,并光复洛阳、长安两都。永初元年(420年),交州刺史杜慧度南征林邑,使其举国归附。刘宋初期,自潼关以东、黄河以南直至青州均为南朝版图,刘宋成为东晋南朝时期疆域最大的王朝。刘裕在永初元年分别进封后仇池国君主、征西大将军杨盛为车骑大将军,西凉君主、镇西将军李歆为征西大将军,西秦君主、平西将军乞伏炽磐为安西大将军。至永初三年(422年),他又进封"仇池公杨盛为武都郡王"。割据凉州、自称河西王的北凉君主沮渠蒙逊于永初二年(421年)遣使入贡,刘裕封其为镇军大将军、开府仪同三司、凉州刺史。刘裕于永初元年(420年)遣使进封征东将军、高句丽长寿王高巨连为征东大将军,镇东将军、百济腆支王馀映为镇东大将军。永初二年(421年),倭国遣使朝贡。林邑国于晋末屡扰交州,到刘裕即位后为交州刺史杜慧度所败,遂请降于宋,并致送大象、金银、古贝等。永初元年(420年),林邑王遣使入贡。

刘裕家族世居彭城，春秋时期属宋国旧地，所以建国号为"宋"。《南史》载："尝游京口竹林寺，独卧讲堂前，上有五色龙章，众僧见之，惊以白帝，帝独喜曰：'上人无妄言。'皇考墓在丹徒之候山，其地秦史所谓曲阿、丹徒间有天子气者也。时有孔恭者，妙善占墓，帝尝与经墓，欺之曰：'此墓何如？'孔恭曰：'非常地也。'帝由是益自负。行止时见二小龙附翼，樵渔山泽，同侣或亦睹焉。及贵，龙形更大。"这些话，姑妄听之而已。

刘裕年轻时曾因赌博而倾家荡产，不但遭人轻贱、鄙薄，也被士族刁逵认为是"轻狡薄行"之人。他曾欠下刁逵三万社钱，逾期仍无力偿还，被刁逵抓住。幸得王谧替他偿还欠款，才被释放；而当时刘裕既无名声亦贫贱不堪，唯有王谧与他结交。桓玄篡位，王谧奉天子玉玺及册文交给桓玄，颇受礼侍。刘裕攻下建康之后，王谧因在桓楚任高职，甚得宠待，故很不安心，最终出奔。刘裕非但没有向王谧问罪，还念及昔日恩情，请武陵王司马遵追回王谧，让其官复原职。而昔日为其债主的刁逵，在桓楚时任豫州刺史。他在桓玄败后出奔，终被部下抓住，刁氏一族遭到诛杀。

刘裕少文，刘毅曾在宴会中特地赋诗："六国多雄士，正始出风流。"特意展示其文学造诣胜过刘裕。刘裕书法亦差，曾被刘穆之规劝，并在其指示下改写大字。《宋书》的《刘穆之传》载："高祖书素拙，穆之曰：'此虽小事，然宣彼四远，愿公小复留。'高祖既不能厝意，又禀分有在。穆之乃曰：'但纵笔为大字，一字径尺，无嫌。大既足有所包，且其势亦美。'"元人陶宗仪所撰《书史会要》称其"书法雄逸"。

刘裕不信神祇，登位后下诏将"淫祠"拆毁，只有先贤以及以有勋德之人的庙祠才得豁免。

刘裕崇尚节俭，不爱珍宝，不喜豪华，宫中嫔妃也少。宁州地方官曾奉献琥珀枕，说是无价之宝。出征后秦时，有人说琥珀能够治疗伤口，刘裕就命人将它砸碎，分给将领作为治伤药。平定关中后，他十分宠爱后秦姚兴侄女姚氏。大臣谢晦劝谏他不要因女色而荒废政务，他当晚就将姚氏送出宫了。刘裕进封宋公后，东西堂要放置以金涂钉的局脚床，但刘裕以节俭为由而改用铁钉制作的直脚床。有一次广州进贡一匹筒细布，刘裕因其过于精巧瑰丽，下令弹劾献布州郡的太守，将布匹送还并下令禁止再制作这种布匹。刘裕因患有热病，常常要以冰冷之物降温，有人就趁机献上石床。刘裕躺上冰冷的石床，感到十分舒服，但他又感到木床已经很耗人力，大石头要磨成床，岂非更耗人力？于是下令将石床砸毁。刘裕还将自己昔日的农具收起，留给后人。其子宋文帝睹物思人，大感惭愧。其孙孝武帝刘骏拆毁刘裕生前的卧室而建玉烛殿，发现床头上有土帐，墙上挂着葛布制的灯笼及麻制蝇拂，袁顗称许刘裕有俭素之德，刘骏说："老农有这些东西，已经过于富裕了。"

臧爱亲是刘裕结发妻子。她的祖父臧汪曾任尚书郎，父亲臧俊是一郡功曹。臧爱亲出嫁之时，刘裕还是京口一介布衣，不但穷困潦倒，而且好斗性猛，令乡人侧目。婚后不久，臧爱亲生下一女，名唤刘兴弟，此后无子。虽没有子嗣，却并不曾影响刘裕对结发妻子的情意，而臧爱亲面对奢华所表现出来的节操，也深得刘裕敬重。义熙四年（408年）正月，臧爱亲病逝于东城。刘裕对患难发妻的早逝非常痛心。他称帝之后，追封已经辞世十二年的臧爱亲为"敬皇后"，至其死，不曾设立皇后。刘裕临终时留下遗诏，将臧爱亲的棺木从丹徒迎至南京，与他合葬于初宁陵。

刘裕代晋建宋前，前代的禅位君主大都得以保全性命。而至刘裕称帝后，晋恭帝司马德文被降为零陵王，仅在一年后，刘裕便派亲兵将其杀害。元人胡三省评道："自是之后，禅让之君，罕得全矣"。而颇具讽刺意味的是，刘宋末年，齐王萧道成胁迫宋顺帝刘准禅位，不久后也将其杀害。清人丁耀亢在《天史》中感慨道："刘裕以好杀开国，子孙相承八世而六主被弑，贻厥孙谋，宁无报乎！"

刘裕北伐从长安撤退之时，把关中后事托付给王镇恶，引起沈田子等人反对，他们对刘裕说："王镇恶家在关中，不足以保信。"但刘裕却说："如今留你等文武将士，有精兵万人，他如果图谋不轨，正是自取灭亡。"他私下又以三国时征蜀监军卫瓘平主帅钟会叛乱的先例暗示沈田子，埋下了沈田子杀王镇恶的隐患。司马光认为："古人有言：'疑则勿任，任则勿疑。'裕既委镇恶以关中，而复与田子有后言，是斗之使为乱也。"对待智囊谢晦，刘裕也颇有心计。他在临终前让谢晦成为顾命大臣，但又对太子说谢晦"数从征伐，颇识机变，若有异，必此人也"。既让他参与顾命又持怀疑态度，给宋文帝杀谢晦埋下伏笔。刘裕的异母弟刘道邻在得势后"贪纵过甚，畜聚财货，常若不足"，在地方任职时，竟使得府库为之空虚。而灭后秦的主将王镇恶，大肆搜刮财物，劫掠奴仆，"不可胜计"。但刘裕对二人的行为知而不问。《宋书·刘道邻传》载："道邻素无才能，言音甚楚，举止施为，多诸鄙拙。高祖虽遣将军佐辅之，而贪纵过甚，畜聚财货，常若不足，去镇之日，府库为之空虚。"

刘裕北伐，说法不一。《宋书》评说刘裕"顿驾关中，经略赵魏""诛内清外，功格区宇"。而《魏书·岛夷传》则认为刘裕北伐只为篡位获取政治资本，此说法，源自王买德，他认为刘裕急忙撤回，"正欲急成篡事耳"。《晋书·郭澄之传》载："既克长安，裕意更欲西伐，集僚属议之，多不同。"唐人李延寿《南史》载，刘裕攻下长安后想要继续北征，无奈朝中最重要的心腹刘穆之突然离世，后方空虚且子嗣尚幼，为防有变，只得率领主力南返。司马光的《资治通鉴》认为，刘裕开始确实是想留在长安，经略西北，但他身边的文武将佐大多都有思归之心，加上刘穆之猝然逝世，使刘裕感到后方空虚，于是东还彭城。吕思勉也认为，刘裕北伐前的功绩和威望足以称帝，若急于篡位，没必要再北伐。

历经宋、齐、梁的沈约对刘裕有如此评价："至于宋祖受命，义越前模……高祖地非桓、文，众无一旅，曾不浃旬，夷凶剪暴，祀晋配天，不失旧物，诛内清外，功格区宇。至于钟石变声，柴天改物，民已去晋，异于延康之初，功实静乱，又殊咸熙之末。所以恭皇高逊，殆均释负。若夫乐推所归，讴歌所集，魏、晋采其名，高祖收其实矣。盛哉！"李延寿根据沈约之论，加以删减："宋武地非齐、晋，众无一旅，曾不浃旬，夷凶剪暴，诛内清外，功格上下。若夫乐推所归，讴歌所集，校之魏、晋，可谓收其实矣。"史学三裴之一、裴松之的曾孙裴子野认为："宋高祖武皇帝以盖代雄才，起匹夫而并六合，克国得隽，寄迹多于魏武，功施天下，盛德厚于晋宣，怀荒伐叛之劳，而夷边荡险之力。"经历丰富、最终在唐代进入凌烟阁的虞世南对刘裕评价甚高，也惋惜其在位时间太短："宋祖以匹夫挺剑，首创大业，旬月之间，重安晋鼎，居半州之地，驱一郡之卒，斩谯纵于庸蜀，擒姚泓于崤函，克慕容超于青州，枭卢循于岭外，戎旗所指，无往不捷。观其豁达宏远，则汉高之风；制胜胸襟，则光武之匹。惜其祚短，志未可量也。"著有《十代兴亡论》的唐代宰相朱敬则认为："刘裕天锡神勇，雄略命世，不待借思汉之讴，未暇假从周之会。同盟二十七，愿从一百人。雷动朱方，风发竹里。龙骧虎步，独决神襟。长剑一呼，义声四合。荡亡楚已成之业，复遗晋久绝之基。祀夏配天，不失旧物，虽古人用兵，不足加也。至乃网罗俊异，待物知人，动必应时，役无再举，西尽庸蜀，北划大河。自汉末三分，东晋拓境，未能至也。"

进入赵宋，大史学家司马光品评刘裕比较具体而深入。他认为刘裕北伐："惜乎！百年之寇，千里之士，得之艰难，失之造次，使丰、鄗之都复输寇手。"司马温公充分肯定刘裕的诸多举措："帝清简寡欲，严整有法度，被服居处，俭于布素，游宴甚稀，嫔御至少……财帛皆在外府，内无私藏……内外奉禁，莫敢为侈靡。"对刘裕的纵横天下，收复故都，司马光认为："高祖首唱大义，纠合同志，起于草莽之间，奋臂一呼，凶党瓦解。遂枭灵宝之首，奉迎乘舆，再造晋室，厥功已不细矣。既而治兵誓众，经营四方，扬旗东征，广固横溃，卷甲南趋，卢循殄灭，偏师西上,谯纵授首,锐卒北驱,姚泓面缚,遂汛扫伊、洛,修奉园陵,震惊狁裘之心,发舒华夏之气。南国之盛,未有过于斯时者也。"

被苏东坡十分器重的何去非认为:"宋武帝以英特之姿,攘袂而起,平灵宝于旧楚,定刘毅于荆豫,灭南燕于二齐,克谯纵于庸蜀,殄卢循于交广,西执姚泓而灭后秦,盖举无遗策而天下惮服矣。北方之寇,独关东之拓跋,陇北之赫连耳。方其入关,魏人虽强,不敢南指西顾以议其后……嗟夫!集大事者……宋武兼之矣。"南宋大词人辛弃疾的词更是脍炙人口:"斜阳草树,寻常巷陌,人道寄奴曾住。想当年,金戈铁马,气吞万里如虎。"南宋叶适认为:"魏晋以后,惟刘裕之取位或无愧,盖晋于桓玄篡后已亡,而裕非其叛臣也,但力尚不足自得,故必假晋为名尔取天下。刘裕习见百年经略中原旧事,勇智兼人,宇量宏绝。若使息图僭夺,专意经纶,其于恢复混一之功不难成矣。裕非无此资,故前取燕,后取秦,皆欲顿驾立足为远大之基。"

到了朱明,被视为怪异的李贽评价刘裕"自是定乱代兴之君""刘裕以谶故弑昌明,立恭帝。又遣傅亮讽帝禅位……夫裕之功德,巍巍四海,皈心久矣。晋氏衰弱已极,即以琅邪一区处之,如汉献故事,亦自无患,何必更使兵人逾垣而入弑之也……连弑二无罪之君,以自种毒,故裕子义符即位,未几复为傅亮所弑,子孙继立,自相屠夷,无遗子者"。晚明三大思想家之一的王夫之说:"裕之为功于天下,烈于曹操。""宋武兴,东灭慕容超,西灭姚泓,拓跋嗣、赫连勃勃敛迹而穴处。自刘渊称乱以来,祖逖、庾翼、桓温、谢安经营百年而无能及此。后乎此者,二萧、陈氏无尺土之展,而浸以削亡。然则永嘉以降,仅延中国生人之气者,唯刘氏耳。举晋人坐失之中原,责宋以不荡平,没其挞伐之功而黜之,亦大不平矣。"王夫之甚至认为:"汉之后,唐之前,唯宋氏犹可以为中国主也。"

乾隆皇帝论断刘裕:"千里袭人,机事不密,敌人早为之备。缄书别函,至期开视,可谓有卓识。"但乾隆也认为刘裕的忠诚有问题:"国势之振,莫过于刘裕之时。裕不忠诚,为国而思篡盗,君子所为三叹也。"担任过京师图书馆馆长的夏曾佑对刘裕评价很高,他说:"二十四史中,人主得国之正,功业之高,汉高而外,当推宋武,不得以混壹之异,而有所轩轾也。"而章炳麟更是把刘裕与朱元璋相提并论:"晋之乱于五胡也,桓温、刘裕起而振之……雪中原之涂炭,光先人之令闻,寄奴、元璋之绩,知其不远。"梁启超则提到了四个人,把刘裕与秦皇汉武赵武灵王等量齐观:"自商、周以来四千余年,北方贱种世世为中国患,而我与彼遇,劣败者九而优胜者不及一。稍足为历史之光者,一曰赵武灵,二曰秦始,三曰汉武,四曰宋武,如斯而已!如斯而已!"著有《中国历朝通史演义》的蔡东藩把刘裕视作王莽、曹操、司马懿:"裕为莽懿流亚,有玄以促成之,玄何其愚,裕何其智耶!至于安帝返驾,封赏功臣,裕为功首,而再三退让,成功不居。""裕固一世之雄也,曹阿瞒后,舍裕其谁乎?""非刘裕不能破卢、徐,非刘裕不能平谯纵……锦函之授,远睹千里,裕诚一枭杰矣哉!至若杀刘毅,杀诸葛长民,一挥手而两首悬竿,何其敏且速也!""至若胁晋禅位……由渐而进,始则伴为逊让以欺人,继则实行篡弑以盗国,其心术之狡鸷,比操懿为尤甚，魏晋已导于前，裕乃起而踵于后，青出于蓝，冰寒于水，固非偶然也。"史学家吕思勉从刘裕的用兵与治国理政评价他的一生："宋武用兵，又极为严整。""宋武帝起自细微，内戡桓玄，平卢循，定谯纵；外则收复青、齐，清除关、洛，其才不可谓不雄。然猜忌亦特甚。""案宋武帝之兴，实能攘斥夷狄；即以君臣之义论，'布衣匹夫，匡复社稷'，其功亦为前古所未有。"

范文澜总结刘宋，他如此说道："刘裕所创的宋朝，皇帝独掌大权，主要辅佐，多选用寒门，原来的高门大族，只能做名大权小的官员，难得皇帝的信任。削弱士族的政治势力，实行皇帝专制的中央集权，宋朝国内的统一程度远非强藩割据的东晋朝所能比拟，政权大大增强了。当时鲜卑拓跋部落统一黄河流域，出现强大的魏国，如果没有统一的汉族政权，鲜卑人几次大举南侵，很有可能并吞长江流域，摧残发展中的经济和文化。所以，刘裕消灭纪纲不立、豪强横行的东晋朝，建立起比较有力的宋朝，对汉族历史是一个大的贡献。"白寿彝在其主编的《中国通史》中也认为："刘裕不仅以武功显赫于当时，而且在一些政治措施上，他也很有建树。宋武帝刘裕是南朝众多帝王中在治理国家方面卓有成效的一个。刘裕时期，是刘宋的兴盛时期，也可以说是南朝的兴盛时期。"甚至还有论者认为：北府兵将领刘裕，以其赫赫功业代晋建宋，历史由此进入南朝。刘裕代晋的意义，不只是改朝换代而已，也标志着门阀与皇帝"共天下"的局面宣告结束。

"地悴天荒丘陇平，难从野老问衰兴。苍烟落日低迷处，折足麒麟记坏陵。"刘裕的陵墓初宁陵，在南京麒麟门外麒麟铺。初宁陵原有规模较大的陵园，内有寝殿和陵庙建筑，据《宋书》载："自元嘉以来，每正月舆驾必谒初宁陵。"但陵园建筑多毁于兵火，陵冢也已经被夷为平地。今仅存陵前神道两旁的天禄和麒麟石雕。天禄居东，已经残缺不全，目嗔口张，昂首宽胸，五爪抓地，双角已失，有须子和双翼，翼呈鳞羽和长翎状，卷曲如勾云纹，极富装饰意味。麒麟居西，四足已失，体态与天禄对称，仅头略向后仰，独角尖已残断，双翼的形状与天禄相似。两尊石雕造型凝重古朴，与汉代石雕风格一脉相承。《景定建康志》载："宋高祖永初三年葬初宁陵，隶建康县，蒋山东北二十里"，即今江宁区麒麟街道麒麟铺社区附近。1988年，初宁陵石刻被确立为全国重点文物保护单位。

天禄、麒麟静默无语，曾被认为是偏安王朝的刘宋的开国皇帝，任凭后人评说、争论不已。

子固因何落金陵

汉魏之三曹，赵宋之三苏，朱明之公安三袁，甚至民国之三周，名气之大，议论之多，自不待言。但赵宋曾家父子，除了曾巩跻身唐宋八大家之列，较为世人所知外，其弟曾布虽然也曾位列宰臣，还一直被视为奸佞，却不大被人提及，所谓"南丰七曾"，知道的人就更少了。曾巩作为曾家最为著名的人物，又不曾在南京或做官或流寓，为何会命归金陵？多年之后，他的两个弟弟曾布与曾肇又为何在同一年命丧当时的润州、今日的镇江，这个距离南京仅有一步之遥的地方？

2019 年是曾巩诞辰一千周年，他的家乡江西南丰举办了一些活动，据说还算热闹，以缅怀这位文章大家。2023 年是曾巩去世九百四十周年，这位南丰先生病逝在南京，得年六十五岁。曾子固在九百四十多年前的南京，弥留之际，回望平生，是否会想到他曾经在《南齐书目录序》中痛骂不已的萧子显？是否会想起他在《李白诗集后序》中提到的在"年六十有四"就病卒在当涂的李白？当时，已经赋闲南京的王安石是否在他的病榻之前与他作最后的道别？他的弟弟当中，有几人在侧？是曾布？还是曾肇？他的这两个弟弟一个小他十七岁，一个小他二十八岁，说长兄如父，真是毫不夸张呢。

曾巩祖父曾致尧、父亲曾易占皆为北宋名臣。曾致尧做过尚书、户部郎中，曾易占为太常博士，曾做过如皋、玉山县令。曾巩在《寄欧阳舍人书》中由衷感谢自己的老师欧阳修为其祖父曾致尧作神道碑，此文写于宋仁宗庆历七年，也就是1047年。有人认为曾巩此文，堪称不朽名篇。

先说曾巩一生大致经历。曾巩，字子固，出生于江西南丰，后居临川。曾巩天资聪慧，记忆力超群，幼时读诗书，脱口能吟诵，他与兄长曾晔一道，勤学苦读，表现出良好的天赋。曾巩十二岁时，尝试写《六论》，提笔立成，文辞很有气魄。1032年到1034年这两年间，曾易占任如皋县令，因如皋学风淳正，胡瑗、王惟熙、王观、王觌、王俊义等皆学有大成，曾易占便将曾巩带到如皋，寄读于中禅寺，曾巩在如皋度过了两个寒暑。嘉祐二年（1057年），曾巩进士及第之时，已经三十九岁了。曾巩担任过太平州司法参军，以明习律令、量刑适当而闻名。太平州，大致就是今天安徽的当涂。宋神宗熙宁二年（1069年），曾巩任《宋英宗实录》检讨，不久被外放任越州通判。熙宁五年（1072年）后，曾巩历任齐州、襄州、洪州、福州、明州、亳州、沧州等地知州。元丰四年（1081年），他以史学才能被委任史官修撰，管勾编修院，判太常寺兼礼仪事。元丰六年（1083年），曾巩卒于江宁府，即今南京，被追谥为文定，葬于江西南丰源头崇觉寺右。

曾巩在十九岁时（1037年），随父赴京，以文相识王安石，结为挚友。他拜访欧阳修后，又向醉翁推荐了王安石。曾巩二十岁入太学，上书欧阳修并献《时务策》。此后，他还同杜衍、范仲淹等多有书信来往，投献文章，议论时政。但因其虽擅长策论，却轻于应举时文，故屡试不第。庆历七年（1047年），曾易占去世，曾巩扶柩回归故里，侍奉继母，抚养兄弟姊妹。嘉祐二年（1057年），欧阳修主持会试，以古文、策论为主，诗赋为辅命题，曾巩与其弟曾牟、曾布及堂弟曾阜同登进士第，一门四曾，耀眼于一时。

曾巩在京九年，一直从事古籍整理工作，被召编校史馆书籍，迁馆阁校勘、集贤校理，为实录检讨官。元丰四年（1081年），曾巩迁史馆修撰，典修五朝国史，未及属稿，擢中书舍人。曾巩任职史馆期间，整理《战国策》《说苑》，校定南朝《齐书》《梁书》《陈书》《唐令》《李太白集》《鲍溶诗集》《列女传》等古籍，并撰写了大量序文。曾巩述说自己年岁已老，望另选贤能，作有《授中书舍人举刘攽自代状》。

曾巩任地方官十余载，颇有政声。他任齐州太守时，有一周姓豪族，横行乡里，欺压百姓。曾巩将周家首恶"取置于法"，解人民之忧。齐州地势低洼，常遭水患，他倡修水利，成效卓著。他离任之后，当地人在大明湖畔建一"南丰祠"以示追念。知襄州时，他发现前任遗留下一宗案件，冤情严重，经重新审判，无罪释放在押的一百多人。熙宁九年（1076年），曾巩调任洪州知州，兼江南西路兵马都钤辖。下车伊始，恰逢瘟疫流行。曾巩赶紧调配救灾物资，迅速命令各县、镇储备防疫药物，以备万一。他让人腾出州衙门的官舍,作为临时收容所,让染病者居住,还分派医生诊治,免费提供饮食和衣被。他派人随时记录疫情,把染病和没染病者均登记造册,及时汇总,然后调拨资金,按轻重缓急,依次有序分发救济款。知福州时,曾巩认为官府果园占地过大,与民争利,便明令取缔,以让利于民。熙宁二年(1069年),曾巩任《宋英宗实录》检讨不久,外放越州通判。是年饥荒,曾巩张贴告示晓谕所属各县,劝说富人如实申报储存粮食,让他们比照常平仓的价格卖给百姓。曾巩又让官府借给农民种子,让他们随秋季赋税一起偿还。元丰三年(1080年),曾巩奉命赴沧州任职,路过汴京,神宗听取他对财政看法,觉得他很有才能,就将其留在京城,供职三班院。大致就在此时,他上书宋神宗,纵论宋太祖与汉高祖,提出宋太祖的十大超过汉高祖之处,"未称上意"。

曾巩积极参与欧阳修诗文革新运动。他主张先道后文,文道结合,文以明道,其文风源于六经,又集司马迁、韩愈两家之长,平实质朴,温厚典雅,为时人及后辈所师范。

曾巩散文内容广泛,义理精深,节奏舒缓,气质内潜,主题明确,说理有条不紊,精于炼句,语言净洁,尤善用排比句、对偶句,文风以"古雅、平正、冲和"见称。《宋史·曾巩传》称他为文章上下驰骋,愈出而愈工,本原《六经》,斟酌于司马迁、韩愈,一时工作文词者,鲜能过也,又称其文"纡除而不烦,简奥而不悔,卓然自成一家"。《宋史·曾巩传》还称他"性孝友,父亡,奉继母益至,抚四弟、九妹于委废单弱之中。宦学婚嫁,一出其力"。但也有人说,曾巩为文,自然淳朴,而不甚讲究文采。

曾巩的论事之文纡余委备，委婉曲折。虽质朴少文，然亦时有摇曳之姿，纵横开阖。他善于记叙，条理分明，无不达之意，如《醒心亭记》《游山记》等。但也有极刻画之工，如《道山亭记》。《墨池记》和《越州赵公救灾记》融记事、议论、抒情于一体，深刻有力，通情达理。

曾巩的说理散文剖析微言，阐明疑义，卓然自立，分析辩难，不露锋芒。《唐论》《战国策目录序》，论辩入理，气势磅礴，且看他汪洋恣肆的《读贾谊传》，先说对三代两汉文章的总体印象，别开生面，先声夺人：

> 余读三代两汉之书，至于奇辞奥旨，光辉渊澄，洞达心腑，如登高山以望长江之活流，而恍然骇其气之壮也。
>
> 故诡辞诱之而不能动，淫辞迫之而不能顾，考是与非若别白黑而不能惑，浩浩洋洋，波彻际涯，虽千万年之远，而若会于吾心，盖自喜其资之者深而得之者多也。既而遇事辄发，足以自壮其气，觉其辞源源来而不杂，剔吾粗以迎其真，植吾本以质其华。其高足以凌青云，抗太虚，而不入于诡诞；其下足以尽山川草木之理，形状变化之情，而不入于卑污。及其事多，而忧深虑远之激捍有触于吾心，而干于吾气，故其言多而出于无聊，读之有忧愁不忍之态，然其气要以为无伤也，于是又自喜其无入而不宜矣。

曾巩进而设身处地,开始论说:

　　使予位之朝廷,视天子所以措置指画号令天下之意,作之训辞,镂之金石,以传太平无穷之业,盖未必不有可观者,遇其所感,寓其所志,则自以为皆无伤也。

文章到此,铺垫已足,直抒胸臆:

　　余悲贾生之不遇。观其为文,经画天下之便宜,足以见其康天下之心。观其过湘为赋以吊屈原,足以见其悯时忧国,而有触于其气。后之人责其一不遇而为是忧怨之言,乃不知古诗之作,皆古穷人之辞,要之不悖于道义者,皆可取也。

　　贾生少年多才,见文帝极陈天下之事,毅然无所阿避。而绛灌之武夫相遭于朝,譬之投规于矩,虽强之不合,故斥去,不得与闻朝廷之事,以奋其中之所欲言。彼其不发于一时,犹可托文以摅其蕴,则夫贾生之志,其亦可罪耶?

　　故予之穷饿,足以知人之穷者,亦必若此。又尝学文章,而知穷人之辞,自古皆然,是以于贾生少进焉。

曾巩以贾谊与自己彼此对比,大发感慨:

　　呜呼!使贾生卒其所施,为其功业,宜有可述者,又岂空言以道之哉？予之所以自悲者，亦若此。然世之知者，其谁欤？虽不吾知，谁恧耶！

曾巩的书简散文，记事翔实而有情致，论理切题而又生动，如《寄欧阳舍人书》和《上福州执政书》，委婉深沉，简洁凝练，结构严谨，被誉为书简范文。

明代茅坤的《唐宋八大家文钞》，在《南丰文钞引》中说："予录其疏札状六首，书十五首，序三十一首，记传二十八首，论议杂著哀词七首。嗟呼！曾之序记为最，而志铭稍不及，然于文苑中当如汉所称古之三老祭酒是已，学者不可不知。"朱熹在《朱子语类》中云："退之南丰之文，却是布置。"来看曾巩的《越州赵公救灾记》，赵公是谁？大宋名臣赵抃。曾巩先说赵抃未雨绸缪，预做准备：

熙宁八年夏，吴越大旱。九月，资政殿大学士知越州赵公，前民之未饥，为书问属县灾所被者几乡，民能自食者有几，当廪于官者几人，沟防构筑可僦民使治之者几所，库钱仓粟可发者几何，富人可募出粟者几家，僧道士食之羡粟书于籍者其几具存，使各书以对，而谨其备。

面对灾民，粮食发放，时间地点选择，分量几何，弃婴收置，曾巩一一条理分明，予以记录：

州县吏录民之孤老疾弱不能自食者二万一千九百余

人以告。故事，岁廪穷人，当给粟三千石而止。公敛富人所输，及僧道士食之羡者，得粟四万八千余石，佐其费。使自十月朔，人受粟日一升，幼小半之。忧其众相蹂也，使受粟者男女异日，而人受二日之食。忧其流亡也，于城市郊野为给粟之所凡五十有七，使各以便受之而告以去其家者勿给。计官为不足用也，取吏之不在职而寓于境者，给其食而任以事。不能自食者，有是具也。能自食者，为之告富人无得闭粜。又为之官粟，得五万二千余石，平其价予民。为粜粟之所凡十有八，使籴者自便如受粟。又僦民完城四千一百丈，为工三万八千，计其佣与钱，又与粟再倍之。民取息钱者，告富人纵予之而待熟，官为责其偿。弃男女者，使人得收养之。

大旱之后，又是大疫。面对灾难频仍，怎能躺平，无所作为？赵抃迎难而上，勇毅面对：

明年春，大疫。为病坊，处疾病之无归者。募僧二人，属以视医药饮食，令无失所恃。凡死者，使在处随收瘗之。

法，廪穷人尽三月当止，是岁尽五月而止。事有非便文者，公一以自任，不以累其属。有上请者，或便宜多辄行。公于此时，蚤夜惫心力不少懈，事细巨必躬亲。给病者药食多出私钱。民不幸罹旱疫，得免于转死；虽死得无失敛埋，皆公力也。

一切叙述完备，曾巩就赵抃救灾有方、敢于担当、勤政为民进行概括总结：

> 是时，旱疫被吴越，民饥馑疾疠，死者殆半，灾未有巨于此也。天子东向忧劳，州县推布上恩，人人尽其力。公所拊循，民尤以为得其依归。所以经营绥辑先后终始之际，委曲纤悉，无不备者。其施虽在越，其仁足以示天下；其事虽行于一时，其法足以传后。盖灾沴之行，治世不能使之无，而能为之备。民病而后图之，与夫先事而为计者，则有间矣；不习而有为，与夫素得之者，则有间矣。予故采于越，得公所推行，乐为之识其详，岂独以慰越人之思，半使吏之有志于民者不幸而遇岁之灾，推公之所已试，其科条可不待顷而具，则公之泽岂小且近乎！

曾巩文章收尾，简明扼要，余音绕梁：

> 公元丰二年以大学士加太子保致仕，家于衢。其直道正行在于朝廷，岂弟之实在于身者，此不著。著其荒政可师者，以为《越州赵公救灾记》云。

曾巩散文理性冷静，人称"醇儒"。刘熙载《艺概》如是评价："曾文穷尽事理，其气味尔雅深厚，令人想见硕人之宽。"曾巩散文，很少激烈的情感表达，但在字里行间常让人感到他对情感的隐忍克制。科场的曲折，仕途的不顺，生活的坎坷，磨炼出曾巩坚韧的性格。纵观曾巩一生，命途多舛，但他始终坚强冷静面对，从容踏实，不急不躁。再看曾巩的《越州鉴湖图序》，他开门见山，说鉴湖与盗湖为田者的尖锐矛盾及危害：

> 鉴湖，一曰南湖。汉顺帝永和五年，会稽太守马臻之所为也。至今九百七十有五年矣。其周三百五十有八里，凡水之出于东南者皆委之。溉山阴、会稽两县十四乡之田九千顷。繇汉以来几千载，其利未尝废也。宋兴，民始有盗湖为田者。当是时，三司转运司犹下书切责州县，使复田为湖。然自此吏益慢法，而奸民浸起，至于治平之间，盗湖为田者凡八千余户，为田七百余顷，而湖废几尽矣。每岁少雨，田未病而湖盖已先涸矣。

三令五申，禁止盗湖为田，却为何屡禁难行？曾巩有如此叙述：

> 自此以来，人争为计说，可谓博矣。朝廷未尝不听用而著于法，故罚有自钱三百至于千，又至于五万，刑有自杖百至于徒二年，其文可谓密矣。然而田者不止而日愈多，湖不加浚而日愈废，其故何哉？法令不行，而苟且之俗胜也。近世安于承平之故，在位者重举事而乐因循。而请湖为田者，其语言气力往往足以动人。至于修水土之利，则又费材动众，从古所难。

则吾之吏，孰肯任难当之怨，来易至之责，以待未然之功乎？故说虽博而未尝行，法虽密而未尝举，田之所以日多，湖之所以日废，繇是而已。

有人说，鉴湖不必恢复，也不必修浚，针对此种论调，曾巩一一批驳：

今谓湖不必复者，曰湖田之入既饶矣，此游谈之士为利于侵耕者言之也。夫湖未尽废，则湖下之田旱，此方今之害，而众人之所睹也。使湖尽废，则湖之为田者亦旱矣，此将来之害，而众人之所未睹也。故曰此游谈之士为利于侵耕者言之，而非实知利害者也。谓湖不必浚者，曰益堤壅水而已，此好辩之士为乐闻苟简者言之也。夫以地势较之，壅水使高，必败城郭，此议者之所已言也。以地势较之，浚湖使下，然后不失其旧；不失其旧，然后不失其宜，此议者之所未言也。故曰此好辩之士为乐闻苟简者言之，而又非实知利害者也。

图序到此，说明缘由：

巩初蒙恩通判此州，问湖之废兴于人，未有能言利害之实者。及到官，然后问图于两县，问书于州与河渠司。至于参核之而图成，熟究之而书具，然后利害之实明。故为论次，庶夫计议者有考焉。

众所周知,曾巩年长王安石两岁,两人关系非同一般,他虽然支持王安石力行变法推进新政,但两人在一些具体举措上还是有一定差异。就鉴湖兴废之态度,与王安石在南京对玄武湖之对策,就可以隐约看出两人之不同。

曾巩散文名篇,除了上文提到的诸多篇章外,还有《答李沿书》《与王向书》《回傅权书》《赠黎安二生序》《辞中书舍人状记》《宜黄县学记》等。

曾巩主要成就在文,亦能诗。他存诗四百余首,质朴无华,雄浑超逸,含义深刻,字句清新,长于比兴,形象鲜明,颇得唐人神韵。他的各体诗中以七绝成就最高,精深,工密,颇有风致,如《西楼》《城南》《咏柳》等。有人说,就"八大家"而论,他的诗不如韩、柳、欧、王与苏轼,却胜于苏洵、苏辙。曾巩词仅存一首《赏南枝》。

曾巩的纪实诗反映社会现实、关注民间疾苦、揭弊政、评国事。其《追租》中的一句"山下穷割剥"写出了饥荒之年百姓还要被层层盘剥的悲惨境遇,呼吁"暴吏理宜除",提出"浮费义可削"。与《追租》类似的还有《边将》《胡使》《嗟叹》等。曾巩咏史诗,缅怀历史人物、评价历史事件,表情达意,讽喻现实。其《扬颜》敬慕扬雄的立言不朽和颜回的立德不朽,以两人执着求道精神激励自己进业修德。其《读五代史》,以史谏言,振聋发聩。其《论交》,借管仲与鲍叔牙之交推崇诚信道德。其《隆中》,表达渴望明主、隐含壮志难酬之情;其《垓下》,谏言选贤举能、反对排斥贤臣。曾巩的离别诗,感情真挚浓烈,尤为众多。《曾巩集》中有《奉和滁州九咏九首》，他看望身在滁州的欧阳修后，握手而别，离愁别绪顿生，对六一居士的才学与人品大加赞赏，真挚感人。《上杜相公》是他前去拜访仰慕已久、刚刚去职宰相的杜衍，临别赠言，互道珍重。曾巩还有怀念好友王安石的《寄介甫诗》《江上怀介甫》，以及《送陈商学士》《送钱生》《酬吴仲庶龙图暮春感怀》《送孙颖贤》等。钱锺书先生认为：在唐宋八大家中，曾巩的诗歌远比苏洵父子好，绝句的风致更比王安石有过之而无不及。

曾巩培养人才，不遗余力。除了他的弟弟曾布、曾肇外，陈师道、王无咎、秦观等也受业于他。曾巩治学严谨，每力学以求之，深思以索之，使知其要，识其微。曾巩一生用功读书，极嗜收藏，从政之余，广览博收。其家藏古籍两万余卷，收集篆刻五百卷，名为《金石录》，其著作有《元丰类稿》《续元丰类稿》《隆平集》和《外集》等。《列女传》《李太白集》和《陈书》等都曾经过他的校勘。任职于史馆时，他埋头整理《战国策》《说苑》，访求采录，使之免于散失。他每校一书，必撰序文。并校订《南齐书》《梁书》《陈书》三史。在编校古书时还作目录序，如《战国策目录序》《烈女传目录序》《新序目录序》等。

当时的文坛领袖欧阳修评价曾巩："其大者固已魁垒，其于小者亦可以中尺度。"王安石说："曾子文章众无有，水之江汉星之斗。""爱子所守卓，忧予不能攀。"三苏之一的苏辙则说："儒术远追齐稷下，文词近比汉京西"。靖康之耻后，宋室南迁，集理学之大成的朱熹认为："予读曾氏书，未尝不掩卷废书而叹，何世之知公浅也。""爱其词严而理正，居尝诵习。"曾巩的弟弟曾肇评价自己的哥哥，虽然给人以不无自夸之嫌，但大体也算公允："是时宋兴八十余年，海内无事，异材间出。欧阳文忠公赫然特起，为学者宗师。公稍后出，遂与文忠公齐名。自朝廷至闾巷海隅障塞，妇人孺子皆能道公姓字。其所为文，落纸辄为人传去，不旬月而周天下。学士大夫手抄口诵，唯恐得之晚也……世谓其辞于汉唐可方司马迁、韩愈，而要其归，必止于仁义，言近旨远，虽《诗》《书》之作者未能远过也。"

南丰曾氏为耕读世家。自曾巩之祖父曾致尧于宋太宗太平兴国八年（983年）举进士起，七十七年间曾家涌现进士多达十九位。这一进士群体中，曾致尧辈七人，曾易占辈六人，曾巩辈六人。此外，曾巩之妹婿王安国、王补之、王彦深等亦皆为进士。曾巩与曾布、曾肇、曾纡、曾纮、曾协、曾敦并称"南丰七曾"。

《局事帖》是曾巩的一件传世墨迹，为曾巩六十二岁时写给同乡故人的一封信札，总计一百二十四字，全文抄录："局事多暇，动履提福。去远海论之益，忽忽三载之久。跧处穷徼，日迷汩于吏职之冗，固岂有乐意耶。去受代之期，难幸密迩而。替人寂然未闻，亦旦夕望望。果能遂逃旷弛，实自贤者之力。夏秋之交，道出府下，因以致谢左右，庶竟万一。余冀顺序珍重，前即召擢。偶便专此上问，不宣。巩再拜。运勾奉议无党乡贤。二十七日。谨启。"此一书帖，书风温雅，真是字字千金！曾被历史上多人收藏。曾巩墓在南丰县莱溪乡杨梅坑村源头里村小组周家堡一山坡上，"文革"时期，曾巩墓被夷为平地，墓中之物亦遭散佚。

状元巷里议姓秦

庚子年高考虽然因疫情而推迟，但总算顺利，一切尘埃落定；而作为考生，或落榜孙山，或榜上有名，或填报志愿，或再做打算，真是几家欢乐几家愁。虽然有关方面一再告诫媒体，不要炒作所谓状元话题，可关于大小状元的各种新闻还是屡屡传来，这倒让人想起南京历史上的状元来了。

南京有一条三元巷，是指科举制度的春风得意者尹凤，而他最为耀眼的桂冠，无疑就是状元。南京还有一焦状元巷，早已踪迹皆无，这个焦状元是明代焦竑。城南还有一朱状元巷，是说朱之蕃。今天，不说这些状元，且说说与城南秦状元巷有关的姓秦者。秦状元巷，在中华路与中山南路之间，北接金沙井，南抵许家巷，是一很短狭的弄巷。

秦状元巷里的姓秦者，世人多知是指清代状元秦大士，但秦大士这个秦，也就是秦岭的秦，秦腔的秦，秦始皇的秦，秦少游的秦，秦淮河的秦。但秦淮河这个名字，大致到了唐代才出现呢，所谓秦始皇到了金陵被告知此地有王气而断然采取若干措施云云，多属无稽之谈。贾平凹写了一部小说《山本》，实际上是与秦岭有关，他此前还有一小说《秦腔》，如果《山本》叫作《秦岭》，贾先生再贾余勇继续写出一部《秦俑》，不就成了所谓"三秦"三部曲了？

秦大士这个秦，与以上诸秦都关系不太大，关系大者，有一个人，此人是谁？秦桧啊。秦桧，臭名昭著，一代奸相。在这里先说说秦桧其人。

秦桧，字会之，他在宋哲宗元祐五年（1090年）十二月二十五日出生于湖北黄州长江边一叶小舟中，先住常州，后徙居江宁，遂为江宁人。而元代所修《宋史》则直言秦桧为"江宁人"。其父秦敏学，做过玉山与静江府古县县令。秦桧早年是私塾先生，靠微薄薪水度日，他对自己的生活处境很不满意，曾作诗发牢骚说："若得水田三百亩，这番不做猢狲王。"政和五年（1115年），秦桧进士及第，补为密州教授，紧接着又考中词学兼茂科，任太学学正。

宋钦宗靖康元年（1126年）初，秦桧上奏，认为对南犯赵宋的金军不宜太过示弱。金军包围汴京，派使索求三镇，秦桧上书陈言军机四事：一言金人要请无厌，乞止许燕山一路；二言金人狙诈，守御不可缓；三乞集百官详议，择其当者载之誓书；四乞馆金使于外，不可令入门及引上殿。宋钦宗未予答复，但升秦桧为职方员外郎，不久改其为干当公事，隶属河北路割地使张邦昌。秦桧认为此职专为割地求和，有违自己主张，三上奏折，请求辞去此职。赵宋最终拟割让太原、中山、河间三镇，以乞求金国息兵。宋钦宗派秦桧、程瑀为割地使，护送肃王赵枢出使金营。金朝扣留赵枢为人质，约定割地议和后再释放赵枢，秦桧等人行至燕京而返。后经御史中丞李回、翰林承旨吴开推荐，秦桧被任命为殿中侍御史，升为左司谏。还是在靖康元年的十一月，宋钦宗在延和殿召集百官商议对策，范宗尹等七十人同意割地，秦桧等三十六人则予以反对。不久之后，秦桧升任御史中丞。

靖康二年（1127年）春，张邦昌被立为伪楚皇帝，拟定都金陵。张邦昌沐猴而冠，认贼作父，甘做儿皇帝，很让秦桧不屑。据说，秦桧还挺身而出，主持公道，慷慨陈词。《宋史》有如此记述："留守王时雍等召百官军民共议立张邦昌，皆失色不敢答，监察御史马伸言于众曰：'吾曹职为争臣，岂容坐视不吐一辞？当共入议状，乞存赵氏。'时桧为台长，闻伸言以为然，即进状曰：'……两元帅既允其议……今乃变易前议，人臣安忍畏死不论哉？宋……虽兴亡之命在天有数，焉可以一城决废立哉？……张邦昌在上皇时，附会权幸，共为蠹国之政……若付以土地，使主人民，四方豪杰必共起而诛之……'""时雍先署状，以率百官。御史中丞秦桧不书，抗言请立赵氏宗室，且言邦昌当上皇时，专事宴游，党附权奸，蠹国乱政，社稷倾危实由邦昌。金人怒，执桧。"后来有人评说秦桧此举："秦桧奸臣之雄也，当金人立张邦昌之日，仗义抗词，请立赵宗，就执不屈，而清议壮之。"如此说法，还来自明代做过南京礼部郎中的郑瑗："金虏议立异姓，秦桧抗言见执，可谓义矣，而终误国于渡江之后。"郑瑗是福建莆田人，明成化十七年（1481年）进士，博涉经史，善为诗文，"文词浑雄深粹，略无赘语，诗亦稳润，有唐人风致",他著有《井观琐言》《蜩笑集》《蜩笑偶言》等。他没有必要为秦桧开脱诿过,自找麻烦。是年四月,秦桧随徽、钦二帝一起被金军拘往北方,经燕山,转至韩州。张邦昌遣人送书,请金放回孙傅、张叔夜及秦桧,金廷不许。是年五月,康王赵构在应天府南京也就是如今的商丘即位,建立南宋,是为宋高宗。宋徽宗得知消息后,致书金帅粘罕,约定和议,让秦桧加工润色,秦桧以厚礼贿赂粘罕。金太宗完颜晟把秦桧赐给其弟挞懒(完颜昌)。

宋高宗建炎元年(1127年)秋,陈过庭等人被流放到东北的显州,唯独秦桧却在挞懒的卵翼之下,留在燕山府,先充"任用",后被任命为"参谋军事"。有一次,金兀术还特地宴请秦桧,而"左右侍酒者,皆中都贵戚王公之姬妾"。挞懒负责淮东战场,秦桧随军同行,曾向被围的楚州写过劝降书。楚州之战是当时最为壮烈的保卫战之一,全城军民在赵立指挥之下,尽管粮尽援绝,仍死守不屈。城破之日,军民"抑痛扶伤巷战,虽妇人女子亦挽贼俱溺于水"。

建炎四年(1130年),挞懒率兵进攻山阳,十月,秦桧携家眷离开金营,"取涟水军水寨航海归行在",此年,秦桧正值不惑之年。他在此后的赵宋政坛,呼风唤雨,成为一代权相。秦桧归宋之后,自称是杀了监视自己的金兵,抢了小船,才得以冒险逃回。当时,不少朝臣对此持怀疑态度,而宰相范宗尹、同知枢密院李回与秦桧关系较好,竭力保荐,使其有惊无险,再度挺立朝堂。关于秦桧如何能够从金逃脱,回返临安,此后仍旧众说纷纭,大致说来有乘船逃回说与金人放回说两种:前者依据可见

《三朝北盟会编》《建炎以来系年要录》《老学庵笔记》与秦桧自己的《北征纪实》等；后者则见于《秀水闲居录》《中兴姓氏录》《南迁录》等。元代脱脱等人主持编纂《宋史》，则如是说道："桧之归也，自言杀金人监己者奔舟而来。朝士多谓桧与櫄、傅、朴同拘，而桧独归；又自燕至楚二千八百里，逾河越海，岂无讥诃之者，安得杀监而南？就令从军挞懒，金人纵之，必质妻属，安得与王氏偕？惟宰相范宗尹、同知枢密院李回与桧善，尽破群疑，力荐其忠。"

秦桧返朝入对，提出"如欲天下无事，南自南，北自北"的南北分治方略，并呈上草拟的和议书，供宋高宗决策参考。"南自南，北自北"，其意为实行南北分治，金朝统治北方，不再进攻南宋，南宋坐拥半壁江山，实现金、宋和平相处。《宋史》对"南自南北自北"这一主张的提出，讲述颇为生动："未对前一日，帝命先见宰执。桧首言'如欲天下无事，南自南，北自北'，及首奏所草与挞懒求和书。帝曰：'桧朴忠过人，朕得之喜而不寐。盖闻二帝、母后消息，又得一佳士也。'宗尹欲处之经筵，帝曰：'且与一事简尚书。'故有礼部之命。从行王安道、冯由义、水寨丁不异及参议官并改京秩，舟人孙靖亦补承信郎。始，朝廷虽数遣使，但且守且和，而专与金人解仇议和，实自桧始。盖桧在金庭首唱和议，故挞懒纵之使归也。"当时的形势，金朝在北方穷于应付游击健儿的袭扰，在南线又接二连三地挫败，这使挞懒改变了单纯军事进攻的方针，重新捡起"以和议佐攻战"策略。"南自南，北自北"是挞懒的南北朝方案，也是秦桧在南宋的政治活动指针。

绍兴元年（1131年）初，秦桧升任参知政事。宰相范宗尹建议讨论徽宗崇宁、大观以来朝廷滥赏之事，秦桧极力赞成。但高宗一旦坚决反对，秦桧便立即转向，极力附和，并以此为由竭力排挤范宗尹。范宗尹罢相之后，秦桧扬言："我有二策，可耸动天下。"有人问他为何不说，秦桧说："现在没有宰相，无法执行。"秦桧很快升任右仆射、同中书门下平章事兼知枢密院事，首次拜相。吕颐浩也二度拜相，与秦桧共掌朝政。秦桧密谋夺吕颐浩之权，就让党羽造谣说："周宣王修内政、攘外敌，故能中兴，今二相应分管内政外政。"高宗诏命吕颐浩专管军旅，秦桧专管政务，吕颐浩遂在镇江建造都督府，不闻政务。

绍兴二年（1132年）暮春，秦桧奏请设修政局，自为提举，与参知政事翟汝文同领政务。秦桧弹劾翟汝文擅自处置堂吏而被罢官。吕颐浩自镇江都督府还朝临安，谋划赶走秦桧，就以朱胜非为助，任命黄龟年为殿中侍御史、刘棐为右司谏。黄龟年弹劾秦桧专主和议，破坏恢复，结党专权，并把秦桧比作王莽、董卓。秦桧也擢用胡安国、张焘、程瑀等人，委以要职，以图排挤吕颐浩。高宗召綦崇礼入宫奏对，拿出秦桧所陈二策"河北人还金国，中原人还刘豫"给他看。赵构说："秦桧说'南人归南，北人归北'。朕是北人，将归哪儿？秦桧又说'为相数月，可耸动天下'，朕至今也没看到。"綦崇礼就把宋高宗的意思写入训辞，布告中外。高宗降诏，罢去秦桧相位，任命他为观文殿学士、提举江州太平观，并张榜朝廷，以示不再复用。

绍兴五年（1135年），金太宗去世，挞懒主政，宋金终成和议。秦桧复官为资政殿学士，又拜为观文殿学士、知温州。绍兴六年（1136年）夏，秦桧改知绍兴府，又被任命为醴泉观使兼侍读、行宫留守，并暂去尚书省、枢密院参议政事。绍兴七年（1137年）正月，何藓出使金国返回，告知徽宗及显肃皇后死讯，高宗重礼发丧，当天任命秦桧为枢密使，地位仅次于被认为是抗战派的宰相张浚。当时抗金形势空前良好，在宋廷罢免名将刘光世之时，宋高宗决定授予岳飞对全国大部分军队的指挥权，他说："除张俊、韩世忠不受节制外，其余并受卿节制。"这项决定在相当程度上弥补了以往岳飞与韩世忠、张俊、刘光世、吴玠等军不能很好协同配合的缺陷。岳飞兴高采烈，积极做恢复中原准备。这里顺便补充一下，张浚比秦桧小六岁，也是南宋名臣，比秦桧晚死九年。而张俊则比秦桧大四岁，是所谓赵宋中兴四名将之一，比秦桧早一年去世，被追封循王。张俊、张浚，不是一个人，容易混淆。

秦桧认为张浚志大才疏，自命不凡，不满足于兼空头都督，就对其进行煽动，让其出面说服宋高宗，不应让岳飞掌握太大兵权，以免功盖天下，尾大不掉。宋高宗当即收回成命。岳飞的北伐计划顿成泡影。刘光世被罢官后，淮西军无良将统率。绍兴七年（1137年）夏秋之季，郦琼等发动叛乱，率军四万余人投奔伪齐，酿成淮西之变。淮西之变，震惊朝野。秦桧却因深藏幕后，处处把张浚推在前台，使张浚处于风口浪尖。他伙同新相赵鼎，利用张浚的个人失策，对抗战派落井下石。他们把"行在"由建康后撤至临安，终止北伐的一切部署，以示苟安一隅。张浚引咎辞相，《宋史》有载，他与高宗有一番对话，颇为传神生动："浚求去，帝问：'谁可代卿？'浚不对。帝曰：'秦桧何如？'曰：'与之共事，始知其暗。'帝曰：'然则用赵鼎。'"

绍兴八年（1138年）春，秦桧被任命为右仆射、同中书门下平章事，二次拜相，此年秦桧四十八岁，直到他六十六岁病亡，在丞相位置上长达十八个年头。吏部侍郎晏敦复有忧色，曰："奸人相矣。"金派使者议和，高宗告诉秦桧不惜屈己称臣，希望和议速成。秦桧对高宗考验再三，确认其决心已定，遂奏请若要议和，只和自己商议，不许群臣干预。高宗表示同意。赵鼎因立嗣事件罢相，秦桧独揽大权，决意议和。绍兴八年（1138年）冬，高宗下诏，传达金国要宋廷屈己议和，百官多认为金国之言不可信。秦桧擢升中书舍人勾龙如渊为御史中丞，排挤朝中议论不合之人，吕本中、张九成、冯时行、胡铨等皆被贬出朝廷。金派张通古、萧哲出使南宋，国书名为"诏谕江南"，秦桧怀疑是封册文书，就与金使磋商，改江南为宋、诏谕为国信。金使行至泗州，提出要求所过州县用臣礼相迎，高宗以客礼相待，态度极其傲慢。京、淮宣抚处置使韩世忠多次上疏，愿效力死战，高宗不准。金使抵达高宗行都，通告宋廷"先归还河南，册封高宗为帝，余事再慢慢商议"。秦桧打算接受金国条件，但高宗不愿跪拜称臣、接受金国册封，馆职吏员也上书反对议和，各地军民也都义愤填膺。高宗以"居丧期难行吉礼"为由，让秦桧率朝臣去驿馆接收国书。

绍兴九年（1139年）正月，和议已成，大赦天下。高宗虽听从秦桧议和，但也怀疑金人有诈，故不敢放松边备。金人归还河南、陕西旧地。张浚上奏，提醒朝廷要以石晋、刘豫为戒；徐俯、连南夫、岳飞也借贺表进行讽谏。汪应辰、樊光远、韩纩、毛叔庆、张行成等都说金人居心叵测、和议难以长久，皆被秦桧罢黜。金兀术以谋反罪诛灭金将宗磐和挞懒，拘王伦于中山府。韩世忠请求趁机攻金，秦桧以《春秋》不伐丧为借口反对，高宗也不赞成，出兵一事遂作罢。

绍兴十年（1140年）五月，金人背盟，分四路入侵，河南、陕西等地相继沦陷，高宗下诏列举金兀术罪状。秦桧上奏，和议已变，支持讨伐金国，但他只不过是故作姿态而已。秦桧指使王次翁散布谣言，赵鼎被贬到兴化军，不久，又被流放潮州。宋军诸路战线捷报不断：张俊攻克亳州，王胜攻克海州，岳飞败金兀术于郾城。秦桧力主和议，罢黜反对和议的喻樗、陈刚中等七人。高宗派起居舍人李易晓谕韩世忠罢兵，诸路将帅皆被召回，蔡州、郑州、淮宁府等地再次落入金人之手。御史中丞王次翁奏曰："前日国是，初无主议。事有小变，则更用他相，后来者未必贤，而排黜异党，纷纷累月不能定，愿陛下以为至戒。"《宋史》载："帝深然之。桧力排群言，始终以和议自任，而次翁谓无主议者，专为桧地也。于是桧位复安，据之凡十八年，公论不能撼摇矣。"

绍兴十一年（1141年）初，金兀术再次南下，宋将邵隆、王德等连战皆捷，收复商州、庐州等地。秦桧传谕张俊、杨沂中、刘锜班师，濠州失陷，金兵北还。秦桧密奏高宗"论功行赏"，收回诸将兵权，韩世忠、张俊、岳飞相继回朝，分别被任命为枢密使和副使，高宗撤掉三个宣抚司。是年六月，秦桧晋封为庆国公。《徽宗实录》修成，秦桧升为少保，加封冀国公。金兀术又有求和之意，秦桧上奏宋廷，派刘光远、曹勋出使金国，商议以淮水为界，宋割唐、邓二州。秦桧让谏官万俟卨弹劾岳飞，张俊又诬告岳飞部将张宪谋反，岳飞父子被押送大理寺。金兀术派萧毅等到临安，宋金签订绍兴和议。因岳飞在议和、立嗣等问题上和自己冲突，秦桧便诬告岳飞曾说自己和宋太祖都是三十岁任节度使，谩侮先皇、意图谋反，又以受诏不救淮西等罪名，将岳飞赐死狱中。就岳飞之死，《宋史》有如是记载："十二月，杀岳飞。桧以飞屡言和议失计，且尝奏请定国本，俱与桧大异，必欲杀之。铸、三畏初鞫，久不伏；卨入台，狱遂上。诬飞尝自言'己与太祖皆三十岁建节'为指斥乘舆，受诏不救淮西罪，赐死狱中。子云及张宪杀于都市。天下冤之，闻者流涕。"

绍兴十二年（1142年）夏，徽宗及显肃皇后、宪节皇后的灵柩运至行都，太后还慈宁宫。秦桧加为太师，晋封魏国公，秦桧继子秦熺也进士及第，真是双喜临门。因和议已成，秦桧更加痛恨以前反对自己的人，遂贬赵鼎于潮州、王庶于道州、胡铨于新州，永不录用；曾开、李弥逊、张俊等也被罢官。

绍兴十三年（1143年），秦桧庆贺瑞雪，又奏请庆贺楚州奏盐城县海水清澈，高宗不许。虔州知州薛弼汇报在木头内发现文字"天下太平年"，高宗下诏交付史馆。秦桧粉饰太平，祥报每天不断，各地仪礼不绝。洪皓因知道秦桧和金帅室捻的旧情被论奏，胡舜陟、张九成、张邵也因言语冒犯秦桧被贬。秦桧独揽朝政后，堵塞言路，无所不用其极。绍兴二十四年（1154年），衢州有强盗作乱，秦桧派殿前司将官辛立率人前去抓捕，没有禀报高宗。高宗得悉后大惊，急忙诏问秦桧。秦桧说："小事不值得陛下操劳，没敢惊动圣听，拘捕盗寇后会即刻上奏。"秦桧得知是晋安郡王向高宗通报消息后,就上奏称晋安郡王正在为秀王服丧,不应领取俸禄。秦桧如此挟嫌报复,高宗也无可奈何。

绍兴十四年(1144年),秦桧兴文字狱,因言获罪者有黄龟年、白锷、张伯麟、解潜、辛永宗等,赵鼎、李光都被再次流放到海岛,吴表臣、苏符等七人因立嗣一事被罢免。台州曾惇献诗,称秦桧为"圣相"。秦桧下令禁止野史,由秦熺任秘书少监,负责撰修国史,焚毁涉及秦桧的所有诏书和奏章。秦桧控制舆论,几近疯狂。太学生张伯麟曾题壁说"夫差,你忘了越王杀你的父亲吗",被杖脊刺配到吉阳军。赵令衿读秦桧的《家庙记》,顺口说出"君子之泽,五世而斩",便被投入大牢;沈长卿因赋诗"宁令汉社稷,变作莽乾坤",被编置化州。某次,秦桧举行家宴,演戏助兴,扮小官的戏子头上的大环掉在了地上。一戏子问:"这是什么环?"小官说:"二胜环。"戏子说:"你坐太师椅,为什么把'二胜环'丢在脑后!"暗喻秦桧掌权后,把迎接徽钦二帝南还的事置之不理。秦桧大怒,将这些戏子全部打入大牢。秦桧还打击理学,禁止程颐、张载著作在社会上传播。

绍兴十五年(1145年)春,高宗赏赐秦桧府第,命用教坊乐为前导,使他迁入新居,赐缗钱金帛不等。高宗亲到秦桧家宅,对其家眷均加封官职。秦桧欲禁私史,进言私史有害正道。司马伋就说《涑水记闻》不是他曾祖司马光所著,之后,李光家人亦把李光所藏的万卷书全烧了。高宗将亲笔题写的"一德格天"匾额赐给秦桧,再拜秦熺为翰林学士兼侍读。

绍兴十六年(1146年)正月,秦桧营建家庙。高宗赐以祭器,帝王赐将相祭器即始于秦桧。是年初夏,有彗星出现,高宗诏命百官直言劝谏，张浚上疏进言朝廷形势严峻，要早作预备。秦桧大怒，削其兵权，贬其到连州。

绍兴十七年（1147年），秦桧改封为益国公。进士施锷上文歌颂时政，永免文解，从此颂咏献媚的人越来越多。

绍兴十八年（1148年），李显忠上奏恢复中原，被削去军职。

绍兴十九年（1149年），高宗命人为秦桧制画像，并亲自作赞。各郡都上奏说监狱已空。秦桧再次禁止私撰野史，允许民间告发。

绍兴二十年（1150年），秦桧已经年届花甲。正月，秦桧上朝，殿司小校施全刺秦桧不中，被斩杀于市，秦桧自此出门必带侍卫；李光的儿子李孟坚被人告发撰写李光的私史，被贬至峡州，连坐八人。汤思退奏请把秦桧忠于赵氏的事迹交付史馆。汪大圭、惠俊、刘允中等，因诽谤秦桧而获罪。秦桧病重，高宗允许其乘轿上朝、免朝拜礼。

绍兴二十二年（1152年），秦桧以诽谤朝政罪，兴王庶二子、叶三省、杨炜、袁敏求四大狱案。

绍兴二十三年（1153年），秦桧奏请高宗从台州谢伋家收回綦崇礼所受的圣旨，此即秦桧第一次被罢相的圣旨，想消灭对自己不利的证据；进士黄友龙因为毁谤秦桧被处以黥刑，发配岭南；内侍裴咏因指斥秦桧，亦编管琼州。

绍兴二十四年（1154年）春，秦桧的孙子秦埙以锁厅试和省试第一的身份参加殿试，秦桧奏请由亲信汤思退、魏师逊担任主考。高宗读到秦埙的文章，发现其行文语气与秦桧毫无二致，就擢张孝祥为第一,降秦埙为第三。这桩公案,《宋史》载其事,甚为琐碎:"二十四年二月,杨炬以弟炜旧累死宾州,炬编管邕州。何兑讼其师马伸发端上金人书乞存赵氏,为分桧功,兑编管英州。三月,桧孙敷文阁待制埙试进士举,省殿试皆为第一,桧从子焞、焴,姻党周夤、沈兴杰皆登上第,士论为之不平。考官则魏师逊、汤思退、郑仲熊、沈虚中、董德元也。师逊等初知贡举,即语人曰:'吾曹可以富贵矣。'及廷试,桧又奏思退为编排,师逊为详定。埙与第二人曹冠策皆攻专门之学,张孝祥策则主一德元老且及存赵事。帝读埙策,皆桧、熺语,于是擢孝祥为第一,降埙第三。未几,埙修撰实录院,宰相子孙同领史职,前所无也。"第三名,也就是所谓的探花。著名诗人张孝祥意外夺魁,他的墓在南京老山。

绍兴二十五年(1155年)初,沈长卿和芮烨共赋《牡丹诗》,被邻人告发,皆被贬;知府吕愿中赋诗献媚,立被召用。有人奏请秦桧乘金根车、设益国府官署、加九锡,秦桧泰然受之。秦桧深恨赵鼎、张浚和胡寅,此时赵鼎已死,遂让赵鼎之子赵汾自诬与张浚、胡寅谋划叛乱,想将他们一网打尽,受牵连者达五十三人。案成之后,秦桧因病重已不能写字。此年十月二十一日,高宗去秦桧家探视病情,秦桧无一语,只流泪而已。高宗命沈虚中草拟秦桧父子的致仕制书。当夜,秦熺派秦埙同林一飞、郑柟见台谏官徐喜、张扶,策划自己的拜相事宜。二十二日,宋廷加封秦桧为建康郡王,进秦熺为少师,皆致仕。高宗亲临探视,是很大的殊荣,《宋史》如此记载:"是月乙未,帝幸桧第问疾,桧无一语,惟流涕而已。熺奏请代居相位者,帝曰:

'此事卿不当与。'帝遂命权直学士院沈虚中草桧父子致仕制。熺犹遣其了坝与林一飞、郑楠夜见台谏徐喜、张扶谋奏请已为相。丙申，诏桧加封建康郡王，熺进少师，皆致仕，坝、堪并提举江州太平兴国宫。是夜，桧卒，年六十六。后赠申王，谥忠献。"

开禧二年（1206年），宋宁宗追夺秦桧王爵，改谥谬丑。嘉定元年（1208年），史弥远执政后又恢复其王爵和谥号。

秦桧虽是佞臣，却诗文天下，颇擅笔翰。陶宗仪《书史会要》载："（桧）能篆，书见金陵文庙井栏上刻其所书'玉兔泉'三字，亦有可观。"秦桧书迹仅有拓本《都骑已临帖》和《别纸勤恳帖》存世，收录于南宋曾宏父的《凤墅帖》，现藏上海图书馆。《别纸勤恳帖》为行楷书，共计十行，其字形笔意多受黄庭坚影响，用笔舒展。但秦桧此帖字，比起黄鲁直字，其中宫更加宽疏，显得温和大度、儒雅温文。《都骑已临帖》为行书，六行，此帖字形字意多有米书之意，尤其是欹侧之势，尤为相似。

秦桧文采风流，鉴识非凡，他在贪恋权力聚敛财富的同时，还对古董珍玩颇有心得。李心传《建炎以来系年要录》载，秦桧"贪墨无厌"，"喜赃吏，恶廉士"。秦桧卖官鬻爵、开门纳贿，他每年腊月生日时，逢各州县送的寿礼达数十万，秦桧家的府库财富，超过了南宋朝廷的"左藏数倍"，富可敌国。他特在相府后院建一"格天阁"，专门收藏归类，命亲信家丁日夜看守。《桯史》记载："秦桧以绍兴十五年（1145年）四月丙子朔，赐第望仙桥。丁丑赐银绢万两匹、钱千万、彩千缣。"绍兴四年（1134年），镇守广州、南海、佛山三地的督将方务德因在临安述职时直言顶撞过秦桧，担心被报复，不安于位。后来他携特产龙涎香二十大箱送往临安秦宰相府,其中另作标记的四箱才是关键:内藏足赤黄金四十锭,上等象牙雕屏风四扇,二十年的缅甸玉器及唐代名人字画十件。秦桧著有《北征纪实》,《全宋诗》等录有其《题范文正公书伯夷颂后》及残句一句。《题范文正公书伯夷颂后》原文为:高贤邈已远,凛凛生气存。韩范不时有,此心谁与论。

  关于秦桧,还有不少说法,现不避累赘,再罗列如下。一则是太师椅。太师椅是中国古家具中唯一用官职来命名的椅子,最早见于宋人张端义的《贵耳集》。据说,北宋时期的交椅只有一种样式,形似栲栳,大小官员都喜欢使用。某次,秦桧坐在交椅上,他一仰头,无意中头巾掉到了地上,京尹吴渊看在眼里,便设计了一种荷叶托首,命工匠依样打造,命名为"太师样"。因此种样式是专为秦桧设计,太师椅一名遂由此产生,不胫而走。岳珂在《桯史》中也提到秦桧与太师椅的种种瓜葛,并将带有荷叶托首的交椅明确称为"荷叶交椅""太师交椅"。宋人王明清在《挥麈三录》中记载了当时其他朝臣使用太师椅"仰首而寝"的情形,并说"达宦者皆用之"。再则是成语"东窗事发"。据明人田汝成《西湖游览志余》载,秦桧想杀岳飞,又恐世人议论,犹豫不决,就和妻子王氏在东窗下商议。王氏,据说是宋神宗时宰相王珪孙女,也是童贯的干女儿。王氏说:"捉虎容易,放虎就难了!"秦桧于是才下定决心除掉岳飞。秦桧死后,王氏请人驱邪,方士设坛作法,在冥界见到秦熺,问太师何在,秦熺答在酆都,方士遂到酆都,看到秦桧和万俟卨俱披枷戴锁,备受痛苦。秦桧见到方士痛苦言道:"麻烦转告我夫人,就说东窗的事情已经泄露了。"这一故事在《喻世明言》《说岳全传》中亦有记载,情节大同小异。瞿佑《剪灯新话·天台访隐录》载:"建炎南渡多翻覆,泥马逃来御黄屋""东窗计就通和好,鄂王赐死蕲王老"。明《精忠记·东窗》:"心事难凭枉致疑,夫人其实好心机,凭此黄柑无后患,东窗消息少人知。"后人据此引出典故东窗事发,同源典故还有东窗事犯、东窗消息、东窗计、东窗妇等。还有一秦桧送鱼故事,也颇见当时高层政治中的波谲云诡、斗角钩心。秦桧妻王氏应高宗吴皇后之邀,进宫赴宴,席间有一道菜为清蒸鲻鱼。鲻鱼美味可口,盛产于南方沿海,但高宗南渡之后,边事吃紧,很少能够吃到。吴皇后就问王氏是否经常吃到鲻鱼。当时秦桧家中有各地贡品,王氏就如实回答说不仅吃过,而且个头比这还要大。王氏回家后,将这件事告诉秦桧。秦桧大惊失色:相府怎可有皇室贡品?但秦桧马上想到了应对之计,他让王氏带了几十条青鱼入宫进奉。吴皇后看了后说:"你们原来是把青鱼和鲻鱼搞混了啊。"而所谓秦桧知人善任之说,也显示出此人的奸雄侧面。话说秦桧当权之时,有一读书人伪造秦桧的信,去见扬州太守。此太守发觉后,即将此信没收,并把此人押赴杭州交给秦桧发落。秦桧见状,却不仅不予追究,还委任此人一个官职,让他走马上任去了。有人问秦桧这是何故,秦桧说:"有胆量伪造我的信,一定不是普通人,如果不用一个官帽套住他,他也许会投靠敌国去的。"

岳飞之于秦桧,是他一生最大的梦魇之一,在此再啰唆一二。岳飞究竟是谁杀害?以前多认为是秦桧矫诏所为,但现在基本认定是高宗拍板决策,秦桧深度参与,上下其手,充作打手走卒而已。有学者说,此案在当时称为"诏狱",是皇帝钦命的法律案件,罪犯由皇帝亲自下诏书方能定罪。《建炎以来朝野杂记》保存有此案完整的判决书,指明了案犯的罪名及处罚结果,可见此案是奉圣旨办案,最后也由宋高宗最终裁决。而高宗为何要杀岳飞,概括起来,大致有这样几种猜测:一是担忧帝位。綦彦臣认为,岳飞主张"北伐、迎请二帝还朝",威胁高宗地位,是他被杀的原因。邓广铭对此提出反驳,他指出徽宗死后,金人多次扬言要扶植钦宗回朝即位,岳飞因此改变了其"奉迎二圣"的主张,代之以迎还徽宗夫妇灵柩和韦太后等皇室亲族,这足以说明岳飞颇谙政治。事实上,宋金就此事有过多次谈判,高宗还下诏修建仁宗宫殿,也许高宗无须在"迎还二圣"问题上深忌岳飞。二是防范大臣说。有人认为岳飞在立储问题上,越职言事,触犯大忌,令高宗认为他野心太大,遂起杀心。也有人认为,岳飞掌握全国大半兵力,个性又耿直倔强,往往锋芒毕露,不善韬晦之计,使高宗觉得难以驾驭;而防范武将兵权过大,一直是赵宋王朝恪守的"家法"。也许在杀岳飞问题上,高宗与秦桧是各怀鬼胎,互相利用,狼狈为奸。秦桧认为,不杀岳飞,难成和议;而高宗觉得,更重要的是杀鸡儆猴,以便他更自如地驾驭诸将,控制朝政与军权。高宗与秦桧玩弄的是"交相用而曲相成"之把戏,岳飞因此非死不可,遂有此千古奇冤。

秦桧世居金陵,并被宋高宗封为"建康郡王",死后埋葬在南京西南郊牧龙镇牧牛亭,距离牛首山不远的长江边上,当年秦墓"丰碑屹立,不镌一字",据说是因为无人为其撰写碑文。而岳飞抗金故垒如今在牛首山上还有遗存。明朝成化十一年(1485

年),秦桧墓被盗,盗墓者"获金银器具巨万"。盗墓者被抓获后,当地官吏有意"减其罪,恶桧也"。

绍兴三十二年(1162年)夏,宋孝宗下诏,追复岳飞官爵,以礼改葬杭州西子湖畔的栖霞岭,岳飞一案平反昭雪。其后,秦桧的跪像在全国各地不断涌现出来。元代之时,人们在秦桧墓前便溺以快意,谓"遗臭冢",有诗曰"太师坟上土,遗臭遍天涯"。朱明时代,人于岳飞墓前种桧树,一劈为二,名曰"分尸桧"。历史上秦桧夫妇的跪像究竟有多少,已无法考证。据统计,目前存世的至少还有七处,分别位于杭州岳王庙、江西九江岳母祠、河南汤阴岳飞庙、开封朱仙镇岳飞庙、河南淮阳太昊伏羲陵、江苏泰州岳墩岳飞祠、湖北鄂州岳飞庙等地。明朝敖英在《东谷赘言》中曾感慨地说:自古天下事,君子成之,小人坏之。虽然亦有不其然者,君子功业萧条,不足以对苍生之望;小人能行好事,亦可邀人心也。这是在评价秦桧吗?

据说,秦桧有弟兄四人,其兄分别为秦彬、秦梓,其弟秦棣。其子秦熺,字伯阳,本姓王,为秦桧妻兄王唤之子,以少师致仕,封福国公。据载,秦桧之妻王氏一直未能生育儿子,秦桧惧内,忧虑无后但不敢言语。秦桧一妾有孕,被王氏发现并驱逐而去,被迫嫁于仙游林氏,后生一子,取名林一飞,即为秦桧的私生子。王氏的兄长王唤,曾与奴婢偷情,生一子,被秦桧夫妇收养为继子,此即秦熺。其孙秦埙,秦熺长子,绍兴二十四年(1154年)探花,历任敷文阁待制、工部尚书、礼部尚书等职,也是正部级官员呢。另有秦堪、秦坦,生平不详。秦埙之子秦钜,字子野,嘉定十四年(1221年)在蕲州抗金战死,封义烈侯。陆游在《入蜀记》中详细记述了其在南京数日的行踪，其中三次提到了秦桧的孙子秦埙这位探花。当时的秦家，虽然威势仍在，但在陆游看来，已经显露出破败之迹象了。而当年与秦埙竞争状元的张孝祥则埋骨在长江西岸的浦口，如今的南京老山公园之内。

秦桧在南宋朝廷内属于主和派，奉行割地、称臣、纳贡的议和政策，前后执政长达十九年。尤其在他再次拜相期间，极力贬斥抗金将士，阻止恢复；同时结纳私党，斥逐异己，屡兴大狱，是中国史上著名的奸臣之一。但秦桧死后，盖棺难以论定。朱熹说，秦会之是有骨力，惜其用之错。他是见得这一边难成功，兼察得高宗意向亦不决为战讨计。明代张宗子则说：呜呼！秦桧力主和议，缓宋亡且二百余载。清代赵翼认为：书生徒讲文理，不揣时势，未有不误人家国者。宋之南渡，秦桧主和议，以成偏安之局，当时议者无不以反颜事仇为桧罪，而后之力主恢复者，张德远一出而辄败，韩侂胄再出而又败，卒之仍以和议保疆。胡适则认为，秦桧有大功而世人唾骂他至于今日，真是冤枉。

但总体上看，对秦桧持负面评价的较多，《宋史》如此评说："桧两据相位者，凡十九年，劫制君父，包藏祸心，倡和误国，忘仇斁伦。""桧立久任之说，士淹滞失职，有十年不解者。附己者立与擢用。自其独相，至死之日，易执政二十八人，皆世无一誉。""桧阴险如崖阱，深阻竟叵测。""晚年残忍尤甚，数兴大狱，而又喜谀佞，不避形迹。"胡宏则调门很高，论说得比较透彻：今柄臣擅国，违天逆理，专事阿党，利惑君心，阻塞义理之路。而汲引庸妄，戕伐国本，以奉事仇敌，袭旧京败亡之道……太上皇帝……生往死归，此臣子痛心切骨，卧薪尝胆，宜思所以必振者也，而柄臣者乃敢欺天罔人，以大仇为大恩乎……太母天下之母，其纵释乃惟金人之命，此中华之所大辱，臣子所不忍言者也，而柄臣者乃敢欺天罔人，以大辱为大恩乎……今关河重地，悉为敌封；园陵暴露，不得瞻拜；宗族拘隔，不得相见；土地分裂，人民困苦，不得鸠集；冤恨之气，外薄四海，不得伸雪。而柄臣者方且施施然厚诬天下，自以为有大功乎？阁下受其知遇，何不恳恳为之言乎……今阁下目睹忘仇灭理、北面向敌以苟晏安之事，犹偃然为天下师儒之首既不能建大论、明天人之理以正君心，乃阿谀柄臣，希合风旨，求举太平之典，又为之词云云，欺天罔人孰甚焉？是党其恶也。人皆谓阁下平生志行扫地尽矣……《春秋》之义，诛国贼者，必先诛其党……阁下不及今翻然改图，必与之俱矣。

秦桧病亡之时，已经二十六岁的朱熹在《戊午谠议序》中说得更为决绝："秦桧之罪所以上通于天，万死而不足以赎买，正以其始则唱邪谋以误国，终则挟敌势以要君，……而末流之弊，遗君后亲，至于如此之极也。"

明末清初大思想家王夫之认为："秦桧者，其机深，其力鸷，其情不可测，其愿欲日进而无所讫止。故以俘虏之余，而驾耆旧元臣之上，以一人之力，而折朝野众论之公，唯所诛艾。藉其有子可授，而天假以年，江左之提封，非宋有也。……杀人宗族，而尽解诸帅之兵，大坏军政，粉饰治平，延及孝宗而终莫能振也。"道光年间的大名士汤海秋也认为："李林甫相唐十九年，秦桧相宋亦十九年，则皆辱其宗社矣，孰与摄相三月，外寒强邻之胆，而内蒸男信女顺之化耶？"

再来说说南京秦状元巷里的秦大士。秦大士出生于1715年，这一年，秦桧已经病亡五百六十年了。秦大士，字鲁一，又字鉴泉，号涧泉，又号秋田老人，是乾隆十七年（1752年）状元。他在1777年逝世，得年六十三岁。

秦大士祖籍安徽当涂，据说是秦桧次兄秦梓一脉。但秦大士对此似乎不愿多言。《清朝野史大观》载，乾隆皇帝曾问他："你果真是秦桧的后代吗？"他回答："一朝天子一朝臣。"崇祯末年，秦大士的曾祖父秦应瑚从当涂来到南京避乱，住在中华门内的一条巷子中，应该就是如今的秦状元巷附近。其父亲秦有伦有七个儿子，秦大士排行第二。他自幼聪明好学，少年时书法就小有名气。他二十三岁中举，三十八岁在皇太后六十圣诞的万寿恩科中，大魁天下，成为清朝开国以来的第四十三位状元。依照惯例，秦大士诞生的小巷就由地方官命名为秦状元巷。如今又有好事者多此一举，改为秦状元里。

秦大士考取状元后，授职翰林院修撰。此后，他曾充顺天乡试同考官、咸安宫总裁官、官学总裁，入值武英殿，后以母丧而丁忧归乡。乾隆二十二年（1757年），服阙复官，任职教习庶吉士，入值上书房，侍候皇子讲读。乾隆二十三年（1758年），大考翰詹，秦大士京察一等二名，擢翰林院侍讲学士。乾隆二十四年（1759年），出任顺天武乡试副考官。秦大士还奉命祭告北岳等处。乾隆二十八年（1763年），他辞请回乡，息影金陵。乾隆三十五年（1770年），秦大士进京为乾隆帝祝寿。次年，又为皇太后八十寿辰祝贺。赋闲在家，秦大士曾经主持龙城书院，晚年唯爱吕坤的《呻吟语》。

秦大士与金陵名流雅士多有交往。袁枚到南京任江宁县令，见到燕子矶石壁上题诗"渔火真疑星倒出，钟声欲共水争流"，得知是秦大士所题，颇为激赏，两人从此成为莫逆之交。两人曾相偕畅游秦淮河，看六朝金粉、水月繁华。秦大士见景生情，咏出七绝一首："金粉飘零野草新，女墙日夜枕寒津。兴亡莫漫悲前事，淮水而今尚姓秦。"此诗最后一句，令袁枚拍案叫绝，一时脍炙人口。据说，某一天，秦涧泉同昔日诗友到杭州去看岳王坟。岳王坟前有铁铸的秦桧夫妇跪像，两旁有以秦桧夫妇互相埋怨的口吻撰写的一副楹联："咳！我本丧心，有贤妻何至若是。啐！妇虽长舌，非老贼不到今朝。"诗友们看后发笑，戏谑秦大士，并要他题对联以记此游。秦涧泉苦苦一笑，挥笔立就："人从宋后羞名桧，我到坟前愧姓秦。"侍读学士卢文弨藏有汉《张迁碑》拓片，秦大士见而爱之，请卢文弨转让给他，但卢文弨不肯。一天，秦大士趁卢文弨外出，就趁机把他书房里的碑文拓片拿走了。卢文弨知道后，追至秦大士家中夺回拓片。事后未及半月，秦大士因急病去世。卢文弨去祭奠亡灵，从袖中取出拓片，哭着说："早知将与君永别，当时我何苦如此吝啬呀！对此我耿耿于心，今天特地到灵前来补偿我的过失。"卢于是将拓片焚烧，以祭奠秦大士的亡灵。

距离秦状元巷不远，南京城南长乐路57—59号，有一座历经三百余年风雨沧桑的院落，就是被人们称为状元府的秦大士故居，现也被称作秦大士纪念馆。站在门口北望，但见高墙深院，修葺一新，楼宇重叠，气势恢宏。秦家在乾隆、嘉庆、道光三朝达到鼎盛。秦大士在外做官十余载，于乾隆二十八年（1763年）退休，回归金陵。之后，时任陕西巡抚的大儿子秦承恩买下何如宠的府邸，供养父亲。何如宠曾是朱明崇祯时期的首辅，门前街道称作大夫第。秦大士退任移居大夫第后，于园中种植柏、梓、桐、椐四木，取意"百子同居"，花园取名瞻园。园中至今还剩一棵玉兰树，每到夏日花白如雪，美丽异常，据称也是当年秦大士手植。

秦大士书画名重一时。他曾奉乾隆之命缮写《昭明文选》。秦大士在金陵留下过不少遗迹，尤其是城南一带，曾经有不少秦大士的墨迹题咏。夫子庙大成殿学宫"东南第一学"门匾即由他题写。清代包世臣在《艺舟双楫》中把清代书法家分为五品九等，秦大士被列入"能品"。秦大士晚年喜欢绘画，尤其善于写竹，其写意花卉，生气盎然，名重一时。今日故居之内还保存着秦状元用正、草、隶、篆四体书写的碑刻，各俱形神，赏心悦目。他著有《蓬莱山樵集》《抹云楼集》《秦涧泉稿》。

据说，秦大士有三子，前文已经提及他的长子秦承恩，做过陕西巡抚。这个秦承恩，也算经历丰富。他字芝轩，乾隆二十六年（1761年）进士，选庶吉士，授编修，擢侍讲。乾隆五十四年（1789年），擢陕西巡抚。他在平息匪乱之中，虽然吃尽辛苦，行伍之中，南北奔波，但也屡遭责罚，甚至被"褫承恩职，逮京论大辟"，但"诏以承恩书生，未娴军事，宥归"，寻遣戍伊犁。嘉庆七年（1802年），释还。起主事，纂修会典。再出为直隶通永道,擢江西巡抚,迁左都御史,仍署巡抚事。十一年(1806年),召授工部尚书,调刑部,署直隶总督。十三年(1808年),又降为编修,效力文颖馆。再迁司经局洗马,晋秩三品卿。嘉庆十四年(1809年),卒。秦大士次子秦承业,字补之,号易堂。秦承业天资超卓,所读十三经、诸史,自少至老,暗诵不遗一字。乾隆三十五年(1770年)举于乡试,四十六年(1781年)殿试,初拟一甲第一,长洲钱棨第十。胪唱之日,乾隆以本朝无三元,改棨榜首,承业二甲第一,也就是金殿传胪,金榜第四名也属很不简单了。此后被授散馆、编修。他是道光帝的启蒙老师。道光八年(1828年),秦承业逝世,高寿八十二岁。道光帝出于感激和怀念恩师,破格赐谥文悫。秦承业著有《瑞芝轩古文》《馆阁诗赋》《和养正书屋诗》《字学启蒙》等。秦大士第三子秦承家,生平不详。

秦桧祖孙三代,秦桧,秦熺,秦埙,早已作古;秦大士父子,秦涧泉,秦承恩,秦承业,秦承家,也成云烟。但他们是科举制度的成功者,状元,探花,传胪,都是令人艳羡的名次呢;他们也是不同历史阶段的弄潮儿。秦桧被钉在了历史的耻辱柱上,而他的后人,真是应了"一朝天子一朝臣"之说。秦承业给道光皇帝纠正埙的发音,也说明,他是很在意自己的宗族前辈呢。

辑二

瞻园路上思徐达

六百三十九年前初春的某个夜晚，南京的瞻园之内哭声一片，但这样的哭声压抑低沉，断断续续。刚有噩耗从北平传来，瞻园的主人猝然去世了，也才五十四岁而已。此年，胡惟庸已经死掉五年了，李文忠则刚在一年前突然去世。这位一生经历诸多大风大浪的大将军可有某种预感？他与李善长不同，李是儿子娶了公主，他是女儿嫁给了皇子。这个皇子，就是朱棣。大将军之死，徐家后人哪敢留下任何只言片语？多少年后，吴梅村的女朋友卞玉京就住在大功坊下，中山王府对面。这位吴伟业先生，瞩望瞻园，会想些什么啊。且说徐达。

徐达，字天德，濠州钟离人，他出身农家，土里刨食，但性情刚毅，不甘屈居人下。徐达长得面貌清癯，颧骨稍高，身材魁伟。他自幼习武，练得一身好功夫，和朱元璋是从小一起长大的好朋友。

郭子兴举义，濠州人汤和率壮士十余人参加。应汤和之邀，朱元璋也投身郭子兴部。元顺帝至正十三年（1353年），朱元璋奉郭子兴之命回乡募兵，年已二十二岁的徐达欣然应召，小朱元璋四岁的他，从此开始了戎马生涯。徐达初授镇抚，表现出色。朱元璋发现他才能超乎众人，便经常委以重任，让他征战四方。

郭子兴与一同举事的孙德崖等人不合。占据徐州的赵均用、彭大兵败，投奔濠州而来。不久，赵、彭称王，郭子兴受制于赵、彭，险遭杀害。朱元璋见困顿在濠州难成大事，遂于至正十四年（1354年）秋率徐达、汤和等二十四人离开濠州，南进定远，攻下滁州。徐达冲锋陷阵，威勇初露。

至正十五年（1355年）初，滁州粮草不继。朱元璋与徐达等攻取和州。朱元璋占据和州后，郭子兴抓走了孙德崖，孙德崖军也抓走了朱元璋，有点互为人质的意味。徐达挺身而出，主动去交换朱元璋，化解了这场矛盾。朱元璋由此对徐达更为器重。同年六月，朱元璋率徐达等人渡江，拔采石，下太平，图谋集庆。攻打采石矶和太平府之战，徐达与常遇春二人冲锋陷阵，勇冠三军，擒元将陈也先，收服蕲人康茂才部。徐达等又分道攻溧水、溧阳、句容、芜湖，皆克之，徐达威名日著。

至正十六年（1356年）初，徐达破蛮子海牙水师，攻下集庆，朱元璋改集庆为应天府。徐达东下京口，一日克城，被授淮兴翼统军元帅。朱元璋称吴国公，置江南行枢密院，以徐达为同佥枢密院事。徐达围攻毗陵，与常遇春生擒其部将张德，次年二月，攻克毗陵，升金枢密院事。徐达又先后攻克宁国、宜兴，生擒张士诚胞弟张士德。至正十八年（1358年）秋，徐达攻克宜兴。朱元璋亲征婺州，徐达留守应天府。

朱元璋占据应天后，北有元军，东有张士诚，西有陈友谅，南有方国珍、陈友定，朱元璋处于四面包围之中，而陈友谅、张士诚两人势力最强。朱元璋审时度势，集思广益，决定先灭陈友谅，再除张士诚。至正十九年（1359年），徐达会同院判俞通海的水师一起攻克池州，大破栅江营，擒获张士诚守将洪钧等人，缴获其全部战船。徐达因功拜奉国上将军，同知枢密院事。徐达又麾兵乘胜进攻安庆而受挫，转而下无为州，夜袭浮山寨，破赵普胜部于青山，并乘胜追击，一鼓攻克潜山。之后，徐达回镇池州，对安庆形成水陆夹攻之势。徐达用离间之计，使陈友谅诛杀赵普胜，他乘机攻下枞阳水寨。

至正二十年（1360年）正月，陈友谅率大军进攻池州。徐达与常遇春诱敌深入，选精兵万余埋伏在九华山下，断其后路。当陈友谅军至城下，城内鼓声骤响，霎时城外伏兵四起，城内精兵冲出，内外夹击，陈友谅军大乱，被斩首万余、生擒三千，徐达军大胜。至正二十一年（1361年）春，徐达拜江南等处行中书省右丞。徐达与陈友谅大战于江州，缴获战马两千匹、粮食数十万石，他乘胜西进，直逼武昌。

至正二十二年（1362年）春，驻军洪都的原陈友谅降将祝宗、康泰举兵叛乱，徐达率军平叛，驰援安丰。陈友谅乘虚而入，攻陷吉安、无为等地后，又集中兵力猛攻洪都。洪都被围已两月有余，形势吃紧。朱元璋急召徐达自庐州前来会师，并以舟师二十万屯湖江、九江口和南湖嘴以扼其归路。陈友谅闻听朱元璋大军将至，他从鄱阳湖东面撤退，双方遭遇于康郎山。徐达身先士卒，率军力战，大败陈友谅军前锋，搏斗之中，徐达所乘之舟着火，但他临危不惧，一面扑火，一面指挥战斗。双方激战数月，陈友谅移师泊渚矶不敢再战。与陈友谅战争之中，朱元璋担心张士诚乘虚而入，腹背受敌，便让徐达回防应天府。徐达戒饬士卒，严加防守，使张士诚不敢轻举妄动，朱元璋得以解除后顾之忧，以全力对付陈友谅，全歼陈友谅六十万大军，取得鄱阳湖战役的巨大胜利。至正二十四年（1364年）正月，徐达升左相国后，平定武昌。徐达又会合参政杨琼等人略取荆湘诸路，连克江陵、夷陵、潭州、归州、辰州、衡州、宝庆，肃清了陈友谅的残余势力。

战败陈友谅之后，再说与张士诚的争斗。至正十三年（1353年），张士诚起兵高邮，尔后经营三吴，对峙朱元璋。至正十六年（1356年）六月，徐达于距常州城十八里之地设伏，他则亲率军队与张士诚军正面交锋，大败之。

至正十七年（1357年），徐达攻克宜兴后，回戍应天。至正二十三年（1363年）春，刘福通被元兵击败，拥韩林儿退至安丰。徐达奉命驰援，救出韩林儿，乘胜进攻庐州，元将左君弼撤围而去。

朱元璋与张士诚的最终争斗，较为复杂，大致分为三步。朱元璋先取淮东，剪除张士诚羽翼，攻克淮河水域的通州、兴化、盐城、泰州、高邮、淮安、宿州、安丰诸县，逼迫张士诚收缩到长江以南。其次是扫荡浙西，切断其肘臂，形成合围平江之势，攻克湖州、嘉兴、杭州等地。朱元璋最后合围平江，决战张士诚。要迅速稳妥地解决张士诚，大将徐达一马当先，责无旁贷。

至正二十五年（1365年）秋，徐达被任命为总兵官，与常遇春一起，挥兵北上，攻取泰州、高邮、淮安等地。仅半年时间，淮东诸地悉被攻克，张士诚困守江南两浙地区。至正二十六年（1366年），朱元璋任徐达为大将军，常遇春为副将军，统率二十万大军决战张士诚。张士诚以平江为中心，以湖州、杭州为羽翼，抗拒徐达、常遇春。经旧馆大战，湖、杭二州相继攻克，平江已成孤城一座。

徐达统率大军进逼平江，屯兵于葑门外，常遇春、郭兴、华云龙诸将分段屯驻，修筑长围。徐达架设起三层的大木塔，居高临下监视城中动静，名为"敌楼"，其上设置有弓弩火铳。徐达又用"襄阳炮"，日夜轰击城中。平江城中粮尽，军民以枯草老鼠为食。张士诚身陷绝境但仍拒不投降。徐达下令全军强攻破城，城下战鼓擂动，火炮齐鸣，二十万大军杀声震天，将士人人奋勇争先。徐达督军首先攻破葑门，常遇春攻破阊门水寨，直逼城下。张士诚令枢密唐杰上城督战拒敌。唐杰抵挡不住，缴械投降。参政谢节、潘元绍扎营城门，看大势已去，也相继投降。将及黄昏时分，张士诚军全线崩溃。徐达指挥全军从四面八方架起云梯，蚁附登城，冲入城内，展开激烈巷战。暮色苍茫，平江城中的喊杀声渐趋微弱，降将李伯升奉徐达之命，前去劝谕张士诚。他匆匆进入宫来，张士诚已悬梁自缢。李伯升让随从赶忙将其解救下来，张气息未绝，许久才缓过气来，但却闭目不语。徐达闻报，命将张士诚押送应天，听候朱元璋处置。据说，张士诚最终还是在看守之地自缢而亡，地在如今南京大香炉左近。

至正二十七年（1367年）冬，朱元璋命徐达为征虏大将军，常遇春为副将军,率领二十五万大军北伐。北伐檄文中提出"驱逐胡虏,恢复中华,立纲陈纪,救济斯民"的口号。徐达军至下邳,命张兴祖率一部先由徐州北上,攻取济宁和东平。徐达进兵沂州,附近峄州、曹州、海州、沭阳、日照、赣榆、沂水等地闻风而降。徐达在沂州稍事停留,自率大军攻克益都,乘胜攻取寿光、临淄、昌乐、高苑等地。乐安、长山、新城等地皆相继归附。徐达至济南,元将多尔济投降,密州、蒲台、邹平亦先后请降。徐达命傅友德进攻莱阳,他带兵返回益都,东攻登、莱二州。至正二十八年(1368年)春,徐达占领山东之后,他从济宁进攻汴梁,同时派一部经河南永城、归德,直趋许昌,并命邓愈率襄阳、安陆、江陵之兵北攻河南南阳,策应北征主力作战。徐达进入故都汴梁后,立即率部经中湾西攻洛阳。徐达军自虎牢关进至洛阳塔儿湾,元将托音率五万元军在洛水以北列阵,被常遇春强行突破,退至陕州。徐达继续挥兵略取嵩、陕、陈、汝诸州,并命冯国胜率所部进攻潼关。明太祖洪武元年(1368年)七月二十七日,徐达攻克通州。八月二日,徐达进入大都,元朝灭亡。据说,徐达在开平围困元顺帝之时,故意放开一缺口,让元顺帝逃走。常遇春认为此举失去了立大功的机会,很是不解。徐达说:"他虽是夷狄,然而曾经久居帝位,号令天下。如果真抓到了,主上拿他怎么办才好?割地来册封他,还是杀了他以求甘心。我认为两者都不行,放了他最合适。"他们回京禀报此举,朱元璋果然并不加罪。有关文献亦如此记载:大将军达之蹙元帝于开平也,缺其围一角,使逸去。常开平怒亡大功。大将军言:"是虽一狄,然尝久帝天下。吾主上又何加焉?将裂地而封之乎,抑遂甘心也？既皆不可，则纵之固便。"开平且未然。及归报，上亦不罪。

元朝灭亡，蒙古残军仍然顽固。元大将王保保（扩廓帖木儿）拥兵十万，坐守山西太原，是明朝最大劲敌。徐达率军进入山西，先取泽州、潞州，站稳脚跟。王保保急于在太原北去大都方向与徐达一决雌雄。徐达接报，依刘伯温定之计谋，并不回师救援大都，反而径取太原。王保保闻听太原告急，慌忙回师，在太原城下扎营，邀徐达决战。徐达按兵不动，以消磨元兵锐气，却在晚上突出奇兵，夜袭王保保。徐达身先士卒，黑夜中犹如天降神兵，所向披靡，王保保兵败如山倒，溃逃大同，又移军定西。洪武元年（1368年）冬，徐达与王保保在定西以北对垒，双方交锋，徐达全歼王保保军八万多人，王保保仅带妻儿亲兵数人远遁而去。

洪武二年（1369年）初，徐达挥师西渡黄河。他连克奉元、秦州、伏羌、宁远、巩昌，派大将冯胜进逼临洮，元将李思齐不战而降。徐达又分兵攻克兰州、平凉。不久，庆阳断粮，徐达攻入城中。庆阳之战，标志着徐达彻底平定陕西。

洪武三年（1370年）正月，徐达受命为征虏大将军，兵分两路，进击北元。李文忠率东路军出居庸关，北追元惠宗；徐达与冯国胜、邓愈、汤和率西路军出潼关，往安定西击扩廓。出征之前，朱元璋又命华云龙、金朝兴、汪兴祖等先期进攻云州，策应徐达、李文忠。华云龙攻破云州，金朝兴攻克东胜州，汪兴祖攻克武州、朔州。徐达率西路军出征，进抵安定。扩廓正围攻兰州，遂撤围转赴安定迎战，屯军于安定以北的车道砚。徐达命冯国胜率军趋沈儿峪列阵，双方激战，未分胜负。扩廓于是派千余人由间道潜劫明军大营，使明军陷于混乱。次日，徐达整军出战，大败元军，扩廓仅率数名随从北奔和林。徐达命汤和进军宁夏，邓愈西攻河州，他自己则向南攻取洮州、兴元等地。李文忠的东路军于二月出居庸关后，经野狐岭至兴和，继而经骆驼山，进攻察罕诺尔，连战连捷。李文忠在回师途中，又攻破兴州。大军奏凯而还，朱元璋亲迎于龙江，犒赏三军，下诏大封功臣，授徐达开国辅运推诚宣力武臣、特进光禄大夫、右柱国、太傅、中书右丞相、参军国事，改封魏国公，岁禄五千石，赐世袭文券。

洪武四年（1371年）正月，徐达受命赴北平训练士卒，修缮城池，又迁沙漠元遗民三万两千户屯田北平，以加强防御。洪武五年（1372年），明朝重新发兵征伐扩廓。徐达作为征虏大将军进取中路，左副将军李文忠从东路进攻，征西将军冯胜从西路进攻，各率军五万，三路大军，出塞作战。徐达中路轻敌冒进，初战不利，伤亡数万人。李文忠军亦不利，不久撤军。只有冯胜军获得全胜。洪武六年（1373年），徐达又率领诸将远征边疆，胜利后还军北平，戍守边防，三年后方才回到京城。

洪武十三年（1380年）春，胡惟庸伏诛。朱元璋下令罢黜中书省，废除丞相一职。徐达奉旨回返应天议政。洪武十四年（1381年）正月，元将朵儿不花等进犯永平。徐达奉命与汤和、傅友德率军征讨。徐达夜袭灰山，兵临黄河，朵儿不花逃遁。年末，徐达回师北平。洪武十五年（1382年）春，明太祖以徐达功大，命有司于南京徐达府前治甲第，赐其坊曰"大功坊"。大功坊位于今教敷营至瞻园路一带。《金陵琐事》载，高帝以魏国公达勋业非常，于居第左右，特各建一坊，榜曰"大功"，以旌异之。有南园本徐八公子所创，在府邸对门，右曰西园，今司署内瞻园是也。又有四锦衣东园，在大功坊下。又有三锦衣北园，在府邸东弄之东。又有九公子家园，在府邸对门。1932年，西坊方并入中华路。

洪武十七年（1384年），徐达在北平留守时身患背疽。次年（1385年）初春，病情加重，随后去世。徐达死后，朱元璋亲至葬礼，把他列为开国第一功臣，追封其为中山王，谥号武宁，赠三世皆王爵。赐葬钟山之阴，御制神道碑文。徐达又配享太庙、肖像功臣庙，位列开国"六王"之首。据说，明太祖朱元璋常邀开国元勋徐达到莫愁湖楼中下棋。徐达虽棋艺高超，但恐有胜君之罪，每次均以失子告负。当朱元璋得悉其中奥秘之后，一次对弈，便命徐达不必多虑，拿出高招，一决胜负。结果，一盘下完，徐达获胜，并将棋子走成"万岁"二字，朱元璋大悦，遂将莫愁湖赐给徐达，后人把这座楼称为"胜棋楼"。朱元璋某次召徐达饮酒。徐达大醉，朱元璋命内侍送徐达到旧内休息。旧内是朱元璋还是吴王时所住宫殿。半夜徐达酒醒，问奴仆此为何处，奴仆答："旧内。"徐达立即起身，跪在台阶上朝北叩拜，三叩首后才敢离去。"上闻之，大说。"有人评说道：中山三叩头，而主信益坚。仓卒间乃有许大主张，非特恪谨而已！徐达之死，坊间传闻多多。据徐祯卿《翦胜野闻》记载，徐达是被朱元璋毒死的。王文龙《龙兴慈记》也载，徐达因病无法吃鹅，朱元璋赐给徐达蒸鹅，徐达吃完后死。此说流传最广，原文如是："徐达病疽，帝赐以蒸鹅，疽最忌鹅，达流涕食之，遂卒。"

徐达仗剑从军，看他攻取集庆、大战鄱阳、平定姑苏、克复大都、决胜漠北、岁镇于燕、御赐甲第的人生履历，光华灿然，令人目眩。他戎马一生，善于治军，为人谨慎，骁勇有谋，功劳显赫，被朱元璋誉为"万里长城"。他话语较少而思虑精深，军令一旦发出便不再改变，各位将领遵奉其令都凛然畏惧，但在明太祖面前则恭敬谨慎像不敢讲话一样。他善于安抚将士，与下级同甘共苦，将士无不感激他的恩德愿意报效尽力。他能严格约束部队，所攻克大都会二处、省会三处、府城县城一百余处，市井安然，百姓较少受战乱之苦。《明史》载："明太祖奋自滁阳，戡定四方，虽曰天授，盖二王之力多焉。中山持重有谋，功高不伐，自古名世之佐无以过之。开平摧锋陷阵，所向必克，智勇不在中山下；而公忠谦逊，善持其功名，允为元勋之冠。身依日月，剖符锡土，若二王者，可谓极盛矣。顾中山赏延后裔，世叨荣宠；而开平天不假年，子孙亦复衰替。贵匹勋齐，而食报或爽，其故何也？太祖尝语诸将曰：'为将不妄杀人，岂惟国家之利，尔子孙实受其福。'信哉，可为为将帅者鉴矣。"

朱元璋还曾经如此高度评价这位老战友："将军谋勇绝伦，故能遏乱略，削群雄。""受命而出，成功而旋，不矜不伐，妇女无所爱，财宝无所取，中正无疵，昭明乎日月，大将军一人而已。""破虏平蛮，功贯古今人第一；出将入相，才兼文武世无双。"大文豪王世贞回望历史，月旦人物，有如此观察："谓中山王之贤，三代而下鲜比也，其用兵也整而简，武而不残，其居功安，其事上也恭，其藏身也哲，盖韩淮阴、邓高密、曹济阳合而为一者也。""问大将，曰：'中山其全矣，常开平、李岐阳、傅颖公之勇,沐西平之靖,张定兴之重,其庶几哉!'""诸葛武侯之后得大将二人焉。曰唐太师汾阳郭忠武王子仪、明太傅中山武宁王达。中山之易也,在乘创也;汾阳之难也,在振衰也。然而亦各有难易焉。汾阳之难在庸主也,其易亦在庸主也;中山之易在英主也,其难亦在英主也。"史学家谷应泰在《明史纪事本末》中知人论世,评价大明开国功臣,如此分析说:"徐达、汤和起于同里,朱文正、李文忠兴自戚属,李善长、冯国用近出定远,邓愈、胡大海即在虹县,常遇春怀远之雄,廖永安巢湖之杰,一时功臣,人如棋布,地皆错壤,岂高祖从龙,多由丰、沛,萧王佐命,半属南阳,天生真人,固若类聚而扶掖之者耶!""至若徐中山之忠志无疵,李岐阳之好学饬行,汤信公之听命唯谨,沐西平之居贵不骄,并皆攀龙鳞而有功,履虎尾而不咥。呜呼!与毕、散之徒争烈矣。"

瞻园位于南京秦淮区瞻园路128号,是南京现存历史最久的明代古典园林,素以假山著称,说是以苏东坡"瞻望玉堂,如在天上"而命名。明末清初,江东三大家之一的吴梅村有《听女道士卞玉京弹琴歌》,涉及瞻园:"玉京与我南中遇,家近大功坊底路。小院青楼大道边,对门却是中山住。中山有女娇无双,清眸皓齿垂明珰。曾因内宴直歌舞,坐中瞥见涂鸦黄。问年十六尚未嫁,知音识曲弹清商。归来女伴洗红妆,枉将绝技矜平康……万事仓皇在南渡,大家几日能枝梧?诏书忽下选蛾眉,细马轻车不知数。"据余怀《板桥杂记》,徐达的后人中山公子徐青君,"与佣、丐为伍,乃为人代杖","卖花石、货柱础以自活",已经沦为代人受刑的"穷苦"之人了。

民国有一人，唤作胡祥翰，据说是胡适的族叔，他编撰有《瞻园志》，书中收有袁枚、姚鼐、朱彝尊、张之洞、樊增祥等人文字，而与龚自珍有点亲戚关系的《秣陵集》作者陈文述有两首七律，分别以《徐中山王旧宅》《东西花园》为名，也在其中，颇为可读。陈文述当时看到的瞻园，已经是政府的办公衙署了，但"小楼犹祀中山"，"灵爽甚著"，陈文述感慨道："万春花木管沧桑，开国勋名有宠光。田宅贻谋萧相国，豪华弈世郭汾阳。河山事业英雄记，骨肉君臣异姓王。留得武宁遗像在，燕泥零落旧焚香。"陈文述把徐达比作萧何与郭子仪，也是一家之言，并非不伦不类。意犹未尽的陈文述，在《东西花园》中继续感慨桑田沧海物是人非："东园流水西园树，遗址当年尚有无。棋局风流谢安石，旧家汤沐莫愁湖。一篇花石平泉记，百岁升平内宴图。沧海扬尘君莫叹，行人犹说旧留都。"徐达墓在玄武区太平门外板仓街192号，墓前有巨碑，下承龟趺，碑文两千余言，为明太祖亲撰。碑文有标点符号，也很罕见。墓前石刻用整块大青石雕成。神道两侧有石马、石羊、石虎、武将、文臣各一对。徐达死后，也还要紧跟拱卫在朱元璋身后啊。

李府巷口李善长

六百四十四年前的南京冬夜，表面看来，一切平静如常。大明开国已经十二年了，基本上大局已定，长江以南，尤其是东南半壁，成为大明北伐、平定西北、经略西南的战略大后方。朱元璋在放眼全国日理万机之中，对如何安内、怎样治理，也是有着自己的乾纲独断深思熟虑的，而他虽然才过半百之年，不过五十三岁，却对自己的江山永固问题，也就是接班人问题，有着特别强烈的忧患意识。而在当前，让他最为寝食难安的则是丞相胡惟庸。这个胡惟庸对自己实在是太过恭顺了，但恭顺谄媚的背后，总让朱元璋感到有一种隐隐的骨鲠在喉的不安在。

六百四十四年前的南京正月初二，待场面上的应酬往来过后，场面应景，自然一切都是其乐融融、一团和气，而胡惟庸却如芒在背，坐卧不安，有一种山雨欲来风满楼的预感。他连忙吩咐心腹，悄然出府，绝对保密，出去走走。到哪里去？他不说，心腹自然也不敢问。离开细柳坊府邸，他一路向西，沿着运渎，过了几座小桥，突然再折而向南。到了下浮桥，又沿河往上疾走，再过上浮桥，绕了这么大的圈子，到了李府巷的一座阔大宅院前，轻轻叩打门环。有人出来，耳语一番，即闪身而进，一切都是神秘而鬼祟，还有莫名的紧张刺激。进入密室，屏退左右，胡惟庸扑通一声，跪倒在地，喊了声"老师救我"，已经哽咽难言。对方连忙搀扶，长叹道：别抱幻想，一切都无可挽回了。两人在一起晤对时间并不长，也就半个时辰，胡惟庸即匆匆而去。他没有沿原路返回，而是自此向东南，又绕了一个大圈子，才回到自己家中，如今在广艺街左近的所在。但这一切，还是被李善长的仆人卢仲谦看得清清楚楚。

次日，是正月初三，胡惟庸被人告发。正月初六，胡惟庸全家老少被悉数斩首，细柳坊胡宅被夷为平地，曾经的豪宅大院高墙森然顿然间化为瓦砾。胡惟庸是什么样的人？他去如今大致在秦淮河北上浮桥畔、彩霞街与弓箭坊南边的李府巷，见到的是谁？这个人与他有着怎样的关系？不绕弯子了，此人就是李善长。《明史·李善长传》对这个夜晚，有如此含混简略之语：惟庸乃自往说善长，犹不许。居久之，惟庸复遣存义进说，善长叹曰："吾老矣。吾死，汝等自为之！"或又告善长云："将军蓝玉出塞，至捕鱼儿海，获惟庸通沙漠使者封绩，善长匿不以闻。"于是御史交章劾善长。而善长奴卢仲谦等，亦告善长与惟庸通赂遗，交私语。

且说这位被朱元璋称作是自己"萧何"的李善长这个人。

李善长，字百室，濠州定远人，他年长朱元璋十四岁，比刘基小三岁，通晓法家学说，预料事情，大多都能被他说中。朱元璋平定滁州后,李善长前往迎接拜见。朱元璋知道他是当地年高有德之人,对他以礼相待,并将他留下掌管文事内务。《大明英烈传》中则说得更为夸张:李见到朱元璋,就很兴奋地说,天下混乱纷纷,一派混沌,风雨如磐,我来找红太阳了。朱元璋闻听之后,大为高兴。朱元璋曾经郑重其事地问李善长:"天下之乱,什么时候才能平定呢?"李善长胸有成竹地回答说:"秦末战乱之时,汉高祖从普通百姓中崛起。他生性豁达大度,知人善任,不胡乱杀人,五年成就了帝王基业。现在元朝纲常已经混乱,国家四分五裂。倘若您效法汉高祖,天下便可轻易平定!"朱元璋称赞他言之有理,也更为自信满满。

李善长跟随朱元璋攻占滁州,他出谋划策,参与重大事务,主管军队物资供应,很受朱元璋信任。朱元璋威名日益显著,前来投靠者众,李善长都一一考察他们的才能,再禀告朱元璋,类似于人事部经理或者组织部部长的角色。他又替朱元璋对投诚者表达诚挚情意,使他们能够安心卖命。有人因为某些事情相互意见不合,产生矛盾,李善长便想方设法从中调解,做好思想工作。郭子兴因听信流言而怀疑朱元璋,逐渐剥夺他的兵权,还想从朱元璋身边把李善长夺过来辅佐他,李善长坚决予以谢绝。

朱元璋驻军和阳时,亲自率军攻打鸡笼山寨,只留少量兵力让李善长带领留守。元军得知消息乘机前来偷袭和阳,李善长便设下埋伏打败了元军。朱元璋获得巢湖水师之后,李善长极力赞成渡江发展。攻克采石,朱元璋率军直趋太平,李善长事先写下榜文,严禁士兵违反军纪。太平城被攻下,李善长马上将榜文贴在四通八达的道路之上,军中秩序井然,秋毫无犯。

朱元璋担任太平兴国翼大元帅时,以李善长为帅府都事。将要攻取镇江时,朱元璋担心诸将约束不了部下,便佯装发怒,要惩罚他们,经李善长力劝,此事才得以解决。朱元璋为江南行中书省平章时,以李善长为参议。当时宋思颜、李梦庚、郭景祥等都为幕僚,而军机进退、赏罚章程,多由李善长决定。朱元璋改枢密院为大都督府,李善长兼领府司马,晋升为行省参知政事。

朱元璋称吴王,李善长为右相国。李善长通晓典故,裁决事务非常迅速,又特别善于辞令。朱元璋招贤纳士时,总是让李善长起草文告。朱元璋率军征讨,都命李善长留守,将吏顺从,居民安然,为前线将士运输兵饷、粮饷,从不缺乏。李善长在再三斟酌元制、去其弊端之后提出专卖两淮之盐,设立茶法,恢复制钱法,开矿冶铁,制定鱼税,财富日益增长。

吴元年(1367年)九月,朱元璋论平吴之功,封李善长为宣国公、左相国。朱元璋当初渡江时,经常使用重典。有一天,他对李善长说:"法有连坐三条,不是太过分了吗?"李善长因此请求除大逆之罪外,全部免去连坐之罪。朱元璋还让他与御史中丞刘基等裁定律令,颁示朝中内外。朱元璋即帝位后,追封自己祖先及册立后妃、太子、诸王,都由李善长担任大礼使。朱元璋设置东宫官属,以李善长兼太子少师,授为银青荣禄大夫、上柱国,参与决定军国大事,信任仍然如故。朱元璋巡幸汴梁,李善长留守,一切事情都可以不经请示灵活处理。李善长上奏确定六部官制,商议官民丧服及朝贺东宫礼仪,奉命监修《元史》,编写《祖训录》《大明集礼》等,确定天下山川河流神祇封号,封立诸王,爵赏功臣。事无巨细,朱元璋都委托李善长与诸儒臣商议执行。

洪武三年(1370年),朱元璋大封功臣,他说道:"李善长虽无汗马功劳,但跟随我多年,供给军粮,功劳很大,应当晋封大国。"于是任命李善长为开国辅运推诚守正文臣、特进光禄大夫、左柱国、太师、中书左丞相,封为韩国公,年禄四千石,子孙世袭;并授予铁券,免李善长二死,其子免一死。当时被封公者,有徐达、常遇春之子常茂、李文忠、冯胜、邓愈及李善长共六人,李善长位居首位,诏书中将他比作萧何,对他褒奖备至。

李善长外表宽厚温和,内心却爱嫉妒,待人苛刻。参议李饮冰、杨希圣,稍微冒犯,李善长马上将其罪上奏皇上,予以黜免。李善长与中丞刘基争论法令,以至辱骂刘基,青田只得避让,请求告老还乡。明太祖所任用的张昶、杨宪、汪广洋等都先后获罪,只有李善长还像原来一样恩宠有加,高官照做。

洪武四年(1371年),李善长因病辞官归居,他极力推荐了小同乡胡惟庸。明太祖赐李善长临濠地若干顷,设置守坟户一百五十家,赐给佃户一千五百家、仪仗士二十家。一年后,李善长病愈,太祖便命他负责修建临濠宫殿,将江南富民十四万迁徙濠州耕种,让李善长留在濠州数年。

洪武七年(1374年),太祖提拔李善长之弟李存义为太仆丞,李存义之子李伸、李佑都为群牧所官。洪武九年(1376年),太祖以临安公主下嫁李善长之子李祺,授为驸马都尉。李家受宠显赫,烈火烹油,时人极为羡慕。李祺与公主结婚一个月后,御史大夫汪广洋、陈宁上疏说:"李善长恃宠自纵,陛下因病几乎十日不能上朝，他不来问候。驸马都尉李祺也六日不来朝见，召他至殿前，又不认罪，这是对陛下极大的不敬。"李善长因此获罪，被削年禄一千八百石。不久，太祖又命李善长与曹国公李文忠一起统领中书省、大都督府、御史台，同议军国大事，监督圜丘工程。

说到这里，再来补叙胡惟庸。胡惟庸出生年月不详，但可以推断，他一定要比李善长、朱元璋年轻，大致应该是1330年以后出生的，他与李善长是同乡，与张昶为友。元至正十五年（1355年），胡惟庸投奔朱元璋于和州，历任元帅府奏差，宁国主簿、知县，吉安通判，湖广佥事等职。吴元年（1367年），召为太常少卿，进本寺卿。洪武三年（1370年），拜中书省参知政事。洪武六年（1373年）七月，凭李善长推荐，任右丞相。约至洪武十年（1377年），他成为左丞相，位居百官之首。

自杨宪被诛之后，朱元璋认为胡惟庸颇有才干，对他宠信有加。胡惟庸也自觉奋进，小心谨慎，以博朱元璋欢心，进一步获得皇上宠信。他为此担任了多年独相，生杀废黜大事，有的不报告朱元璋便径直执行。内外各部门的奏章，他都先拿来审看，凡是于己不利的，便立即扣下，不予上呈。四面八方热衷功名之徒，以及失去了职位的功臣武夫，竞相奔走于其门，贿送金帛、名马、玩好之物，不可胜计。大将军徐达极憎恨他如此奸恶，曾提醒朱元璋。胡惟庸怀恨在心，诱惑徐达的守门人福寿，试图谋害徐达，但被福寿揭发。

御史中丞刘基也曾在朱元璋面前说过胡惟庸的不足。刘基生病，朱元璋派胡惟庸带医生前往探视，胡惟庸便乘机对刘基下毒。刘基死后，他更加无所顾忌。他将自己哥哥的女儿嫁给李善长的侄子李佑为妻。此后，他权势更盛，越发跋扈嚣张。据说，在他定远老家的井中，突然生出石笋，出水数尺深，献媚的人争相说这是祥瑞之兆。他们还说胡惟庸祖父三代的坟墓上，晚上都有火光，照亮夜空。胡惟庸忘乎所以，更加高兴和自负，也许就有了异心。胡惟庸结交陆仲亨与费聚，成为死党，大抵是开始抱团形成小圈圈之始。话说吉安侯陆仲亨从陕西回来，擅自乘坐驿车。朱元璋大怒，责骂他说："中原在战乱之后，人民刚刚复业，站户买马非常艰难。如果大家都像你这样，人民就是将子女全部卖掉，也不能供给。"朱元璋责令他到代县捕盗贼，以示惩戒。平凉侯费聚奉命安抚苏州军民，却整天沉溺酒色。朱元璋大怒，责令他往西北去招降蒙古，他无功而返，受到严厉斥责。这两人都非常害怕。胡惟庸便暗中对两人威逼利诱，彼此便秘密往来。这两人曾到胡惟庸家饮酒。酒酣耳热，胡惟庸屏退左右，对他俩说："我等所干的事，多不合法，一旦被发觉将怎么办？"两人听命于胡惟庸，收集兵马，伺机而动。

胡惟庸又曾与陈宁在中书省中，阅览天下兵马簿籍，令都督毛骧将卫士刘遇贤和亡命之徒魏文进收为心腹。太仆寺丞李存义是李善长的弟弟、胡惟庸的侄女婿李佑的父亲，胡惟庸令他暗中游说李善长。李善长年纪已老，不能坚决拒绝，只是依违其间。胡惟庸还派明州卫指挥林贤出海招引倭寇，与他们约定日期彼此呼应。他又派元旧臣封绩致书北元，向元朝嗣君称臣，请求出兵以做外应。

正当胡惟庸紧锣密鼓筹划之时，他的儿子坐马车奔驰过市，坠死于车下。胡惟庸大为震怒，小不忍而乱大谋，将驾车的人杀死。朱元璋闻听此事，命胡惟庸手下人偿命。胡惟庸请求用金帛补偿驾车人家，朱元璋坚决不许。胡惟庸决心铤而走险，便与御史大夫陈宁、中丞涂节等人图谋起事，密告四方以及依从于自己的武臣。皇帝与丞相的关系，本就微妙非常，经此突发事件，更是骤然紧张起来。

洪武十二年（1379年）秋，占城国遣使进贡，胡惟庸等人却没有报告朱元璋。但外国使节前来，怎能密不透风？鼻子比狗都尖的宦官，还有众多锦衣卫，难道都在睡大觉？他们密告朱元璋。朱元璋下敕令责备中书省臣。胡惟庸和汪广洋叩头谢罪，却将罪过归咎于礼部，礼部大臣又归咎于中书。层层推诿，无人负责。朱元璋将有关臣僚全部关押，究问为首之人。不久，汪广洋被赐死。汪广洋的妾陈氏从死。朱元璋问知陈氏乃是入官的一知县之女，更为大怒，他说："被没入官的妇女，只给功臣家。文臣怎么能得到？"拔出萝卜带出泥，又颁下敕令命法司调查。胡惟庸以及六部属官都应当被判罪。

洪武十三年（1380年）正月，涂节便将祸变上报，告发胡惟庸。御史中丞商暠当时被贬为中书省吏，也告发了胡惟庸的阴谋。朱元璋下令轮番讯问，词语连及陈宁、涂节。诸廷臣说："涂节本来参与阴谋，见事情不成，这才将变乱上告，不可不杀。"正月初六，胡惟庸、陈宁和涂节等被诛杀。吉安侯陆仲亨、延安侯唐胜宗、平凉侯费聚、南雄侯赵庸、荥阳侯郑遇春、宜春侯黄彬、河南侯陆聚等人，受胡惟庸牵连而死。不久，被牵连的还有已故的营阳侯杨璟、济宁侯顾时等若干人。太祖亲自下诏罗列他们的罪状,加在狱辞里面,纂成《昭示奸党三录》,布告天下。这就是在历史上颇为著名的胡惟庸党案。但要是以为这件事情会因胡惟庸被杀就万事大吉到此结案,这个中国历史上的最后一个丞相也就此被载入史册,那就太低估朱元璋这位皇帝了。

且说,洪武十三年(1380年),胡惟庸被诛杀,受牵连而处死者甚多,但老谋深算的李善长面色如常,仍然如故。御史台缺中丞,李善长暂理御史台事务,仍旧多次向明太祖提出建议。洪武十八年(1385年),有人告发李存义父子实为胡惟庸的党羽,明太祖下诏免死,将他们安置到崇明岛。李善长没有表示感谢,太祖心中不快。洪武二十三年(1390年),李善长已经七十七岁,胡惟庸被杀已经十年。李善长曾想建造府宅,从信国公汤和处借卫士三百人。从信府河到李府巷,距离本就不远。汤和悄悄告诉他自己所听到的事,彼此是老战友,又都是淮西集团的头面人物,相互沟通信息、交换看法,本属正常。这年四月,京城有百姓受株连而被发配到边疆,其中牵连到李善长的亲戚丁斌。李善长屡次请求朱元璋赦免他,但朱元璋均不允。蹊跷的是,丁斌以前在胡惟庸家中做事,他供出李存义等过去与胡惟庸交往的内情。太祖下令将李存义父子逮捕审讯,他们的供词牵连到李善长,供词上说:"胡惟庸企图谋反,派李存义暗地里劝说李善长。李善长惊叱道:'你这么说到底为了什么?你们一定要慎重,否则九族都要被灭。'不久,又派李善长的老友杨文裕去劝他说:'事成之后,当以淮西之地封你为王。'李善长惊骇不已,仍不同意,却又颇为心动。胡惟庸于是亲自去劝说李善长,仍然不同意。过了一段时间后,胡惟庸又派李存义去劝说,李善长叹道:

'我已经老了。我死之后,你们好自为之。'"有人又告发李善长,如是说道:"蓝玉率军出塞,到捕鱼儿海时,俘获胡惟庸私通沙漠使者封绩,李善长却匿而不报。"众多御史竞相上奏弹劾李善长。而李善长的奴仆卢仲谦等,也告发李善长与胡惟庸之间互相贿赠,经常偷偷私语。李善长是皇亲国戚,知道有叛逆阴谋却不揭发检举,而是徘徊观望,心怀两端,大逆不道。当时正好有人说将要发生星变,会有灾祸发生,占卜的结果是灾祸应当降临在大臣身上。明太祖便将李善长连同其妻女弟侄等全家七十余人一并处死。李善长之子李祺与公主被迁徙至江浦,过一段时间后也都死去。李祺之子李芳、李茂,因公主之恩未被牵累判罪。李芳任留守中卫指挥,李茂任旗手卫镇抚,但被取消世袭韩国公的权利。

李善长死后第二年,虞部郎中王国用上奏朱元璋论及此事:"李善长与陛下同心,出生入死打天下,勋臣位列第一,生前封公,死后封王,儿娶公主,亲戚拜官,他作为人臣,名分已经到了极点。即使他想自图不轨,尚且未曾可知,而今说他想帮助胡惟庸谋反,则是极为荒谬,大错特错了。人们疼爱自己的亲生儿子,一定胜于兄弟之子,已经安享万全之富贵的人,一定不会去想侥幸获得万一之富贵,这是人之常情。李善长与胡惟庸,仍然只是儿女亲戚,而对于陛下则像对子女一样的亲近。假使李善长帮助胡惟庸谋反成功,也不过是位列勋臣第一而已,太师、国公、封王而已,娶公主、纳王妃而已,难道还会胜于今日吗?而且李善长难道不明白天下是不能侥幸取得的吗?元朝末年,欲取天下者无限,却都为此粉身碎骨,覆宗绝祀,能保全自己脑袋的有几个人呢？李善长自己也亲眼所见，为什么还要在衰倦之年去重蹈覆辙呢？凡是去这么做的必然有深仇大恨促使着他，在大势已去的情况下，父子之间可能会相互扶持以求逃脱灾祸。而现在李善长之子李祺与陛下有骨肉之亲，没有丝毫芥蒂，他何苦突然这么去做呢？如果说天象告变，大臣受灾，杀了他以应天象，则陛下更加不能这样做。臣唯恐天下百姓听说之后，会说像李善长这样的有功之臣尚且得到了如此下场，国家也会因此而分崩瓦解啊。现在李善长已死，再说无益，但愿陛下将此作为将来的教训。"明太祖收到如此上奏，竟然没有加罪王国用。据说王国用此奏章，是大名士解缙所代拟，解缙当时也不过才二十二岁，血气方刚，敢作敢为。

李府巷李宅比细柳坊胡宅不过多存留了十年时间。这十年之内，李善长表面上镇定从容，但他深夜扪心，自然会经常想起十年前的那个冬夜，那个正月初二的冬夜。三天之后，血雨腥风，自秦始皇开始的中国丞相制度，整整一千六百零一年，自此画上了句号。李善长故居自然也被抄毁。从此之后，此地徒留李府巷之名而已，据说，到了清代，李煦也曾在此居住。如今，这一街巷也不在了，不过，还有一家幼儿园，唤作李府巷幼儿园。

胡惟庸案与李善长案，实际上是一个案子，统称胡惟庸党案，受株连至死或已死而追夺爵位的除了李善长外，还有南雄侯赵庸、荥阳侯郑遇春、永嘉侯朱亮祖、靖宁侯叶升等一公二十一侯，总计在数万人之众。明代史籍中关于此案的记载多有矛盾，其是否确实谋反，当时便有人怀疑，明代的史学家郑晓、王世贞等皆持否定态度。所谓的胡惟庸案，只是一个借口而已，目的就在于解决君权与相权之间的矛盾，结果是彻底废除了宰相制度。晚明清初大学者钱谦益说：所谓胡惟庸"云奇之事，国史野史，一无可考"。史家潘柽章更认为云奇之事为"凿空说鬼，有识者所不道"。胡惟庸果真要谋反，他在家里埋伏刀兵，能让人在城墙上轻易看见吗？明史学家吴晗在二十五岁时于《燕京学报》发表《胡惟庸党案考》，认定胡惟庸党案是一大冤案。云奇是一太监，他发现胡惟庸府邸杀气腾腾而阻止朱元璋前往，近乎说故事而已。

胡惟庸被杀后，朱元璋遂罢丞相，革中书省，并严格规定嗣君不得再立丞相，臣下敢有奏请说立者，处以重刑。丞相废除之后，其事由六部分理，皇帝拥有至高无上的裁决权力，中央集权得到进一步加强。清朝的张廷玉针对胡惟庸案，如是评说："然小人世所恒有，不容概被以奸名。必其窃弄威柄、构结祸乱、动摇宗祐、屠害忠良、心迹俱恶、终身阴贼者，始加以恶名而不敢辞。有明一代，巨奸大恶，多出于寺人内竖，求之外廷诸臣，盖亦鲜矣。当太祖开国之初，胡惟庸凶狡自肆，竟坐叛逆诛死。"

崇祯十七年（1644年），南明弘光帝追补赠谥开国名臣，李善长获追谥"襄愍"，但这一年，李善长已经死去二百五十四年了。结合李善长的如此结局，再来回味朱元璋对李善长的高度评价，真是令人五味杂陈，不知说什么好："朕起自草莽间，提三尺剑，率众数千，在群雄的夹缝中奋斗，此时李善长来谒军门，倾心协谋，一齐渡过大江，定居南京。一二年间，练兵数十万，东征西伐，善长留守国中，转运粮储，供给器械，从未缺乏。又治理后方，和睦军民，使上下相安。这是上天将此人授朕。他的功劳，朕独知之，其他人未必尽知。当年萧何有馈饷之功，千载之下，人人传颂，与善长相比，萧何未必过也。"

胡惟庸党案，对中国历史影响重大。自此，相权被彻底剥夺，所谓士大夫与皇帝共治天下，彻底结束，中国进一步走向君主专制，更为集中。

安怀路上说武康

安怀路，在城北，是极为漫长而幽静的一条路。从中央北路转入和燕路，与小市街相对，就是安怀路。安怀路，一路往北，两侧浓荫如盖，路东侧还有一条小河，自北南流，河水倒还算清澈，此路大概快要到窑上村了，却戛然而止，几乎就到了幕府山南麓了。康茂才墓，据《白下琐言》与朱偰先生考证，就在幕府山南，出神策门往北两三里路的地方，当时还有康家湾，应该是康茂才的后裔聚居之地，大致也就是如今的安怀村一带。《同治上江两县志》也有如此记述：有明蕲国公康茂才墓，《白下琐言》载，出神策门二里，石灰山，土名响叶村，今距墓里许，有康家湾，是其证也。但桑田沧海，物换星移，康茂才墓已经难觅踪迹，只能在安怀路上临风想望，说说这位元末明初的奇特人物。

南京有一中将，组织人马，研究讨论历史上在南京发生的大小战役，资料颇多，很有意思。实际上，南京作为"六朝古都、十朝都会",也的确见证经历过大大小小不知道多少战役,但有两个战役,似乎研究得不是很够,或者说,还很不到位。哪两场战役?一是元至正二十年(1360年)朱元璋与陈友谅在南京展开的龙湾之战;二是民国时期发生在南京东郊的国民革命军与孙传芳的龙潭之战,这一战役发生在1927年,使孙传芳一败涂地,从此一蹶不振,南京此后得以成为国民政府所在地。这两场战役都堪称奠基之战,对作战双方而言也都命运攸关。在此,只能从侧面挂一漏万谈及龙湾之战,以及在龙湾之战中的关键人物康茂才的大致行迹。

朱元璋手下,文臣武将,耀人眼目。康茂才在这些人中间,并不十分显赫,比起徐达、常遇春、李文忠、冯国用等淮西集团的核心武将,他参加"革命"较晚,而且属于率部投诚,自然要相对低调许多;就文臣而言,李善长、胡惟庸、刘基、宋濂等,也都鞍前马后,表现踊跃,尤其是刘基、宋濂等浙东人士,与康茂才一样,都属于较晚参加"革命"者,彼此来往,站位发声,更要彼此小心,毕竟天下纷纷,大局未定,朝三暮四之事,不断发生,朱元璋诛杀过一位阴谋谋反者邵荣,据说此人头脑不亚于徐达,但历史无情,后人很少再提到这个人物了。

康茂才出生于1314年,比朱元璋大十四岁之多,与老谋深算的李善长同岁。康茂才是湖北蕲春人,他年轻时读过书,想来家境还算过得去,通晓经史大义,事母至孝。元朝末年,天下纷乱,群雄并起。康茂才召聚兵马,保卫乡里,被元朝廷封为长官——也许是类似于县处级一样级别的官职,不久又改任镇抚——大致属于副厅级?再后来,康茂才势力不断增强,居然率众收复九江,捣毁蕲水黄连寨。在当时,收复九江非同小可,康茂才也因此改任蕲州路同知总管府事,屯兵于裕溪、采石,大有异军突起坐拥一方承担重大职责之势。不久,康茂才又升任淮西宣慰使、都元帅——也许已经有点"省军级"的味道了。关于康茂才的早期人生经历,《明史》说得简约而清晰:"太祖既渡江,将士家属留和州。时茂才移戍采石,扼江渡。太祖遣兵数攻之,茂才力守。常遇春设伏歼其精锐。茂才复立寨天宁洲。"另有资料如是说道:"岁乙未六月,上帅师渡江,将士家属尚留于和州。上虑公扼采石之冲,弗获渡,时出兵挑战。公兵虽寡,而以宽弘得士卒心,故临阵人多效死,于是数战不克。后数月,常忠武王遇春遣游兵虚挠之,连日发军以应。王度其力疲,夜设伏兵,质明歼其精锐殆尽,然犹收合溃散,坚寨于天宁洲。"

康茂才与朱元璋、常遇春等不断交锋,互有胜负。而康茂才大概也是颇具战略眼光之人,他先于朱元璋渡江经营金陵,职务是淮南行省参知政事,算是级别很不低的官员了,与朱元璋一干人马激烈交锋角逐。《明史》对此,惜墨如金,只是寥寥数语而已:"奔集庆,太祖克集庆,乃帅所部兵降。太祖释之,命统所部从征。"而有人对康茂才归降,还有如此细节附会:"三月,朱元璋攻克集庆。康茂才率部归降,并道:以前,交战是各为其主。现在,屡败乃是天命。您若能饶我不死,我必效犬马之劳。朱元璋大笑,将他释放,仍让他统领旧部。"康茂才当时是镇守集庆的最高主要负责人,集庆陷落,他退守镇江。在镇江思前想后审时度势,康茂才最终下定决心归顺朱元璋,也才有了如上的一番添枝加叶,细节栩栩。

至正十七年（1357年），康茂才被任命为秦淮翼水军元帅，镇守龙湾。康茂才夺取江阴马驮沙，击败张士诚，缴获敌军楼船。至正十八年（1358年），康茂才随同廖永安攻打池州，夺取枞阳，改任都水营田使，主持屯田，并兼任帐前总制亲兵左副指挥使。这一年，康茂才已经四十五岁了。他在哪里屯田？有人考证，大致就在江湾一代，范围从如今的狮子山西到幕府山南，南京的城北地带。屯田种粮，以战养战，是朱元璋的重要战略思想，也是他经常说自己纵横天下没有加重百姓负担而引以为豪的地方。当然，民间传言，"猪要吃糠"，朱元璋在政治上对康茂才是不放心的，这只能是一种民间智慧的附会悬猜而已。每每路过鼓楼广场中央路东侧的大钟亭，就会想起更为荒唐无稽的：朱和尚刁难康茂才令其限期铸造大钟，否则格杀勿论，结果是康茂才几个女儿投身炼铁火炉，大钟方才终于如期铸成。对康茂才屯田，《明史》如此记述："授秦淮翼水军元帅，守龙湾……太祖以军兴，民失农业，命茂才为都水营田使，仍兼帐前总制亲兵左副指挥使。"

但有意思的是，各种文本只是说，康茂才与陈友谅有旧。旧在何时？所谓同窗，康茂才大陈友谅六岁，两人算是湖北大同乡，莫非是在武汉读书之时两人有交集？大概也是附会悬猜而已。但朱元璋选定康茂才给陈友谅下套，最为主要的考量，恐怕还是觉得康茂才非淮西集团的故人那样死心塌地，容易让陈友谅上当；更何况康茂才在元朝中的地位已经很高，也许不大愿意在朱和尚的屋檐下寄人篱下，乘机反水，另作打算，也极具可能性。综合这样的几个因素，朱和尚选定了康茂才来诈降陈友谅。

至正二十年（1360年），陈友谅攻陷太平，打算联合张士诚，合攻应天朱元璋。军情火急，朱元璋让康茂才致信陈友谅，诈为内应，诱其轻进。康茂才派使者去见陈友谅，陈说自己镇守江东木桥，又在使者返回后，将木桥改为石桥。陈友谅果然信以为真，率水军东下，到达江东桥，却发现是石桥，连呼"老康"没有回应，方才知道中计，连忙率军撤退，为时已晚。陈友谅退至龙湾，明军伏兵四起。康茂才等众将奋勇出击，大败陈友谅。陈友谅当时不过四十岁，可能对小他八岁的朱和尚过于轻视了。这些文字记述，有点过于戏剧化、简单化。还是不避啰唆，对当时朱元璋与陈友谅双方的基本态势，做一简单梳理。

至正十八年（1358年）以后，陈友谅势力发展迅猛。他先占领了皖南重镇安庆，又攻破龙兴、瑞州，然后又分兵攻取邵武、吉安、抚州。不久，陈友谅再连续攻克建昌、赣州、汀州、信州、衢州。在武昌西北，陈友谅又攻克了襄阳。陈友谅的势力扩展到如今的湖北、湖南、江西三省和安徽、浙江、福建的部分地区，成为江南地区实力最强的割据集团。相比之下，朱元璋的势力仅仅相当于今江苏、安徽的一小部分和浙江的中部、南部。至正二十年（1360年），陈友谅攻克了安庆下游的池州，朱元璋深感威胁，派徐达、常遇春等人与之争夺。常遇春生擒陈友谅士卒三千，全部坑杀。陈友谅为此颇为震怒，他绕过池州，直扑太平。朱元璋的猛将花云在太平战死。陈友谅一鼓作气，欲直扑应天，一举消灭朱元璋。朱元璋在此生死存亡关头，唯有背水一战。龙湾之战就此爆发。

六百六十四年前的南京，当时正是盛夏时节，天热多雨，阴晴不定。陈友谅气势汹汹，志在必得，樯橹林立，直扑应天。朱元璋团队也并非众志成城，铁板一块，不少人疑虑重重，莫衷一是。此前，刘基曾经给朱元璋分析过天下大势："士诚自守虏，不足虑。友谅劫主胁下，名号不正，地据上流，其心无日忘我，宜先图之。陈氏灭，张氏势孤，一举可定。然后北向中原，王业可成也。"刘基还对朱元璋说："主降及奔者，可斩也。"他又说："贼骄矣，待其深入，伏兵邀取之，易耳。天道后举者胜，取威制敌以成王业，在此举矣。"朱元璋采纳了刘基的主张，也才有了如上设计诱敌深入孤注一掷的决策。

　　陈友谅放松警惕，骄傲自大，自以为稳操胜券，结果被康茂才所误，先挫锐气，懊恼不已。而大战爆发，却又逢大雨倾盆，陈友谅军人地生疏，部队展开极受影响。待云散雨收，冯国胜、常遇春的伏兵迅速杀出，徐达所部也全部出动，张德胜、朱虎的水师也一同前来。陈友谅阵脚大乱，败局一发而不可收拾。陈友谅此时回撤，偏巧潮水消退，很多大船被迫搁浅，陈友谅军被杀的、被淹死的不计其数，被俘者达两万多人。朱元璋还缴获了陈友谅巨舰名"混江龙""塞断江""撞倒山""江海鳌"者百余艘及战舸数百。陈友谅乘小船狼狈逃走，张德胜又乘胜追击之，冯国胜则以五翼军阻挡之，太平、安庆也被朱元璋悉数收复。陈友谅一直溃退到九江，方才得以喘息。

　　《明史》如此记载龙湾战役："友谅性雄猜，好以权术驭下。既僭号，尽有江西、湖广之地，恃其兵强，欲东取应天。太祖患友谅与张士诚合，乃设计令其故人康茂才为书诱之，令速来。友谅果引舟师东下，至江东桥，呼茂才不应，始知为所绐。战于龙湾，大败。潮落舟胶，死者无算，亡战舰数百，乘轻舸走。张德胜追败之慈湖，焚其舟。冯国胜以五翼军蹙之，友谅出皂旗军迎战，又大败。遂弃太平，走江州。太祖兵乘胜取安庆，其将于光、欧普祥皆降。明年，友谅遣兵复陷安庆。太祖自将伐之，复安庆，长驱至江州。友谅战败，夜挈妻子奔武昌。其将吴宏以饶降，王溥以建昌降，胡廷瑞以龙兴降。"康茂才诈降之后，随即在龙湾之战中如何表现？《明史·康茂才传》如此说道："友谅至，见桥，愕然，连呼'老康'，莫应。退至龙湾，伏兵四起。茂才合诸将奋击，大破之。"龙湾之战，是陈、朱两大政权对抗的转折点，自此之后，朱元璋的势力逐渐赶上乃至超过陈友谅，改变了朱元璋被动挨打的局面，为以后朱元璋在鄱阳湖大战打败并杀死陈友谅、消灭陈汉政权奠定了坚实基础。

龙湾之战以后的康茂才，继续为朱元璋效力，表现还算突出。至正二十一年（1361年），朱元璋亲自征讨陈友谅，康茂才率水军攻克安庆、江州。陈友谅逃往武昌后，康茂才又接连夺取蕲州、兴国、汉阳，并顺江而下，攻克黄梅寨、瑞昌，改任帐前亲兵副都指挥使。至正二十三年（1363年），陈友谅围困洪都府。康茂才随朱元璋前往救援，参与鄱阳湖之战。陈友谅兵败而死，其子陈理返回武昌称帝。康茂才随朱元璋征讨武昌，因功进封金吾侍卫亲军都护。

至正二十四年（1364年），康茂才随徐达破庐州，夺取江陵与湖南各州。至正二十五年（1365年），康茂才改任神武卫指挥使，又进封大都督府副使。张士诚攻打江阴，朱元璋亲自率军抵御。朱元璋行至镇江时，张士诚已经撤退。康茂才率军追击，一直追到浮子门，大败张士诚。至正二十六年（1366年），康茂才攻破马骡港，平定淮安，又夺取湖州，进逼平江。平江之战，康茂才手持大戟督战，表现神勇，后与众将围困平江，驻军齐门。次年，平江城破，张士诚被俘。康茂才又夺取无锡，升任同知大都督府事兼太子右率府使。

洪武元年（1368年），朱元璋称帝，派大将军徐达北伐。康茂才随军平定山东，又渡河夺取汴梁、洛阳，屯驻陕州。康茂才驻军陕州期间，筹集粮草，建造浮桥，接引大军，并招抚绛州、解州，扼守潼关，抵御陕西元军。洪武三年（1370年），康茂才又随徐达夺取定西、兴元，在回军途中病逝，时年五十七岁。朱元璋得知后，追赠康茂才为推忠翊运宣力怀远功臣、光禄大夫、湖广等处行中书省平章政事、柱国、蕲国公，赐谥武康（一作"武义"）。

康茂才墓位于鼓楼区神策门外小市街道安怀村社区安怀村314号附近，1974年由南京市文物保管委员会发掘清理。墓前六十米处立有石马、石羊、石虎、石翁仲各一对及石龟趺一尊，龟趺上宋濂所撰《蕲国武义康公神道碑铭》已失，2000年该批石刻被整体迁入白马公园内保存。但宋濂的文字却留在了《宋濂全集》之中，他的评价应该反映了朱元璋心目中康茂才的分量："公通经史大义，事太夫人以孝闻，轻财仗义，意气磊落而尤有志于事功。值元祚将终，其才弗克尽施，然而真主龙飞于群雄之中，公即能识之，卷甲韬戈，率众臣附，坦然而不惑，可谓上知天命，下察人心者矣。由是昭被宠眷，倚之以心膂，用之为爪牙。十余年间，屡从征讨，茂绩奇勋，著称当世，存则安富尊荣，加以爵位；薨则疏封赐谥，贲及九泉。令名垂于竹帛，重禄延于子孙，公其可以不朽矣。"《明史》的主要操盘手之一张廷玉对康茂才的评说，舍弃了不少虚语浮词，更见真诚："陈友谅之克太平也，其锋甚锐。微茂才，则金陵之安危未可知矣。吴良守江阴，耿炳文守长兴，而吴人不得肆其志。缔造之基，其力为多。"

回顾康茂才一生，在朱元璋的团队中，表现还算突出。龙湾之战以后，他在鄱阳湖战役、平定张士诚的战役与此后的北伐、西征中，都有上乘表现，但并非独当一面的大将军。而他一生最为耀眼之处，还是在龙湾之战中的诱敌深入之举，大概也因此之故，后世对他多有演义铺张，几乎成为热点。如小说《英烈传》中，康茂才原为元朝江西参政，因见朝廷昏聩，辞官归隐，后投奔朱元璋，到宁国府做馆夫，趁机献城。此后屡立战功，封蕲春侯，随汤和攻重庆，在瞿塘关被飞炮击杀，葬于大溪口山坡之麓。评书《燕王扫北》中，康茂才外号花刀将，封蕲春侯，随开明王常遇春驻守雁门关，后与武殿章、宁伯标、傅友德回朝搬兵，为救李文忠，被朱元璋金瓜击顶而死。太平歌词传统曲目《挡谅》，讲述元末群雄混战，康茂才打赌要去擒拿陈友谅，结果在江东桥念及同窗之情放走了陈友谅的故事。凡此等等，不一而足。

康茂才，这个令陈友谅措手不及的"老康"啊，他虽然死在了常遇春之后，但也算比较早死了，设若他再多干几年，就凭他"出身"问题上的先天不足，究竟是何种结局，还真是很难说了。

信府河路觅汤和

信府河路,自武定桥沿秦淮河西侧到朱雀桥,连接着长乐路与马道街。此巷之名,来自信府。谁的信府?明初信国公也。哪个信国公?徐达也曾被封为信国公,但多人认为,此处是指徐达之后的信国公东瓯王汤和。汤和与朱元璋是货真价实的发小街坊,他比朱和尚年长,是最早参加朱和尚"革命"的元老之一。世人多知,朱和尚对诸多功臣名将在开国之后刻薄寡恩,诛杀殆尽,几无幸免,但汤和却是例外,他得以寿考以终。这汤和有何明哲保身进退自如之术?不妨说说汤和其人。

汤和于元朝泰定三年(1326年)出生在濠州钟离孤庄村一贫苦农民家庭,和朱元璋不仅是同乡,而且在一条小街上长大。汤和少有壮志,嬉戏玩耍时,喜欢统率群童,练习骑马射箭。成年之后的汤和身高七尺,举止洒脱,沉稳敏捷,善于谋略。至正十二年(1352年),汤和带领十多个壮士参加了郭子兴的红巾军,他因作战勇敢而被封为千户之职。此段经历,《明史·汤和传》中只有简略数语："汤和,字鼎臣,濠人,与太祖同里闬。幼有奇志,嬉戏尝习骑射,部勒群儿。及长,身长七尺,倜傥多计略。郭子兴初起,和帅壮士十余人归之,以功授千户。"

汤和给儿时伙伴朱元璋写信,邀请尚在皇觉寺的朱元璋一同入伙。如此说来,汤和还是朱元璋参加"革命"的引路人呢。朱元璋入伍后,因功被提升为镇抚之职,级别在汤和之上。至正十三年(1353年),汤和随朱元璋进攻大洪山,攻克滁州,被授为管军总管。他又随朱元璋攻取和州。当时诸将大多与朱元璋同辈,都不肯居于他人之下。汤和比朱元璋大两岁,唯独他认真谨慎地听从指挥,朱元璋为此非常高兴。至正十五年(1355年)夏,汤和随朱元璋平定太平,缴获三百匹战马。与陈野先作战之时,汤和被飞箭射中左大腿,他将箭拔出后,毫无惧色,继续战斗,最终与诸将擒拿陈野先。随后攻占了溧水、句容。至正十六年(1356年)春,汤和随军平定集庆,再立功勋。

平定集庆后不久,汤和又跟随徐达等攻取镇江,晋升为统军元帅,其后又率领军队出行巡察奔牛、吕城,降服陈保二,攻取金坛、常州,然后汤和以枢密院同佥的身份驻守常州,与张士诚相对峙。张士诚经常派间谍前来侦察,汤和防守十分严密,使对方一无所获。敌人屡次出兵侵犯,汤和均能击退之,并俘虏敌人数以千计。汤和还进取无锡,大破张士诚军于锡山,赶走莫天祐,俘获其妻子儿女,汤和因此被晋升为中书左丞。他又以水师出行巡察黄杨山,将张士诚所属的水军打败,俘获千户四十九人,被授以平章政事。汤和率军援救长兴,与张士信战于城下,城中出兵,与汤和一起夹击,里应外合,大败敌军,俘获士兵八千人。解围之后，汤和率军返回，讨平江西诸山寨。永新守将周安反叛，汤和率军将其打败，连破其十七寨，然后围城三月，攻克永新，捉拿周安，献俘应天，然后他又还守常州。汤和随徐达、常遇春大军讨伐张士诚，攻克太湖水寨，攻下吴江州，围攻平江。平江阊门之战，汤和被飞炮击伤左臂，应诏返回应天。伤好之后，汤和重返战场，攻克平江。论功行赏，汤和被朱元璋赏赐黄金布帛。

汤和镇守常州，确保东边无战事，使朱元璋得以无后顾之忧，全力以赴对付西边的陈友谅，功不可没，但此后开国之初，汤和并没有封公，只是中山侯而已，却是为何？史载："和沉敏多智数，颇有酒过。守常州时，尝请事于太祖，不得，醉出怨言曰：'吾镇此城，如坐屋脊，左顾则左，右顾则右。'太祖闻而衔之。平中原师还论功，以和征闽时放遣陈友定余孽，八郡复扰，师还，为秀兰山贼所袭，失二指挥，故不得封公。伐蜀还，面数其逗挠罪。顿首谢，乃已。其封信国公也，犹数其常州时过失，镌之券。"朱元璋还真是赏罚分明，并不怎么胡来——至少在相当一段时间内。朱和尚晚年的事情，则另当别论。

至正二十四年（1364年），朱元璋称吴王。吴元年（1367年），建百官司属，封汤和为左御史大夫兼太子谕德。不久，汤和被任命为征南将军，与副将军吴祯率领常州、长兴、江阴诸路人马，征讨方国珍。汤和渡过曹娥江，攻下余姚、上虞，攻取庆元。方国珍逃亡入海，汤和率军追击，将其打败，然后回军平定各属城。汤和派使者招降方国珍，获得士兵二万四千人、海船四百多艘，浙东地区全部平定。汤和与副将军廖永忠又一起前去讨伐陈友定，他们从明州出发，由海路顺风抵达福州的五虎门，驻军南台。汤和先礼后兵，前去劝降，陈友定不予答复。汤和将其包围，在城下将平章曲出打败，参政袁仁请求投降，汤和乘机率领军队进城。然后分兵出行巡察兴化、漳、泉及福宁诸州县。明太祖洪武元年（1368年）正月，汤和又攻占延平，擒获陈友定，将其押送京城。

明军北伐，汤和受命在明州造船，将粮食运往直沽，因受海上飓风袭击，只好将粮食运到镇江后返回。随即，汤和又被授以偏将军，跟随大将军徐达西征，与右副将军冯胜一起从怀庆越过太行山，攻取泽、潞、晋、绛诸州郡。

洪武二年（1369年），汤和率军渡河进入潼关，分兵径直奔向泾州，派部将招降了张良臣，张良臣不久又反叛离去，汤和会合大军围攻庆阳，将张良臣俘获斩首。

洪武三年（1370年），汤和以右副将军的身份，跟随徐达在定西将扩廓帖木儿打败，平定宁夏，向北追击到察罕脑儿，擒获蒙古猛将虎陈，获马牛羊十多万头。汤和后来在攻战东胜、大同、宣府的战役中，都立有战功。汤和返回京城后，官职授为开国辅运推诚宣力武臣、荣禄大夫、柱国，爵位封为中山侯，每年的俸禄一千五百石，并授予子孙世袭的凭证。

洪武四年（1371年），汤和被授以征西将军，与副将军廖永忠一起率水师溯江伐夏，夏兵扼守险要地段，又遇江水暴涨，汤和驻军大溪口，长久不能前进，而傅友德已率军从秦、陇深入，攻取汉中。廖永忠已在其前攻克瞿塘关，进入夔州。汤和这才率军跟随其后，进入重庆，降服明升。还军之后，傅友德、廖永忠受到朱元璋的赏赐,汤和表现不佳,受到训斥。

洪武五年(1372年),汤和以右副将军的身份,随大将军徐达北伐,遇敌于断头山,指挥使章存道阵亡,朱元璋对此未予追究。汤和随即与李善长一起驻扎中都宫阙。后又镇守北平,修筑彰德城。

洪武九年(1376年),伯颜帖木儿屡次寇边,汤和以征西将军的身份驻防延安,伯颜帖木儿向明朝乞求和解,汤和遂率军返回。

洪武十一年(1378年)春,汤和晋封为信国公,俸禄三千石,参加商议军国大事。汤和多次去中都、临清、北平操练军队,修缮城墙。洪武十四年(1381年),汤和以左副将军的身份率军出塞,征讨乃儿不花,攻占灰山营,俘获平章别里哥、枢密使久通而归。洪武十八年(1385年),思州蛮族叛乱,汤和以征虏将军的身份随楚王征讨,俘获敌军四万人,擒获蛮族首领而归。

汤和人生道路至此,已经基本上告一段落。但人生如何收束,虽然不能完全由自己做主,但也不是毫无空间,一无作为。前文已经说过,平定中原后,论功行赏时,朱元璋以汤和征闽时释放陈友定的余孽,使八郡重受骚扰,还军途中,又被秀兰山贼寇袭击,失去二名指挥使为由,不封汤和公爵。汤和伐蜀归来,朱元璋又当面数落其逗留,汤和顿首谢罪,此事方才作罢。在封他为信国公时,朱元璋仍列举他在常州时的过失,反复敲打,并命人刻在世袭凭证之上。汤和追随朱元璋多年,他对这位老乡的脾性还是相当了解的,如此功过分明,把他树为典型,举一反三，让汤和心悦诚服。这也足以说明，朱元璋毕竟是朱元璋，不无以儆效尤，树立自己权威之意。朱元璋本来要封蓝玉为梁国公，却把"梁"改为"凉"，蓝玉对此难道还不警觉？真是在政治上太不敏感了！

洪武二十一年（1388年），朱元璋年逾六旬，年事渐高，与元朝战事大体平定。他的种种治国举措不断出台，因皇权与相权之争，兴起胡惟庸大案，搅得周天寒彻。此时，徐达、常遇春、李文正都已凋零，邓愈死去已经十一年了，汤和洞察朱元璋希望功臣勋将们急流勇退颐养天年，他寻找机会郑重对朱元璋说："臣年事已高，不能再指挥军队驰骋战场了，希望能返回故乡，为将来死去找一片容身之处。"朱元璋大为高兴，解除了汤和兵权，在中都凤阳给汤和修建府第，让他自己随意往来于凤阳与南京之间。这是非常微妙的君臣博弈，但多人无此觉悟。后人如此评述此事："帝春秋浸高，天下无事，魏国、曹国皆前卒，意不欲诸将久典兵，未有以发也。和以间从容言：'臣犬马齿长，不堪复任驱策，愿得归故乡，为容棺之墟，以待骸骨。'帝大悦，立赐钞治第中都，并为诸公、侯治第。"

当时倭寇经常骚扰沿海一带，朱元璋把汤和召来，对他说："你虽已年迈，再请你替朕一行吧！"汤和到实地巡视之后，还是经过一番调查研究的，史书如此记载："既而倭寇上海，帝患之，顾谓和曰：'卿虽老，强为朕一行。'和请与方鸣谦俱。鸣谦，国珍从子也，习海事，常访以御倭策。鸣谦曰：'倭海上来，则海上御之耳。请量地远近，置卫所，陆聚步兵，水具战舰，则倭不得入，入亦不得傅岸。近海民四丁籍一以为军，戍守之，可无烦客兵也。'帝以为然。和乃度地浙西东,并海设卫所城五十有九,选丁壮三万五千人筑之,尽发州县钱及籍罪人赀给役。役夫往往过望,而民不能无扰,浙人颇苦之。或谓和曰:'民谪矣,奈何?'和曰:'成远算者不恤近怨,任大事者不顾细谨,复有谪者,齿吾剑。'逾年而城成。稽军次,定考格,立赏令。浙东民四丁以上者,户取一丁戍之,凡得五万八千七百余人。"汤和在江浙沿海一带筑城五十九座,洪武二十二年(1389年),诸城终于筑成。汤和如此抗击倭寇,泽被后人:嘉靖间,东南苦倭患,和所筑沿海城戍,皆坚致,久且不圮,浙人赖以自保,多歌思之。巡按御史请于朝,立庙以祀。

汤和返京复命,凤阳新宅也已建成。汤和便带领妻子儿女去向皇帝辞行,朱元璋赐他黄金三百两、白金二千两、钞三千锭、彩币四十多套,并且下诏褒奖,诸功臣无人能与他相比。从此以后,汤和每年一次上京朝见。但朱元璋树立这样的榜样之后,仿效者似乎并不踊跃。贪恋权位,几人可以超脱看开?

洪武二十三年(1390年)正月初一,汤和到京师给朱元璋拜年,得了急症,不能说话。朱元璋即日亲临探视,长久叹息之后,让他返回故乡。待汤和病稍好一点时,朱元璋又命人将他接到京城,让他坐车进入内殿,设宴慰劳,关怀备至,并赐黄金、布帛、御膳、法酒等。洪武二十七年(1394年),汤和病情日渐加重,不能站立。朱元璋想见汤和,便命他坐车前往觐见,朱元璋用手抚摸汤和,与他详细叙谈家乡故旧以及这些年来兴兵的艰难。汤和已经不能对答,只是不停地叩首。朱元璋见此情形,泪流不已,厚赠黄金、布帛作为丧葬费用。两位老战友,难得有如此际遇。其时徐达、常遇春、李文正、邓愈都已死去，但冯国胜、蓝玉等人，就不如汤和如此顾大局识大体令人放心了。史载："二十三年朝正旦，感疾失音。帝即日临视，惋叹久之，遣还里。疾小间，复命其子迎至都，俾以安车入内殿，宴劳备至，赐金帛御膳法酒相属。二十七年，病浸笃不能兴。帝思见之，诏以安车入觐，手拊摩之，与叙里闬故旧及兵兴艰难事甚悉。和不能对，稽首而已。帝为流涕，厚赐金帛为葬费。明年八月卒，年七十，追封东瓯王，谥襄武。"

《明史·汤和传》如是总结汤和："和晚年益为恭慎，入闻国论，一语不敢外泄。媵妾百余，病后悉资遣之。所得赏赐，多分遗乡曲，见布衣时故交遗老，欢如也。当时公、侯诸宿将坐奸党，先后丽法，稀得免者，而和独享寿考，以功名终。"

汤和病逝后，其子孙改信国公府为汤氏家祠，朱元璋御赐楹联："千年不朽勋臣府，万古长青信国祠。"

兰园徘徊话蓝玉

兰园是一小巷,非但无兰,走势还颇为曲折。在六朝松下读书时节,宿舍就在文昌桥。文昌桥宿舍区往北,有一偏门,通向兰家庄,当时是一农贸市场,人头攒动,杂乱喧嚣,而兰家庄与太平北路接合处南侧有一小书店,经常会有很冷僻的书在书架上,令人耳目一新。从这个兰家庄往东不远处即向南走,就是兰园。南行不过数百米,折而向东,尔后再向东南漫行,直到荷包套,这里就是大致的兰园小巷。

兰园两侧,有南外的校园,更有东大的生活区,当年也有不少民国建筑星散其间,如兰园7、8、9号,有说是蓝衣社曾在此处办公,也有人说德国大使馆也曾在此地,而桂系要角白崇禧、李品仙、夏威也曾在此居住。白崇禧大概是从大方巷搬到此处,再从此地去了雍园1号?《青春》杂志,原来也曾在兰园19号?不说这些了,现提到兰园,是要说说蓝玉这个人。是的,明朝开国大将、曾被封为凉国公的蓝玉的府邸就在此处,而蓝玉最终因为惊天大案被诛杀灭族剥皮实草,这就是史称的蓝玉案。蓝玉被杀,巷名留存,虽然蓝讹传为兰,总算留下一点踪迹,任后人凭吊闲话。

众所周知,在明朝开国元勋中,蓝玉属于后起之秀。他是常遇春的内弟,年龄自然要小于常遇春。蓝玉何时追随常遇春在军中效力,是在和州之时,还是后来?虽然常遇春经常在朱元璋面前称誉这位内弟,但也许他过于年轻,也许朱元璋还要继续观察,总之,蓝玉的地位并不显赫。当时威名赫赫的是徐达、常遇春、李文忠、冯胜兄弟、傅友德父子等。

但伴随着徐达、常遇春、邓愈等人的凋零病故,蓝玉开始崭露头角,大放异彩,而他在捕鱼儿海大破北元,基本摧毁元朝势力,更是名震天下,被朱元璋誉为自己的卫青与李靖。这个高帽子令蓝玉怎不飘飘然?朱元璋给蓝玉的封号本来是梁国公、太子太傅,而非太子太保,位次排在冯胜、傅友德之下,蓝玉大发牢骚,愤言道:我就不能做太傅吗?骄横跋扈之态,令人侧目。更有风传,蓝玉奸污元妃,令元妃蒙羞自尽,有失大将风范,也让朱元璋耿耿于怀,终将梁国公改为凉国公,并命人将蓝玉这些过失刻在世袭的凭证上。蓝玉对这个"凉"能心服口服?为何还不反躬自省?且说蓝玉的大致经历。

蓝玉是安徽定远人,据说是苗族,与胡惟庸是小同乡,都属淮西集团。他从军之时,近水楼台,在开平王常遇春帐下效力,有胆有谋,表现不俗,由管军镇抚升任千户和指挥使,后升任大都督府佥事。常遇春年仅四十岁,死在河北柳河川。蓝玉失去了一个政治靠山与军事导师,却也开始逐步显现其锋芒。洪武四年（1371年），蓝玉随征西将军傅友德出征四川，攻克锦里，即今日成都。

洪武五年（1372年），在第二次北征元朝的沙漠之战中，蓝玉隶属徐达之中路军。徐达为都督金事，蓝玉为先锋官，先出雁门关，在野马川打败扩廓帖木儿游骑，又打败在土剌河扩廓的军队，扩廓遁逃。洪武七年（1374年），蓝玉又带兵攻克占领兴和，俘获元朝国公贴里密赤等五十九人。洪武十一年（1378年），蓝玉与沐英一起征讨西蕃的叛变动乱。洪武十二年（1379年），蓝玉军队班师还朝，同年，蓝玉被封为永昌侯，俸禄二千五百石，并被赐予世袭爵位的凭证，这一年，常遇春已经死掉十年了。

洪武十四年（1381年），蓝玉以左副将军的官阶，跟随征南将军傅友德、右副将军沐英征讨云南。蓝玉、沐英率领东路军，拿下昆明，元朝右丞观甫保出城投降。蓝玉又攻占大理，在曲靖擒获元廷平章达里麻，滇地全部平定。战后评功，蓝玉功劳尤大，增加俸禄五百石，蓝玉之女被册封为蜀王朱椿妃。洪武二十年（1387年），蓝玉被拜为征虏左副将军，随大将军冯胜北征元太尉纳哈出。冯胜率兵抵达通州，得知庆州有元兵驻屯，便派遣蓝玉率领轻骑冒着大雪出兵，杀灭元廷平章果来，擒拿果来的儿子不兰奚。蓝玉率军乘胜追击，生擒纳哈出。征讨期间，冯胜获罪，蓝玉"总管军事"，拜大将军，屯兵蓟州。

洪武二十一年（1388年），蓝玉率军继续向北征讨，出大宁，进至庆州，探知元主在捕鱼儿海。蓝玉便抄近路星夜兼程赶到百眼井，此地离捕鱼儿海约四十里，仍不见敌兵，蓝玉欲引兵返回。定远侯王弼建言道："我们率军十多万人，深入漠北，毫无所获，如此班师回朝，怎么向皇上复命呢？"蓝玉便下令军队穴地而居，不见烟火，乘夜赶到捕鱼儿海南边。当时敌营还在捕鱼儿海东北八十余里处，蓝玉命王弼为前锋，率骑兵迅速逼近敌营。元军以为明军缺乏水草，地形不熟，不能深入，故未加防备，加上大风扬起沙尘，白天如同黑夜。王弼率军突然冲至敌营，元军大惊，仓促迎战，太尉蛮子等被杀，其部众皆降，仅元主与太子天保奴等数十骑逃走。蓝玉俘获元主次子地保奴、妃嫔、公主以下百余人，后又追获吴王朵儿只、代王达里麻及平章以下官属三千人、男女七万七千余人，以及宝玺、符敕、金银印信等物品，马驼牛羊十五万余头，并焚毁其甲仗蓄积无数。捷报奏传至京，朱元璋赐诏奖励慰劳。蓝玉又攻占哈剌章营，获人、畜六万。蓝玉班师回朝，晋升为凉国公。

洪武二十二年（1389年），蓝玉受命督修四川城池。洪武二十三年（1390年），施南、忠建二宣抚司南蛮反叛，蓝玉奉命前往讨平。洪武二十四年（1391年），蓝玉统领兰州、庄浪等七卫兵，追讨逃寇祁者孙，攻取西番罕东之地。时逢建昌指挥使月鲁帖木儿反叛，蓝玉又奉命率军征讨。

洪武二十六年（1393年），锦衣卫指挥蒋瓛告发蓝玉谋反，下狱鞫讯后，狱辞称蓝玉同景川侯曹震、鹤寿侯张翼、舳舻侯朱寿、定远侯王弼、东莞伯何荣及吏部尚书詹徽、户部侍郎傅友文等谋反，拟定乘朱元璋耤田时发动叛乱。朱元璋以谋反罪将其逮捕下狱，并剥皮实草，传示各地，抄家，灭三族，并株连蔓引，究其党羽，自公侯伯以至文武官员，被杀者约一万五千人。为警诫群臣，朱元璋手诏布告天下，并条列爰书为《逆臣录》。史称"蓝玉案"。

蓝玉案，众说不一。清代赵翼有《胡蓝之狱》一文，考辨甚翔实，"《明史》于诸臣传，惟蓝玉略见其粗暴取祸之由"。前文已经提及，蓝玉为常遇春妻弟，而常遇春是太子朱标岳父。作为太子妃的舅父，蓝玉极力维护太子的储君地位，与早已觊觎皇位的燕王交恶。某次，蓝玉从蒙古班师回朝，面见朱标，他说："我观察燕王朱棣在他的封地，一举一动与皇帝一模一样。燕王非常人，他迟早是要造反的，我找人望他的气，有天子气象，你一定要小心！"朱标则不以为然地说："燕王对待我非常恭敬，绝不会有这种事情。"蓝玉向朱标恳切陈辞："我受到太子您的优待，才告诉您这件事的厉害，但愿我的话不会灵验，更不被我说中。"朱标默然不语。朱元璋给儿子朱标组建武人集团班底，煞费苦心，但太子朱标在1392年死掉，皇孙年幼，朱元璋不能不再做考量，另外遴选适当人员。

沧海月明珠有泪，蓝田日暖玉生烟。至于说蓝玉居功自傲，狂悖无礼，大致也并非全是栽赃嫁祸。中山、开平二王死后，蓝玉多次统领大军，屡立大功，朱元璋对其优礼有加。蓝玉日渐恣意骄横，蓄养许多庄奴、义子，乘势横行霸道。蓝玉曾强占东昌民田，被御史查问，蓝玉大怒，将御史赶走。蓝玉北征南返，夜抵喜峰关，守关官吏没能及时开门接纳，蓝玉便纵兵毁关，破门而入。据说，蓝玉犹不改过，侍奉皇上酒宴时口出傲语，军中将校升降进退，大权操于他一人。朱元璋召见蓝玉及其部下后，还有私房话给蓝玉说，但蓝玉没有表态，其部下居然都不敢跪离，待蓝玉点头颔首，这些部下才迅速离去，此事令朱和尚大为警觉。

蓝玉在《明史》有传，称他"饶勇略，有大将才"。最后总结道："治天下不可以无法，而草昧之时法尚疏，承平之日法渐密，固事势使然。论者每致慨于鸟尽弓藏，谓出于英主之猜谋，殊非通达治体之言也。夫当天下大定，势如磐石之安，指麾万里，奔走恐后，复何所疑忌而芟薙之不遗余力哉？亦以介胄之士桀骜难驯，乘其锋锐，皆能竖尺寸于疆场。迨身处富贵，志满气溢，近之则以骄恣启危机，远之则以怨望扞文网。人主不能废法而曲全之，亦出于不得已，而非以剪除为私计也。亮祖以下诸人，既昧明哲保身之几，又违制节谨度之道，骈首就僇，亦其自取焉尔。"民国初年的历史学家蔡东藩如此对比蓝玉与沐英的不同结局："蓝玉与沐英，同事疆场，为明立勋，不一而足。捕鱼儿海一役，谋虽出于王弼，而从善如流，不为无功。自是残元余孽，陵夷衰微，数十年无边患，谁谓玉不足道者？乃身邀宠眷，志满气溢，既不能急流勇退，复不能恭让自全，遂致兔死狗烹，引颈就戮。明虽负德，蓝亦辜恩。藉非然者，玉氏子孙，亦何至不沐氏若乎？前后相照，一则食报身后，一则族灭生前，后之君子，可以知所处矣。"不过，沐英比蓝玉早死一年，得年四十八岁。

蓝玉被杀之年，多大年龄？他大致与邓愈年龄相仿？或者与沐英同岁？不知道了。

廖家巷口有两廖

南京城北，沿着中央路，过了新模范马路，再过南昌路与板井巷，有两条小巷与中央路交错，西侧是许府巷，东侧则是廖家巷，直抵玄武湖一侧的明城墙。这个廖家巷，沿着城墙，蜿蜒曲折，可达神策门。此条小巷，称作廖家，是哪一个廖家？莫非与明初的廖永安廖永忠兄弟有关？廖家兄弟，与康茂才关系密切，又都是明军中的水军将领，廖家巷靠近后湖，难道也是因有地利之便？且说两廖。

1320 年，廖永安出生在安徽巢湖。他字彦敬，弟兄五人，排行为四。他的父亲唤作廖旺，应该是世代以打鱼、贩运为业，对江湖水情至为熟悉。元末天下大乱，人心惶惶，廖家父子背靠巢湖，结寨自保，也属迫不得已，人之常情。廖永安的大哥名字叫廖永清，二哥唤作廖永宁，三哥是廖永坚，廖永安的弟弟就是廖永忠。这里说的两廖，也就是指廖永安与廖永忠。

大约在至正十一年（1351 年），江淮兵乱，廖永安的父亲、兄长或早卒，或不愿出头露面，总之是廖永安和弟弟廖永忠带领子侄部众聚兵盘踞在巢湖水寨，以对抗寇贼，保卫乡里。《国朝献征录》载："永安少倜傥，以气自豪元季。……左君弼据庐州作乱，永安等颇所窘。"元至正十五年（1355年）五月，廖永安听说朱元璋在和州拓展局面后，就带着弟弟廖永忠、部下俞通海筹得金钱，带领巢湖水军前来投靠。朱元璋十分高兴，亲自收编其军队，并率军赶往巢湖，在马场河击败了元朝中丞蛮子海牙。所谓英雄与时势，大致如此。有人如此评说："有元失驭，四海糜沸。英杰之士，或起义旅，或保一方，泯泯棼棼，莫知所属。真人奋兴，不期自至，龙行而云，虎啸而风。若楚国公臣永安等，皆熊罴之士、膂力之才，非陷坚没阵，即罹变捐躯，义与忠俱，名耀天壤。"

朱元璋回军和州，在黄墩与元军大战于裕溪。元朝水军的楼船捉襟见肘，进退不便，而廖永安等人操船弄舟却进退若飞，屡败元朝水军，这也使得朱元璋下定了渡过长江以凭南京求得更大发展的决心。朱元璋等同时俘获了十九位善于开船的人，应该算是急需的技术人才。朱元璋命廖永安、张德胜、俞通海等人分别统领水军。朱元璋军发兵江口，廖永安和朱元璋同乘一船，指挥作战。廖永安问朱元璋在哪靠岸，朱元璋命令在采石矶登陆。廖永安直驶牛渚，趁着西北风迅速渡江，岸边守军十分恐惧，仓促迎战，一触即溃。朱元璋于是迅速猛攻采石，采石守军全部溃逃，朱元璋乘势攻取太平、芜湖，廖永安因功被授予管军总管。《明史》对廖永安此段特别表现有如此记载：太祖初起，永安兄弟偕俞通海等以舟师自巢湖来归。太祖亲往收其军，遂以舟师攻元中丞蛮子海牙于马场河。元人驾楼船，不利进退，而永安辈操之若飞，再战，再破元兵，始定渡江策。顷之，发江口。永安举帆，请所向，命直指牛渚。西北风方骤，顷刻达岸。太祖急挥甲士鼓勇以登，采石镇兵皆溃，遂乘胜取太平。

至正十六年（1356年）初，廖永安率舟师攻破蛮子海牙的水寨。占领集庆后，朱元璋设立天兴建康翼统军大元帅府，以廖永安为建康翼统军元帅、昭武大将军。朱元璋意图夺取镇江，廖永安又率领水军攻取镇江、太沙，平定沙祝家等寨。四月，攻克金坛。五月，攻打常州。六月，攻克宣州。七月，张士诚军进犯瓜埠，廖永安率军迎战，击败张士诚军。十一月，徐达等人包围常州，廖永安与其形成夹击之势，大破常州军。至正十七年（1357年）春，常州平定，廖永安因功升任同佥江南行枢密院事。廖永安率舟师同常遇春自铜陵进攻池州，水陆联合作战，攻破池州北门，捉拿徐寿辉守将，大获全胜。

至正十八年（1358年）元月，廖永安偕同俞通海攻占江阴的石牌戍，降服张士诚的守将栾瑞并攻取宜兴、无锡等地，被提升为同知枢密院事。张士诚进攻常熟，廖永安率舟师在常熟的福山港大败之。廖永安在通州的狼山再次击败张士诚军，缴获其战舰而归。廖永安担任总兵，征伐苏州，宜兴复叛。廖永安与徐达、邵荣等收复宜兴，乘胜深入太湖追击张士诚军，恰好遇到了张士诚部将吕珍，双方交战，因无后援，船只又遭搁浅，廖永安兵败为吕珍所俘虏。《明史》详细记载廖永安的最后沙场峥嵘：克常州，擢同佥江南行枢密院事。又以舟师同常遇春自铜陵趋池州。合攻，破其北门，执徐寿辉守将，遂克池州。偕俞通海拔江阴之石牌戍，降张士诚守将栾瑞。擢同知枢密院事。又以舟师破士诚兵于常熟之福山港。再破之通州之狼山，获其战舰以归。遂从徐达复宜兴，乘胜深入太湖。遇吴将吕珍，与战。后军不继，舟胶浅，被执。

廖永安勇冠三军，娴熟水战，被俘之时，还不到不惑之年，正是英气勃发建功立业之时。张士诚爱惜其才勇，准备招降他，但廖永安予以严词拒绝，被张士诚囚禁于平江。时徐达擒获张士诚弟弟张士德，张士诚派人和朱元璋商量，以廖永安换取张士德，为朱元璋所拒绝，斩杀了张士德。至正二十四年（1364年）秋，朱元璋为廖永安坚持不降所感动，遥授其江淮等处中书省平章事，封楚国公。至正二十六年（1366年）夏，廖永安被囚长达八年后在苏州去世，时年四十七岁。《明史》载：廖永安"无子，授其从子升为指挥金事"。

至正二十七年（1367年），朱元璋平定张士诚，将廖永安安葬于巢湖，并亲自到郊外迎祭。朱元璋为之痛哭，撰文祭奠，配祭功臣庙。洪武元年（1368年）冬，朱元璋下令于鸡笼山筑坛，祭奠廖永安。洪武二年（1369年）正月，明太祖又于鸡笼山祭奠。洪武六年（1373年），朱元璋追谥廖永安武闵。洪武九年（1376年），又加赠其开国辅运推诚宣力武臣、光禄大夫、柱国，不久又改封其为鄖国公。《明史》对此有载："洪武六年，帝念天下大定，诸功臣如永安及俞通海、张德胜、耿再成、胡大海、赵德胜、桑世杰皆已前没，犹未有谥号，乃下礼部定议。"礼部官员自然是心领神会，立即办理："臣谨按谥法，以赴敌逢难，谥臣永安武闵；杀身克戎，谥臣通海忠烈；奉上致果，谥臣张德胜忠毅；胜敌致强，谥臣大海武庄；辟土斥境，武而不遂，谥臣再成武壮；折冲御侮，壮而有力，谥臣赵德胜武桓；臣世杰，业封永义侯，与汉世祖封寇恂、景丹相类，当即以为谥。"诏曰："可"。

廖永安率巢湖水军投靠朱元璋，使朱元璋如虎添翼；渡江之后，更是攻无不克，屡立战功，为朱元璋统一江南打下了基础。《明史》载："永安长水战，所至辄有功。""明祖之兴，自决策渡江始，力争于东南数千里之内，摧友谅，灭士诚，然后北定中原，南图闽、粤，则廖永安胡大海以下诸人，厥功岂细哉！计不旋踵，效命疆场，虽勋业未竟，然襃崇庙祀，竹帛烂然。以视功成命爵、终罹党籍者，其犹幸也夫。"《明史纪事本末》如此评价道："常遇春怀远之雄，廖永安巢湖之杰，一时功臣，人如棋布，地皆错壤，岂高祖从龙，多由丰、沛，萧王佐命，半属南阳，天生真人，固若类聚而扶掖之者耶！"

再说廖永安的弟弟廖永忠。廖永忠比廖永安小三岁。他少时豪迈有大志，智勇过人。至正十四年（1354年），追随其兄，屯兵巢湖。至正十五年（1355年），跟随廖永安投奔朱元璋。朱元璋见其年少，问道："你也想富贵吗？"廖永忠答："能够为圣明的主子效力，扫除寇乱，名垂史册，正是我的愿望。"朱元璋听其如此聪明伶俐，称赞不已。廖永忠协助廖永安率水师渡江之后，攻取采石、太平府、芜湖，擒获陈野先，打败蛮子海牙及陈兆先，平定集庆府，攻克镇江、常州、池州，征讨江阴海盗，都有功劳。

廖永安被俘后，廖永忠接替兄长之职，任枢密佥院，统领其军。他率军进攻赵普胜江营栅栏，收复枞阳。陈友谅袭击太平府，进犯龙江，廖永忠大声呼喊突入敌阵，诸军紧随其后，大败敌军，收复太平府，升任同知枢密院事。

廖永忠随军征讨陈友谅。陈友谅固守安庆，朱元璋以步兵作疑兵之计，命廖永忠克其水寨。廖永忠攻克安庆，追至小孤山，又随军进攻江州。江州城濒临长江，守备甚严。廖永忠揣度城的高度后，在船尾造桥，取名天桥，尔后驾船乘风倒行，使天桥与城相接，攻克江州。廖永忠因功晋升为中书省右丞。元至正二十六年（1366年），廖永忠从征南昌，又随徐达战于鄱阳湖，殊死作战，奋勇当先。敌将张定边直冲朱元璋坐船，常遇春将其射退。廖永忠驾快船边追边射，张定边身中百余箭，陈友谅汉兵死伤惨重。廖永忠又与俞通海等驾着七艘满载芦荻的船只，乘风纵火，焚烧敌军楼船数百艘。廖永忠又在泾江口拦截陈友谅，终使陈友谅战死鄱阳湖。廖永忠随军征讨陈友谅之子陈理，分兵在武昌四门设立栅栏，又在江中将船只连成长寨，断绝其出入之路，陈理只得俯首投降，廖永忠升湖广行省左丞。

廖永忠击败左君弼于庐州，又救援安丰，平定江西未下州郡。廖永忠跟随徐达、常遇春攻取淮东，又随军征伐张士诚，攻取德清，进克平江，被授为中书平章政事。

至正二十七年（1367年），廖永忠担任征南副将军，率水师由海路会合汤和，征讨并降服方国珍，进克福州。洪武元年（1368年），廖永忠兼任同知詹事院事。他率军平定闽中诸郡，至延平，击败并擒获陈友定。廖永忠随即被授为征南将军，以朱亮祖为副将，由海路攻取广东，然后进取广西，攻克南宁，降服象州，两广全部平定。廖永忠善于安抚，百姓多念其恩德，为其立祠。

洪武二年（1369年）秋，廖永忠返回金陵，朱元璋命太子朱标率朝廷百官在南京内河港龙江迎接慰劳。廖永忠入朝觐见，朱元璋又命太子送他返回府宅。廖永忠回京之后，朱元璋将写有"功超群将智迈雄师"八字牌匾赐给他，悬于其家门外。廖永忠再出任职，安抚泉州、漳州。洪武三年（1370年），廖永忠随徐达北伐，回京后被封为德庆侯，年禄一千五百石，并被授予世袭凭证。

洪武四年（1371年），廖永忠以征西副将军之职随汤和率水师征伐蜀地大夏政权，讨伐明升。汤和驻守大溪口，廖永忠先行到达旧夔府，击败守将邹兴，进至瞿塘关。此处山峻水急，蜀人铺设铁索桥，横据关口，船不能进。廖永忠密派数百人携带干粮水筒，抬着小船翻山渡关，到达上游。蜀山草木繁多，廖永忠下令将士着青蓑衣，在崖石间鱼贯而行。他率领精锐出墨叶渡，兵分两路攻敌军水、陆寨。水师都以铁裹住船头，设置火器而前进。黎明时分，蜀人方才发觉明军来攻，大势已去。此时廖永忠已破其陆寨，会合抬船出江的将士，一并齐发，上下夹攻，大破蜀人，邹兴战死。廖永忠进入夔府。第二天，汤和到达，两人相约分道前进，于重庆会合。

廖永忠率水师直捣重庆，驻扎铜锣峡。夏主明升请降，廖永忠以汤和还未到达为由推辞不受。等汤和到达之后，两人接受明升投降，承旨抚慰。廖永忠下令严禁侵扰百姓，一士兵拿了百姓七只茄子，被立即斩首。他又慰抚戴寿、向大亨等大夏将领的家人，命其子弟携信前往成都招降。戴寿等已被傅友德所败，收到廖永忠的劝降信后，便立即缴械。蜀地就此全部平定。朱元璋写《平蜀文》表彰其功，其中有"傅一廖二"之语，对廖永忠奖赏甚厚。洪武五年（1372年），廖永忠北征蒙古至和林。洪武六年（1373年），廖永忠受命督师沿海路往辽东运送粮草，还曾督率水师出海追捕倭寇。洪武八年（1375年）春，廖永忠被赐死，时年五十三岁。南明弘光帝时，廖永忠又被追封为庆国公，时在1645年，离他去世已经过去二百七十年了。

廖永忠之死，说法多多。最为关键的事情，是韩林儿之死。当初，韩林儿被围安丰，是否解救，意见不一。刘伯温坚决反对营救这一傀儡招牌。但最终朱元璋还是出兵相救。彼时，朱元璋拥立韩林儿为宋王，年号为龙凤。1366年，朱元璋羽毛丰满，韩林儿昧于时局，自投罗网，居然要把自己的所谓都城自滁州迁往南京。朱元璋派廖永忠前去将他迎回应天，韩林儿至瓜步时船翻而死，也有人说是在横渡长江之时，舟船沉没，韩林儿落水溺死。韩林儿之死，是人为？是天意？1367年，朱元璋称吴王，一年后的1368年的1月23日，朱元璋登基称帝。这桩公案，究竟是廖永忠受到了明确指示，还是他聪明过头自作主张为朱元璋主动分忧消除障碍？朱元璋此后绝不认账，归罪于廖永忠。廖永忠真是百口莫辩。至于说，1370年，朱元璋大封功臣之时，廖永忠不守政治规矩，居然设法从朱元璋亲信口中探听自己会得到何种爵位，令朱元璋大为光火。朱元璋曾对诸将说道："廖永忠在鄱阳湖作战时，忘我抗敌，可谓奇男子。但却派与他要好的儒生窥探朕意，所以封爵时，只封侯而不封为公。"再者，又说，当杨宪为丞相时，廖永忠与他关系密切，朋比为奸，僭越使用龙凤等，欲加之罪，何患无辞，近乎说故事而已。

廖永忠英勇善战，跟随汤和共讨方国珍，平定浙东；后俘陈友定，平定福建；与朱亮祖攻克广州，平定广东；攻克象州，平定广西；朱明灭夏之战中，他作为南路军右副将，赢得夔州之战，最终为消灭夏政权铺平道路。《明史》对廖永忠有如此评价："廖永忠智勇超迈，功亚宋、颍，皆不得以功名终，身死爵除，为可慨矣。"明代学者黄佐的《广东通志》也评论说："廖公治民理兵，咸适其宜……厥功居多。广民感公之德，乃相谓自元氏失纲，濒海之城，瓜分棋据。天子命一举而靖南服，万里土宇，拯于焚溺之中，其伟德丰功将垂后世矣。"

据称，廖永忠墓位于岭南广东清远市清新区西北部山区珠坑雷公潭，墓园坐西向东，墓前仍有一只石狮子把守，墓碑上刻有"大明大将军德庆侯讳永忠太祖之墓"。清嘉庆元年（1796年），廖氏后裔将廖永忠的遗骸迁葬于此，光绪二十年（1894年）重修，墓碑上还刻有铭文，记载了廖永忠的籍贯、官职等。廖永忠妻子是康茂才之女，其子廖权是汤和的女婿，孙子为廖镛与廖钺。廖镛卷入了靖难之役后的方孝孺案，因为他是方孝孺的学生。廖镛被诛杀后，其母亲与家中女眷被拘押到皇宫做洗衣工，家中男丁则流放边陲。

"隋柳几年风物尽，钟山一夜雨声寒。"廖家兄弟，起自江淮，追随朱元璋，也算轰轰烈烈。但廖永安被俘囚禁，长达八载而死在狱中，对朱元璋而言真是忠烈千秋；廖永忠对朱元璋应该是忠贞不渝，功超群将，智迈雄师，对韩林儿则是毫无忠义可言，他的所谓不守规矩逾越规制很有可能是被卸磨杀驴。廖永忠是过于聪明，误会上意，致死韩林儿？还是得到暗示，为主分忧，敢于担当，主动背锅？抑或这个廖老五居功自傲口风不紧最终被灭口以儆效尤？廖家兄弟，一个是四十七岁死在姑苏狱中，一个是五十三岁被诛杀在南京。乱世英雄，如此结局，堪可浩叹。

相府营边说沐英

南京洪武大道北端，自珠江路、鸡鹅巷往南，有红庙、肚带营等。估衣廊、北门桥、韩家巷，也在附近。此处还有一地名，唤作相府营。谁的相府？众说纷纭。但此处曾有沐府西门，见于有关文献。谁的沐府？黔宁王沐英。沐府西门在此，沐府东门，据说要到如今的太平北路附近了。沐英，字文英，是明太祖朱元璋的义子。他出身贫苦，跟随朱元璋攻伐征战，军功卓著，被封西平侯，但年仅四十八岁，就死于云南。此后沐氏子孙世代镇守云南直至明末。且说沐英。

元至正五年（1345年），沐英出生在濠州定远县一穷苦人家，父亲早逝，随母度日，家境贫寒。至正十一年（1351年）五月，江淮地区爆发红巾起义。战事不断，马乱兵荒，百姓流离失所。沐英跟随母亲四处躲避，其母死在逃难路上。至正十二年（1352年），八岁的沐英流浪漂泊到濠州城，被朱元璋收留。当时朱元璋与马氏夫妇膝下无子，就收沐英为义子，沐英改姓朱。

朱元璋夫妇待他如同己出，教其识字读书，带兵打仗。《明史》载：沐英，字文英，定远人。少孤，从母避兵，母又死。太祖与孝慈皇后怜之，抚为子，从朱姓。

至正十六年（1356年），朱元璋进攻集庆。沐英随军出征，侍奉朱元璋，不辞辛劳。至正二十二年（1362年），沐英开始担当军事要任。他先是被朱元璋封为帐前都尉，参与镇守镇江；后被提拔为指挥使，守江西重镇广信。至正二十七年（1367年），朱元璋攻取福建，沐英领兵自西攻破江西、福建交界处的分水关，占领崇安，又攻破闵溪十八寨，俘虏陈友定部将冯谷保。朱元璋命他恢复沐姓，并让他移师镇守建宁，节制邵武、延平、汀州三卫。《明史》如此记述沐英此段经历：年十八，授帐前都尉，守镇江。稍迁指挥使，守广信。已，从大军征福建，破分水关，略崇安，别破闵溪十八寨，缚冯谷保。始命复姓。移镇建宁，节制邵武、延平、汀州三卫。

洪武三年（1370年），沐英被授镇国将军，任大都督府佥事，次年升大都督府同知。大都督府是明初军事中枢，掌天下兵马。沐英年纪虽轻，但聪明敏悟，在府中七年，处事果断，解决问题明快，毫无遗漏，深得朱元璋器重。洪武九年（1376年），沐英被朱元璋派往关陕，体察民情，布施皇上恩惠。同年冬，沐英担任征西副将军，跟随卫国公邓愈出征吐蕃。洪武十年（1377年）春，邓愈、沐英领兵至甘肃、青藏，分三路进攻川藏，一直打到昆仑山。回师途中，邓愈去世，沐英率领军队返回南京，因军功获封西平侯。洪武十一年（1378年）八月，沐英为征西将军，与蓝玉等统兵征伐西番。在土门峡取得胜利后，又进攻洮州,并在东笼山筑城,拓地数千里。洪武十三年(1380年),沐英奉命率兵进击和林。他分兵四路,一路从后面偷袭敌人,两路左右夹击,沐英亲率精骑正面冲击,四面合围,一举取胜。洪武十四年(1381年),沐英领兵出古北口,随大将军徐达北征。沐英独当一面,攻克全宁,然后渡过胪朐河,俘虏知院李宣及部众。《明史》载:寻迁大都督府金事,进同知。府中机务繁积,英年少明敏,剖决无滞。后数称其才,帝亦器重之。洪武九年命乘传诣关、陕,抵熙河,问民疾苦,事有不便,更置以闻。明年充征西副将军,从卫国公邓愈讨吐番,西略川、藏,耀兵昆仑。功多,封开国辅运推诚宣力武臣、荣禄大夫、柱国、西平侯,食禄二千五百石,予世券。明年拜征西将军,讨西番,败之土门峡。径洮州,获其长阿昌失纳,筑城东笼山,击擒酋长三副使瘿嗦子等,平朵甘纳儿七站,拓地数千里,俘男女二万、杂畜二十余万,乃班师。元国公脱火赤等屯和林,数扰边。十三年命英总陕西兵出塞,略亦集乃路,渡黄河,登贺兰山,涉流沙,七日至其境。分四翼夜击之,而自以骁骑冲其中坚。擒脱火赤及知院爱足等,获其全部以归。明年,又从大将军北征,异道出塞,略公主山长寨,克全宁四部,度胪朐河,执知院李宣,尽俘其众。

洪武十四年(1381年)秋,朱元璋以傅友德为征南将军,蓝玉、沐英为副将军,率军三十万征讨云南。元朝梁王派平章达里麻率十万军队抵御。沐英等人率部迅速到达曲靖,达里麻大惊。达里麻军列阵白石江一岸,明朝军队即在对岸。傅友德欲即刻渡江,沐英说敌方已兵陈对岸,扼制水面,渡江不利。明军于是临江而立,以待时机,另派人从下游潜渡,到达对岸后鸣金吹角,大造声势,致使达里麻军阵势动摇,明朝军队趁机渡江。达里麻大败被俘,沐英将二万被俘士兵都放还故乡,明军声威大振,梁王闻讯自杀,昆明不攻自破。

云南西部大理有段氏割据势力,控制大理已有数百年。大理后有点苍山,前有洱海,号称天险。洪武十五年(1382年)闰二月,沐英和蓝玉领兵西攻大理。段氏聚众守在下关。点苍山有上、下二关,又称龙首关、龙尾关。沐英、蓝玉派遣王弼进攻上关,沐英、蓝玉亲自率兵进攻下关,形成掎角之势;另有人马攀缘点苍山背后而上,居高临下作为策应。沐英身先士卒,策马渡河。段氏不知背后虚实,阵势溃乱,兵败被俘。攻占大理后,沐英、蓝玉或分兵其他地区,或下谕招降,云南西部大部归附。

洪武十五年(1382年)七月,沐英率师返回滇池,和傅友德合兵,分道平定乌撒、东川、建昌、芒部诸蛮,设立乌撒、毕节二卫。洪武十五年(1382年)八月,马皇后病逝,沐英闻讯因悲伤过度而咳血。是年九月,傅友德、沐英再次领兵征服他处,土官杨苴散布明朝大军已经班师回朝的消息,纠集二十万叛军攻打昆明城。当时守护昆明的是冯国用之子冯诚,城中缺粮,多数士兵生病,形势危急。沐英闻讯,率兵返回昆明,与冯诚合力,打败叛军,守住了昆明,稳定了局势。

洪武十六年(1383年),朱元璋命傅友德及蓝玉班师回朝,留沐英镇守云南。洪武十七年(1384年),曲靖酋长作乱,沐英将其降服,趁机平定普定、广南,打通田州粮道。洪武十九年(1386年)九月,沐英上疏朱元璋,请求让军队屯田开垦,朱元璋予以恩准。洪武二十年(1387年),沐英平定浪穹,并奉诏自永宁至大理,每六十里设一堡垒,留下军队屯田。《明史》载:沐英"寻拜征南右副将军,同永昌侯蓝玉从将军傅友德取云南。元梁王遣平章达里麻以兵十余万拒于曲靖。英乘雾趋白石江。雾霁,两军相望,达里麻大惊。友德欲渡江,英曰:'我兵罢,惧为所扼。'乃帅诸军严陈,若将渡者。而奇兵从下流济,出其陈后,张疑帜山谷间,人吹一铜角。元兵惊扰。英急麾军渡江,以善泅者先之,长刀斫其军。军却,师毕济。鏖战良久,复纵铁骑,遂大败之,生擒达里麻,僵尸十余里。长驱入云南,梁王走死,右丞观音保以城降,属郡皆下。独大理倚点苍山、洱海,扼龙首、龙尾二关。关故南诏筑,土酋段世守之。英自将抵下关,遣王弼由洱水东趋上关,胡海由石门间道渡河,扳点苍山而上,立旗帜。英乱流斩关进,山上军亦驰下,夹击,擒段世,遂拔大理。分兵收未附诸蛮,设官立卫守之。回军,与友德会滇池,分道平乌撒、东川、建昌、芒部诸蛮,立乌撒、毕节二卫。土酋杨苴等复煽诸蛮二十余万围云南城。英驰救,蛮溃窜山谷中,分兵捕灭之,斩级六万。明年诏友德及玉班师,而留英镇滇中。十七年,曲靖亦佐酋作乱,讨降之。因定普定、广南诸蛮,通田州粮道。二十年平浪穹蛮,奉诏自永宁至大理,六十里设一堡,留军屯田。"

洪武二十一年(1388年),麓川国主思伦发反叛,入侵摩沙勒寨,沐英派遣都督宁正率军将其击败。次年,思伦发再次侵犯定边。沐英挑选骑兵三万奔往援救,设置三行火炮劲弩。蛮军驱赶百象,身披甲衣,肩扛栏盾,左右挟大竹筒,筒中装设标枪,锐气十足。沐英兵分三路,都督冯诚率领前军,宁正率领左军,都指挥同知汤昭率领右军。开战之前，沐英下令："今日之战，有进无退。"明军乘风大呼，炮弩齐发，象群掉头而跑，敌军殊死而战。沐英督战，苦战而胜。定边之战，思伦发逃走，诸蛮深受震慑，麓川从此不再被阻塞。沐英会合傅友德讨平东川，又平息越州酋长阿资及广西阿赤部。

沐英除奉诏独镇云南外，还与缅甸、泰国有过深入接触。明太祖即位之初，曾遣使往谕缅甸，"使者不能达而返"。明朝统一云南之初，缅甸仍受制于实力雄厚的麓川思氏，大抵是在沐英于摩沙勒寨之役，特别是定边之役大败麓川思伦发所部叛军之后，缅甸得以摆脱麓川控制。史载"明洪武二十一年，缅叛，沐英讨败之"。洪武二十一年（1388年），位于今泰国北部的"八百媳妇国遣贡，（明太祖）遂设宣慰司"。

洪武二十二年（1389年）冬，沐英返回京师南京朝见朱元璋。朱元璋在奉天殿赐宴沐英，赏赐黄金二百两、白金五千两、钞五百锭、彩帛百匹。朱元璋高兴地说："自从沐英镇守在西南，朕就高枕无忧了。"沐英再回云南后，在景东又败麓川，思伦发乞降，云南全部平定。洪武二十四年（1391年），沐英因八百宣慰使司宣慰使刀板冕不肯听命，派遣云南左卫百户杨完前往招抚，刀板冕遣使贡象及方物于明廷，事件得以和平解决。

洪武二十五年（1392年）六月，沐英获悉皇太子朱标去世，哭得十分伤心，不久就病逝于云南任所，年仅四十八岁。当沐英的灵柩运抵京城应天府时，朱元璋亲往迎接，并派遣宫中官员，负责安葬，追封沐英为黔宁王，谥昭靖，侑享太庙。此后沐氏子孙世代镇守云南，直到明朝末年。《明史》载："是年冬，入朝，赐宴奉天殿，赍黄金二百两、白金五千两、钞五百锭、彩币百匹，遣还。陛辞，帝亲拊之曰：'使我高枕无南顾忧者，汝英也。'还镇，再败百夷于景东。思伦发乞降，贡方物。阿资又叛，击降之。南中悉定。使使以兵威谕降诸番，番部有重译入贡者。二十五年六月，闻皇太子薨，哭极哀。初，高皇后崩，英哭至呕血。至是感疾，卒于镇，年四十八。军民巷哭，远夷皆为流涕。归葬京师，追封黔宁王，谥昭靖，侑享太庙。"

沐英在洪武十四年至洪武二十五年（1381—1392年）的十一年间，一直致力于云南的平定与治理。他安抚威服曲靖、广南两府之乱，平定浪穹、思伦发的叛乱，讨伐平定东川土酋之乱，平定贵州普安、云南临安之变，出兵征讨建昌等，其中以平定思伦发叛乱之役尤为激烈。这些平乱活动奠定了云南统一稳定的大局。

沐英不苟言笑，但礼贤下士，对兵卒爱惜有加，从不滥杀无辜。主政云南期间，他大力发展屯田，把屯田增减情况作为考察官吏政绩的主要依据，使屯田总数超过一百万亩。沐英兴修水利，注重商业发展，招集商人进入云南；开发盐井，增加财源，修理道路，保护粮运。《明史》载："英沉毅寡言笑，好贤礼士，抚卒伍有恩，未尝妄杀。在滇，百务具举，简守令，课农桑，岁较屯田增损以为赏罚，垦田至百万余亩。滇池隘，浚而广之，无复水患。通盐井之利以来商旅，辨方物以定贡税，视民数以均力役。疏节阔目，民以便安。居常读书不释卷，暇则延诸儒生讲说经史。"

洪武二十二年（1389年），明太祖召沐英回南京慰劳，云南各族官吏士民则"无老幼,惟恐其不来也,咸戚然东向",在听到沐英回滇的消息后,"各相率远迓数百里之外","蛮夷酋长越境款迎,军民室家相庆"。沐英英年早逝的消息传出后,云南"官僚、士庶、胥吏、卒伍、缁黄、髫白,莫不奔号其门,泣语于路"。当沐英长子沐春奉诏护送其父灵柩还葬京师,柩出云南金马山时,云南人"送者数万人"。其时尚在云南或曾经到过云南的远游词客、谪宦墨卿等也"多以诗挽之者"。明太祖在得知沐英的死讯后,"哭之恸,辍视朝,亲制文遣祭"。《明史》对沐英评价甚高:"宁河、黔宁皆以英年膺腹心之寄。汗马宣劳,纯勤不二,旂常炳耀,泂无愧矣。……独黔宁威震遐荒,剖符弈世,勋名与明相始终。"

史学家谷应泰把沐英与徐达、李文忠、汤和相提并论:"至若徐中山之忠志无疵,李岐阳之好学饬行,汤信公之听命唯谨,沐西平之居贵不骄,并皆攀龙鳞而有功,履虎尾而不咥。"黄宗羲的学生、著有《西南纪事》的史学家邵廷采评价沐英与徐达,尤其感慨沐英子孙绵延,有功于国家:"洪武勋旧同国终始者,魏国、黔国及诚意数家,而致命竭忠,天波尤著。……高皇帝开国勋臣,以令闻永世者二:曰徐中山、沐黔宁。中山赐第留都,子孙席先猷,享列爵,称保家之主可矣。黔宁守在荒徼,世有师命,纾天子南顾忧,视中山之裔宴乐饮食相万也。然黔宁在滇,招徕携贰,辨方正俗,使人知朝廷,垦军田一百一万二千亩,使人知所以有生,恩泽远矣。死之日,蛮部君长,号哭深山,及定远继之,历年滋久,记人之善,忘人之过,虽夷裔于法,不忍加诛。将吏非犯大恶,未尝轻戮一人,又何其宽大长者也。其长世也,宜哉!历镇一十六世,二王、一侯、一伯、十公、四都督,家门贵盛,即中山犹嗛焉。况其它茅土中绝,栉风沐尔之泽不祀忽诸君子,是以思继序也。"清末民初的萧山蔡东藩也说:"梁王之忠,已见细评,若明得云南,全出沐英力,而云南人民,亦戴德不忘,终明世二百七十余年,沐氏子孙守云南,罕闻乱事,黔宁之功,固不在中山开平下也。蓝玉与沐英,同事疆场,为明立勋,不一而足。捕鱼儿海一役,谋虽出于王弼,而从善如流,不为无功。自是残元余孽,陵夷衰微,数十年无边患,谁谓玉不足道者?乃身邀宠眷,志满气溢,既不能急流勇退,复不能恭让自全,遂致兔死狗烹,引颈就戮。明虽负德,蓝亦辜恩。藉非然者,玉氏子孙,亦何至不沐氏若乎?前后相照,一则食报身后,一则族灭生前,后之君子,可以知所处矣。"后人多把沐英镇守云南边陲与张玉之子张辅四征安南最终巨大功业付诸东流相比较,而《剑桥中国明代史》也认为:"沐英封于云南。实际上是沐氏家族使云南成为明朝的一个省,并使其成为汉族文明的一个组成部分。这个家族的声望一直很高,它的权势是没有争议的,历代黔国公是明朝唯一持续掌握实际领土权力的勋臣。"

"大星一夜西南落,万里谁分圣主忧?心到九泉昭日月,名垂千古重山丘。中原父老思羊祜,绝塞羌夷哭武侯。薮泽书生怀德义,清铅满掬泪难收。"沐英一生功业,要在云南。此诗把他与羊祜、诸葛亮相比肩,并非过誉之词。沐英本姓,一直是谜。明人李绍文《皇明世说新语》载:有一次,朱元璋问朱英说:"朱英呀朱英,你到底是谁的孩子呢?"朱英只是一个劲地回答:"我就是陛下的孩子,深沐陛下和皇后的养育之恩。"朱元璋似乎不肯罢休,还是一个劲地问朱英,朱英却始终磕着头对朱元璋重复刚刚说过的话。就这样来去了几个回合之后,朱元璋一下子笑出了声来。最后,朱元璋对朱英说:"你是朕的养子,现在就是不让你恢复原来的姓氏,也不能让你再随我姓朱了。既然你一直口念深沐养育之恩,就赐你姓沐吧,让你可以永沐皇恩。"沐英有四个儿子,长子沐春,袭西平侯,谥号惠襄。次子沐晟,袭西平侯,封黔国公,卒赠定远王,谥号忠敬。三子沐昂,追封定边伯,谥号武襄。四子沐昕,驸马都尉,娶明成祖之女常宁公主为妻。沐英之孙沐斌是沐晟之子,袭黔国公,赠太傅,谥号荣康。曾孙沐琮是沐斌之子,袭黔国公,赠太师,谥号武僖。

辑三

小板巷里说郭四

南京城南有大板巷,靠近熙南里,被开发成文化街区,虽然曾受到疫情影响,但人气大体还算可以,颇有渐次复苏之望。南京还有一小板巷,东起大香炉,西抵丰富路,隔路相望就是小王府巷,其北侧平行的是曹都巷。这个小板巷,一度时间,被认为不够"革命",曾被改为洪流巷,也许是因为附近有洪公祠的缘故,受此启发,也可附会时代洪流?但时过境迁,还是又恢复为小板巷了。小板巷南侧,曾有一宅邸,唤作郭府园。哪个郭府?营国公郭英也,小名郭四。且说郭英。

郭英比朱元璋小七岁,出生于1335年。他祖籍山东巨野,后迁到濠州。郭英在朱元璋的开国诸将之中,远不如徐达、常遇春、李文忠、蓝玉等人知名,但因他的妹妹是朱元璋的贵妃,他自己又人丁兴旺,居然在嘉靖皇帝的时候配享太庙,跻身十七位经过历史考验的勋臣之列,这也是很有意思的事情。更为难得的是,朱元璋诛杀诸多功臣名将,也不管皇亲国戚,如李善长等。

但郭英是与汤和、沐英、耿炳文等为数不多得以保全善终的开国公侯之一。

郭英与兄长郭兴听从父亲郭山甫的建议，追随朱元璋起兵，得到器重，负责宿卫，位置关键。朱元璋称郭英为"郭四"。他先后跟随朱元璋、徐达、常遇春、傅友德等攻打陈友谅、张士诚等，平定中原、西北、云南等地，身经百战。《明史》载："郭英，巩昌侯兴弟也。年十八，与兴同事太祖。亲信，令值宿帐中，呼为'郭四'。从克滁、和、采石、太平，征陈友谅，战鄱阳湖，皆与有功。"洪武十七年（1384年），郭英被封武定侯，时年五十岁。郭英于永乐元年（1403年）朱棣掌权改故鼎新之年去世，被追赠营国公，赐谥威襄。《三家世典》载："总计擒斩获俘人马一十七万余，大小五百战，身被七十余伤。"

《三家世典》载，郭英身长七尺，长得和别人不一样，有勇有谋，擅长骑射。至正十三年（1353年）到至正二十四年（1364年），十一载南征北战，郭英跟随朱元璋攻克滁州、和县等地，参加了鄱阳湖大战，多有战功，表现不俗。《三家世典》载：郭英于鄱阳湖大战时身负重伤，但仍不退却，于泾江口大败陈友谅。至正二十四年（1364年），朱元璋率军攻打武昌，陈友谅部将陈同金突袭朱元璋军，危急之中，郭英奋然前往将其斩杀，朱元璋将战袍赠予郭英，以示嘉奖。郭英而后又跟随徐达、常遇春冲锋陷阵，因功先后获封骁骑卫千户、指挥佥事、本卫指挥副使、河南都指挥使。《明史》载："攻岳州，败其援兵，还克庐州、襄阳。授骁骑卫千户。克淮安、濠州、安丰，进指挥佥事。从徐达定中原，又从常遇春攻太原，走扩廓，下兴州、大同。至沙净州渡河。取西安、凤翔、巩昌、庆阳,追败贺宗哲于乱山,迁本卫指挥副使。进克定西,讨察罕脑儿。"

《三家世典》亦载:攻打通州时,郭英用诈败之计,引元军出城,设伏将其击败,斩首几千余级,生擒元孛罗梁王。攻打太原时,郭英建议常遇春夜袭王保保。郭英率领十几个骑兵潜入王保保营帐,以火炮为信号,常遇春引伏兵大败王保保。

洪武十四年(1381年),郭英跟随傅友德攻打云南,与陈桓、胡海分军进攻赤水河。当时大雨连霪,河水暴涨。郭英砍伐树木做成竹筏,乘着夜色,一举将元军击溃并生擒元军首领。他又率军攻取曲靖等地。《明史·郭英传》载:"十四年,从颍川侯傅友德征云南,与陈桓、胡海分道进攻赤水河路。久雨,河水暴涨。英斩木为筏,乘夜济。比晓,抵贼营,贼大惊溃。擒乌撒并阿容等。攻克曲靖、陆凉、越州、关索岭、椅子寨。降大理、金齿、广南,平诸山寨。"洪武十六年(1383年),郭英又随傅友德平定蒙化、邓川、丽江。洪武十八年(1385年),郭英被任命为靖海将军,镇守辽东。洪武二十年(1387年),郭英跟随大将军冯胜出兵金山,降服纳哈出,进封征虏右副将军。回京之后,朱元璋让郭英掌管宫廷禁兵。洪武三十年(1397年),郭英被任命为征西将军耿炳文的副将守备陕西,平定沔县贼寇高福兴。郭英班师回朝,遭到御史裴承祖弹劾。朱元璋命诸位大臣议论郭英的过失,最后郭英得到赦免。《明史·郭英传》载:"三十年副征西将军耿炳文备边陕西,平沔县贼高福兴。及还,御史裴承祖劾英私养家奴百五十余人,又擅杀男女五人。帝弗问,金都御史张春等执奏不已,乃命诸戚里大臣议其罪。议上,竟宥之。"此前的 1393 年，郭英遭到过崇山侯李新的弹劾。1394 年，郭英有一女儿嫁给辽王朱植。据说，朱元璋在弥留之际，因郭英身份特殊，命他与辽王、代王、谷王参与顾命之事，以防范燕王朱棣。

明惠帝建文年间，靖难之役。郭英从耿炳文、李景隆讨伐燕王朱棣，无功而返。靖难之役结束，朱棣登基为帝，郭英被罢官回家，并没有受到太大的为难。明成祖永乐元年（1403 年），郭英死于小板巷侧郭府园家中，时年六十九岁，竟然还被追封营国公，谥威襄，葬于巨野城北郭家茔地。

郭英性孝友，通读书，治军有纪律，以忠诚谨慎侍奉朱元璋，又因宁妃的缘故，恩宠尤多，其他功臣望尘莫及。他追随朱元璋四十多年，如履薄冰，如临深渊，小心翼翼，从未有过。朱元璋待之礼遇虽然隆显，而他自己处世更加谦虚。《三家世典》载："时公卿多治田产，英独不治，上问之，对曰：'臣一布衣，仰荷宠灵，叨有封爵，子孙衣食余饶，安敢增益，俾生侈心。'上善之，嗟叹良久，曰：'廷臣若某之忠诚朴实，诸人不及也。'金疮遍体，每阴雨痛甚，及闻征讨之命，即日就道，未始以老疾辞。其事上竭忠盖如此。"朱元璋忌杀功臣，郭英明智谦让，低调谦和，平安度过阴森恐怖的洪武晚年、动荡不已的建文余年，显示出他过人的生存之道。

《三家世典》对郭英还有如是记载："英孝友仁恕，恭俭诚实出于天性。事母夫人疾，尝吁天求以身代，疾遂愈。人以为孝感所致。后夫人卒，庐墓侧，泣不绝声，哀痛之情三年如一日。平居兄弟怡怡，行师动有纪律，推心任人，甘苦同之。攻克州郡，必禁掳掠、戒杀降、封府库、收簿籍，一钱、尺帛不敢私。尝北征，军法，夜必令亲军更直，荷戈环帐立。一夕，风雪大作，英悉罢遣归营，其爱恤部曲类此。家居简静，好读书，天文、地理、百家之说靡不通晓。教训子孙以俭素力学为务。事太祖高皇帝四十余年，小心谨慎，未尝有过。眷遇虽隆，而自处益谦。上尝御便殿，赐坐，适有奏事者，英趋避之。上曰：'卿第坐，朕自理事，不汝关也。'其见敬爱如此。"

郭英的哥哥郭兴，也叫郭子兴，前文已经提到，封巩昌侯，死于1384年。郭英有一弟弟郭德成，据说，朱元璋要委以重任，他却以自己好酒贪杯为由予以婉拒。郭英自己有十二个儿子，九个女儿。其后人郭勋游说明世宗朱厚熜抬高郭英身价，比之于唐朝郭子仪，有点不伦不类，但郭英的确进了太庙，也算与徐达、常遇春比肩而立了。

郭英死后葬身何处？《滋阳县志》载："武定侯墓，在城北十五里安家庄，明洪武十八年封鲁藩，遣武定侯郭英监修王城宫殿，没于王事，因葬焉，俗呼为江山。"

丰富路上谈道衍

丰富路，是自建邺路往北直抵石鼓路的一条南北走向的不大不小的街衢。有人说，丰富路是从丰府路转化而来。道衍是一个和尚，俗名姚广孝。丰富路与道衍和尚能有什么关联？

南朝四百八十寺，多少楼台烟雨中。虽然物换星移，桑田沧海，兴亡更迭，但自六朝以来的寺庙名刹还是灿若星河，绵延江南，香火繁盛。南京有一天界寺，如今在城南雨花西路能仁里，它原名大龙翔集庆寺，始建于元朝，曾经是朱明京师三大寺之一，与灵谷寺和大报恩寺并列，管辖其他次等寺庙，规格最高，列中国五山十刹之首。

但天界寺在1388年之前，朱明开国二十年，并非在秦淮河南岸城外，它在哪里？就在朝天宫往东丰富路中段，如今的小王府巷、小板巷、大香炉周围地域。这一座寺庙，与曾经是和尚的朱元璋关系甚大，而当时曾经在此留下过踪迹却并不显山露水的一个和尚，却在后来彻底颠覆了朱元璋殚精竭虑的政治安排，狠狠地打了朱元璋的耳光,这个人居然还跻身配享朱明太庙,与徐达、常遇春等十五人比肩而立,是唯一的文臣,此人者谁?就是道衍和尚。且来说说天界寺与道衍和尚。

先说天界寺。南京天界寺,缘起于元文宗蛰居金陵时的潜邸。元文宗图帖睦尔是元朝第八位皇帝,元武宗海山次子。元英宗时,他出居海南,泰定帝时被召还,封怀王,居建康。元天历元年(1328年),元文宗在大都即皇位。至顺元年(1330年),他遣使臣传旨当时在金陵的御史大夫阿思兰海牙等,在原来其潜邸的基础上修建大龙翔集庆寺,同时召来大欣法师做住持,并拜为太中大夫主管寺务。当时的大龙翔集庆寺,庄严巍峨,气势雄伟。寺内有金刚殿、天王殿、正佛殿、左观音殿、右轮藏殿、三圣殿、左伽蓝殿、右祖师殿、回廊、钟楼、毗卢阁、半峰亭、华严楼以及方丈、僧寮、斋堂、仓廪等建筑,寺庙产田达一万三千余亩,遍布高淳、溧水,僧侣云集,香火袅袅。

众所周知,朱元璋本是一介布衣,出身贫寒,在走投无路穷困潦倒之际,栖身江淮皇觉寺,做了和尚。他在南京奠都之后,日理万机之中,最为关注的是江山稳固,一统四海。他早期与年长其八岁或七岁的陈友谅、张士诚殊死较量,终于胜出。此后是北伐西征,平定西南,也都殚精竭虑,大体如愿以偿。但待这一切基本完成之后,他把目光与精力主要投注到内政治理之上,马上得天下,不能马上治天下。朱元璋面对这些问题,杀伐决断,天威难测,动作很大,措施很猛,而对稍有异动的读书人更是倍加关注,手段霹雳,不敢掉以轻心。当年的儒道释,朱元璋都不敢懈怠,且他对佛教这一所谓化外之地,有着切身感受,其间的波谲云诡，他大体上心知肚明，自然是轻车熟路。为有效管理天下僧道，朱元璋把集庆寺改为天界寺，在礼部之下设僧录司、道录司，管理天下僧寺道观。道录司设在朝天宫，僧录司就设在天界寺。僧录司为正六品衙门，下设左右善世、左右阐教、左右讲经、左右觉义等职位。宗泐、简彝等高僧，都曾住持天界寺，服务朱明。也就是说，天界寺是代皇家进行佛教管理的最高机关，当时其称"方今第一禅林"，并非自我吹嘘。

依照惯例，朱元璋在洪武二年，组织人马，成立机构，修纂《元史》，元史馆就设在天界寺。元史馆以左丞相李善长为监修官，以宋濂和王袆为总裁，同时征召高启、汪克宽、赵埙、胡翰等人为纂修官，并调集《元经世大典》等诸多书籍史料以备用备查。修史是总结历史经验的大事，也是羁縻知识分子、掌控其思想状态的重要举措。朱元璋多次驾临天界寺，考察工作，掌握动态，以便做到心中有数。洪武二十一年（1388 年），天界寺遭火焚烧，朱元璋出内帑在城南凤山重建寺宇。据说，洪武时代，外国使者前来朝贡，都必须先在天界寺熟悉朝仪，才能择日朝见。当年不远千里、涉海前来的渤泥国王，他死后的埋葬之地，距离如今的天界寺也不算太远。

洪武年间的史臣们，黄卷青灯，焚膏继晷，但也并非一味沉闷无聊。修史余暇，他们也不免登高望远，吟诗唱酬。高启、孙蕡等人，就多有诗篇作于天界寺。被称作明初三大文人之一的这位高启有一首《寓天界寺》：

"雨过帝城头，香凝佛界幽。果园春乳雀，花殿午鸣鸠。万履随钟集，千灯入镜流。禅居容旅迹，不觉久淹留。"这位青丘子还有一首《寓天界寺雨中登西阁》："片云出钟山，阴满江东晓。幽人阁上寒，风雨啼莺少。红尘禁陌净，绿树层城绕。不为怨春徂，离怀自忧悄。"朱元璋曾请一位法号道成的高僧驻住此寺，道成推说不能参禅，朱元璋就特许他不必参禅，恩荣逾常。朱明迁都北京之后，天界寺的地位有所下降，但文士们依然喜欢到天界寺寻幽访古。顾璘、文徵明、袁小修、王世贞、钟惺等著名文人，都曾在此留下履痕。公安三袁之袁小修，自己造一小船，顺流而下，遍游吴楚，他在南京，也是故事多多。袁小修对天界寺曾有如此描述："古柏老桧，沉寒逼人，殿阁拟于皇居。其余青豆之舍三十六所，文楠为柱，白石为墙，明窗洁案，净不容唾。竹色腾绿，佳果骈列。"但袁小修笔下的天界寺已经是雨花西路的天界寺，早已不是青丘子眼中丰富路上的天界寺了。青丘子被杀头是在1374年，他死后十四年，天界寺才被搬迁到城南。永乐二十一年，天界寺复焚于火。离离原上，萋萋芳草。断壁残垣，寒鸦枯树，一片衰败，惨不忍睹，正所谓："近山凤去花仍碧，遥海龙归树独青。玉辇宸游竟寥廓，行人挥泪读新铭。"但在如此氛围之中，道衍和尚不同于这些文人吟咏，他不人云亦云，有着自己独特的看法："种木尽知松柏好，我忻栽柳易成林。未经一月犹舒眼，宁待三年始覆荫。根畔不堪留马驻，叶边应可听莺吟。随堤万树知何在？流水浮云自古今。"

扯远了。且说道衍和尚。道衍和尚实际上比高启还大一岁，他只比徐达小三岁，大体上与他们是同代人。出生于1335年的道衍和尚，投身佛门，不是为生计所迫，这一点与朱元璋截然不同。此后的道衍和尚厕身佛门七十载，居然以此身份，身披袈裟，热心红尘，被称作缁衣宰相，把自己的同门前辈朱元璋的政治设计彻底颠覆，成为在中国历史上褒贬不一的复杂人物。

道衍和尚是苏州人，其家族世代行医。至正八年（1348年），年仅十四岁的姚广孝剃度出家，入苏州相城妙智庵为沙弥，法名道衍。道衍和尚也曾拜道士席应真为师，学习阴阳术数纵横之术。道衍和尚在苏州期间，虽身在佛门，但胸怀天下，志在四海，爱交友，喜行走，与高启、徐贲等人交往密切。《明史·姚广孝传》说："广孝少好学，工诗。与王宾、高启、杨孟载友善。宋濂、苏伯衡亦推奖之。"

大家知道，当时的苏州，是张士诚的势力范围，高启等人与张士诚有所接触，但道衍和尚却对张士诚有清醒认识，认为他难成大事，不会长久，与其有意保持距离，并无瓜葛。1367年，张士诚败亡，朱元璋开国在即。道衍和尚却行走四方，察形观势，胸襟抱负，更为阔大，他足迹遍淮楚、浙东，留下不少文字，集萃而成《独庵集》。他曾游览嵩山寺，相士袁珙对他说道："你是个奇特的僧人！眼眶是三角形，如同病虎一般，天性必然嗜好杀戮，是刘秉忠一样的人！"姚广孝闻听此言，不以为忤，反而大喜。刘秉忠是辅佐元世祖忽必烈的一个大和尚，蒙古改为元，就是他的主意。道衍和尚与这位袁珙此后还多有来往，尤其是帮助朱棣的所谓靖难时期，更是活跃非常。他曾有《赠相士袁廷玉》："岸帻风流闪电眸，相形何似相心优？凌烟阁上丹青里，未必人人尽虎头。"这大概是道衍和尚对袁珙说自己是刘秉忠与所谓"形如病虎"的一种回应，不甘屈居人下渴望一展抱负的葳蕤郁勃之气，呼之欲出。

道衍和尚在 1370 年春天，第一次来到如今丰富路上的天界寺，停留有五个月左右时间。他央请高启为其《独庵集》作序，高启慨然应允，欣然命笔，对其揄扬有加。这一年，朱棣被册封燕王，年方十岁。道衍和尚在天界寺期间，是否见到过朱元璋与朱棣不能妄猜，而已经三十五岁的道衍和尚，"三观"基本确立，他有着强烈的入世情怀，但也在冷静观察，自不待言。四年之后，高启、王彝等人因为受到魏观牵连而被诛杀，苏州的北郭诗社也就此烟消云散。此一事件，看似无甚波澜，但对道衍和尚影响甚大。世人知险是风波，那识人心险更大。这是道衍和尚在《题江行风浪图》中的话。

道衍和尚明知山有虎偏向虎山行，他在 1375 年被召赴南京，参加礼部考试，仍旧住在天界寺。已过不惑之年的道衍和尚，时隔五载，与他的同伴宗泐的此次南京之行，并无实际结果。不过道衍和尚的老师智及和尚圆寂，他请宋濂撰写塔铭，宋濂毫不犹豫，予以满足。但此后，宋濂之死、他的好友徐贲之死，还有席应真之死，对道衍和尚都有一定的心理冲击，自在情理之中。尤其是宋濂受胡惟庸案牵连而死在谪戍途中，对道衍和尚的影响更是巨大。方孝孺也是宋濂的学生，多年以后，道衍和尚劝朱棣勿杀方孝孺，为天下保留读书种子，应该不是稗官野史道听途说，随意附会。此时的道衍和尚已经名气很大，倪云林说他才气见识远在高启之上，应该不是拿了红包之后的信口开河。道衍和尚此次进京应试，却并没有被授为僧官，只是获赐僧衣。此次南京之行，大致可以推定，道衍和尚下定了与朱元璋分庭抗礼进行搅局的决心。离开南京回返苏州，途经镇江北固山，道衍和尚赋诗缅怀古贤,以抒志向:"谯橹年来战血干,烟花犹自半凋残。五州山近朝云乱,万岁楼空夜月寒。江水无潮通铁瓮,野田有路到金坛。萧梁帝业今何在?北固青青客倦看。"同行的宗泐讥讽他:"这岂是佛家弟子说的话!"姚广孝笑而不语。但进一步坚定了道衍和尚这一深埋心底的奇特想法,则是在十三年之后的1388年。

1380年,经僧录司右觉义来复、右善世宗泐推荐,道衍和尚进入天界寺,谋得一僧职。道衍和尚此年已经四十五岁了。洪武十五年,也就是1382年,马皇后之死,给道衍和尚带来了千载难逢的机会。朱元璋下诏选取高僧陪侍诸王。道衍和尚被宗泐推荐,进入明太祖挑选范围,以"臣奉白帽著王"结识燕王朱棣,主持北京庆寿寺,得以有更多机会接触朱棣,成为其主要谋士。朱棣与道衍和尚的首次接触,《明史》说得很简略:"高皇后崩,太祖选高僧侍诸王,为诵经荐福。宗泐时为左善世,举道衍。燕王与语甚合,请以从。至北平,住持庆寿寺。出入府中,迹甚密,时时屏人语。"

朱棣有更上层楼问鼎中原的想法,也许萌发在十年后的朱标死后,时在1392年。但道衍和尚对朱元璋彻底绝望,决心与其捣乱的念头,应该早就有了,而彻底下定决心,则要早于朱棣,至少是在徐达死后,他的好友苏伯衡下狱死时。这一年,是1388年,朱元璋已经六十岁,道衍和尚已经五十三岁了。道衍和尚当时在北京庆寿寺,还遇到一件小事,对他也颇有刺激,让他深感作为小人物孤单无助、任人宰割的悲哀。却原来,他的一个侄子,被远戍乌撒,请他协调关系,能否免去自江南流徙边塞之苦，但道衍和尚却无能为力徒唤奈何。等到道衍和尚贵极人臣之后，这件事情才最终得以解决，这当然已经是十年以后了。道衍和尚对此一直耿耿于怀，他如此说道："送别江头十载过，迢迢万里隔烟波。尔愁谪戍乌蛮远，我惜离乡白发多。二子往还行踯躅，一书展读泪滂沱。余生自料应难会，岁月如流岂奈何。"此后，道衍和尚还有《秋蝶》七绝，也是吟咏此事："粉态凋残抱恨长，此心应是怯凄凉。如何不管身憔悴，犹恋黄花雨后香。"

身在北京，可以近距离观察朱棣的道衍和尚，曾有这样的诗句，"杀身惟恨汉高皇""但愿东风休作恶""无那西风恶，催人上野航"，这样的怀古，这样的惜别，看似是为韩信被冤杀鸣不平，为朋友的遭际悲愤，而道衍和尚绝对不相信，韩信之死是所谓"存亡一知己，生死两妇人"这样的忽悠与遮掩，萧何与吕雉都不过是奉差办事罢了，真正的生杀予夺者是刘邦，就如杀岳飞的真正主谋是赵构而非秦桧一样。道衍和尚这些朋友的死，都不是冠冕堂皇摆在桌面上的罪过，都是因为朱元璋的缘故啊。道衍和尚在卧薪尝胆静静等待，在默默坐等一个人的死，这个人就是朱元璋。你再机关算尽处心积虑，你再遍布锦衣卫恐怖天下，你总逃脱不了时间这一自然法则。你安排自己的孙子来做接班人，自以为万无一失，一切都在掌控之中，但是，咱走着瞧。

洪武三十一年（1398年），明太祖驾崩，建文帝继位，实行削藩之策。周王朱橚、湘王朱柏、代王朱桂、齐王朱榑、岷王朱楩相继获罪，被废除藩国。此前，秦王、晋王已死，燕王隐然已成诸王之首。六十三岁的道衍和尚密劝朱棣起兵，取建文帝而代之。朱棣道："百姓都支持朝廷，怎么办？"姚广孝答道："臣只知道天道，不管民心。"道衍和尚还向朱棣推荐相士袁珙、卜者金忠，进一步促使朱棣下定决心。朱棣暗中拉拢军官，勾结部队，招募勇士，积蓄力量。而道衍和尚则在燕王府后苑训练兵马，还修建厚墙环绕的地穴，打造军器，用饲养的鹅鸭来掩盖声音，正可谓紧锣密鼓，如箭在弦。

建文元年（1399年）夏，燕王府护卫百户倪谅告发朱棣谋反，朝廷下令逮捕燕王府官属。都指挥张信暗中向朱棣透露消息，朱棣决定立即起兵，并以诛杀齐泰、黄子澄为名，号称奉天靖难，史称靖难之役。据说，朱棣起兵之时，突有暴风雨来临，将王府的檐瓦吹落在地。风吹落瓦，被视为不祥之兆，朱棣不禁为之变色。道衍和尚则从容说道："这是吉兆啊！自古飞龙在天，必有风雨相从。王府的青瓦堕地，这预示着殿下要用上皇帝的黄瓦了。"七月，朱棣派人控制北平，自署官属，分兵四出，连下通州、蓟州、遵化、居庸关。朱棣又攻怀来城，擒杀守将宋忠以下数千，收降两万余人，巩固了北平基地。道衍和尚则辅佐朱棣之子朱高炽留守北平，予以有力支持与策应。

建文帝在京师南京闻讯朱棣造反，急命长兴侯耿炳文为征虏大将军，驸马都尉李坚、都督甯忠为左、右副将军，统兵三十万北征，大营设在真定。八月，耿炳文命都指挥徐凯率部十万进驻河间，前锋进抵鄚州、雄县。朱棣乘中秋节夜袭雄县城，歼官军九千人，继又伏击鄚州往援官军，乘胜取城，收降官军万余人。此时，官军集结十三万，扎营滹沱河两岸，朱棣遂诱南岸官军移至北岸真定附近，耿炳文亦出兵迎战。朱棣命部将张玉、谭渊、朱能率众正面突击，自率骁骑数千绕至背后夹攻，俘杀李坚、甯忠等九万余人，官军溺死无数，耿炳文率残部退回真定固守。朱棣下令攻城，数日未克，遂撤回北平休整。

此年八月底，建文帝命曹国公李景隆代耿炳文为征虏大将军，领兵五十万再次北征。九月，朱棣得知辽东将领吴高率兵围攻永平，便乘李景隆刚刚受命、官军主力离北平尚远之机，留少数兵力守城，自率主力驰援永平。吴高闻燕师至，不战而走山海关。燕师北向，奇袭大宁，兼并宁王朱权所属三卫兵马。十月，李景隆闻燕师袭大宁，率部攻北平，将主力扎于白河以西的郑村坝一带，欲待燕师返回时歼灭之。当北平垂破之时，李景隆密令缓攻，坐失良机。十一月初，回救北平的燕师侦知李景隆主力所在，便乘夜冰合抢过白河，进抵郑村坝，乘李景隆部列阵不齐，急令中军冲阵，连破七营，接着又全线出击，苦战三日，大败官军，俘杀数万。李景隆率残部逃回德州。

建文二年（1400年）春，李景隆集兵号称六十万，与燕师十万展开白沟河之战。初战，官军使用新式火器"一窝蜂"，伤燕师甚众；再战，燕师乘大风纵火猛攻，官军被杀伤及溺水死者十余万。此年初夏，李景隆弃德州奔济南，燕师尾追至济南郊外，击败李景隆部，进围该城。山东参政铁铉和都督盛庸等全力抵御，并书朱元璋牌位悬挂于城头，燕师乃停止攻城，于八月十六日撤围北归。九月初十，建文帝命盛庸取代李景隆为平燕将军，都督陈晖、平安为副将军，第三次北征。盛庸领兵二十万进驻德州，安陆侯吴杰与平安驻定州，都督徐凯屯沧州，互为犄角。十月，朱棣为造成官军错觉，率主力佯攻辽东，至通州再折师南下，昼夜兼程，袭取沧州，俘降徐凯以下数万人。燕师乘胜南下山东运河地区，连败官军，因屡胜轻敌，在十二月东昌之战中，遭盛庸部火器劲弩突袭，死伤数万，主将张玉战死。再战又败，朱棣被迫还师北平。

建文三年（1401年）初，朱棣率师向真定与德州一带防务薄弱处进击，诱盛庸部出德州城野战。两军在夹河相遇，初战，未决胜负。再战，燕师乘东北风大作，全线出击，俘斩官军十余万人，盛庸单骑逃回德州。吴杰、平安闻盛庸兵败，固守真定。朱棣令将士四出取粮，声称军中无备，诱吴杰、平安出城过滹沱河。闰三月，两军相遇藁城。朱棣以一部兵力牵制官军三面，集中主力猛攻一面，乘吴杰、平安部阵势骚动，全线出击，歼明军六万余人。朱棣然后攻顺德、大名，诸州县望风而降燕师。建文帝见局势危急，于四月诏赦朱棣罪，诱其懈怠；同时发兵截断燕师粮道，令辽东诸将入山海关，攻永平、真定，欲迫朱棣由大名北归，乘机歼灭。朱棣识破其计，于六月遣部将李远率六千精骑南下济宁、沛县，尽焚官军粮船，京师大震。朱棣另派部将刘江回救北平，自率主力转战定州、真定等地，十月还师北平。十二月，朱棣侦知京师兵力空虚，遂率师南下。建文四年初，朱棣在泗河设伏，击败跟踪的平安部四万骑。小河之战，朱棣被平安部击败。朱棣又战于齐眉山，被魏国公徐辉祖援军所败。将士有退兵之心，朱棣坚定不移，督众苦战，斩杀官军护粮兵两万余，乘胜克灵璧，俘平安、陈晖以下将士十万余人。至此，建文帝在淮河以北的主力已基本被歼，盛庸被迫退守淮河南岸。

建文四年（1402年）夏初，燕师南渡淮河，避开重兵把守的凤阳、淮安，直取扬州、仪真。建文帝大惊，急派庆成郡主前往朱棣军营，许以割地求和，被燕王拒绝。六月初三，朱棣自瓜洲渡江，击败盛庸水师于高资港，夺取镇江，扎营龙潭。初九，建文帝再次求和，仍遭拒绝。两天之后，燕师攻打京师西北的金川门。十三日，守将李景隆与谷王朱橞开门迎接燕师入城。建文帝下落不明。十七日，朱棣即帝位，以次年为永乐元年。此役持续四年，建文帝优柔寡断，缺乏制胜计谋，任用统帅不当，主力不断被歼。朱棣以北平为基地，适时出击，连续作战，逐步歼灭官军主力，最后乘胜进军，夺取京师。

看以上文字叙述，似乎看不出来道衍和尚在靖难之役中有何功劳与作为。但朱棣心中最为清楚，每到关键时刻，都是道衍和尚为其出谋划策，底定大计。建文二年（1400年），朱棣围困济南三个月之久，难以破城。姚广孝让人传信给朱棣："将士已经疲惫，还是班师吧。"朱棣于是退回北平。后来，燕军在东昌战败，大将张玉战死，朱棣再次退军。当时，朱棣本打算稍作休整，但在道衍和尚的极力劝谏下，继续进军，击败盛庸，攻破西水寨。也是道衍和尚对朱棣进言道："不要去攻打城池，应迅速直取京师。京师兵力单薄，一定能够攻克。"朱棣采纳他的建议，在泗水、灵璧连败南军，从瓜州渡江，兵临城下。《明史·姚广孝传》载："成祖意欲稍休，道衍力趣之。益募勇士，败盛庸，破房昭西水寨。道衍语成祖：'毋下城邑，疾趋京师。京师单弱，势必举。'从之，遂连败诸将于泗河、灵璧，渡江入京师。"道衍和尚话语不多，但往往一语中的，一锤定音，使朱棣以区区燕地一方土地，力敌全国兵马，且最终获胜，自古以来绝无仅有。清代张廷玉盘点检讨这段历史巨变，曾如此感慨道："帝在藩邸，所接皆武人，独道衍定策起兵。及帝转战山东、河北，在军三年，或旋或否，战守机事皆决于道衍。道衍未尝临战阵，然帝用兵有天下，道衍力为多，论功以为第一。"张廷玉尤嫌不足，又评点建文帝与朱棣道："惠帝承太祖遗威余烈，国势初张，仁闻昭宣，众心悦附。成祖奋起方隅，冒不韪以争天下，未尝有万全之计也。乃道衍首赞密谋，发机决策。张玉、朱能之辈戮力行间，转战无前，陨身不顾。于是收劲旅，摧雄师，四年而成帝业。意者天之所兴，群策群力，应时并济。诸人之得为功臣首也，可不谓厚幸哉！"张廷玉口中的"帝"，自然是朱棣。在张廷玉看来，道衍和尚"首赞密谋发机决策"，功劳实在是太大了。道衍和尚大概因此之故，也被称为"妖僧"。

建文四年（1402年）夏，朱棣称帝，是为明成祖。道衍和尚被任命为僧录司左善世。永乐二年（1404年），道衍和尚被拜资善大夫、太子少师，并复姓为姚，赐名广孝。明成祖每次与姚广孝交谈，都称他为少师，而不直呼其名。据说，明成祖曾命姚广孝蓄发还俗，被他拒绝。明成祖又赐他府邸、宫女，道衍和尚也拒不接受，仍旧居住在寺庙之中，上朝时才穿上朝服，退朝后仍换回僧衣。他到苏湖赈灾时，前往长洲，将获赐的黄金全部分发给宗族乡人。此后，明成祖往来于南京、北京之间，并几次征伐蒙古，道衍和尚都留在南京，辅佐太子朱高炽监国。永乐五年（1407年），道衍和尚又奉命教导皇长孙朱瞻基。

道衍和尚还曾负责朱明迁都事宜。他亲自规划了今日的北京城大体布局。在解缙编书不太令朱棣满意之后，道衍和尚又主持了《永乐大典》和《明太祖实录》的编撰，尤其是《永乐大典》，这是他在中国文化历史上的巨大贡献。道衍和尚还担起护教之责，整理了反对排佛的《道余录》，直言批驳程颢、程颐与朱熹，成为佛教史上的一件大事。道衍和尚避开红尘，遁入空门，但并非毫无世俗之情，据说，姚广孝到苏湖赈灾时，曾去看望胞姐，姐姐却闭门不见，他又去拜访故友王宾，遭到拒绝，只是让人传话："和尚误矣，和尚误矣。""复往见姊，姊詈之。广孝惘然。"但王宾病故，已经七十四岁的道衍和尚还是为其写了《王宾传》，以尽故人之责。

永乐十六年（1418年），道衍和尚病重，不能上朝。明成祖数次亲自前往庆寿寺探视，赐金唾壶，并问他有什么要求。道衍和尚道："僧人溥洽被关在牢里已经很久了，希望能够赦免他。"溥洽是建文帝的主录僧。当初，明成祖进入南京，建文帝不知去向，有人说溥洽一定是知情者，朱棣便以他事为由禁锢了溥洽，迄今已经十六年了。朱棣答应了道衍和尚的请求，马上下令释放溥洽。此年三月二十八日，道衍和尚病逝，或称"圆寂"，终年八十四岁。明成祖废朝二日，以僧人的礼制安葬他，追赠其为推诚辅国协谋宣力文臣、特进荣禄大夫、上柱国、荣国公，赐谥恭靖，赐葬于房山县东北，还亲自为他撰写神道碑铭，并授给其养子姚继尚宝少卿的官职。朱棣对道衍和尚的评价，并不完全是虚泛之词官样文章。他说："广孝器宇恢弘，性怀冲澹。初学佛，名道衍，潜心内典，得其阃奥，发挥激昂，广博敷畅，波澜老成，大振宗风，旁通儒术，至诸子百家无不贯穿，故其文章闳严，诗律高简，皆超绝尘世。虽名人魁士，心服其能，每以为不及也……广孝德全始终，行通神明，功存社稷，泽被后世。若斯人者，使其栖栖于草野，不遇其时，以辅佐兴王之运，则亦安得播声光于宇宙，垂功名于竹帛哉。"

永乐二十二年（1424年），对道衍和尚极为尊重的明成祖朱棣在北征途中死于榆木川。太子朱高炽继位，是为明仁宗，也称洪熙皇帝。道衍和尚曾在"靖难之役"中辅佐过他坚守北平，后来又实任太子少师之职，辅佐他留守南京监国。朱高炽继位为帝后，再次对道衍和尚给予表彰。洪熙元年（1425年）三月二十日，朱高炽还为道衍和尚去世七周年亲自撰写祭文，遣其嗣子姚继致祭，盛赞道衍和尚有功于朝，与朱棣"相与合德协谋，定大难，成大功"，又说"朕皇考太宗文皇帝以大圣之德顺天应人，载安宗社，弘靖海宇，茂建太平，亦皆赖卿等同心同力，而永世有赖"，援"古今之通规"，"生则同其富贵，殁则陪其祀享"，复加赠道衍和尚"少师散官勋爵，谥号悉如旧"，并特命将道衍和尚配享明太宗庙庭。配享庙庭，是道衍和尚作为朱棣谋臣的最大荣誉。通观明太祖、太宗开国两朝配享太庙名单中，十六位功勋名臣自中山王徐达以下，皆为出生入死的武将。以文臣位列功臣配享之次者，道衍和尚是当时第一人。

但是到了明宣宗宣德五年（1430年），道衍和尚死去不过十二年，在他九十五周年诞辰之际，《明宣宗实录》中，对他的评价就开始出现了微妙变化，说他"诋讪先儒为君子所鄙"，实际上是对他的《道余录》不以为然，予以贬斥。而到了嘉靖皇帝之时，贬斥道衍和尚的动作就更大了。嘉靖帝把朱棣的庙号由太宗改为成祖，宗变祖，自然是评价升级，迄今成为定论。但嘉靖帝在1530年把道衍和尚从祖庙中迁出而换上了诚意伯刘基，这大概反映出当时的执政当局对道衍和尚的看法评价又进一步大大降低了。不过，大思想家李贽曾这样说过："我国家二百余年以来，休养生息，遂至于今。士安于饱暖，人忘其战争，皆我成祖文皇帝与姚少师之力也。"明清之际的一代大文人顾炎武则把道衍和尚与王阳明相提并论，他这样说道："少师之才，不下于文成，而不能行其说者，少师当道德一，风俗同之日，而文成在世衰道微，邪说之作之时也。"

"一舟如叶布帆轻，风顺潮平自在行。天畔好山看不尽，相逢何用问余生。"道衍和尚，幼名天僖，字斯道，又字独庵，号独庵老人、逃虚子。他的著作主要有《逃虚子诗集》十卷，续集及补遗各一卷，《逃虚类稿》五卷、《道余录》《净土简要录》《佛法不可灭论》及《诸上善人咏》各一卷。道衍和尚的墓塔位于北京房山区常乐寺村北，为八角九级密檐式砖塔，塔前立有明成祖朱棣"敕建姚广孝神道碑"一座，碑立于宣德元年（1426年），须弥座塔基束腰处有雕寿字纹和花卉，精细有致，正面雕假门，侧面雕假窗。正面门楣之上嵌方石一块，其上楷书："太子少师赠荣国恭靖公姚广孝之塔"。塔身清秀挺拔，结构匀称，为九层叠涩檐，各角均悬铜铃，风吹作响，声音悠扬。

"金陵战罢燕都定，仍是癯然老衲师。"道衍和尚年长朱棣二十五岁，他不满于朱元璋，决意与朱元璋较量，看似不自量力，却借助朱棣，风云际会，终于把朱元璋煞费苦心的政治安排弄成了一个大笑话，也使自己成了一位个性鲜明的和尚、空前绝后的和尚、色彩斑斓的和尚、诗律高简的和尚、褒贬不一的和尚。史学家钱大昕曾赋诗评点道衍和尚"好杀共知和尚误，著书赖有故交焚。依然病虎形容在，曾否声名值半文？"道衍和尚最早到天界寺是在 1370 年，对朱元璋心生不满发端于 1375 年的天界寺，下决心则在 1382 年的天界寺，而 1392 年的朱标之死，则使他认定可以与朱棣合作而成大事。他在北上之时，并非信心满满，志得意满，而是心有忧虑绝不回头的满怀苍凉，他有一首七律，大致是当时年将半百、匆匆北上、未知归期何年的一种情感流露："石头城下水茫茫，独上官船去远方。食宿自怜同卫士，衣钵谁笑杂军装。夜深多橹声摇月，晓冷孤桅影带霜。历尽风波难苦际，无愁应只为宾王。"

"可怜千载难言事，都作松风涧水声。"如今的丰富路，凡常街巷，一派烟火家常，早无梵音缭绕。当年这个道衍和尚，自苏州妙智庵，最终在北京庆寿寺，纵横江湖七十年，成就了如此一番惊天动地的大事业。但他真正的坚定执念，矢志不移，却是在南京丰富路上如今已经踪迹全无的天界寺。

景清的借书、刀子与女儿

电视剧《大明风华》，改编自网络小说《六朝纪事》。剧中贯穿始终的人物是两个女子，唤作孙若微与胡善祥。胡善祥又叫曼茵。这两个女人最终都成为朱瞻基的后妃，又分别是朱祁镇与朱祁钰的母亲。有意思的是，这两个女子却原来是亲姊妹，居然都是景清的女儿，是所谓靖难遗孤。景清是谁？景清真的有两个如此传奇的女儿？剧中为何会有景清之女孙若微刺杀朱棣与姚广孝的情节？是完全向壁虚构、捕风捉影？还是事出有因，有点合理想象？且说景清。

据有关文献记载，景清原本姓耿，由于报籍时出错，因此产生讹误。景清约出生于1362年，本是陕西邠州宜禄驿（今长武县芋元乡景家河村）人。他因寄养在陕西真宁县辛庄里寨子村（今甘肃正宁县山河镇）外祖母家中，入真宁籍。景清会试名列第三。殿试之时，又获得第二名，高中榜眼，时在洪武二十七年（1394年）。之后，景清先后在翰林院、都察院工作。洪武三十年（1397年），景清出任左佥都御史。曾因奏疏字误，怀印更改，为给事中所劾，下诏狱。寻宥之。奉诏巡察川、陕私茶，除金华知府。建文帝即位后，景清被任命为北平参议。在北平期间，景清与燕王朱棣多有接触，关系密切，"王尝宴之，清言论明爽，大被称赏"。大致在此阶段，景清与姚广孝有过接触，两人关系究竟如何，语焉未详。景清后被召回南京，恢复原职，继续担任左佥都御史。之后，朱棣在北平起兵，发起"靖难之役"，姚广孝在其中出谋划策，居于首功。景清与其分属两个阵营，彼此已经分道扬镳，自不待言。

朱棣攻入南京，改元称帝。见风使舵者，自然安然无恙。但诸多忠于建文帝的大臣，或被冷落一旁，或被处死。齐泰、方孝孺等，血迹斑斑，震惊天下。据说，景清曾和方孝孺、练子宁等人相约一起殉国，但景清却违背约定，朝秦暮楚，独自跑去巴结逢迎朱棣。朱棣见到景清，自然十分高兴，他当场说道："吾故人也！""厚遇之，仍其官"。

景清此举，引来议论纷然，被一些人视为言而无信、投机取巧的屠岸贾之流。景清复为御史大夫后，受命不辞，虚与委蛇，委曲求全，等待机会，图谋刺杀明成祖，为故主建文帝报仇。据说是1403年8月15日，景清上朝，面见明成祖，因步履反常引起怀疑，加之事先钦天监急奏"文曲犯帝座急，色赤"，明成祖早有提防。朝毕，景清奋扑上前，将要犯驾。明成祖命左右拿下搜身，果然发现景清腰藏短剑。景清见谋刺败露，慨然呵斥："吾为故主报仇耳，可惜不能成事！"他破口大骂："叔夺侄位，如父奸子妻。尔背叛太祖遗命，真乃奸臣贼子，人人得而诛之！"明成祖听言勃然大怒，命令左右打掉景清牙齿，割去景清舌头。景清以血喷龙袍。成祖命令以"磔刑"处死景清，"命剥其皮，草楗之，械系长安门，碎磔其骨肉"。传景清死后，阴魂不散。朱棣出门时，长安门索忽断，景清的人皮"趋前数步，为犯驾状"，朱棣赶紧命人烧掉。之后，朱棣经常做噩梦，"梦清仗剑追绕御座"。朱棣醒后说道："清犹为厉耶！"明成祖于是下诏，"命赤其族，籍其乡"。朱棣实行了惨无人道的"瓜蔓抄"，"转相攀染"，凡景姓族人几乎被斩尽杀绝，还杀了景清的老师、亲戚、朋友、学生，真是尸横遍野，血流成河。景清的外甥刘固、刘国随舅舅在京，闻知舅舅遇难，知在劫难逃，极度悲愤，自刎而死。据称，景清此案"瓜蔓抄"共株连数百人，其状惨不忍睹，堪称"天下奇冤"。景清故居被付之一炬，其村瓦砾遍地，满目疮痍，化为废墟。真宁县官见此惨状，暗示景姓人家隐姓埋名，流亡异地。据说景姓人在高处一站就姓高，在石头上一坐便姓石，方才幸存下几户人家。据考证，今寨子村的高姓及石姓人家，确系景清族人后裔。

　　景清既是一代忠烈，又是传奇人物。因其死惨烈，惊天地泣鬼神，后人对他评价很高，将其与"士为知己者死"的豫让并称。景清故事很多，也多有附会。宣德年间，明宣宗朱瞻基诏告天下编纂实录，为建文帝殉难的方孝孺、练子宁平反昭雪，称其为大明忠臣。真宁县儒学教谕王正考证景清的忠烈事迹，上疏奏请皇上祭祀景清。朝廷下诏追封，谥号忠烈。明朝还在各地儒学为方孝孺、景清建祠纪念。《儒林外史》曾提及："方、景诸公的祠，甚是巍峨。"

景清借书，也很有意思，不妨多啰唆几句。有人说，借书一痴，还书一痴；有人更进一步说，借一痴，借之二痴，索三痴，还四痴。据说刘向偶得一部先秦典籍，视为珍宝。好友稽相如得知后，特来借阅，也对此书爱不释手。为占为己有，稽专门刻一方印，印于书上："嗜书好货，同为一贪，贾藏货贝，儒为此耳。"刘向多次索讨，稽相如始终抵赖不还。此事居然惊动了汉成帝。汉成帝一看此书，也觉不错，便判书充公。刘向与稽相如只好默不作声。晋人杜元凯告诫儿子"有书借人为可嗤"。唐杜暹在自家藏书卷末写道："清俸买来手自校，子孙读之知圣道，鬻及借人为不孝"。《五杂俎》也载有"楼不延客，书不借人"故事。《苌楚斋三笔》载，归有光曾向一名叫魏八者借苏东坡所著两本书，但魏八予以拒绝。归便写信请其长官"代为求之"，魏八惧官，不得不借。景清自小家贫如洗，却聪颖好学，文思敏捷，读书过目成诵。他又酷爱读书，经常废寝忘食，每至饭时，家人几叫不归，乡邻都戏称他为"吃书娃"。《泽山杂记》中有《景清借书》。话说景清风流倜傥，注重气节，考中举人后上京城国子监就学，见一个室友在看一本罕见好书，经多次苦借，对方勉强同意，不过限明日即还。天刚蒙蒙亮，室友就来索讨。景清说：我不知道什么书，也没有向你借过呀。室友气愤不已，向祭酒申诉。景清便拿着书去见祭酒说：这就是我夜里读的书。随即诵读起来。祭酒问申诉的学生，那书是你的，你能不能背一些？那学生不知如何回答，被祭酒斥骂出去。景清也紧随而出，把原先的书奉还给室友说：我看你如此珍爱这本书，才跟你开个玩笑。此一故事原文如此："景清倜傥，尚大节，领乡荐，游国学。

时同舍生有秘书,清求而不与。固请,约明旦即还书。生旦往索。曰:'吾不知何书,亦未假书于汝。'生忿,讼于祭酒。清即持所假书往见,曰:'此清灯窗所业书。'即诵辄卷。祭酒问生,生不能诵一词。祭酒叱生退。清出,即以书还生,曰:'吾以子珍秘太甚,特以此相戏耳。'"《明语林》《庆阳府志》《真宁县志》等均记载了景清的不少轶事。现正宁县还有"景公祠""榜眼坊""景爷庙""明都御史景清墓"遗址。景清故里寨子村还留有"景公讲书台"与他读过书的窑洞"景爷窑"等遗迹。

景清善属文,多已散佚,现在能够见到的有《乞旌母褚氏贞节疏》《褚太安人旌节建坊赠诗》《题真宁县境》等。清朝翁方纲在《景忠壮公墨迹跋》中如此说道:"明建文殉节御史大夫景公事具史传,乾隆四十一年奉诏赐谥忠壮。公之诗文翰札世无知者。此轴行书唐人'太乙近天都'五律一首,后署洪武二十八年乙亥秋日,在其殉节前八年。书格清腴,兼有逸气,信乎日星虹月之照、丹心碧血之垂,非徒翰墨之珍已也。或谓本姓耿,讹作景,然此迹自书姓实是'景'字,印亦同。"此可见公书法人格,亦可见一作耿姓者,未确也。乾隆赐谥忠壮,与一般言忠烈者亦不同,可补缺。

景清是读书人,他的借书故事,成为书林佳话。景清是忠臣,他仿效荆轲,刺杀朱棣,其忠壮,在乾隆皇帝看来,甚至超过方孝孺。他的刀子,却被《六朝纪事》与《大明风华》的编写者们移花接木转嫁给了孙若微这个景清的女儿了。景清被杀,与姚广孝无关。至于说姚广孝能替方孝孺说话,却为何不为景清求情,这就有点为难苛求道衍和尚了。姚广孝为了给溥洽和尚一线生机，还要等到自己即将别离红尘之时。景清刺杀之举，他还怎敢说话？景清即使有女，要侥幸存活人世，只能是一种良好愿望而已，残毒缜密如朱家父子，斩草除根之时，岂能让他的子女苟活？朱棣与建文帝会晤鸡鸣寺，孙若微身为靖难遗孤而忘记初心为其穿针引线，影视创作者的想象力的确丰富，此后她砍断悬索弄死姚广孝，更是近乎天方夜谭了。

铁铉的女儿卓敬的死

电视剧《大明风华》虚构了靖难之役后被诛族者景清的两个女儿,居然先后成为朱瞻基的后妃。景清是否有女儿,姑且不谈,而名气很大、被诛杀之惨烈不亚于景清的铁铉倒真是有两个女儿,这两个女儿后来都嫁给了"士人"。铁铉与卓敬都是读书人呢,卓敬还是榜眼。

建文皇帝与燕王朱棣,所谓靖难之役、叔侄之争,都是朱元璋的政治安排所致。朱元璋过于自信,他处心积虑、千方百计,自以为诛杀处置了如此之多的功臣名将,朱家自己人有基因血缘,还不能有话好好说?不是说自己的子弟比较靠得住嘛。殊不知,在他1398年一命呜呼后,朱允炆即位,也就是建文帝,就与朱棣开始了激烈较量,他们当然都抬出了朱元璋所谓先帝这个大招牌与幌子,可过程仍是血雨腥风,你死我活。经过近四年的较量,朱棣成为永乐帝、明太宗,建文帝则下落不明,迄今成谜。

铁铉的女儿卓敬的死

一朝天子一朝臣。朱棣上位,诸多朱明臣子自然要选边站队,纷纷表态,重新适应。聪明如杨士奇、解缙等得到重用,前朝勋贵有的沉默苟且,待遇得以保留,靖难之役中的张玉、朱能、郭真等人才得以褒扬,道衍和尚更是备受瞩目礼遇有加,虽然他自己还算低调谦抑。而方孝孺、齐泰、黄子澄、练子宁、盛庸、景清等壮烈而死。当然,被朱棣父子处理诛杀之人,不知凡几,仅史载有名有姓的就有二十六人。且说铁铉与卓敬。

铁铉出生于 1366 年,此后两年,朱元璋开国,他基本上算是长在朱元璋的红旗下,红巾军,又称红军,朱元璋用过这个幌子。红巾包头,颜色很鲜艳醒目呢!铁铉,字鼎石,河南邓州人,据说是元朝色目人后裔。铁铉性情刚决,聪明敏捷。他在太学读书时,熟通经史,成绩卓著,由国子生被选授为礼部给事中,后调任都督府断事。他曾经审理悬而未决的案件,立刻就做出了合理的判决,其才干深得明太祖朱元璋器重。建文帝即位后,铁铉升任山东参政。《明史》载:"铁铉,邓人。洪武中,由国子生授礼科给事中,调都督府断事。尝讞疑狱,立白。太祖喜,字之曰'鼎石'。"

1399 年,靖难之役爆发。朱允炆派大将军李景隆讨伐燕军,时任山东参政的铁铉负责督运粮饷。李景隆战败,河北及山东北部各城守军皆望风而溃。次年四月,朱棣在济南城外大败李景隆,包围济南。此时,济南城内只有都指挥盛庸所部,兵力单薄。危急时刻,正在外地为李景隆的北伐军运送粮草的铁铉闻济南危在旦夕,火速赶来,与盛庸歃血为盟,约定死守城池。

1400 年 6 月 8 日,燕王叛军兵临济南城下。朱棣曾令人用箭将一封劝降书射进城内，铁铉见信后随即效仿此法回信一封。朱棣打开一看，却是《周公辅成王论》一文。原来，铁铉意欲借此奉劝朱棣要效法辅佐侄子治理天下的周公，忠心辅佐侄子朱允炆。朱棣见劝降不成，遂下令攻城。铁铉督众，矢志固守，致使朱棣久攻不下。朱棣围攻济南三月不克，便阴谋掘开黄河大堤，引黄河水灌注城池，淹没济南。为济南百姓安危计，铁铉决定以诈降之计，诱杀朱棣。他派壮士暗中在城门上置放千斤闸，又让守城士卒大哭哀号"济南城快被淹了，我们就要死了"。铁铉尽撤楼橹防具，派城中百姓长者代替守城军做使者，到燕王大营跪伏请降："朝中有奸臣进谗，才使得大王您冒危险出生入死奋战。您是高皇帝亲儿子，我辈皆是高皇帝臣民，一直想向大王您投降。但我们济南人不习兵革，见大军压境，生怕被军士杀害。敬请大王退师十里，单骑入城，我们恭迎大驾！"燕王朱棣不知是计，闻言大喜。朱棣出征数日，燕兵疲极，若济南城降，即可割断南北，占有整个中原。朱棣忙令军士移营后退，自己高骑骏马，大张黄罗伞盖，只带数骑护卫，过护城河桥，径自西门入城受降。城门大开，守城明军都齐聚于城墙上往下观瞧。燕王朱棣刚进城门，众士卒高呼"千岁到"，预先置于门拱上的铁闸轰然而落，旋即砸烂朱棣的马头，方知中计的朱棣换马急返，方得幸免一死。

朱棣大怒，再以重兵围城。铁铉伏在城头，大骂朱棣是反贼逆子。朱棣用数门大炮轰击城内，城将破，铁铉急将朱元璋画像悬挂城头，又亲自书写大批朱元璋神主灵牌，分置垛口，燕军不便开炮，济南城得以保全。相持之间，铁铉又募壮士，出奇兵，骚扰袭击燕兵。"燕王愤甚，计无所出"。姚广孝向朱棣进言，回北平再图后举。燕军遂于九月四日解围而去，从此南伐不敢再取道济南。《明史·铁铉传》有如是记载："李景隆之北伐也，铉督饷无乏。景隆兵败白沟河，单骑走德州，城戍皆望风溃。铉与参军高巍感奋涕泣，自临邑趋济南，偕盛庸、宋参军等誓以死守。燕兵攻德州，景隆走依铉。德州陷，燕兵收其储蓄百余万，势益张。遂攻济南，景隆复大败，南奔。铉与庸等乘城守御。燕兵堤水灌城，筑长围，昼夜攻击。铉以计焚其攻具，间出兵奋击。又遣千人出城诈降。燕王大喜，军中皆欢呼。铉伏壮士城上，候王入，下铁板击之。别设伏、断桥。既而失约，王未入城板骤下。王惊走，伏发，桥仓卒不可断，王鞭马驰去。愤甚，百计进攻。凡三阅月，卒固守不能下。当是时，平安统兵二十万，将复德州，以绝燕饷道。燕王惧，解围北归。"

铁铉又与大将军盛庸合兵，乘胜追击，收复德州诸县，兵威大振。济南解围之后，铁铉在大明湖天心水面亭设宴，犒赏将士。朱允炆遣官赐金慰劳济南守军，又擢铁铉为山东布政使，不久，又为之加兵部尚书衔，赞理军务协助盛庸北伐燕军。得以免受战火的泉城百姓因此而称铁铉为"城神"。《明史》载："燕王自起兵以来，攻真定二日不下，即舍去。独以得济南，断南北道，即画疆守，金陵不难图。故乘大破景隆之锐，尽力以攻，期于必拔，而竟为铉等所挫。帝闻大悦，遣官慰劳，赐金币，封其三世。铉入谢，赐宴。凡所建白皆采纳。擢山东布政使。寻进兵部尚书。以盛庸代景隆为平燕将军，命铉参其军务。是年冬，庸大败燕王于东昌，斩其大将张玉。燕王奔还北平。自燕兵犯顺，南北日寻干戈，而王师克捷，未有如东昌者。自是燕兵南下由徐、沛，不敢复道山东。"

1402年，燕军进攻山东，绕过守卫严密的济南，破东阿、汶上、邹县，直至沛县、徐州，向南直进，在灵璧大败明军后，又突破淮河防线，最终攻占京师，建文帝下落不明，朱棣自立为帝，改年号永乐。朱棣夺取帝位之后，回兵北上复攻济南，并在河北一带大肆屠杀百姓。铁铉死守济南不肯投降，但终因寡不敌众，城池陷落。朱棣又设伏兵计擒铁铉，铁铉在淮南被俘，被押送京师南京。《明史》载："比燕兵渐逼，帝命辽东总兵官杨文将所部十万与铉合，绝燕后。文师至直沽，为燕将宋贵等所败，无一至济南者。四年四月，燕军南缀王师于小河，铉与诸将时有斩获。连战至灵璧，平安等师溃被擒。既而庸亦败绩。燕兵渡江，铉屯淮上，兵亦溃。燕王即皇帝位，执之至。反背坐廷中嫚骂，令其一回顾，终不可，遂磔于市。"据说，铁铉见到朱棣之时，骂不绝口，立而不跪。朱棣还讥笑铁铉要自己做周公，铁铉反唇相讥："成王安在？"朱棣使其面北一顾，终不可得。愤怒的朱棣令人割下铁铉的耳朵、鼻子，煮熟后塞入他口中，问他滋味如何？铁铉厉声说忠臣孝子的肉有什么不好吃？铁铉仍不屈服，遂受磔刑而死。蔡东藩《明史演义》道："燕王强令一顾，终不可得，乃命人将他耳鼻割下，蒸肉令熟，纳入铉口，并问肉味甘否？自古无此刑法。铉大声道：'忠臣孝子的肉，有何不甘？'燕王益怒，喝令寸磔廷中。"当时朱棣吩咐左右，架起油锅，油炸铁铉，大殿上顿时充满了焦煳气。朱棣怒道：活着叫你朝拜我，你不肯，炸成骨头灰你也得朝拜我！太监急忙把铁铉的骨架用铁棒夹着令其转身，没承想此时油锅里一声爆响，热油从锅里飞溅出来，直烫得太监们嗷嗷乱叫，铁铉的骨架硬是没有转身。蔡东藩有小说家言，对此描述，颇为传神："铉至死犹骂不绝口，燕王复令人舁镬至殿，熬油数斗，投入铉尸，顷刻成炭。导使朝上，尸终反身向外。嗣命人用铁棒十余，夹住残骸，令他北面，且笑道：'你今亦来朝我么？'一语未完，镬中热油沸起，飞溅丈余，烫伤左右手足。"

铁铉遇害，方才三十七岁，其父母被发配到海南。《明史》载："子福安，戍河池。父仲名，年八十三，母薛，并安置海南。"《奉天刑赏录》有载：永乐十一年正月十一日，教坊司于右顺门口里奏：齐泰姊及两个外甥媳妇，又黄子澄妹，四个妇人，每一日一夜，二十余条汉子看守着，年少的都有身孕，节除夜生了个小龟子，又有三岁女儿，奏请圣旨。奉钦：依由他。小的长到大便是摇钱的树儿。毛大芳妻张氏年五十六，病故，教坊司安政于奉天门奏。奉圣旨：吩咐上元县抬出门去，着狗吃了。钦此。铁铉还有两个女儿，在铁铉被处决后同被交付教坊司。侥幸的是，两个女儿终究没有受辱，过了很久，铁铉同僚把这件事情报告给朱棣。朱棣说："她们竟然不屈服吗？"于是赦免了她们，都许配给读书人。《明史纪事本末》载其事：妻杨氏并儿女发教坊司，杨氏病死，二女终不受辱，久之，铉同官以闻，文皇曰："渠竟不屈耶？"乃赦出，皆适士人。

河南偃师有一铁村，其居民据说多是铁铉后裔，其铁氏祖茔碑文记载，铁铉遇害后，其生前好友马、李二位，将其十一岁的长子福安隐匿于马家更名易姓。明仁宗执政期间，降下赦文诏书，铁福安才迁居到偃师魏家寨，娶周氏为妻，生子衍孙，后又居铁窑，因两姓纷争，又移居现在的铁村，并以铉祖临难，家人分散为戒，始称汉族。铁铉次子才六岁的铁福书为避难逃至关外辽宁沈阳，繁衍子孙数代，仍以回族称之。铁氏宗族，今居河南、陕西、安徽、山东、辽宁、湖南、青海、新疆、宁夏、云南、台湾等地，分支者回、汉世家各异。有一浙江省委原书记名叫铁瑛，是河南南乐人，他本来姓任，不知与铁铉有瓜葛否？画家铁扬，是河北赵县人，他的女儿名字叫铁凝。

朱棣虽然痛恨铁铉，但每每激赏他的忠义，还对群臣称赞过他。查继佐《罪惟录》称朱棣"对群臣言，每称铉忠"。明神宗初年，下诏"祀建文朝尽节诸臣于乡"，修铁铉等七位建文忠臣之庙。短命的南明弘光帝，追赠铁铉为太保，谥忠襄，清高宗追谥曰忠定。《明史》比较耿炳文、李景隆与铁铉，充满遗憾之慨："燕师之南向也，连败二大将，其锋盖不可当。铁铉以书生竭力抗御于齐、鲁之间，屡挫燕众。设与耿、李易地而处，天下事固未可知矣。张昺、谢贵、葛诚图燕于肘腋，而事不就。宋忠、马宣东西继败，瞿能诸将垂胜战亡，燕兵卒得长驱南下。而姚善、陈彦回之属，欲以郡邑之甲奋拒于大势已去之后，此黄钺所谓'兵至江南，御之无及'者也。"晚明名臣黄道周高度称赞铁铉："铁公名铉，忠瘁英英。督饷不乏，收恤溃兵。婴城自矢，礮烁倾横。幅布外张，缮筑完城。密诱入彀，将次功成。误中马首，脱易跃行。进攻益急，牌悬息征。休养待劳，东昌捷赢。天心何有，势失孤鸣。割燕问甘，忠何惧烹。芳名千古，虽死亦生。"乾隆帝也曾提到过景清与铁铉："其他若景清、铁铉等，或慷慨捐躯,或从容就义,虽致命不同而志节凛然,皆可谓克明大义。"

1792年,即乾隆五十七年,龚自珍出生之年,山东盐运使阿林保在济南大明湖畔北岸修建铁公祠,祀铁铉。清代剧作家来集之写有《铁氏女》,又名《侠女新声》。刘鹗的《老残游记》有描写在铁公祠观千佛山倒影的情节。

再说卓敬。卓敬比铁铉大近十八岁,大致出生在1348年,字惟恭,浙江瑞安人,天资聪颖,一目十行,过目不忘。七岁时,有相士言:"此奇儿也,惜血不华色耳"。他十五岁时读书于宝香山。传某次,卓敬夜归风雨迷路,得一牛骑归,事后才发现是一只老虎。1388年,明洪武二十一年,卓敬在不惑之年以一甲二名进士及第,也就是榜眼公,被任命为户科给事中。他为人耿直,不避权势。当时朱明虽然开国已经二十载,但不少制度仍不完备,诸王的服饰、车马都模仿太子。卓敬乘机向朱元璋建议道:"京城为天下效仿。陛下对诸王如不趁早分辨等级、威严,而使他们的服饰与太子相同,从而嫡庶相乱,尊卑无序,何以令天下?"朱元璋说:"你说得对,朕还没有考虑到此。"因而更加器重他。他日与同僚觐见,恰好八十一人,太祖命他们改称元士。随即以六科为政事本源,又改称源士。卓敬此后历任宗人府经历、户部侍郎。

建文初年,即1399年,卓敬秘密上疏给朱允炆说:"燕王智谋绝伦,并有雄才大略,酷似高皇帝。北平地势优越,兵精马壮,金、元即由此兴起。现在应当将他改封南昌,万一有变,也容易控制。事情即将萌发而未行动,那是由于时机未到,而考虑可以行动的时间则要依据形势。形势还未成熟时便不能做出决断,而时机还未明朗便不能给予明察。"上奏到达朝廷,第二天皇上召问卓敬。卓敬叩首道:"微臣所言乃天下至计,愿陛下明察。"但是此事竟被搁置不提。《明史》载:"建文初,敬密疏言:'燕王智虑绝伦,雄才大略,酷类高帝。北平形胜地,士马精强,金、元年由兴。今宜徙封南昌,万一有变,亦易控制。夫将萌而未动者,几也;量时而可为者,势也。势非至刚莫能断,几非至明莫能察。'奏入,翌日召问。敬叩首曰:'臣所言天下至计,愿陛下察之。'事竟寝。"

建文四年(1402年),燕王朱棣以清君侧为名举兵,发起靖难之役。他攻入南京后杀兵部尚书齐泰、太常寺卿黄子澄、文学博士方孝孺等,卓敬亦被逮捕。朱棣指责他曾建议改封,离间骨肉之情。卓敬厉声说道:"可惜先帝没有采纳我的建议。"朱棣十分生气,但仍怜惜卓敬的才能,下令将他下狱,派人以管仲、魏徵之事相劝。据传,朱棣曾说:国家养士三十年,惟得一卓敬。卓敬流着泪说道:"身为人臣,只有以死相报。先皇帝曾无过失,忽然被横行篡夺,我恨不得立即死去,到地下去见先皇,你还想让我为你效力吗?"朱棣还是不忍杀他。姚广孝以前与卓敬有隔阂,便进劝皇上:"卓敬之言如果真的被采用,皇上难道还会有今日吗?"朱棣这才决心处死卓敬,并灭其三族。《明史·卓敬传》载:"燕王即位,被执,责以建议徙燕,离间骨肉。敬厉声曰:'惜先帝不用敬言耳!'帝怒,犹怜其才,命系狱,使人讽以管仲、魏徵事。敬泣曰:'人臣委贽,有死无二。先皇帝曾无过举,一旦横行篡夺,恨不即死见故君地下,乃更欲臣我耶?'

帝犹不忍杀。姚广孝故与敬有隙,进曰:'敬言诚见用,上宁有今日。'乃斩之,诛其三族。"姚广孝为方孝孺说话,却为何要落井下石要朱棣处死卓敬?姚广孝比卓敬大十三岁,一直是方外之人,两人并无多少交集,隔阂产生于何时呢?

卓敬少时聪颖绝伦,博学多才,诗词宏丽,文章奇拔磊落,《明史》称赞他:"敬立朝慷慨,美丰姿,善谈论,凡天官、舆地、律历、兵刑诸家,无不博究。"卓敬遗著有《性理发明》等。明末李维樾、林增志编其文集《忠贞录》。卓氏宗谱《记迁居事绩》载:"予族祖自卓峿徙居沧州……当夷族之难,余与妇适归宁于陈。闻变,遂奔窜于外,仅以身脱。已而潜归沧州,询知宗族鲜有存者。乡父老谓余曰:'君阖门遇害,幸而在外,如获全生,是以天不绝于忠义也……'余闻言洒泣,变姓名为章本,字惟一……于是深自韬晦,遍历山陬穷谷,路访族人消息,莫知踪迹。到三港(瑞安高楼),一日晚,求宿于兴福事,见道人数辈,乃有二兄列其间,三人相顾俱骇……仍以章……兄定居于大金山麓……"卓敬故居位于瑞安翠华门古城墙内。有一六角翘檐亭,亭额上有匾"御碑亭",仿木构件,柱子构件上的油漆,多已剥落。御碑亭中还有"明卓忠贞公故里"石碑,是明万历年间浙江督学金事陈大绶所立。宣德年间翰林院编修刘球为卓敬作传,私谥忠贞。万历年初,朝廷采纳御史屠叔方建议,为卓敬修墓建祠。

卓敬与铁铉相比,是前辈,是榜眼公,但他的建议不被建文帝采纳,令人遗憾。铁铉是书生掌兵,居然与盛庸一道,给朱棣造成很大麻烦,远比耿炳文、李景隆能干。而李景隆这个李文忠的儿子简直是成事不足败事有余，此后表现，令人齿冷，不说也罢。据谈迁《国榷》载，铁铉在济南打败朱棣之后，有一人名宋征，曾建议铁铉乘朱棣不在北平，袭击其后营总部。此建议大致与姚广孝的建议朱棣奔袭南京性质相同，只可惜铁铉虽然认为此建议不错但担心部队供给不足而犹豫不决，最终还是放弃了，历史往往也是在必然中存在偶然。

门东已无膺福街?

南京城南老门东,自马道街西段往南,有一长乐渡,此处本叫英府路,后被李鸿章以膺祥得福而改为膺福路。为何有此名称?是因为明初的张玉张辅父子曾在此居住,而张辅被封英国公因而被称作英府路。有一电视剧《大明风华》,剧中杨士奇、樊忠戏份很足,尤其是朱棣在榆木川弥留之际,竟然因为托付杨士奇是辅佐朱高炽父子还是改为辅佐汉王朱高煦而犹豫不决。土木堡之变,死前整死大太监王振也最终愤然而死的则是樊忠。实际上,这真是张冠李戴了,此两件大事件真正的主角之一是张辅。且说张玉张辅父子。

先说张玉。张玉出生在1343年,字世美,河南祥符人。张玉早年曾出仕元朝,官至枢密院知院。元亡后,他随元顺帝逃亡漠北,洪武十八年(1385年)归附明朝,此时的张玉已过不惑之年,朱明也已开国十七载了。《明史》对此事惜墨如金,记述简洁:玉仕元为枢密知院。元亡,从走漠北。洪武十八年来归。洪武二十一年（1388年），张玉参加捕鱼儿海战役，因功授为济南卫副千户，后升任安庆卫指挥佥事。洪武二十三年（1390年），张玉又随蓝玉征讨远顺、散毛诸洞。洪武二十四年（1391年），张玉驱逐犯境元军，一直追击到鸦寒山，后被调往燕山左护卫，仍任指挥佥事，隶属燕王朱棣麾下，此年朱棣，刚过而立之年，伴随着1392年太子朱标之死，朱棣的想法就纷纭灵动活泛起来了。洪武二十六年（1393年），张玉随朱棣出塞征战，攻至黑松林。洪武二十七年（1394年），张玉又随朱棣征战野人诸部。他作战骁勇，足智多谋，在燕军诸将中，逐渐受到朱棣器重，"张玉善谋，朱能善战"，被朱棣倚为左右手。

1398年，朱元璋死，建文帝即位。建文元年（1399年），朱棣以清君侧之名发动靖难之役。张玉率兵夺取北平九门，在三日内控制北平全城。都指挥使马宣败走蓟州，并不罢休，欲复夺北平。朱棣采用张玉之计，命朱能突袭蓟州，杀死马宣，迫降遵化守军。张玉又夺取永平、密云，以此二卫精锐充实燕军，得以升任都指挥佥事。建文帝调集三十万兵马征讨北平，以长兴侯耿炳文为主帅。耿炳文命徐凯驻军河间，命潘忠、杨松驻军鄚州，他亲率大军屯于真定。张玉担任燕军先锋，趁南军庆贺中秋之时，袭破雄县，尔后在月漾桥设伏，生擒前来援救的潘忠、杨松，乘胜夺取鄚州。他随即又率轻骑窥探真定军营，返回后对朱棣道："南军纪律涣散，应当迅速进击真定。"朱棣遂率军西进，在无极召集众将，谋议战略。当时诸将都认为南军兵马强盛，建议驻军新乐。张玉却道："南军兵马虽多，但都是新兵。我军乘胜直趋真定，必能破城。"朱棣采纳张玉之议。《明史》载："诸将以南军盛,请屯新乐。玉曰:'彼虽众,皆新集。我军乘胜径趋真定,破之必矣。'成祖喜曰:'吾倚玉足济大事!'"是月二十五日,燕军在真定之战中大破耿炳文,俘获其左右副将军李坚、甯忠以及都督顾成等人,斩首三万级。不久,张玉又击败安陆侯吴杰,燕军军威大振。

建文元年九月,曹国公李景隆继任南军主帅,率部进驻河间,准备攻打北平。江阴侯吴高则率辽东军围攻永平。朱棣与张玉定下战略,决定先集中兵力援救永平,而后再回救北平。吴高闻听燕军来援,撤围而逃。张玉率轻骑追击,俘斩甚众。朱棣又听从张玉建议,北上袭取大宁,以解后顾之忧。张玉随军前往,在两个时辰之内攻破大宁,斩杀都指挥朱鉴,擒获都指挥房宽。朱棣收编宁王朱权所部兵马,实力大增。朱棣闻听李景隆围困北平,遂回师救援,在会州途中整编军队。他将燕军分编为中前后左右五军,以张玉统领中军。燕军在郑村坝之战中击败李景隆,趁胜抵达北平城下。北平守军也鼓噪杀出,内外夹攻,大破南军。

建文二年(1400年),15世纪的第一年,张玉随朱棣攻破广昌、蔚州、大同。李景隆收集军队,准备再攻北平。兵贵神速,张玉率部驰奔白沟河,以逸待劳,再次大败李景隆。张玉夺取德州,追击南军至济南。但围城三月,始终不能破城,最终只得撤军。张玉再破沧州,擒获守将徐凯。同年十二月(1401年1月),燕军进攻东昌,与历城侯盛庸相遇。当时,盛庸背城列阵,气势逼人。朱棣率军冲击南军左翼,后又冲其中坚,陷入盛庸重重包围之中。张玉、朱能率部相救。朱棣与朱能会合后,乘机突围而出。张玉不知朱棣已被救出,仍在阵中冲杀,最终伤重力竭而死,时年五十八岁。

燕军自起兵靖难,转战三年,兵锋极锐,张玉是首位战死的大将,以致三军为之夺气。张玉之死,影响巨大。《明史·张玉传》有如是记载:"进攻东昌,与盛庸军遇。成祖以数十骑绕出其后。庸围之数重,成祖奋击得出。玉不知成祖所在,突入阵中力战,格杀数十人,被创死。年五十八。"《明史·盛庸传》对此也有大同小异的记述:庸引兵屯东昌以邀之,背城而阵。燕王帅兵直前薄庸军左翼,不动。复冲中坚,庸开阵纵王入,围之数重。燕将朱能帅番骑来救,王乘间突围出。而燕军为火器所伤甚众,大将张玉死于阵。燕军退回北平后,诸将叩头请罪。朱棣道:"胜败乃兵家常事,不足为虑,只可惜在如此艰难之际,失去张玉这样的良辅。"他泪流不止,诸将尽皆哭泣。朱棣铁石心肠,居然能为张玉之死而流泪,足见张玉在燕军之中的确举足轻重。《明史·张玉传》载:"燕兵起,转斗三年,锋锐甚。至是失大将,一军夺气。师还北平,诸将叩头请罪。成祖曰:'胜负常事,不足计,恨失玉耳。艰难之际,失吾良辅。'因泣下不能止,诸将皆泣。其后谭渊没于夹河,王真没于泗河,虽悼惜,不如玉也。"

建文四年(1402年)夏,朱棣攻入南京,即位为帝,是为明成祖,追赠张玉为都指挥同知。朱棣认为,张玉才备智勇,论靖难功当第一。同年九月,张玉又被追赠为奉天靖难推诚宣力武臣,特进荣禄大夫、右柱国、荣国公,谥号忠显。洪熙帝朱高炽也认为"张玉识见谋略,卓然老成,非诸将所及,且端方匡直之益,诚难得也。""太宗文皇帝以大圣之德,顺天应人,载安宗社,亦赖卿等秉义怀忠,一心为国,奉天靖难之际,发谋奋勇,百战前当,斩将搴旗,所向风靡。暨大功垂成,挺身陷阵,惟义所在,视死如归,忠精贯于日星,功烈扬于竹帛。"洪熙元年(1425年)春,张玉被加封为河间王,改谥忠武,与东平王朱能、金乡侯王真、荣国公姚广孝一同附祭于成祖庙廷。和张玉同朝为臣的大学士杨士奇对战死的这位同事评价也很正面:"王为人庄重果毅,涉猎书史,明其大义,而识虑高远,治家礼法秩然,奉命行师,纪律严肃,与士卒同甘苦,未尝妄戮一人,每语麾下曰:'为将当溅血战袍,流芳汗简。'盖其殉国之志素定,古名将何过焉!"

张玉有三个儿子,除了长子张辅,次子张𬭎,初授神策卫指挥使,官至中军都督府右都督、太子太保,封文安伯,追封文安侯。三子张𰋁,初授锦衣卫指挥佥事,官至前军都督府右都督,封太平侯,追赠裕国公。其一女是明成祖贵妃,谥号昭懿。《河间忠武王张公神道碑铭》载:张玉"配王氏,枢密院判执中之女,累封王夫人""女一,永乐中册为贵妃"。张辅子孙世代传袭,共历八世九代,至明亡而绝。张辅的两个弟弟为何如此地位高崇,封公封侯?却原来,他们支持英宗复辟,才得以被投桃报李,门第鼎盛。

再细说张辅。张辅,字文弼,他早年随父参加靖难之役,任指挥同知。建文二年十二月(1401年1月),张玉在东昌之战中战死后,张辅继承父亲的职位,随朱棣在夹河、藁城、彰德、灵璧等地继续作战,战功赫赫。建文四年(1402年)夏,张辅随朱棣攻入南京，升任都指挥同知。九月，朱棣大赏靖难功臣，张辅被封为奉天翊卫宣力武臣、特进荣禄大夫、柱国、信安伯，食禄一千石，给予世袭诰券，另赏钞、银、彩币等物。永乐三年（1405年），朱棣询问淇国公丘福、成国公朱能，众人对靖难功臣封赏是否有异议。丘、朱认为张辅父子功勋卓著，不能因为是外戚就不能赏赐。朱棣于是在此年十一月下诏进封张辅为奉天靖难推诚宣力武臣、特进荣禄大夫、柱国、新城侯，加岁禄至一千五百石，"杂犯死罪已免二死，子免一死"。《明史》载："妹为帝妃。丘福、朱能言辅父子功俱高，不可以私亲故薄其赏。"

建文元年（1400年），安南陈朝外戚黎季犛篡位，改国号为大虞即胡朝，其后自称太上皇，立其子黎苍为帝。永乐二年（1404年），黎季犛宣称陈朝皇室绝灭，自己以外甥身份被群臣推戴为帝，向朱棣请求册封，被封为安南国王。同年，自称原安南国王之孙的陈天平从老挝来到南京，黎季犛假装请他回国。永乐四年（1406年），朱棣派都督黄中率五千士卒护送陈天平回返，前大理寺卿薛岩担任副手。黎季犛在芹站埋伏军队，杀死陈天平，薛岩也被诛杀。朱棣大怒，同年九月命朱能为征夷将军，张辅为右副将军，率领丰城侯李彬等十八位将军，会同左副将军、西平侯沐晟分道进讨安南。十月，朱能病逝军中，张辅接替他统领部众。张辅从凭祥越过坡垒关，望祭安南境内山川，发布檄文历数黎季犛二十条罪状。张辅攻破隘益、鸡陵二关，取道芹站，击走安南伏兵，抵达新福。沐晟部队也从云南到来，扎营于白鹤。安南有东、西两都，依宣、洮、沲、富良四江为险，安南军沿江南北两岸立栅，把船集中于江中，在多邦隘筑城，城栅桥舰相连九百余里，欲据险固守，以疲惫明军。

张辅从新福移驻三带州，制造船舰，准备攻隘。此时，朱棣敕令中以岐阳王李文忠接替开平王常遇春的事情来比喻现状，激励张辅，要求他在冬季瘴疠未兴之时，及时灭贼。张辅进军到富良江北扎营，派骠骑将军朱荣在嘉林江击破敌军，与沐晟合军进攻多邦城。他令都督黄中等率敢死之士，每人持火炬铜角，在夜间四鼓时分，越过重壕，以云梯登城。都指挥蔡福先登，士卒们纷纷蚁附而上，号角齐鸣，万炬齐举，城下军队呐喊而进，攻进城中。安南军驱象迎战，张辅用狮子画布蒙在马上冲击，再补以神机火器，大象恐惧，返身退走，安南军溃败。明军进而攻克东都，安抚官民和归附者，归顺者每天数以万计。张辅派别将李彬、陈旭攻取西都，又分兵击破安南援军。黎季犛焚烧宫室仓库后逃到海上，三江州县，望风而降。

永乐五年（1407年）春，张辅派清远伯王友等人渡过注江，攻破筹江、困枚、万劫、普赖。安南将领胡杜聚船盘滩江上，张辅派降将陈封袭击，夺取其船只，东潮、谅江等府州得以平定。安南军由富良江进兵，张辅和沐晟夹岸迎战，柳升等人率领舟师横击，大破安南军。五月，张辅等到达奇罗海口，抓获黎季犛和他的儿子黎苍，以及黎氏所立的太子、诸王、将相大臣等人，用槛车将其送入京师，安南得以平定。朝廷访求陈朝皇室后代未果，便设交趾布政司，将其土地内属于朝廷。自李唐被五代十国搅扰败亡以来，交趾独立已达四百余年，至此又重新收入中华版图。朱棣为此诏告天下，诸王和百官奉表祝贺。永乐六年（1408年）夏，张辅整军回到京师南京，朱棣论功行赏，在奉天殿赐宴招待，并赋写《平安南歌》。七月七日，朱棣下诏进封张辅为奉天靖难推诚宣力武臣、特进荣禄大夫、右柱国、英国公，岁禄三千石，给予世袭诰券；另赐冠服，赏白金、钞、彩币等物。

张辅回师不久，安南陈氏旧臣简定又举旗叛乱。朱棣命沐晟征讨，沐晟在生厥江战败。永乐七年（1409年）春，朱棣又命张辅佩征虏将军印，前往征讨。当时简定已经僭称太上皇，另立陈季扩为帝，势力很大，对抗朱明。张辅就叱览山伐木造船，集聚力量，推进到慈廉州，攻破喝门江，攻克广威州孔目栅。张辅在咸子关遇上陈军，陈军有船六百余艘，保卫江东南岸。张辅率陈旭等人用划船迎战，乘风纵火，将其船只全部夺取，大破陈军。陈季扩此时自称是陈氏后代，派使者要求袭封王位。张辅说："先前遍找陈王后人，无人响应，现在却来欺骗我们。我奉命讨贼，不知其他。"张辅派朱荣、蔡福等人以步骑兵先行，自己率领舟师随后进军。从黄江到神投海，会师清化，再分路进入磊江，在美良山中抓获简定，把他押送京师南京，朝野额手称庆，大快人心。

永乐八年（1410年）正月，张辅进攻陈军余党，大获全胜，陈季扩侥幸逃脱。朱棣留下沐晟继续讨伐，召张辅班师。张辅在兴和拜见朱棣，受命到宣府、万全练兵，督师北征。当时，陈季扩虽然请求投降，但并无悔改之心，他趁张辅回师之际，又率军攻掠如故，沐晟无法控制局势，安南再度形势吃紧。永乐九年（1411年）正月，朱棣仍命张辅和沐晟协同进讨。张辅到后申明军令，都督黄中素来骄纵，违抗命令。张辅便把他斩首以服众。同年七月，张辅在月常江击破陈军将领阮景异，缴获船只百余艘，生擒陈军元帅邓宗稷等人。永乐十年（1412年）八月，张辅在神投海攻击陈军。陈军有船只四百余艘，颇为精锐。两军对垒，殊死力战，明军终于获胜，进到乂安府扎营。永乐十一年（1413年）冬，张辅与沐晟会师顺州，在爱子江与陈军交战。裨将杨鸿、韩广、薛聚等人乘势进兵，矢落如雨，陈军大败。永乐十二年（1414年）正月，张辅到达政平州，将阮景异、邓容等人全部擒获。陈季扩逃到老挝，终被张辅抓住，绑送京师南京，叛乱再次平息。张辅依照国家制度，将占城国的土地，分设升、华、思、乂四州，增设卫所，留下部队驻守而还。

永乐十三年（1415年）春，张辅抵京，旋即被任命为交趾总兵官，前往镇守，而残余的陈军势力陈月湖等人又作乱不已。张辅又将他们一一讨平。次年冬，张辅被召回。据越南有关史书记载，张辅被宦官马骐弹劾，引起朱棣怀疑，故被召还，改派李彬代守交趾。张辅四征交趾，前后建置州县以及增设驿传递运，规划全面，处置得当。张辅一离开，黎利又叛乱生事，朝廷又多次遣将征讨，都不能将其彻底消灭。

永乐二十年（1422年）二月，朱棣命张辅等商议北征粮运事宜。张辅等认为应分为前、后两队运输，前队随大军出发，后队作为后援。永乐二十一年（1423年）七月，朱棣获悉鞑靼首领阿鲁台再次率部滋扰明朝边境，开始部署诸军北征。张辅与武安侯郑亨、成国公朱勇、成山侯王通率左、右军，随征阿鲁台。

永乐二十二年（1424年）春，朱棣再次率军北征，张辅与朱勇作为左掖军随征。朱棣进至达兰纳穆尔河附近，因不见阿鲁台部，遂派张辅与王通等分兵至山谷间大范围搜索其踪迹，朱棣进驻河上等待消息。张辅在周围三百余里不见阿鲁台部踪影,便提议由自己领一月兵粮,率军深入追击阿鲁台。但朱棣归意已决,不久后便命张辅等撤兵回师。《明史纪事本末》的《亲征漠北》载:"六月戊午,进次玉沙泉,上以达兰纳穆尔河已近,令诸将各严兵以俟……庚申,懋等遣人奏言:'臣等已到达兰纳穆尔河,弥望惟荒尘野草,车辙马迹亦多漫灭,其遁已久。'上遣张辅、王通等分兵山谷大索。仍命陈懋、金忠前行觇贼,车驾进驻河上以俟。张辅等相继引兵还奏:'臣等分索山谷,周围三百余里,一人一骑之迹无睹者。'……张辅奏:'愿假臣一月粮,率骑深入,罪人必得。'上曰:'今出塞已久,人马俱劳,北地早寒,一日有风雪之变,归途尚远,不可不虑。卿等且休矣,朕更思之。'甲子,召辅等谕旋师。"

永乐二十二年(1424年)八月,朱棣在北征回师时病逝于榆木川,也就是今日内蒙古的海拉尔。同月,明仁宗朱高炽即位,命张辅掌中军都督府事务,进官太师。朱棣丧期满二十七日时,朱高炽戴素冠、穿麻衣临朝,而群臣都已改为吉服,只有张辅、杨士奇穿戴与朱高炽相同。朱高炽感叹道:"张辅是武臣,而他知礼则超过了六卿。"洪熙皇帝不久还命他掌管经筵事务。《明史》载:"成祖丧满二十七日,帝素冠麻衣以朝。而群臣皆已从吉,惟辅与学士杨士奇服如帝。帝叹曰:'辅,武臣也,而知礼过六卿。'益见亲重。"洪熙元年(1425年)五月,张辅与吏部尚书蹇义、户部尚书夏原吉奉命担任《太宗实录》监修。张辅也许是对朱棣的确由衷佩服深加缅怀,也许是心机缜密讨好朱高炽。伴君如虎,人在江湖,身不由己。

宣德元年（1426年），汉王朱高煦造反，暗中派人联络张辅。张辅立即报告宣宗朱瞻基，建议查清朱高煦谋反证据。汉王朱高煦为何会派人游说张辅一起推翻朱瞻基？《明史》对此记述简单，朱高煦多边下注，动员联络朝内实力人物恐非张辅一人："宣德元年，汉王高煦谋反，诱诸功臣为内应，潜遣人夜至辅所。辅执之以闻，尽得其反状，因请将兵击之。帝决策亲征，命辅扈行。事平，加禄三百石。"张辅首先告发，立场坚定，大事不苟，朱瞻基自然会铭记在心。朱瞻基先命阳武侯薛禄前往征讨，大学士杨荣劝宣宗御驾亲征。张辅奏道："朱高煦素来懦弱无能，请给臣二万兵马，擒拿朱高煦献给陛下。"但朱瞻基最终还是决定亲征，命张辅扈从。叛乱平定后，朱瞻基加张辅禄米三百石。此后，张辅威名更高，久握兵权。宣德四年（1429年）二月，朱瞻基下诏解除张辅中军都督府掌府事职务，命其朝夕在左右侍奉，谋划军国重事，旋即进其勋阶为奉天靖难推诚宣力辅运武臣、特进光禄大夫、左柱国，只命其逢初一和十五上朝。

宣德十年（1436年）正月，明英宗朱祁镇即位。七月，张辅担任《宣宗实录》监修。正统元年（1436年）二月，英宗仍命张辅知经筵事。正统四年（1439年），麓川之役爆发。云南总兵官沐昂奏请朝廷发湖广、川、贵兵十二万，分三路进攻麓川宣慰使思任发。《明史纪事本末·麓川之役》载有其事："六年春正月，命定西伯蒋贵为征蛮将军、总兵，击麓川思任发，以太监曹吉祥监督军务，兵部尚书王骥提督军务，侍郎徐晞督军饷。初，云南总兵沐晟等议麓川险远，攻之非十二万人不可。宜征兵湖广、川、贵，各委善战指挥，分三道，湾甸、芒布、腾冲，刻期并进。上下廷议,英国公张辅等言分兵势孤,彼或扼险邀我,非万全计,宜择大臣往云南专征。会思任发遣使谢,刑部侍郎何文渊上言:'麓川之在南陲,弹丸耳!疆里不过数百,人民不满万余,宜宽其天讨。官军于金齿,且耕且守。舜德格苗,不劳征伐,而稽首来王矣。'"大学士杨士奇同意何文渊的意见。张辅则认为思任发世职六十余年,屡抗王师,释此不诛,恐木邦、车里、八百、缅甸等觊觎窥觇,示弱小夷,非策。朱祁钰听从张辅之议,遂命贵、骥先赴云南,复以副总兵李安、参将宫聚领川、贵兵,副总兵刘聚、参将冉保领南京、湖广兵,大发兵十五万,转饷半天下。

太监王振专权之时,文武大臣都对之望风叩拜,谄媚讨好,只有张辅与之抗礼,不卑不亢。王振视文武大臣为属吏,唯独对张辅礼敬有加。《明史》载:王振擅权,文武大臣望尘顿首,惟辅与抗礼。正统十四年(1449年),瓦剌太师也先入侵,王振唆使英宗亲征,张辅随行,但并未参与军政。张辅时已年迈,默默不能作声。八月十五日(9月1日),明军在土木堡今河北怀来西南被瓦剌包围,全军覆没,张辅亦死于兵乱之中,享年七十五岁。景泰元年(1450年),明代宗朱祁钰追封张辅为定兴郡王,谥号忠烈。《明史》对张辅之死,言简意赅,不平扼腕之气,令人动容:"也先入犯,振导英宗亲征,辅从行,不使预军政。辅老矣,默默不敢言。至土木,死于难,年七十五。"一代英雄,就此落幕,堪可浩叹。《明史》如此评价张辅:"辅雄毅方严,治军整肃,屹如山岳。三定交南,威名闻海外。历事四朝,连姻帝室,而小心敬慎,与蹇、夏、三杨,同心辅政。二十余年,海内宴然，辅有力焉。"

张辅身材高大健壮，刚毅威严，治军整肃，屹立如山。他历事四朝，联姻帝室，但仍小心谨慎，与蹇义、夏原吉和三杨即杨士奇、杨荣、杨溥同心辅政，二十余年间，国家太平无事，促成"仁宣之治"。他先后四至交趾，史称"凡三擒伪王，威镇西南"，后世多以张辅不得世守交趾为恨。《皇明经世文编》辑有《定兴忠烈王集》。张辅之死，多认为是在正统十四年（1449年）的"土木之变"中遇害而死。但查继佐《罪惟录》中却另有说法："或云辅败逃还，知不可生，自缢死，家人以阵亡闻。"即张辅在"土木之变"后逃回京师，自缢而死。但《罪惟录》又说：辅器宇洪壮，顾盼有威，不妄言笑。此为孤证，似不足为凭。

张辅虽是武将，却喜欢交结文士，常常请假率领众勋臣到国子监听讲。《明史》的《李时勉传》对此事有如此记载：英国公张辅暨诸侯伯奏，愿偕诣国子监听讲。帝命以三月三日往。时勉升师席，诸生以次立，讲《五经》各一章。毕事，设酒馔，诸侯伯让曰："受教之地，当就诸生列坐。"惟辅与抗礼。诸生歌《鹿鸣》之诗，宾主雍雍，尽暮散去，人称为太平盛事。

张辅墓在丰台区长辛店乡吕村南，距今已有五百多年。原墓地规模较大，现今仍存有各种石雕，如石人、石羊、石狮、石虎和石马等，还有两座明代碑刻。张懋是张辅庶长子，平庸无能，《剑桥中国明代史》对其评价甚低，明代宗时袭封为英国公，死后追封宁阳王，谥号恭靖。张辅之女，被明仁宗册封为敬妃，特免殉葬，死后谥贞静敬妃。

《明史》载：兵部侍郎徐琦使安南回，福与相见石城门外。

或指福问安南来者曰："汝识此大人否？"对曰："南交草木，亦知公名，安得不识？"这段文字中的福，是指朱明名臣黄福，他正色立朝，功勋卓著，更为重要的是，他曾镇守安南多年，政声颇佳。他对张辅的评价，因有安南经历，更为切实中肯：先辈尝论，定关中必曰冯、邓；取江左必曰预、浚；擒郑窦，唐绩之长；破侬张，宋青之勇。噫！殊不知一平交阯、三缚渠魁，易草莽为桑麻，变雕题为华夏，蔼然礼义之俗，俨然富庶之乡，礼功盛烈，又岂止于定关中、取江左区区者同日而语哉？被王夫之痛骂不已但却被张廷玉评价很高的李贤，是当时与张辅一起深陷土木堡之围的大臣。张辅死于乱军之中，李贤却得以大难不死，脱身而走，回返北京。他深得景泰帝及复辟后的英宗信任，其地位堪比杨士奇。这位来自南阳邓县的一代名臣，在张廷玉看来："英宗之复辟也，当师旅饥馑之余，民气未复，权奸内讧，柱石倾移，朝野多故，时事亦孔棘矣。李贤以一身搘拄其间，沛然若有余。奖厉人材，振饬纲纪。迨宪、孝之世，名臣相望，犹多贤所识拔。伟哉宰相才也！"李贤李文达这位华盖殿大学士眼中的张玉张辅父子究竟是怎样的人物呢："今世勋臣之盛，无如张氏一门。盖永乐初靖难之臣虽众，而功之著者河间、定兴两王也；天顺初翊戴之臣虽多，而功之著者文安、太平两公也。呜呼，张氏父子兄弟四人，咸建非常之功，此所以享福禄荣名于当世，与国咸休也。"

太仓王世贞对张辅的考察具体而全面，他认为："太师英公张辅，子懋复为太师，俱加阶特进，俱勋左柱国，俱再知经筵事，俱再监修国史，足称东第之冠。王世贞进而说道：辅之雄武宏算，信威荒徼，儋爵九命，冠秩三台，赫赫具瞻者三十余年，而不能抗握宪之竖，身膏草野，夫岂耄昏使然，抑亦居不赏之地，策固宜尔。"王世贞还把张辅与朱元璋时代诸位名臣勋将进行比较："定兴之扫安南固自伟，亦何能超颍川之下滇蜀，且久复失之。""张定兴辅之三下南交、朱宣平永之八佩将印，皆位太师、握环卫，为心膂牙爪，而不得从祀。"

著有《安南来威辑略》的嘉靖朝进士严从简认为张辅没有联手三杨除掉王振，实在是太过遗憾了：张英公历事四朝，为国元老上将。自王振盗权专横，三杨皆避祸，不以国家安危自任。己巳亲征，心知不可而从之出，不免于难。若早与三杨谋而去振，则祸不待避，节不须折，何至于临老身膏草野乎？晚明大思想家李贽则说：使定兴辅不还京师，得似沐黔宁长守交趾，以至正统十四年乃卒，则安南岂有先定兴辅而陷没者哉。等死耳，不死于交趾以为忠，而死于土木以为不忠，悲夫。被全祖望称之为明末清初三大儒之一、高寿九十二岁的孙奇逢对张辅的评价超过了冯异、邓禹、杜预、王浚：先辈论定关中，必曰冯邓；取江左，必曰预浚。至如公一平交趾、三缚渠魁，易草莽为桑麻，变雕题为华夏，丰功伟烈，又岂定关中、取江左可同日而语哉？惜也不死于交趾，而死于土木，人犹以为有遗恨云。《国榷》的作者谈迁感叹张辅："当时最善兵望重，不为振屈，毋逾张英公，其人虽老，独不为赵营平、马伏波乎？以三十年之威名，将干撅帷幄之是赖，竟徇一腐竖，委骨尘露，传所云智老而偷耶？张廷玉也论及张辅与越南的关系，他说："尝考黄福与张辅书言：'恶本未尽除，守兵不足用。驭之有道，可以渐安。守之无法，不免再变。'权交事之始终，盖惜张辅之不得为滇南之沐氏也。"越南的嗣德帝阮福时，这位写过《谦宫记》，被李鸿章认为"虽近耄荒，而于时势大局似尚明晓"的国王，却如此看待张辅：张辅习见成祖十族、瓜蔓之酷，敢尔暴殄天民，不义终必自毙，何能强取乎？

张玉战死靖难沙场，张辅也是死在土木堡军中。张玉是否在南京生活过，不便妄下断语，但张辅虽然戎马一生，死后葬于北京，但他在南京生活过，府邸就在如今的老门东，则大体可以确定。张家父子，威名赫赫，在史书之中，多有留存，但在如今的朱雀桥、长乐渡这一地域空间之内，已经难觅踪迹了。

澹园弱侯何处寻

在南京,几乎每天都要从百子亭一路徒步南走,经丹凤街穿越珠江路过北门桥到估衣廊、韩家巷。而丹凤街与珠江路交接处西北一隅有一同仁街,北望吉兆营,一度破败凌乱,污秽不堪。谁能知道,此条小巷也曾叫作焦状元巷,而当年鼎鼎大名的明代大藏书家焦竑连同他的五车藏书楼都曾在此小巷中望重书林。即使到了20世纪90年代中期,五车藏书楼还依然耸立不倒,看澹园内花开花落。而如今,不仅藏书楼荡然无存,就连徒有其名的焦状元巷也被悄然抹去了。

焦竑在明世宗嘉靖十九年(1540年)出生于南京,病逝于1620年,得年八十岁。如此年龄,在那个年代,也应该算是高寿了。他字弱侯,号漪园,又号澹园,原籍山东日照,后其先祖以军籍定居南京。焦竑在《与日照宗人书》中如是说道:"我祖武略公自国初以宦游留金陵,二百余载矣!德、靖间,饥疫相仍,一门凋谢,只余吾父骑都尉一人耳。"

元朝末年,焦竑高祖焦朔,走出日照,参加了大明王朝开国皇帝朱元璋的军队,跟随大军南征北战,被编入朱元璋的亲军,屯守京畿南京,并被授予世袭旗手卫副千户的军职,从此落户江南。某次,朱元璋询问焦朔的姓名、祖籍、家庭及战功等情况,随后说:"我给你改个名字吧。"焦朔也自此就有了明太祖赐予他的新名字焦庸。"庸",既有酬赏、铭记军功之意,又有不惰好学、继立战功的期许。明代周晖在《续金陵琐事》中记载:"太祖与亲近大臣改名,因为异典。一日御奉天门,召旗手卫千户焦朔,赐名为庸,此更是恩典之异也。今旗手卫过湖皇册首载此事。(焦朔)即太史澹园先生之始祖"。

正因为焦竑高祖原籍日照,祖父辈占籍南京,焦竑称呼自己时,又有另外一个名字"琅琊焦竑"。焦竑的父亲焦文杰,号后渠,活到了八十二岁。其兄焦瑞,字伯贤,曾做过广东一知县——百里诸侯,也算光耀门楣。焦竑自幼聪颖好学,"某自髫年发愤向学,岂第为世俗梯荣计,实吾父督教甚严,不忍怠弃,欲因之稍稍树立,不愧家声耳。"他与哥哥伯贤,寒窗苦读埋头钻研五经,尤其酷爱古代的注疏本,四处搜寻,阅读不倦。

嘉靖三十四年(1555年),十六岁的焦竑在南京考中秀才。三年后,他初次参加乡试落第,便躲到天界寺、报恩寺避开喧嚣,埋头书卷,兀兀穷年。1561年,焦竑迎娶朱鼎的三女为妻。当时,焦家贫穷,但朱氏通情达理,卖掉嫁妆,支持丈夫读书。次年冬,大学者耿定向来到南京担任学政,焦竑拜他为师,不耻下问。数年之内,学问大进。1564年,二十五岁的焦竑参加乡试,秋闱考中举人。1565年,焦竑首次进京会试,虽然出师不利，名落孙山，却结识了学者耿定理、邹守益、孙德涵等。明穆宗隆庆二年（1568年），焦竑再次赴京会试，仍旧落第。此次进京，他又结识学者高朗，两人相见恨晚。是年冬，焦竑赴湖北黄安，住在老师耿定向家中。次年春，临别前两人同登天台山，焦竑写下《留别天台耿先生》："千崖落木动微寒，匹马西来岁欲残。四海风流今下榻，一樽烟雨夜凭阑。时危自觉知心贵，身在翻悲会面难。一望归舟肠尽结，横江波浪正漫漫。"场屋坎坷，壮志未酬，郁结于心，恨恨难平。

1572年，耿定向路过金陵，与李贽、焦竑等商讨学问，朝夕促膝。是年冬，因母病故，焦竑丁忧家居。万历二年（1574年）春，耿定向奉命册封鲁府，返回时路过维扬。焦竑约王襞到真州迎接。三人相与商量切磋学问，连住数日。是年冬，焦竑妻朱氏病故，留下二子二女。次年，焦竑续娶武举赵琦次女为继室。1577年，北京会试，焦竑仍旧落第，黯然南归。时大学者李贽到南京任职，焦竑与其结为知己，来往密切。1581年，李贽解官于云南姚安知府，来到湖北黄安定居，焦竑赠诗给他："夜郎三载见班春，又向黄州学隐沦。说法终怜长者子，随缘一见宰官身。门非陈孟时投辖，乡接康成不买邻。苦欲移家难自遂，何时同作灌园人。"关切牵挂之情，溢于言表。万历十七年（1589年），是明神宗己丑科的会考之年。已届半百之年的焦竑鼓起余勇，再度北上，第四次参加会试。殿试下来，他被万历皇帝御笔钦点为第一甲第一名，成为明开科二百五十二年来的第七十二位状元。同榜士子还有陶望龄、祝世禄、马经纶、袁可立、董其昌、冯从吾等，皆一代名士。关于焦竑高中状元，还有一段附会故事。据说,他沿水路北上,晓行夜宿,泊舟于岸。某日早晨,焦竑盥洗完毕,忽见船头有金镯一只,珠宝镶嵌,绚丽夺目,他便赶忙让船工抛锚停航,派仆人登岸寻找失主。后来果然寻访到了失主,当面归还银镯,却误了考期。谁料焦竑赶到京城,才得知因考场失火,考期推迟。他按期进场,发挥超常。殿试完毕,名列第一。这才有了所谓"考场不失火,哪有状元焦"的荒诞之说。

年已半百,二十余载的煎熬折磨,焦竑终于得中状元,心中的五味杂陈,局外人又怎能体会?喜讯传来,家乡金陵上元县、祖籍山东日照县,依照旧例,自然要锦上添花。府县分别拨出专款为他建立纪念牌坊。时江南与山东地区都在大闹灾荒,灾民流离失所。焦竑得到消息后,即刻带信给两地县令,加以劝阻,并建议将建造牌坊之款转用作救灾之费,救济当地灾民。焦竑在信中写道:"前两得手书,具感垂念。周公建坊事,虽托张簿辞之,还烦吾丈一行,盖他人不能言其曲折耳。仆虽不肖,然不能益于乡人,亦岂敢累乡人乎?此不敢当者一也;地方旱荒之,余有一金可活一人,乃以此不赀,费之无用,此不敢当者二也;古人不朽,自有所在,仆能勉强树立,异日或能彰一时相成之美,敢徒以建造顿烦民力,此不敢当者三也。幸以此力言之,纵工作已兴,必求罢免为望。"在焦竑的恳切请求之下,日照县将状元坊银一部分转用作救灾,另一部分为焦竑修缮了祖林,购置了祭田,除供岁祀外,还用于周济同族贫困兄弟子侄。

焦竑终于有了进士出身,苦尽甘来,自然就可以官授翰林院编修了,后来还曾就任南京司业。1592年,焦竑任会试同考官。同年,他奉使大梁,在中尉县西亭偶然得到苏辙抄写的《诗》和《春秋解》。次年返京,焦竑著《论史》。万历二十二年(1594年),皇长子出阁问政,焦竑为其讲学。历来讲官只讲不问,但焦竑讲完经典,还要提问皇长子。皇长子当时年仅十三岁,答问无滞,宫廷内外都赞其聪明过人,实则是因焦竑讲解启迪得法而已。

焦竑为人性格直率,政见不同则会当面辩论,并上书谏争,泾渭分明。万历二十五年(1597年),他出任顺天乡试副主考,受人诬陷,焦竑撰写《谨述科场始末乞赐查勘以明心迹疏》,据理力争,进行争辩。此事风雨满城,又无法水落石出,焦竑也因此而被贬官,降为福宁州同知。次年春,他和李贽一起返回南京,然后再赴福建上任。万历二十七年(1599年),六十岁的焦竑看透官场险恶,愤然辞官,返归南京,闭门读书著述,不再出仕,"卜居秦淮湄,在市罕人迹。开函读古书,皎日照东壁"。焦竑在写给友人的书信中说:"家有竹林,俯青溪之胜,举头则钟山在焉""金陵触处可供眺听,虽弟足不出户庭,钟山、青溪坐卧可对,偃仰泉皋以慰闲暮,意味殆不减市朝也。"1602年,李贽受诬陷被捕入狱,三月十五日自杀于北京镇抚司。焦竑悲痛异常,作《追荐疏》以悼之。次年,他到新安还古书院讲学,还曾到金陵罗近溪祠讲学。1607年,焦竑已经六十八岁了,因继室赵氏卒亡,奉柩归山东故里。次年二月作《嘉善寺苍云崖》,署名"琅琊焦竑"。1620年(万历四十八年),焦竑病逝于山东日照西湖镇大花崖村。弘光元年(1644年),焦竑被追赐谥号文端。

焦竑认为佛经所说最得孔孟"尽性至命"精义,汉宋诸儒所注，反成糟粕。焦竑承接晚明"泰州学派"，企图引佛入儒，调和两家思想，打破程朱"理学"教条对人们的思想束缚。焦竑说："学道者当尽扫古人刍狗，从自己胸中辟取一片乾坤。"焦竑认为，古人的学说，作用如同刍狗，是在当时需要下杜撰而出，随着事过境迁，而后人将这些无用之物当作宝贝，只能蔽固自己的聪明而已。

焦竑博览群书，治学严谨，不入俗流，著作甚丰，常有独到之处。焦竑的著述卷目大致为三大类：自撰类、评点类、编纂类。

焦竑自撰类作品有：《澹园集》四十九卷，《澹园续集》二十七卷，《国史经籍志》五卷、附录一卷，《焦氏笔乘正集》六卷，《焦氏笔乘续集》八卷，《笔乘别集》六卷，《支谈》三卷，《俗书勘误》三卷，《养正图解》二卷，《墨苑序》一卷，《隐符经解》一卷，《逊国忠节录》四卷，《易荃》六卷，《熙朝名臣实录》二十七卷，《焦弱侯问答》一卷，《焦氏藏书目》二卷，《京学志》八卷，《金陵雅游编》一卷，《东宫讲义》不分卷，《金陵旧事》十卷。

焦竑评点类著作主要有：《春秋左传钞》十四卷，《九子全书评林正书》十四卷、续集十卷、卷首一卷，《新铸翰林三状元会选二十九子品汇释评》二十卷，《苏长公二妙集》二十二卷，《禹贡解》，《法华经精解评林》二卷，《园觉经精解评林》三卷，《老子翼》三卷、考翼一卷，《老子元翼》二卷，《新锲翰林标律判学详释》二卷，《楞严经精解评林》，《楞枷经精解评林》卷，《东坡志林》五卷，《谢东乐集》，《增纂评注文章规范正编续编》七卷，《道德经元翼》二卷，《庄子翼》八卷、附录一卷，《荀子品汇解评》二卷,《墨子品汇解评》一卷,《绝句衍义》四卷,《庄子品汇解评》卷,《列子品汇解评》卷,《注释列子》一卷,《注释老子》一卷,《注释庄子》五卷,《苏老泉文集》十三卷,《太上老子道德经注解评林》四卷,《老子读注评林》四卷。

焦竑编纂类著作主要包括:《国朝献徵录》一百二十卷,《南华经余事杂录》二卷,《玉堂丛语》八卷,《历科廷试状元策》十一卷,《四书直解指南》二十七卷,《明四先生文范》四卷,《词林历官表》三卷,《皇明人物考》六卷,《明世说》,《杨升庵集》一百卷,《能文必要》四卷,《小学图注》九卷,《雨苏经解》,《释道精解》十六卷,《新锲翰林校正鳌头合并古今家诗学会海大成》十八卷,《南华真经义海纂微》一百〇六卷,《中原文献》二十四卷,《汉魏诸名家集二十二种》一百三十一卷,《考工记解》二卷,《闽忠传志》一卷,《庄子阙误》一卷,《焦氏类林》八卷,《石室秘传》十卷,《战国策玉冰壶》八卷,《两汉粹宝评林》三卷,《通鉴纪事本末前编》十二卷,《张子湖集》八卷、附录一卷,《坡仙集》十六卷,《五言律细》与《七言律细》各一卷,《明文珠玑》十卷等。

焦竑的《国史经籍志》,评价不一,甚至有人说是书"丛抄旧目,无所考核,不论存亡,率尔滥载。古来目录,惟是书最不足凭",而梁启超评说此书持论则较为公允:此书最用心者,乃在各类目后之总论,及所附《纠谬》一卷,意在辨证疏略,整理类别,虽学识不无偏驳,要亦自有创见。焦竑的传世著作主要现存北京国家图书馆,南京、济南、上海等图书馆及中国台湾、中国香港,日本、韩国等地,也有存留。

焦竑刻印古籍甚多，他还将读书札记和论文，汇集成为二十卷本的《焦氏笔乘》，成为焦竑考据与焦竑学术思想的重要文献。徐雁教授在《南京的书香》中就《焦竑的澹园藏书》曾给予专门介绍。焦竑博览群书，涉猎广泛。除著作等身、藏书两楼外，他在史学、金石文字学、考据学、文献目录学、印刷出版、哲学、佛教等诸多领域都颇有建树。

焦竑最为突出的贡献应是史籍文献学研究，后人评说："焦公是明代中国文献学第一大高手，博学淹贯，稀有能及"。对古籍藏书的分类整理，又使他成为一位目录学家。他所修撰的《经籍志》（未完成），虽然由于某些缘故受到《四库》的批评，但对海外影响甚大，内藤湖南在《中国史学史》中提到此书，日本有古版。考据学方面，他将考证研究书籍中发现的错误，汇编成《俗书勘误》一书。印刷方面，他一生以"致用"为目标，广泛搜辑抄撰存世书刊，成为明代著名的古籍出版家。他在为皇长子做老师的过程中，创造性地将历代有作为的皇帝年少时奋发图强的故事，插入绘画，编写了文图并茂、适合青少年阅读的课外读物《养正图解》。

焦竑是著名藏书家，他对于读书有很精辟的理解：余惟学者患不能读书，能读书矣，乃疲精力于雕虫篆刻之间，而所当留意者，或束阁而不观，亦不善读书之故矣。夫学不知经世，非学也；经世而不知考古以合变，非经世也。《明史·焦竑传》载："竑博极群书，自经史至稗官、杂说，无不淹贯，善为古文，典正训雅，卓然名家。"《中国藏书家考略》载："（焦竑）藏书两楼，五楹俱满。"南京珠江路西端北侧同仁街，1994年前尚存有一座坐北朝南的双层木结构建筑，建筑面积达三百五十平方米，历经四百余年而不倒，它就是南京传世最久的私家藏书楼建筑澹园藏书楼，南京俗称之为"焦状元楼"。

焦竑家境并不富裕，但自幼嗜书，养成了集书、抄书的习惯，后来条件改善又自己刻版印书，集腋成裘。焦竑的藏书以抄本和宋明刊本居多，他曾为自己的藏书，编辑了一部两卷本的《焦氏藏书目》。藏书楼有"澹园""抱瓮轩""竹浪斋""万轴楼""五车楼""欣赏斋"等雅称，自经史至稗官杂说，无不收罗。《澹生堂藏书训》记其"金陵焦太史弱侯，藏书两楼，五楹俱满。余所目睹，而一一皆经校雠探讨"。钱曾亦称"近代藏书家，推章丘李（开先）氏，金陵焦氏"。对收藏到的每一部书，焦竑几乎都亲自校勘，并盖有"澹园焦氏珍藏""子子孙孙永保""弱侯读书记""竹浪斋品""弱侯""抱瓮轩""漪南生"等印章。晚清学者叶昌炽在《藏书纪事诗·焦竑》中写道："委宛羽陵方蔑如，广寒清暑殿中储。校雠但惜无臣向，《七略》于今未有书。"

焦竑藏书，在他谢世后，其出路为当时文人所关注。黄宗羲在《天一阁藏书记》中写到"余在南中，闻焦氏书欲卖，急往讯之，不受奇零之值，二千金方得为售主……"，黄宗羲拿不出"二千金"来整体收购，后来虽托人求购，但最终"余归而不果"。焦竑辞世二十多年后，兵连祸结，明清易代，焦竑藏书，最终还是散失净尽。

谈及焦竑，有一人物，不能不提，那就是与焦竑同一时代的李贽。李贽（1527—1602年），号卓吾，福建泉州晋江人，是明代卓越的思想家，曾官至姚安知府。李卓吾一生著作多多，最重要的有《藏书》《续藏书》《焚书》《续焚书》等。万历二十七年（1599年），李贽与焦竑还首次会见了意大利人、天主教传教士利玛窦。焦竑在为当时著名学者太仓人管志道所作的《管东溟墓志》中写道："冀以西来之意，密证六经，东鲁之矩，收摄二氏（以孔孟儒学为本吸纳佛学、道学）"。

《又与焦弱侯》是李贽写给焦竑的一封信，抄录在此，可以窥见两人互为知音无话不谈的彼此推心置腹，坦荡无碍，李贽先说郑子玄：

> 郑子玄者，丘长孺父子之文会友也。文虽不如其父子，而质实有耻，不肯讲学，亦可喜，故喜之。盖彼全不曾亲见颜、曾、思、孟，又不曾亲见周、程、张、朱，但见今之讲周、程、张、朱者，以为周、程、张、朱实实如是尔也，故耻而不肯讲。不讲虽是过，然使学者耻而不讲，以为周、程、张、朱卒如是而止，则今之讲周、程、张、朱者可诛也。彼以为周、程、张、朱者皆口谈道德而心存高官，志在巨富；既已得高官巨富矣，仍讲道德，说仁义自若也；又从而哓哓然语人曰："我欲厉俗而风世。"彼谓败俗伤世者，莫甚于讲周、程、张、朱者也，是以益不信。不信故不讲。然则不讲亦未为过矣。

李贽谈过郑子玄，又讲一黄生之无聊可耻：

> 黄生过此，闻其自京师往长芦抽丰，复跟长芦长官别赴新任。至九江，遇一显者，乃舍旧从新，随转而北，冲风冒寒，不顾年老生死。既到麻城，见我言曰："我欲游嵩少，彼显者亦欲游嵩少，拉我同行，是以至此。然显者俟我于城中，势不能一宿。回日当复道此，道此则多聚三五日而别，兹卒卒诚难割舍云。"其言如此，其情何如？我揣其中实为林汝宁好一口食难割舍耳。然林汝宁向者三任，彼无一任不往，往必满载而归，兹尚未厌足，如饿狗思想隔日屎，乃敢欺我以为游嵩少。夫以游嵩少藏林汝宁之抽丰来赚我；又恐林汝宁之疑其为再寻已也，复以舍不得李卓老，当再来访李卓老，以赚林汝宁：名利两得，身行俱全。我与林汝宁几皆在其术中而不悟矣；可不谓巧乎！今之道学，何以异此！

李贽进而总结说，圣人也好，山人也罢，都是可鄙的商贾之徒：

> 由此观之，今之所谓圣人者，其与今之所谓山人者一也，特有幸不幸之异耳。幸而能诗，则自称曰山人；不幸而不能诗，则辞却山人而以圣人名。幸而能讲良知，则自称曰圣人；不幸而不能讲良知，则谢却圣人而以山人称。展转反复，以欺世获利。名为山人而心同商贾，口谈道德而志在穿窬。夫名山人而心商

贾，既已可鄙矣，乃反掩抽丰而显嵩少，谓人可得而欺焉，尤可鄙也！今之讲道德性命者，皆游嵩少者也；今之患得患失，志于高官重禄，好田宅，美风水，以为子孙荫者，皆其托名于林汝宁，以为舍不得李卓老者也。然则郑子玄之不肯讲学，信乎其不足怪矣。

李贽还辛辣地嘲讽商贾与权贵公卿的狼狈为奸，互相利用：

且商贾亦何可鄙之有？挟数万之赀，经风涛之险，受辱于关吏，忍诟于市易，辛勤万状，所挟者重，所得者末。然必交结于卿大夫之门，然后可以收其利而远其害，安能傲然而坐于公卿大夫之上哉！今山人者，名之为商贾，则其实不持一文；称之为山人，则非公卿之门不履，故可贱耳。虽然，我宁无有是乎？然安知我无商贾之行之心，而释迦其衣以欺世而盗名也耶？有则幸为我加诛，我不护痛也。虽然，若其患得而又患失，买田宅，求风水等事，决知免矣。

李贽这封写给焦竑的书信，通过郑子玄耻讲道学，与黄生为了"名利两得，身行俱全"的趋附权门的假道学作了鲜明对比，肯定了郑子玄质朴笃实有羞耻之心，而对那些"讲道德、说仁义"而"心存高官，志在巨富"的假道学极尽讽刺与挖苦，认为他们"可诛"，尖锐地揭发了自程朱理学以来这些假道学到处挖空心思，欺世盗名，所谓"圣人""山人"者，都是一路货色，都是辗转反复的"谈道德而志在穿窬"的欺世获利之徒。李卓吾文章笔锋犀利,嬉笑怒骂,酣畅淋漓,令人拍案叫绝。

明末著名思想家黄宗羲曾如此评价焦竑:"先生积书数万卷,览之略遍。金陵人士辐辏之地,先生主持坛坫,如水赴壑,其以理学倡率,王弇州所不如也。"徐光启在其《尊师澹园焦先生续集序》中也说:"吾师澹园先生,……,以道德经术标表海内,巨儒宿学,北面人宗",其著述"无不视为冠冕舟航"。焦竑的南京好友、进士顾起元在焦竑的墓志铭中写道:"先生之宦绩在金马玉堂,先生之道阶在儒林文苑,先生之大业在名山大河,先生之风致在九州四海,先生之遗思在稷丘槐市。"明代户部尚书耿定向之弟、兵部右侍郎耿定力在《焦太史澹园集序》中称扬焦竑:"识弥高,养弥邃,综万方之略,究六艺之归""海内人士得其片言,莫不叹以为难得"。意大利人利玛窦(1552—1610年)在其回忆录中也写道:"当时,在南京城里住着一位显贵的公民,他原来得过学位中的最高级别,中国人认为这本身就是很高的荣誉……这个人素有我们已经提到过的中国三教领袖的声誉,他在教中威信很高。"这个"显贵的公民"指的就是焦竑。

万历十八年(1590年),日照曾经由知县杜一岸主持创修了该县有史以来的第一部《日照县志》,焦竑为其作序。遗憾的是,四百多年来,日照历遭兵燹,这首部县志至今没有下落,但焦竑序言,却在清康熙版及光绪版的《日照县志》中被保存了下来。清代康熙《日照县志》在《乡贤·焦竑》篇中记载:"公笃维桑,遥遥花崖里族党亲,问讯不绝,邑士员笈从游者,甚众。安公重、李公蕃执经最久,用登甲第,得公甄陶之力居多云,余详儒林。"《日照县志》中还保存有焦竑的两篇文章：《日照县重修庙学记》《日照县修尊经阁记》。而焦竑的《新修火神庙记》，写于万历三十六年（1608年），记载了是年日照火灾严重的史实，也颂扬了莫逆好友、仁人申公修庙、筑路，救民于水火的善举，字里行间，充满对善事善举社会风尚的颂扬与倡导。

焦竑是徐光启的恩师。上海《徐汇区志·徐光启传》载："（徐光启）36岁应顺天府（今北京）试，主考官是名儒焦竑，从落卷中发现他的才识，认为是'名世大儒'，拔置第一。"万历二十五年（1597年），焦竑受皇帝之命，为国选拔人才，任会试副主考官。他在落选卷中得到了徐光启卷，"（焦竑）阅而奇之，拍案叹曰：此名世大儒无疑也"，毅然决然将已名落孙山的徐光启拔至第一名。焦竑、董其昌还把徐光启介绍给自己的同年、登莱巡抚袁可立，使徐光启在兵器方面的才干有了用武之地。徐光启后任礼部尚书兼东阁大学士、文渊阁大学士，毕生致力于研究天文、历法、水利、测量、数学、农学等，成为学贯中西、富于远见卓识的明代科学家、政治家。徐光启一生著译达六十余种，主要有《崇祯历书》《测量法义》《勾股义》《九章算法》《徐氏庖言》等，他主持编撰的《农政全书》，成为中国近代科学的先驱。徐光启子嗣人才辈出，徐家有一个外孙女叫倪桂珍，便是在中国现代史上赫赫有名的"宋氏三姐妹"宋霭龄、宋庆龄、宋美龄的母亲。

上文曾经提到周晖，在此对其人略作介绍。周晖是当年南京一布衣，与焦竑、顾起元等都有交往，他的《春日移居》诗四首，其中有：

> 最怜佳丽地，萧散惬幽情。
> 不著潜夫论，无求处士名。
> 莺啼催小饮，鹤步伴闲行。
> 欲结村中社，题诗报友生。

> 春风花事过，空翠落垂藤。
> 白版扉常闭，乌皮几独凭。
> 半酣疑有得，多病掩无能。
> 一室何萧索，分明似野僧。

据说，周晖平生最为得意"莺啼催小饮，鹤步伴闲行"一联，而周晖能够被人记住还是因为他的《金陵琐事》，该书详细记载了自明初到万历年间南京的轶事趣闻，是南京地方风情的实录，不仅有军政大事，也有名胜古迹、地方风俗，如周晖说北门桥还有一名称为草堂桥等。焦竑在万历三十八年（1610年）曾为《金陵琐事》作序，其中有周晖"胸饶韫畜，性好编录，几格不虚，巾箱恒满"，而《金陵琐事》可补"图史之所未暇收郡乘之所不能备者"。焦竑为周晖《金陵琐事》作序这一年，已经年逾古稀，也从一侧面说明，他的身体还算可以。

焦竑还有一些诗作，颇为旷达自适，清新可喜，如他回归澹园之后的《初还退园作》：

> 咫尺柴门即水滨，无边清兴逐时新。
> 镜中白发堪知我，坐上青山自可人。

老去服车空有志，愁来弹铗不因贫。
寂寥赖是遗编在，拟草玄经笔有神。

现不避啰唆，再摘录一二，尤其是焦竑写南京东郊梅花的六言诗，较为少见，以缅怀追思这位大器晚成的状元公：

山下几家茅屋，村中千树梅花。
藉草持壶燕坐，隔林敲石煎茶。

檐卜林东短墙，曾开宝地齐梁。
初春老树花发，深涧无人水香。

落落半横参月，溶溶尽洗铅华。
盈盈湘浦解佩，脉脉萝村浣纱。

西湖梦断人寂，东阁妆残月斜。
襟解微闻芗泽，钿昏半卸檀霞。

一枝初出岩阿，看尽千林未多。
天女知空结习，散花不碍维摩。

二十四番风信，四百八寺楼台。
何似草堂梅燕，同人先探春回。

秦淮河畔著《史怀》

提到公安派，大家很自然会想起公安三袁。但若说到竟陵派，知道钟惺与谭元春的人，似乎就不是很多了。而钟惺与钱牧斋是千真万确的同年进士，钟惺远没有钱牧斋先生高寿，他在1625年就去世了，得年五十二岁，而钱谦益比钟惺小八岁，却高寿八十三岁。但钱牧斋对这位同年老哥可毫不客气，"诗妖""鬼趣""错谬跌出"等等恶评，联翩而至。此言一出，以钱牧斋当年的文坛地位，对钟惺及其竟陵派的打击贬抑可想而知。但恕我寡陋，此前还真是不甚了了，这位竟陵派宗师还与南京有着春秋六载的不小渊源呢。

钟惺门第并不显赫，他于万历二年（1574年）出身于湖广竟陵即今天的湖北天门市皂市镇的一个乡儒塾师家庭，其生父曾经在江苏常州武进县做过儒学训导。钟惺兄弟五人，他居长，因其伯父无子，出嗣给伯父以延续香火。钟惺有一同乡前辈李维桢在为其早期的《玄对斋集》所作的序中，曾经提及钟惺出生地皂市镇的大致情况：

> 市当四邑界，可数千家，农之十三，贾十之七，自先通奉始以儒成进士，科第相踵，博士弟子员凡数十人。

钟惺自幼志强体弱，但敏笃好学，而其相貌较为独特："其貌不扬，为人目笑"。无论钟惺的生父还是嗣父，都对其寄予厚望，精心栽培，他十三四岁就能诵读《左传》《国语》《史记》《汉书》《文选》等，"此子终当以文行名世"。

万历十九年，十八岁的钟惺得以补为诸生，而此后钟惺的科场之路并不顺遂，直至万历三十一年的1603年，才中举人，因于诸生压抑痛苦长达十二载。万历三十八年庚戌科，也就是1610年，钟惺终于以第三甲第十七名中了进士，此年钱谦益也得以高中，只有十八岁，而钟惺已经三十七岁了。庚戌科场，传言纷纷，聚讼难平，不少士子受其牵累，不得选入庶吉士。钟惺在党争的夹缝中左右为难，动辄得咎，偃仰郎署，仕途坎坷。钟惺曾自我回顾道：惺为行人八年拟部，拟部二年而汰其考选，授水部，籨水部疏请改南曹，又二年，部持不覆，覆改南祠部，一年，出为福建提学佥事，盖通籍十四年矣。

万历四十五年（1617年）的丁巳京察中，心怀期待这六年一次晋升机会的钟惺，受人诬陷，再次被打击淘汰出局。早已心灰意冷的钟惺在致一友人书信中愤然写道："居乱世之末流，待朋友不可不恕，所谓'交情'二字只可于作秀才及退居林下时以之责人。若仕宦得失之际，卖友得官，此亦理势之常。一一责而怨之，非惟待人不胜其刻，即居心亦苦亦。"真是痛彻肺腑，令人惊心。这一年，万念俱灰的钟惺还请人为自己画了一幅野服长松图，他在自题小像中自我警醒说：

> 万历丁巳，余年四十有四，始画一小像，野服杖松下……天与人终不益汝一丝，又将汝瑕疵。戒之哉！视此野服杖松下者，念兹在兹！

但是，尽管钟惺一再小心谨慎，六年之后，还是被人举报他居然在父丧期间携带妻妾游玩武夷山，科举考试似乎也有漏洞破绽。按照当下的话讲，就是不合时宜地在风景名胜之地游山玩水，而且在考试当中也有不检点之处。如此不守政治纪律与政治规矩，实在是顶风作案，大逆不道。而上疏弹劾他的则是东林党人、福建巡抚南居益，算是钟惺的直接顶头上司。封疆大吏的弹劾自然非比寻常，钟惺因此"沉废于家"。已经五十一岁的钟惺经此打击，更觉得官场不可久留，"做官真无味"了。钟惺在《乙丑藏稿》中有一首诗，对世风日下之失望透顶令人扼腕：

> 沿回十五六年中，早晚长安局几终。
> 阴晴俱从中路变，教人何处学古风。

钟惺仕途如此不顺，而家庭变故也接踵而至。在他二十二岁到三十六岁之间的十四年中，有六位亲人先后撒手而去，其中就有他的两个弟弟与儿子、嗣子等。钟惺四十七岁之时,他又一弟弟也命归黄泉,年仅三十九岁。凡此种种,令钟惺开始一心向佛,寻求寄托,并自号法名断残。天启五年,五十二岁的钟惺撒手人寰,时在 1625 年。钟惺葬于湖北天门县城南鲁家畈,至今墓碑尚存。明清时,当地为他和谭元春立有"钟谭合祠",坊题"天下文章"。

钟惺仕途沉闷,家门不幸,唯有醉心旅游,寄情山水。万历三十六年(1608 年)八月,其子早夭,钟惺与其弟弟钟快"狂走白门",赶赴南京,晤面南京好友林古度兄弟。万历四十年九月,也就是四年之后,钟惺在南京也有短暂停留。万历四十四年(1616 年)冬至天启元年(1621 年),钟惺寓居南京长达六年之久。钟惺在南京,简淡自持,据说就在秦淮河畔租屋而居,经常读书写作到通宵达旦,每有所得辄记之,撰成《史怀》一书,评论古史,"多所发明,有古贤所不逮者"。其为人严冷,不喜接俗客,由此得谢人事,研读史书。

钟惺喜游名山大川,在当时也属另类,他还曾与林古度同登过齐鲁泰山。与之经常交往的人还有胡彭举、吴惟明、徐波等,钟惺还在南京遇到了当时已经七十八岁的焦竑。而到南京游访的陈眉公,也与钟惺有过一番倾心长谈。需要说明的是,1620 年,钟惺曾在南京礼部仪制司做主事,后来迁任祠堂祭司郎中。钟惺在南京,《明史》中如是说:"惺官南都,僦秦淮水阁读史,恒至丙夜,有所思即笔之,名曰《史怀》。"其终身挚友谭元春则说得更为形象:"每游人午夜棹回,曲倦酒尽,两岸寂不闻声,而犹有一灯莹莹,守笔墨不收者,窥窗视之,则嗒然退谷也。东南人士以为真好学者，退谷一人耳。"退谷就是钟惺。

秦淮河畔皓首穷经，兀兀穷年，钟惺颇有心中丘壑。他致信谭元春，和盘托出："弟儗居金陵，心自怀归，盖平生精力，十九尽于《诗归》一书。欲身亲校刻，且博求约取于中晚之间，成一家言，死且不朽。又将二十一史肆力一遍，取其事以经世，取其文以传世，以怡情。"再后来，钟惺到福建任职，受到弹劾，百不顺意，无奈返归湖北竟陵。此后，他再无机会到南京故地重游。

钟惺一生短暂，但著述颇多。其著作有《隐秀轩集》，其中诗十集，十六卷；文二十三集，三十五卷。诗按四至七言及古、近体排列，文以赋、序、记、传、论、疏、题跋、赞等分集编排。其他著作有《如面潭》十八卷，《诗经图史合考》二十卷，《毛诗解》无卷数，《钟评左传》三十卷，《五经纂注》五卷，《史怀》十七卷。钟惺与谭元春合编《诗归》五十一卷，其中古诗十五卷，唐诗三十六卷；又有《合刻五家言》与《名媛诗归》三十六卷，《周文归》二十卷，《宋文归》二十卷等。他与谭元春合编《明诗归》十卷，遗一卷；合评《诗删》十卷。吴景旭在《历代诗话》中说："伯敬诗清迥自异，全用欧九飞盖桥玩月笔法，与谭友夏选《古唐诗归》，一时翕然称之。"

他与同里谭元春共选《唐诗归》和《古诗归》，名扬一时，形成"竟陵派"，世称"钟谭"。钟惺的《隐秀轩集》先后两次在南京刊刻。林古度在1614年为之付梓，钟惺也有"甲寅友人林茂之为予刻之南都"之语。1623年，沈春泽在南京重刻《隐秀轩集》。钟惺在潜心著述的同时，还到过南京周边不少名胜之地，其《隐秀轩集》中，写到南京的诗作有四五十首之多。如《雨后灵谷看梅花》《三月三日雨中登雨花台》《五月三日秦淮即事》《秋日舟中题胡彭举秋江卷并序》《秣陵桃叶歌七首并序》等。

钟惺反对拟古文风。他认为"作诗者之意兴,虑无不代求其高。高者,取异于途径耳。夫途径者,不能不异者也"。他认为"七子"模拟古人词句,只不过是"取古人之极肤、极狭、极熟便于口手者,以为古人在是",因而力求改变此种文风,提出"势有穷而必变"。钟惺主张诗人应抒写"性灵",这种"性灵"是"引古人之精神,以接后人之心目,使其心目有所止焉",是"求古人真诗所在。真诗者,精神所为也"。他认为古人的真诗"察其幽情单绪,孤行静寄于喧杂之中",他极力追求孤僻情怀"别趣理奇"即所谓孤怀、孤诣,且夸耀说:"我辈文字到极无烟火处。"

钟惺倡导幽深孤峭。《明史·文苑传》载:"自宏道矫王、李诗之弊,倡以清真,惺复矫其弊,变而为幽深孤峭。"钟惺认为公安派末端文风俚俗、浅率,企图以幽深孤峭加以匡救。但他却往往只顾及字句,忘却篇章,追求奇字险韵,艰涩隐晦,以致有些诗句语意不畅,令人费解,如"树无黄一叶,云有白孤村",令人费解,味同嚼蜡。钟、谭也以此主张为标准评选《诗归》。他们所选唐诗,专取清瘦淡远一格,众所推重的李白《古风》、杜甫《秋兴》等名篇都不选入,试图以幽冷来洗"七子"的绚烂,足见其主张的长短利弊。钟惺诗,过于追求幽情孤行,大多情思狭窄,题材局促。他苦心吟事,雕字酌句,不遗余力,有些五古游览诗作写得还真是不错,如《经观音岩》《舟晚》等,虽有雕镂之嫌,然寄情绘景,时有名作,其《上巳雨中登雨花台》

《巴东道中示弟恮》，手眼别出，清思凸显。

钟惺的记叙、议论、散文亦有诸多新奇隽永之作。他的写景寄情小品《浣花溪记》，以生动细腻笔触描绘了唐代大诗人杜甫成都寓地浣花溪一带逶迤、清幽的景色，抒写对杜甫的敬仰之情，寄寓自己的情怀。清溪碧潭，移步换景，体现了竟陵派"孤行静寄"的追求和个性，求新求奇的幽深孤峭之风卓然，他的《游武夷山记》也属此类作品。他的《夏梅说》，巧妙地从时令变化，引出赏梅、咏梅人的冷热，进而揭示人情世态的寒暖；对"趋梅于冬春冰雪者"的趋炎附势给予嘲讽，构思立意，颇为新奇。钟惺文艺短论《题鲁文恪诗选后》主张诗文创作宜少而精，"不能尽善，而止存一篇数篇、一句数句之长，此外皆能勿作"，反对"多多益善"，粗制滥造。钟惺将文章分为三等："选而作者，上也；作而自选者，次也；作而待人选者，又次也。"

钟惺有一五言诗《无字碑》："如何季世事，反近结绳初？民不可使知，亟亟欲其愚。隐然示来者，此意即焚书。"揭露统治者的愚民政策，言近旨远，力透纸背。而其《夜归联句》："落月下山径，草堂人未归。砌虫泣凉露，篱犬吠残辉。霜静户逾皎，烟生墟更微。入秋知几日，邻杵数声稀。"清新可人，栩栩如生。钟惺还有《答彦先雨夜见束》："萧然形影自为双，旅况乡心久客降。历尽严霜如落叶，听多寒雨只疏窗。"人在旅途，孤单漂泊，疏窗寒雨，严霜落叶，凄惨苍凉之感，跃然纸上。

钟惺还有《宿浦口周茂才池馆》："江边事事作山家，复有山斋着水涯。一壑阴晴生草树，六时喧寂在莺花。潮寻故步沙频失，烟叠新痕岭若加。信宿也知酬对浅，暂将心迹寄幽遐。"钟惺的《丘长孺将赴辽阳留诗别友意欲勿生壮惋之余和以送之》则已经透露出他对辽事的忧心忡忡坐卧不安："借箸前筹战守和，较君当局意如何？岂应但作旁观者，预拟铙歌与挽歌。"

毋庸讳言，钟惺有些作品也备受诟病，如《宿乌龙潭》诗："渊静息群有，孤月无声入。冥漠抱天光，吾见晦明一。寒影何默然，守此如恐失。空翠润飞潜，中宵万象湿。损益难致思，徒然勤风日。吁嗟灵昧前，钦哉久行立。"此诗所描绘的是一幅万籁俱寂、孤月独照、寒影默然的夜宿之地的图景，给人以幽寂、凄凉与峻寒之感，这大概就是作者所要追求的"幽情单绪""奇情孤诣"。难怪钱谦益说竟陵派诗风"以凄声寒魄为致""以噍音促节为能""其所谓深幽孤峭者，如木客之清吟，如幽独君之冥语，如梦而入鼠穴，如幻而之鬼国"（《列朝诗集小传·丁集中·钟提学惺》）。有论者批评，他们的诗偏重心理感觉，境界小，主观性强，喜欢写寂寞荒寒乃至阴森之景，语言又生涩拗折，常常破坏常规的语法、音节，使用奇怪的字句，每每教人感到气息不顺，拗口晦涩。如谭元春的《观裂帛湖》："荇藻蕴水天，湖以潭为质。龙雨眠一湫，畏人多自匿。百怪靡不为，喁喁如鱼湿。波眼各自吹，肯同众流急？注目不暂舍，神肤凝为一。森哉发元化，吾见真宰滴。"大致是写湖水寒冽，环境幽僻，四周发出奇异的声响，好像潜藏着各种怪物。久久注视之下，恍然失去自身的存在，在森然的氛围中感受到造物者无形的运作。钟谭诗作，标榜"孤行""孤情""孤诣"，却又局促不安，无法达到陶渊明式的宁静淡远，由此造成他们诗中的幽塞、寒酸、尖刻。

竟陵派的追随者有蔡复一、张泽、华淑等，这些人大都发展竟陵派生涩之弊端，往往略下一二助语，自称"空灵"，使竟陵派文风走向极端。当时受竟陵派影响而较有成就的是刘侗，其《帝京景物略》成为竟陵体语言风格的代表作品之一。清代曾将"公安""竟陵"之作列为禁书，诋毁排击甚烈。

应该再提一下谭元春了。谭元春小钟惺十二岁，也是少慧而科场不利，天启七年（1627年），才在乡试中得中举人，此时，谭友夏已经四十一岁了，而钟惺也去世两年了。更为令人感叹的是，谭元春在崇祯十年（1637）死于赴进士考试途中，得年五十一岁。谭元春与钟惺堪为知音师友，他为钟惺写的《退谷先生墓志铭》中有如此慨叹：

> 是其人真可以大用。会有忌其才高者扼之，使不得至台省。后遂偃仰郎署，衡文闽海，终不能大有所表现，而仅以诗文为当世师法，亦可惜也。

对于钟惺遭人落井下石，谭元春曾有一诗写道："冰中炭即漆中胶，下石人传是旧交。阅尽冤亲心始悟，畏人予亦筑江郊。"落井下石之人，原来是旧交好友，这样的阅尽冤亲才得到的痛彻感悟，是多么的令人欲哭无泪啊。他著有《谭友夏合集》。谭元春因与钟惺合作编选《诗归》，成为竟陵派的主要倡导者而载入史册。

旅魂依旧到家山

2022年是方孝孺殉难六百二十周年，我曾有一短文《江南才子不书生》，梳理方孝孺与南京的关系，意在说明，方孝孺不是一个迂腐冥顽的人，不是一个鲁莽冲动的人，不是一个绝情寡义的人，不是一个沽名钓誉的人。

2023年是方孝孺诞辰六百六十六周年，我仅从方孝孺的一首小诗说起，说他在当时的时代背景之下对历代历史人物的独特思考，还有他所处时代大变局中的人事代谢、艰难抉择。管窥蠡测，挂一漏万。

我们知道，方孝孺的父亲方克勤被朱元璋冤杀在南京江浦。方孝孺与他哥哥方孝闻迢迢而来，扶柩归里，椎心泣血。

1392年，洪武二十五年，方孝孺再次应召来到南京。他心中无底，不无期待，也充满忐忑，就写了一首五言律诗《应召赴京道上有作》：

> 摇落秋冬际，苍茫鄞越间。
> 青山欹枕过，白鸟背人还。
> 问俗乡音异，消愁酒价悭。
> 虚名果何物，不使病夫闲。

时年三十五岁的方孝孺自故乡宁海，经过宁波、绍兴，来到南京，此后则是汉中六载的清寒岁月，云横秦岭家何在的莽莽大山之中，可不是杏花春雨的膏腴江南啊。多人说方孝孺高标复古，迂阔不当。他读《春秋左传》，放眼周围，几无同道，倍感寂寞，只能与古人为友，与前贤晤谈。他选取《春秋》中的十五人，自石碏到子皮等，都是他所心仪的人物，也是现实生活中很难见到的人物，一一点评，赤诚激越，流露出他的价值取向与深入思考。他在《闲居感怀》中说："贤豪志大业，举措流俗惊""救弊岂无术，得君方难言"。虚名在外，被人推荐，但究竟结果如何，自己却毫无把握。疾病缠身，仍旧如此长途奔波，人生价值难道就这样被消磨殆尽？

众所周知，方孝孺的老师是宋濂，一代大儒，所谓明初文臣之首，虽然他很反感被人定位为文人。自己的这位老师，已经在十一年前溘然去世了。老师死在巴蜀夔州一破庙之中，一生包容天下，兢兢业业，恪尽职守，功勋卓著，却是如此下场。这一结局，对方孝孺不可能不产生影响。实际上，方孝孺的老师辈们，如浙东四先生，连同他的父亲方克勤的死，也不可能不对方孝孺产生至大影响。当然还有吴中四杰的次第惨死，更是欲加之罪，何患无辞。明初五位丞相的死，均是骇人听闻，株连多人。

如此屡兴文字狱，如此实行政治恐怖，均何还要飞蛾扑火？自投罗网？世间有几人能做到如杨维桢那样闭门不出得以善终？

方孝孺的老师的老师，也就是宋濂的老师吴莱有一《风雨渡扬子江》：

> 大江西来自巴蜀，直下万里浇吴楚。
> 我从扬子指蒜山，旧读水经今始睹。
> 平生壮志此最奇，一叶轻舟傲烟雨。
> 怒风鼓浪屹于城，沧海输潮开水府。
> 凄迷滟滪恍如见，溕混扶桑杳何所？
> 须臾草树皆动摇，稍稍鼍鼉欲掀舞。
> 黑云鲸涨颇心掉，明月贝宫终色侮。
> 吟倚金山有暮钟，望穷采石无朝橹。
> 谁欤敲齿咒能神？或有伛身言莫吐。
> 向来天堑如有限，日夜军书费传羽。
> 三楚畸民类鱼鳖，两淮大将犹熊虎。
> 锦帆十里徒映空，铁锁千寻竟然炬。
> 桑麻夹岸收战尘，芦苇成林出渔户。
> 宁知造物总儿戏，且揽长川入樽俎。
> 悲哉险阻惟白波，往矣英雄几黄土！
> 独思万载疏凿功，吾欲持觞酹神禹。

吴莱是翩翩公子，他的父亲吴直方是元末的大学士，地位很高，深受脱脱爱重。看这首诗，起初很昂扬，气势宏阔，而再看诗的结尾,"悲哉险阻惟白波,往矣英雄几黄土",悲凉满怀,晦暗落寞。吴莱在1340年就去世了,也就四十三岁,死在他父亲前面,所谓白发人送黑发人。

宋濂、刘基、叶琛、章溢分别来自金华、丽水,所谓"浙东四士",最为突出的自然是刘基、宋濂。宋濂为自己的老师编订文集,还请刘基作序。刘基与方克勤也曾经是同事,有过交集。顺便说一下,方克勤与徐达、李文忠也都有过一定接触,虽然彼此地位悬殊。大家可能有一个误会,认为当时的许多读书人反感元朝,实际情况比较复杂,并非完全如此。杨维桢不说了,王冕、倪云林等对元朝都有好感,元朝的社会治理相对比较宽松、疏阔,否则,很难解释元代散曲、杂剧的繁盛、自由、无拘无束、伤今吊古,也很难解释会出现不少元代遗民。

浙东四学士为代表的文人集团与淮西勋贵集团有竞争,有矛盾,朱元璋玩弄政治平衡术,对双方有打有拉,得心应手。但晚年的朱元璋,更多的是考虑朱家江山如何稳固,自己选择的接班人怎样才能一帆风顺。刘基死,宋濂死,胡惟庸死,更有朱标的死,让他焦虑不安,辗转反侧。他机关算尽,设立塞王,废除相权,施行政治恐怖,事必躬亲,大权独揽,机关算尽,自以为很聪明,最终选定自己的孙子朱允炆来接班,为靖难之役埋下伏笔。

朱标与方孝孺都是宋濂的学生,就方孝孺所写关于朱标的文字,并不完全是虚应故事,敷衍塞责,场面文章,还是很有内在感情的,由衷之言,真切之痛。也许,方孝孺把这样的情感在后来都投射到了朱允炆身上,期望在这对父子身上能够倾其所能,一展抱负。

方孝孺读春秋、读史书,入他法眼的人物,三贤五友,不过是司马迁、诸葛亮、陆贽、韩愈、范仲淹、韩琦、欧阳修、司马光等。这些人物,现在的解读,多带标签,不无刻板印象。方孝孺对他们虽然往往只是寥寥数语,却一语中的,超越多人。

方孝孺笔下多是天下、多是势与俗、多是春秋大义。在靖难之役中,他虽然只是侍讲学士,也出了一些主意,并不能说完全都是纸上谈兵,还是有一定效果的,也是很有章法的。

有人说,方孝孺不智、不值。所谓不智,是不明智,何必要介入叔侄之争如此之深?不值,是说建文帝是扶不起的阿斗。见好就收好了,何必要不见棺材不掉泪,识时务者为俊杰嘛!这都是结果论者的一家之言。

方孝孺可以做杨士奇,也可以做解缙,他在朱棣父子所列出的二十九人名单中并不突出,更何况还有姚广孝的招呼在先。姚广孝是14世纪的30后,承上启下,技高一筹,他比方孝孺要高明许多。当然,这并不是说,方孝孺就没有眼光,没有见识。

时代的背景,历史的吊诡,形格势禁,功亏一篑,建文帝最终还是失败了,总要有人出来承担责任,总要有人选择不苟且、不世故,就这样的形势所迫,历史选择了方孝孺,方孝孺走进了更为宏阔悲壮的历史。

刚正不阿,以身殉国,是把方孝孺与张苍水放在一起来评价回顾的,方孝孺更侧重在刚正不阿,张苍水身在明末清初的鼎改之际,多在以身殉国。

"雨过湖楼作晚寒,此心时暂酒边宽。杞人唯恐青天坠,精卫难期碧海干。鸿雁信从天上过，山河影在月中看。洛阳桥上闻鹃处，谁识当时独倚阑？"有资料说，杨士奇注意到了方孝孺两个女儿的投水而死，他一直想就此留下一些文字，却未能如愿。三杨之一的杨士奇因为儿子而黯然回乡，他有一首诗《刘伯川席上作》，虽然是早年作品，却也反映出他热衷权力、贪恋高位的心态：

飞雪初停酒未消，溪山深处踏琼瑶。
不嫌寒气侵入骨，贪看梅花过野桥。

他小方孝孺八岁，到1444年才去世，经历五朝，他的台阁体，一度很有影响。

曾经是同事、比方孝孺小十二岁的解缙，面对朱棣，较为灵活机巧，一度深得朱棣信重，炙手可热。但，高处不胜寒，伴君如虎，他在1415年也惨烈而死。他有一首《赴广西别甥彭云路》：

多情为我谢彭郎，采石江深似渭阳。
相聚六年如梦过，不如昨夜一更长。

方孝孺的浙江老乡，也是他执弟子礼的父辈刘基，有一《春蚕》，立意新颖，别致灵巧：

可笑春蚕独苦辛，为谁成茧却焚身。

> 不如无用蜘蛛网，网尽蚩虫不畏人。

凄凉华表鹤，太息成悲歌。方孝孺的弟弟方孝友慷慨赴死之前，口占一首七绝给他耿介刚正的哥哥：

> 阿兄何必泪潸潸，取义成仁在此间。
> 华表柱头千载后，旅魂依旧到家山。

所谓靖难之役，历时四载，最终是朱棣父子胜出，建文帝不知所终。在此重大历史巨变面前，各人自有选择，而死难者众，如齐泰、黄子澄，如景清、练子宁，等等，多被处死，但最为惨烈的死，还是方孝孺。

华表，庙堂，天下，道统，旅魂，家山，说不尽的方孝孺。

百年相对眼青青

五百一十一年前的江南，看似平静，却也有蠢蠢欲动，说不上惊涛骇浪、暴风骤雨，但这小有波澜，几乎酿成大乱。天底下，总是有做局的人嘛！被耍弄者或深陷其中，甘心同流合污，不能自拔；或识破天机，审时度势，抽身而退，洁身自好。

且说江右南昌，有一藩王，不自量力，意欲染指最高权力。要实现这一黄粱美梦，总要动员力量，养精蓄锐，制造声势。就有人为之张罗协调，网罗人马。要做大事，格局要大，管什么鸡鸣狗盗，鱼虾王八。于是乎，地处江左的多人也受到邀请，共襄"盛举"，其中就有文徵明，还有唐寅，都在被邀请之列。

文徵明一直对仕途心存幻想，他中了秀才之后，在近三十年时间内，九次来南京，参加乡试，期望得到一个进身之阶。其中有一次，时在1498年，他与唐寅同来南京考试，结果是唐寅高中第一，所谓解元，文徵明却仍旧名落孙山。文徵明与唐寅同岁，一同考试，结果迥异，两人心境自然不同。唐寅春风得意，指望次年联捷，登堂入室。文徵明当然无此机会，却也为同乡唐寅高兴。

唐寅与都穆、徐经等兴致勃勃来到北京，考试也很顺利。就在翘首以待结果之时，谁能想到，出了大事。他与徐经被人告发贿赂主考官程敏政等。程是安徽人，与吴宽、沈周都有交集。有了举报，就要彻查。不管三七二十一，唐寅、徐经先被处罚再说。这一处罚不大紧，就此结束了唐寅的政治前程。这一年，他也刚刚才到而立之年。与他一同倒霉的徐经，就是徐霞客的曾祖父。举报唐寅者谁？多说是与他一同进京参加会试的都穆。

唐寅受此打击，如五雷轰顶，万念俱灰，心态大变。这中间，受人邀请，也曾到江右戏耍，声色犬马。

生活总要继续，长江无法倒流。1505年，文徵明曾好言规劝唐寅。唐寅有《答文徵明书》，两人从此失和。且说到了五百一十一年前，江西有人到江左游说，甜言蜜语让文徵明、唐寅到南昌共图大计。唐寅对此，心生莫名期待，以为到了江西，他就能够振臂一呼，脱胎换骨，弄一个巡视员干干也未可知。但，他还是有点忐忑，就作《又与文徵仲书》，虚心请教文徵明。文徵明是文天祥之后，也对江右熟悉。他看透玄机，劝说唐寅不要去江西，他自己也不会去的，这帮乌合之众，乌烟瘴气，成不了大气候。唐寅斟酌再三，还是决定前往南昌一搏。这就有了1514年的唐寅江西之行。还算唐寅聪明，他最终看破阴谋，装疯卖傻，得以侥幸逃脱出南昌，也算保住了一条性命。真是虚惊一场，恍然一梦。

回到苏州后的唐寅颇有劫后余生之感，画意大进，而风流倜傥依旧。文徵明却还在孜孜不倦，跋涉场屋，参加三年一次的南京乡试考试。家里人不大放心，他的儿子陪着一起来南京，有时候住在朋友家里。近三十年的考试，白发书生寂寞心呢。

到了五百零一年前，1523年，有人实在看不下去文徵明如此可怜，就推荐他到北京碰碰运气，这就有了所谓翰林院待诏的名分，也不知道是公务员身份、事业编制、还是参公待遇？文徵明在京城三年，就又回到苏州了。就在文徵明去北京的那个冬季，唐寅死了，若按阳历，迄今整整五百年。

文徵明死在1559年。

大致在唐寅死后一百二十年，有一出版人毛晋重修了唐寅的墓。

苔满西阶人迹断，百年相对眼青青。唐寅而立之年被人暗算。不甘寂寞，年过不惑到南昌冒险，几遭不测。他才过半百之年，就一命呜呼，离开了这个世界。

据说举报唐寅的都穆，大唐寅十二岁，在唐寅死后一年多，也去世了。他做过太仆寺少卿，类似于副部级吧，比文徵明的爸爸文林的太仆寺丞要高好几个级别呢。

辑四

一灯围聚老书生

1764年，乾隆二十九年，冬，某夜，准确地说，是阴历十二月初五的夜晚，有一小饭局正在两江总督署衙西园内悄然举行。

做东者自然是时任两江总督尹继善，在座者有鼎鼎大名的一代名士袁枚，还有据说是秦桧后人的状元秦大士，另有一人则是江西铅山人蒋士铨。这几人为何会聚集在一起？他们会谈论些什么话题？尹继善重任在肩，封疆大吏，人在南京，迎来送往，公务繁忙，顺理成章，怎会有闲工夫有此雅兴张罗这一聚会？袁枚名满天下，尹继善对袁枚的才识极为欣赏，已经辞官在南京随园十五载，他经常到两江总督署来，与尹继善多有交流唱和。简斋在此，并不令人意外。秦大士不仅有状元头衔，还历任会试同考官。这样说来，唯有蒋士铨似乎是初来乍到南京？他与秦大士在北京多有往来，但与袁枚、尹继善虽然彼此都有耳闻甚至书札往来，但彼此晤面也是新近之事。更何况，蒋士铨要想见到尹继善这样的显赫人物也并非很容易呢。蒋士铨因何到了南京？他与南京有何关联？

蒋士铨是清乾隆时期的诗人、剧作家，他与袁枚、赵翼有乾隆三大家之称。蒋士铨是江西上饶铅山人，本姓钱，籍在湖州，其祖父在明末清初的乱世纷纭中颠沛流离，被江西铅山一蒋姓人家收留，从而姓蒋。至少在蒋士铨得中进士之前，看其行年录，未见他与南京有何等特别密切关系，大致在1748年，他曾在南京盘桓数日。但，蒋士铨居京有年，备感仕途无望，在不惑之年决意南归之时，并没有回到南昌或者铅山、鄱阳，而是选择江左南京，却是为何？难道仅仅是因为在十六年前他对南京这一六朝古都的印象不错而已？且来说说蒋士铨与南京的细碎往事，旧日云烟。

乾隆十三年，1748年，蒋士铨乡试中举之后首次进京参加会试，铩羽而归。没有连捷，不仅自己失落，父亲也已年迈多病，若登第可慰其老怀，也不负母亲多年辛劳操心。既然苍天无眼，唯有三年后再来一试身手。蒋士铨离京南下，九月上旬，他路经南京，多有停留。这大概是蒋士铨较早与南京发生关联，且看他的两首《燕子矶》：

> 崖头一点落空冥，峭壁横开石脚腥。
> 何物江流能作险？当年燕子本无形。
> 波沉铁锁降帆下，风激寒潮倚杖听。
> 裙屐兵戈都不见，夕阳山色六朝青。

老鹳河宽混浊流，云烟虚传秣陵秋。
那堪五马悲龙种，剩有群鸦叫佛楼。
乱世文章偏极盛，过江人物奈包羞。
埋金已厌钟山气，空说危矶在上头。

时年二十四岁的蒋士铨，虽然场屋小有挫折，却依旧意气风发，对未来充满期待。他在燕子矶想起刘禹锡的诗句，又想起当年的五马渡江，金兀术的黄天荡突围，所谓金陵王气黯然收，感慨丛生，吟出快意诗行。意犹未尽，蒋士铨在燕子矶宏济寺又有所感，一挥而就，写成《燕子矶书宏济寺壁》绝句六首：

随着钟音入梵宫，凭谁一喝耳双聋。
桫椤不解无言旨，孤负拈花一笑中。

十围大树幕空庭，九十山僧老鹤形。
不解六朝兴废事，临河爱看使臣星。

白水千盘翠几围，岩头古刹傍危矶。
我生未到悬崖上，不向云山乞衲衣。

山水争留文字缘，脚根犹带九州烟。
现身莫问三生事，我到人间廿四年。

胸次原无半点尘，蒲团何待指迷津。

> 吟怀只借江山助，一个春风下第人。

> 南朝四百八十寺，画壁纱笼此处多。
> 一笑禅关留姓字，蛛丝尘网奈他何！

蒋士铨这六首七绝，直抒胸臆，酣畅淋漓，春风下第，蛛丝尘网而已。他署名苕生后，掷笔而去，却引起一年后到此一游者的注意，此人是谁？就是大名鼎鼎的袁枚。袁枚就是在这一年才决意辞官，安家南京随园，快意恩仇，潇洒自如，自谓文章报国。他觉得能写出如此诗句者，绝非等闲之辈，顿生惺惺相惜之感。他尤其欣赏其中的第一、第四这两首，还把它写进了自己的《随园诗话》。袁枚在《寄蒋苕生太史序》中也提到此事，而熊涤斋告诉袁枚，苕生就是蒋士铨。从此，蒋士铨与袁枚两人有了书信往来。袁枚说，蒋士铨"寄余词曲尤多"。熊涤斋是熊本的号，与蒋士铨是江西同乡，他后来做过浙江巡抚。蒋士铨离开南京，到浙江六载，与他的热心推荐有关。熊本曾有宅院在南京城南小西湖。

蒋士铨激情澎湃，难以遏制，他还有《秦淮书酒家壁》，伤今吊古，一吐为快：

> 不见红阑长板桥，秋光狼藉欲魂销。
> 斜阳在水愁孤燕，残柳当门怨六朝。
> 旧院瓦堆僧卖酒，丁家楼毁鬼吹箫。
> 美人黄土灯船散，金粉原来易寂寥。

小巷莺花已作尘,风流如梦总非真。
江南哀后无文社,楼上春残失丽人。
湖问莫愁何处宅?渡寻桃叶不知津。
欲行且住低徊绝,谁见杨花逐画轮?

蒋士铨在南京还写了《即望》《夜泊》《报恩寺》等,而他的《金陵杂咏》,从六朝梁武帝萧衍饿死台城到明成祖朱棣靖难之役,更有明末的东林党人空谈误国,等等,纵横古今,豪迈横恣,多有评说,堪称大家手笔:

六代兴衰一建康,繁华依旧说齐梁。
风光毕竟江南好,剩水残山也断肠。

石城艇子去难还,衰柳金城未忍攀。
消受孙郎楼上坐,三山吹落酒杯间。

谁遣君王作饿夫?桑门无处乞伊蒲。
青丝白马童谣验,不杀牺牲解战无?

不取金陵誓不回,袈裟潜遁有余哀。
成王何在周公死,羞煞儿孙又北来。

岂有君臣说中兴?满城花月唱春灯。

风流略似清谈后,秋草茫茫十一陵。

气节空言枉杀身,东林君子漫同伦。
清流何补危亡事?复社文章即晋人。

秦淮水冷不曾温,兰麝香消艳冶魂。
绝似赏心亭子下,珮環声里泣黄昏。

画篋闲翻盒子诗,倡家狎客记当时。
多情白下萧萧柳,收拾南朝一片痴。

1754 年,乾隆十九年,蒋士铨第三次赴京参加会试,仍旧黯然落第,但在内阁中书的选拔考试中,却钦取第四,授实缺,入阁管汉票签事,校勘《文选》,十月告归,南返。此年,蒋士铨好友杨垕去世。大致也是在此年,蒋士铨沿水路北上,又途经南京。

1756 年,乾隆二十一年十月,蒋士铨与妻子曾路过淮阴,祭扫其妻祖坟。

1757 年,乾隆二十二年,三十三岁的蒋士铨第四次赴京会试,终于考中进士,朝考列第一,殿试列第十三名。多年辛苦跋涉,终于有了满意结果。蒋士铨激动不已,赋诗一首:"天街一骑滚香尘,蕊榜朝开姓字新。报说和凝衣钵好,舍人名列十三人"。

居京不易,仕途难行。天子脚下,七载时光蹉跎,顿成过往,蒋士铨在不惑之年已经是心事浩茫,萌生退意。

乾隆二十九年,1764年4月20日,蒋士铨决意辞职南归,定居南京。他请人绘一《归舟安稳图》,表明心迹,对京城已无所留恋。袁枚《随园诗话》载:乙酉岁,心余奉母出都,画《归舟安稳图》,一时名公卿,题满卷中。心余就是蒋士铨。蒋士铨的母亲钟令嘉曾就此画也吟咏绝句七首,一气呵成,晓畅明达,宛若家常:

> 馆阁看儿十载陪,虑他福薄易生灾。
> 寒儒所得要知足,随我扁舟归去来。

> 一艇平安幸已多,胸中原未有风波。
> 团圆出又团圆返,儿颔发长母鬓皤。

> 一生辛苦备三从,六十新叨墨敕封。
> 得向青山梳白发,此心闲处便从容。

> 书声才歇笑声连,乞枣争梨绕膝前。
> 自笑老人多结习,课孙不及课儿专。

> 三十随夫四海游,江山奇处每勾留。
> 谁知老去清缘在,还坐东南软水舟。

> 手植松楸翠几寻,故山归去怯登临。

白云深处焚黄日，可慰梁鸿庑下心。

四十归田可闭门，焚香省过答天恩。
三年后更添欢喜，新妇为婆子抱孙。

就此《归舟安稳图》，赵翼、袁枚、程晋芳等都有题诗，感慨时事，情义绵绵，互道珍重。

1764年秋，蒋士铨一家老小启程南下。路过淮阴，他再去祭扫其妻张家祖坟。漕运总督杨锡绂闻听蒋士铨路过此地，盛情款待。船过扬州，将入长江，蒋士铨有《瓜洲》七绝：

蟹舍渔庄碧玉环，茅檐青露隔江山。
渡河而后征裘减，画断轻寒是此间。

后来，蒋士铨离开南京在吴越六载后又曾在扬州生活三载。他母亲在此去世，方才逆水而上，扶柩回返江西故里。

蒋士铨一家船到南京，已经是十二月之初了。他立在船头，放眼望去，心潮澎湃，吟咏道：

两朵金焦八度看，乘风破浪徂心阑。
回舟敢避江神笑，来借渔矶著钓竿。

南北东西意渺茫，欲从江左买溪堂。
如何才见钟山影，便觉并州是故乡？

> 月轮如镜一波平，风细帆悬彩鸟轻。
> 洗净心头卅年事，者番怀抱比江清。

这就是蒋士铨著名的七律《渡江》，他自江西经此走大运河去北京，多次往返，大致有十次左右江河辗转，体会时代脉搏，感受潮起潮落，也不无江湖奔波劳碌身心疲惫之慨。

蒋士铨稍微安顿下来，就赶去小仓山随园拜访神交已久却从无晤面的袁枚。袁枚见到小自己九岁的蒋士铨大喜过望，热情接待，他带领蒋士铨遍游随园山水亭林，春风满面，其乐融融。蒋士铨有《喜晤袁简斋前辈即次见怀旧韵》，记录两人的把臂长谈，相见难得：

> 未见相怜已十分，江山题遍始逢君。
> 荣枯总是同岑树，舒卷俱成入岫云。
> 花墅留春知冷暖，宰官藏影悟声闻。
> 微输彩袖承欢后，消受金炉换夕熏。
>
> 池馆清华喜未遥，定从沽酒典宫貂。
> 导师力可超群劫，仙吏才堪挽六朝。
> 翡翠簾遮青玉案，水晶屏护紫云箫。
> 英雄儿女何分别？奇气还生醉颊潮。

蒋士铨在南京经过一番寻觅比较，最终决定在鸡鸣山下西南侧十庙口一处幽静院落作为栖身之地。院中小楼，他命名为红雪楼。蒋士铨写有红雪楼《卜居》四首：

半窗红雪一楼书，廿载辛勤有此庐。
不肯被他猿鹤笑，移家来就北山居。

钟山真作我家山，拣得行窝静掩关。
洗去六朝金粉气，展开屏障画烟鬟。

檐端十庙古坛址，屋后台城坏殿基。
让与争墩两安石，家门只傍蒋侯祠。

寓公庭院四时春，酿酒栽花媚我亲。
藏过头衔署新号，鸡鸣埭下老诗人。

钟山，北山，台城，蒋侯祠，鸡鸣埭，谢安墩，就在此处安家做一寓公，与世无争，闭门读书，闲时出门走走，会会朋友，很好，很好。

尹继善早就听闻蒋士铨文章一流，才识非凡。他从袁枚处得悉蒋士铨辞职南下定居南京，就让简斋约请蒋士铨，还有去年才从北京致仕南京的秦大士，择时一起雅集，也是为蒋士铨接风洗尘。这天傍晚，蒋士铨从十庙口红雪楼先到总督府，袁枚自小仓山随园前来，稍迟片刻，而秦大士则非常准时，他自城南瞻园过来，居然还比蒋士铨先到一步。两人在总督府门口寒暄叙旧，也等着袁枚,三人好结伴一同进去。秦大士去年离京,蒋士铨曾有多首诗作赠送,两人彼此都很熟悉,只是蒋士铨与袁枚才是在南京第一次见面。三人到齐,联袂入府。尹继善让其儿子似村公子前来迎接,一同到西园聚谈。

这四人聚首,虽有地位之别,但都心无芥蒂,开怀畅饮,无话不谈。蒋士铨说,听说曹雪芹去年初去世了,也不知真假。尹继善一阵错愕,惋惜不已。他说道,五年前,乾隆二十四年,曹雪芹自京都南来,在此一年多,看他身体尚可,怎会如此年纪就撒手人寰?听闻他在写一部大书,也不知完成否?蒋士铨虽然在京城交游甚广,而曹雪芹并无显赫功名,大致只是孝廉或贡生而已,是一笔帖式,茫茫人海,两人并无交集。袁枚留心文坛掌故,他说曹雪芹工诗善画,他在《随园诗话》中留下曹雪芹撰就《红楼梦》的简略文字,也说到随园即大观园。袁枚此说,引发周汝昌先生大为不满,他一再宣称,北京另有随园,南京随园与曹家无关。但"秦淮旧梦人犹在""秦淮风月忆繁华",这些,都是周汝昌先生所认可的啊。后来,有一署名"云间艮生陆厚信并识"者曾为曹雪芹绘一画像,并有题记:雪芹先生,洪才河泻,逸藻云翔。尹公望山,时督两江,以通家之谊,罗致幕府。案牍之暇,诗酒赓和,铿锵隽永。余私忱钦慕,爰作小照,绘其风流儒雅之致,以志雪鸿之迹云尔。

尹公望山,就是尹继善。也就是说,曹雪芹曾在尹继善的幕府里工作过。这一曹雪芹画像与题记,在后来引发周汝昌、郭沫若、启功、徐邦达、谢稚柳等多人关注,聚讼纷纭,莫衷一是,成为悬案。

四人聚会，机会难得，岂能无诗？蒋士铨最为年轻，率先献出自己的《尹望山督相招饮，同袁简斋秦涧泉两前辈席上作》：

卓午催驰问字车，军门书静报休衙。
欣逢丞相开东阁，得共门生列绛纱。
酿雪天宜文字饮，素心人对岁寒花。
真堪写向屏风里，未许粗官入座哗。

衙斋幽比玉堂深，十八科中四翰林。
雅集还同真率会，虚怀弥见读书心。
思随泉涌诗频和，墨带池香帖细临。
箕斗插檐银烛换，清言都忘漏签沈。

万卷围身老不疲，平生心事短檠知。
已收元气归调燮，更与斯文作总持。
胸纳智珠含异彩，手扶桢干半虬枝。
十三经本趋庭授，料理汾阳领首时。

本无田里可躬耕，奉母来栖白下城。
得到灵山才见佛，偶趋公府亦登瀛。
拈花旨妙人同笑，立雪门高地益清。
谁识寒宵方丈里，一灯围聚老书生。

尹继善最为年长，又是东家，他有《西园小集后，花下独坐有怀子才，仍叠前韵》，也算真情流露：

> 幽栖岂是薄功名，厌说林深鸟不惊。
> 白发时陪新弟子，青山也爱旧书生。
> 承欢谁似饶其乐，舍肉还多见至情。
> 料得冰楼无底事，横琴坐对月轮明。

> 近赠芝兰种满除，巡檐采采孰相于。
> 窗前鸟静间欹枕，竹里灯明夜读书。
> 见面难如千里外，论交喜在廿年余。
> 小仓也仿栖霞意，闻又新添水一渠。

袁枚、秦大士自然也都有诗作唱和。蒋士铨在诗中提到了四翰林，不无自得之意，他也说到"读书心""老书生"，大致是因为尹继善说到"旧书生"。尹继善当年受知于雍正帝，虽然不如允祥、张廷玉、鄂尔泰、隆科多、田文镜、李卫、年羹尧等声名赫赫，炙手可热，却也是而立之年即成封疆大吏，得意春风。进入乾隆时期，尹继善虽然继续受到重用，他还继娶了鄂尔泰的侄女，而他的女儿则嫁给了乾隆的一个儿子，地位之尊隆，令人眼热。自信满满的乾隆皇帝经常批评驳斥尹继善居心不诚，耍奸使滑，巧于伪饰，贪名好利，种种批示，劈头盖脸，令人如芒刺在背，坐卧不安。尹继善只能低头俯小，唯唯连声。如今，他已经年近七旬，多年宦海沉浮，许多事情也都看得淡了。这次饭局之后不久，他就回调京城了。蒋士铨在诗中还提到尹继善新订十三经精粹，也喻指尹继善的十三个儿子，其中的似村公子是尹的第六子庆兰，此后与蒋士铨多有来往，也有诗文唱和，他号长白浩歌子，著有文言小说集《萤窗异草》。

蒋士铨在南京，除了与尹继善父子、袁枚、秦大士等往来外，交友广泛，他陪袁枚登过栖霞山、清凉山，都有文字留存。蒋士铨与熊本接触很多，还有画家李朗等。另有龚鉴戎，时已经病故，他的房舍在清凉山下的乌龙潭。蒋士铨的《乌龙潭访汪氏废园》，就是去看龚的旧宅：

> 风潭百顷木千章，一丈荷花十顷香。
> 天入夏时无暑到，木当深处有龙藏。
> 荒园老屋人堪隐，好友东华语最详。
> 岂料探寻成瓦砾，两年中已换沧桑。

蒋士铨又去仪凤门的陶谷看梅花，留下《陶谷看梅花》：

> 一坞寒香一岭云，至今空谷属徵君。
> 花开野店人争访，酒卖斜阳客半醺。
> 破屋箫吹吴市曲，春山诗唱鲍家坟。
> 三层楼倒无通引，风外松涛孰共闻？

蒋士铨此诗作于乾隆三十年（1765年）正月或二月。仪凤门内陶谷是陶贞白隐居之所，有六朝梅，夭矫不群，匝地如古松，梅实迥异寻常，中有落梅山房。陶贞白就是陶弘景。今南京有陶谷新村。

乾隆三十一年（1766年）春，蒋士铨由南昌返回南京，他写有《到家》，细说十庙口的红雪楼：

蛛丝依约胃灯屏，寂寂春光草半庭。
梅谢叶舒今岁绿，苔深花叠去年青。
痴僮病久沽藏砚，饥鼠粮空蚀旧经。
罢检交游名纸积，鱼书稠叠感丁宁。

蒋士铨在南京还写有《冶城》《观象台》《莫愁湖》《桃叶渡》《覆舟山》《乌衣巷》《浦口》《邀笛步》《胭脂井》等。且看他的《邀笛步》：

使君原是不凡人，岂与王郎论主宾。
吹笛抚筝同谲谏，忍教疑贰杀功臣。

桓伊吹笛，王郎弹筝，边弹边唱《怨诗》：为君既不易，为臣良独难，忠信事不显，乃有见疑患。声节慷慨，一段佳话。他的《乌衣巷》：

宝树凋零第宅荒，当年王谢比金张。
如何百姓堂中燕，又蹴红笺魅阮郎。

蒋士铨还有《极目》：

江山奇胜总偏安,天堑茫茫固守难。
史册事随春梦过,皖公青入酒杯间。

1768年,乾隆三十三年秋,蒋士铨从绍兴蕺山书院由水路返回南京。他泛舟江上,纵览江景,只见白浪滔天,浩浩荡荡的江水,滚滚东流,直奔大海。放眼远眺,空阔的江面与天边相连,一片苍黄,浩渺无涯。江边芦花盛开,与雪白的秋霜相映。南京自三国东吴建都迄今,历经东晋、宋、齐、梁、陈,号称六朝古都,多少盛衰兴亡的历史壮剧在此搬演,六朝湮灭,已成陈迹,被人淡忘,诗人又对谁去感慨兴亡呢?他乘兴写下两首五言诗,道尽古今之叹,此即《江泛》:

二百里江光,群山绕建康。
滔滔随眼白,荡荡接天黄。
战骨多沉海,芦花又戴霜。
六朝先后灭,何处说兴亡!

匙滑尝菰饭,厨香试鳜羹。
晓烟浮海气,夕网挂冬晴。
云合三山远,帆过一鸟轻。
东来建业水,才下石头城。

蒋士铨在写"六朝先后灭,何处说兴亡"之前,本来是说

"英雄先后死，隽物是孙郎"，他觉得落脚点说孙权还是有点不够壮阔，还是谈"兴亡"格局更为宏观吧。"滔滔""荡荡"状尽长江水宽浪急、苍茫空阔之景，又与诗人此时此刻的浩茫心绪极为契合。"芦花又戴霜"，更与吊古的感伤之情彼此吻合：芦花犹知披白悼念战骨，而人呢？青翠的群山，苍黄的江天，似雪的白浪，如霜的芦花，色彩素净，与怀古情调浑然天成，令人遐思。张维屏曾说："心余先生诗，篇篇本色，语语根心，不欲英雄欺人，不肯优孟摹古。"同为金陵怀古，刘禹锡说"兴废由人事，山川空地形"，放眼历史，揭示六朝兴亡的原因在于"人事"。王安石嗟叹"《黍离》《麦秀》从来事，且置兴亡近酒缸"，揭橥朝代兴亡出于骄奢淫逸，劝诫后人不必徒然感伤。蒋士铨针对当下就前师之鉴的淡忘冷漠，感慨"六朝先后灭，何处说兴亡"，古今结合，发人深省。

蒋士铨对燕子矶似乎情有独钟，此番前来南京，他又写一首五言《燕子矶》：

苔藓千年碧，槎牙积铁屯。
何年傍朱雀？不解啄王孙。
花落衔泥垒，春销掠水痕。
空江横暧逮，此是乱云根。

蒋士铨看到钟山、摄山青翠隐隐，迢迢在望，虽在秋冬，仍旧绿意盎然，栖霞寺的钟声声声传来，他有《遥青》抒怀：

忽见最高峰，如瞻故旧容。
心悬白门柳，耳过摄山钟。
寺古吾曾到，江宽不可纵。
遥青看未厌，莫被暮云封。

终于到家了，蒋士铨又赋《到家》：

庭阶寂寂草新锄，去日红梅剩半株。
憔悴似伤思妇老，萧条真类道人孤。
惊犬吠主当门卧，衰仆疑宾倚杖呼。
十担归装两年别，不应风景便差殊。

万卷深藏十笏楼，漏痕蛛网阅春秋。
丹黄蚀处参差补，签轴残多审量修。
传与儿孙能几世，谁家田舍得终留？
降云天乙分存没，试问三瓿肯借不？

庭院寂寂，久无人踪。蒋士铨打扫拾掇院落，有《种两梅树》，以五言记其事：

昔名红雪楼，因梅舒绛䕺。
梅今剩枯桩，不复有枝叶。
秃如闭院僧，衰比退老妾。
无人涤虫蠹，有鬼吊蜂蝶。

归迟失所依,缘在可重接。
乃迎两倾城,并徙双步屧。
一披浅碧衣,一晕燕支频。
回眸古仙人,左右欲提挟。
春风何时来,却此扇影折。
老树忽著花,心喜同见腊。
鼎足羹共调,鱼贯宠兼摄。
专房主三阁,舞羽唱三叠。
备物密岂亡?胥命蒲自协。
堂户三星交,火泽二女浃。
故人益寿康,新人各安帖。
小楼当易名,长笛敢轻挈?

1748 年蒋士铨曾在南京盘桓数日,1764 年又定居南京,此后不久,他虽然到绍兴、杭州谋生,而红雪楼还在南京,并没有转让售卖,他还是常来南京。乾隆下江南,路经南京,蒋士铨还曾让儿子到南京并受到皇帝的接见呢!

1785 年春,蒋士铨病逝,得年六十岁,但,他留下的文字,尤其是他为南京曾经留下的文字,不应该随风而逝,湮没无闻。

九条巷里说九帅

南京鼓楼区有头条巷、二条巷一直到四条巷。秦淮区也有同名街巷，如今的南京市文联，就在该区的四条巷。但秦淮区还有八条巷、九条巷，这两条小巷并非靠近四条巷，而是处于洪武路与中山南路之间，东西走向，自淮海路次第南来，过了羊皮巷、程阁老巷，就是八条巷、九条巷了。九条巷往南，还有厅后街，再过去不远，则是白下路了。

九条巷，无甚特别，有一学校，横跨小巷南北，曾叫二十三中，也就是钟英中学。五十多年前，叶兆言先生在游府西街小学毕业后到此读书，当时他家住延龄巷，距此不算太远。他在这里读完初中，又继续读高中，将近五年时光，在此消磨度过。他曾有长篇小说《没有玻璃的花房》，提及这段青葱岁月，"那个时候，这所学校打架是很出名的，有不少人都送到局子里去了"，叶先生如此说道。但今天在此，主要是说说一位很会打仗的大名人之弟、也做过两江总督的曾国荃，江湖人称曾九帅。

大名人者为谁？曾文正公，就是大名鼎鼎的曾国藩啊。九条巷里说九帅，却是为何？因为曾九帅曾住在此地，在一百三十多年前又死于此地，他的宅邸被改建为曾公祠，如今仍在钟英中学北院之内。在此聊聊曾国荃，不属无稽之谈吧。

曾家兄弟五人，除曾国藩文才武略兼备，对近代中国的影响至为深远外，曾国荃的功名虽然不及他大哥，却要远远高于其他三人，不仅于清朝功不可没，对曾国藩的帮助也属最大。曾国荃比曾国藩小十三岁，生于道光四年，即1824年。十六岁时，他跟着父亲到京师，就学于曾国藩，很得哥哥的嘉许。道光二十二年（1842年），曾国荃离开京师回到湖南原籍，曾国藩送他到卢沟桥头，以诗为别，如此写道："辰君平正午君奇，屈指老沅真白眉。"曾国潢生于庚辰岁，曾国华生在壬午年，曾国荃表字沅甫，故以"辰君""午君""老沅"分别代指三位兄弟，诗赞曾国荃才俊特出于兄弟几人之上。兄弟两人，都担任过两江总督，不仅在晚清，在整个清朝，也就仅此一例吧。

据说，曾国荃生性十分高傲，1847年以府试第一入县学，不久举优贡。1856年，曾国藩率领湘军在江西湖口惨败，被太平军围困在南昌周围的狭小地区，处境十分险恶。曾国荃为救援其兄，与吉安知府黄冕劝捐募勇三千人，援救江西，连陷安福等地，进围吉安。曾国荃此段经历，《清史稿》有如此记述："曾国荃，字沅甫，湖南湘乡人，大学士国藩之弟也。少负奇气，从国藩受学京师。咸丰二年，举优贡。六年，粤匪石达开犯江西，国藩兵不利。国荃欲赴兄急，与新授吉安知府黄冕议，请于湖南巡抚骆秉章，使募勇三千人，别以周凤山一军，合六千人，同援江西。十一月，克安福，连破贼于大汾河、千金坡，进攻吉安，下旁数县。七年春，丁父忧回籍。夏，贼麇聚吉安，周凤山军败溃。时王鑫、刘腾鸿皆丧亡，士气衰沮。江西巡抚耆龄奏起国荃统吉安诸军，军复振。冬，败石达开于三曲滩，吉安围始合。八年春，克吉水、万安。八月，督水师毁白鹭洲贼船，破城外坚垒，遂克吉安，擒贼首李雅凤。以功累擢知府，撤军还长沙。九年，复赴江西，率朱品隆等军五千余人援剿景德镇。时诸军与贼相持数月，莫肯先进。国荃至，乃合力败援贼于浮梁南。三战皆捷，火镇市，追歼贼及半，克浮梁，擢道员。江西肃清。"曾国荃打仗采取挖壕筑垒之法，实行长围久困之策。他此后攻安庆，陷天京，都以挖壕围城取胜，也因此而有了"曾铁桶"的说法。

如果说，曾国荃在江西崭露头角，表现不俗，而他在此后安庆之战中的表现，更是可圈可点，一战成名，终于成为湘军的中流砥柱。一百六十多年前，也就是1860年（咸丰十年）5月，湘军围攻安庆集贤关，屡次击退英王陈玉成的援军。1861年秋，攻陷安庆，曾国荃因功加布政使衔，他又攻克无为州，取太平天国粮仓运漕镇，因功赏一品顶戴。这一年，曾老九算是跻身副省级干部行列了，也就三十七岁啊。

安庆处于长江中游，溯江而上可据汉口、武昌，顺水而下，则南京门户洞开，军事地理位置极为重要。曾家兄弟准备攻取安庆之时，该城已被太平军占领经营达九年之久。1860年6月，安庆攻坚战拉开序幕。曾国荃率湘军八千人在安庆城西、城北开挖长壕两道，造成包围之势，断其军粮。城内太平军屡次出城作战,湘军都坚守壕垒,不轻易越壕迎敌,屡屡挫伤太平军锐气。英王陈玉成前来救援,也始终无法突破湘军阵地。一时间,交战双方全力以赴,安庆之战成了关系太平天国和清王朝之间军力消长的大决战。曾国藩大本营就驻扎长江南岸距安庆不过几十里的东流,可以十分清晰地听到交战双方的火炮轰鸣声。5月19日,陈玉成率军赴桐城,留八千人守集贤关内和菱湖两岸各垒,留四千人守集贤关外赤冈岭四垒,致使一万余人的部队陷于孤军作战且无主帅之境。5月20日,湘军将领鲍超开始猛攻集贤关外太平军四垒,太平军守将刘玱琳骁勇善战,交战十分激烈。6月8日,赤冈岭四垒被湘军团团围住,太平军已是山穷水尽。鲍超派人劝降,有三垒太平军被迫投降。刘玱琳率数百人突围,被湘军穷追,终被生擒。此战整整二十天,陈玉成精锐之师全军覆没。安庆之战的激烈、残酷,骇人听闻,令人发指,一月之内,仅集贤关内外,太平军就死亡一万多人。此时,安庆与外界的联系已经断绝,一些外国商人将粮食偷运卖给太平军,但曾国荃把守航道,以高于太平军的价格将粮食收买,使安庆城内的太平军陷入绝粮困境。1861年9月5日,曾国荃用地道填埋炸药轰倒安庆北门城墙,湘军蜂拥而入,太平军守将叶芸来等一万六千余官兵投降,但多被曾国荃诛杀,曾国荃也因此得了一个"剃头匠"的绰号。据说,曾国荃将英王府的所有财富据为己有,装船运回湖南荷叶塘家中。安庆之战,曾国荃又为湘军立了大功。曾国藩也真正摆脱"客寄虚悬"之尴尬局面,督署两江,节制四省。

就安庆之战,史书记载简略生动,现抄录如下:国藩出九江,至黄州,与胡林翼议分路图皖。国荃留军巴河,自还湖南增募为万人。多隆阿、鲍超等既大破贼于太湖、潜山,十年闰三月,国荃乃进军集贤关,规攻安庆。陈玉成来援,击走之。十一年,陈玉成复纠捻众至于菱湖,两岸筑坚垒,与城贼更番来犯。国荃调水师入湖,令弟贞干筑垒湖东以御之。会陈玉成在桐城为多隆阿所败,还趋集贤关,迎击破之。玉成由马踏石遁走,仍留党踞赤冈岭,与菱湖贼垒犄角。国荃困以长壕,鲍超来,合攻,悉破其垒,擒斩万余。进破安庆城外贼营,毁东门月城。惟北门三石垒坚不可下,令降将程学启选死士缘炮穴入,拔之。陈玉成屡为多隆阿所创,收余众,纠合捻匪,复屯集贤关,袭官军后路,城贼叶芸来亦倾巢出扑。国荃凭壕而战,屡击却,仍复进,增筑新垒,遣贞干合水师扼菱湖,绝贼粮路。八月,以地雷轰城,克之,歼贼万余,俘数千。捷闻,以按察使记名,加布政使衔,赐黄马褂。寻以追殄余贼,赐号伟勇巴图鲁。于是国藩进驻安庆,国荃率师东下规江宁,克无为州,破运漕镇,拔东关,加头品顶戴。分兵守诸隘,自回湖南增募勇营。

安庆陷落,为湘军会师天京准备了条件。此处两次提到的贞干,就是曾国藩、曾国荃最小的弟弟曾国葆。

1862年春,曾国藩开始部署进攻天京,他又把主攻的任务交给了弟弟曾国荃。曾老九率军急进,连下无为、巢县、含山、和州、太平府、东梁山、金柱关、芜湖、江宁镇、大胜关等地,直逼天京城下。1862年5月31日,曾国荃在天京城南门外的雨花台扎下营寨,使所部处于孤立突出的险境。曾国藩替他担心不已,写信劝其暂时后退,以求稳妥之策,但是曾老九却毫无退兵之念。曾国藩拟派李鸿章前来援助，也遭到他的严词拒绝。他故伎重演，在天京城外深挖壕沟，广筑防御工事，结合水师，全力出击，靠二万军队击退了号称二十万的太平大军。曾国藩看他打了胜仗，又劝其趁好即收，撤兵天京。此时已觉胜券在握的曾国荃力排众议道："贼以全力突围是其故技，向公、和公正以退致挫，今若蹈其覆辙，贼且长驱西上，大局倾覆，何芜湖之能保？夫贼虽众，皆乌合无纪律……破之必矣。"他还谢绝了白齐文"常胜军"的支援。向公、和公是指向荣、和春，都是当年江南、江北大营的主要负责人。

是时，江南瘟疫流行，曾国荃军中也难以幸免，大肆蔓延，湘军元气大伤。但就是如此艰危之局，曾九帅还能在1863年连战连捷，夺下天京城外所有战略据点，再次昭示打仗亲兄弟的古训不虚。何人知我霜雪侵，艰苦卓绝百战多。如此百折不挠，步步为营，死缠烂打，到了1864年2月，曾九帅终将天京合围。是年7月19日午后，曾国荃的心腹大将李臣典点燃埋在天京城墙之下的三万斤火药，一时间"但闻地中隐隐若雷声，约一点钟之久，俄而寂然。众又以为不发矣，忽闻霹雳砰訇，如天崩地坼之声，墙垣二十余丈随烟直上……"，天京终于陷落。湘军入城后，曾国荃纵容部下，肆意践踏妇女，屠杀无辜百姓，到处挖掘窖藏，掠夺财宝。据说，曾国荃所得金银细软、稀世珍宝，盈筐满箱，难计其数，其贪婪残暴之名，再度遍闻天下。民间流传曾国荃的吉字营湘军掳掠的金银如海、财货如山，一时间，长江上成百上千艘舟船，满载财宝驶向湖南三湘。天京被洗劫一空之后，为销赃隐罪，他还纵兵放火烧房，使天京城顿成火海一片。

曾国荃还令湘勇把洪秀全的尸首挖出，拖到长江边上浇油烧掉，然后将骨灰填进火炮，点烧引信，打到江中。他又斩杀被俘的太平天国忠王李秀成、福王洪仁达，并大肆杀戮已无抵抗能力的太平军。

天京陷落，曾国荃立下头功。但曾国荃非但没有青云直上，反倒受到官绅的非议和清廷的追究。曾国藩当然要比其九弟更为深思熟虑，也更谙熟为臣之道。他急忙以曾国荃病情严重为由，请求将其开缺回籍。史书对此记述详尽，尤其涉及南京周边诸多地名，抄录如下，也再次表明，一将功成万骨枯，实属不刊之论。先看曾国荃初战南京：

> 同治元年，（曾国荃）授浙江按察使，迁江苏布政使。诏以军务紧要，毋庸与兄国藩回避同省。三月，率新募六千人至军，自循江北岸，令弟贞干循南岸，彭玉麟等率水师同进，拔铜城闸、雍家镇诸隘，复巢县、含山、和州，克裕溪口、西梁山。渡江会攻金柱关，乘间袭太平，克之。回克金柱关，贞干亦克芜湖。令彭毓橘截败贼于薛镇渡口，大破之。五月，连夺秣陵关、大胜关要隘。水师进扼江宁护城河口，陆师逐抵城南雨花台驻屯，贼来争，皆击却之。国藩犹以孤军深入为虑，国荃谓："舍老巢勿攻，浪战无益，逼城足以致敌。虽危，事有可为。"会秋疫大作，士卒病者半。贼酋李秀成自苏州纠众数十万来援，结二百余垒。国荃于要隘增垒，辅以水师，先固粮道。贼环攻六昼

夜，彭毓橘等乘其乏出击，破贼营四。贼悉向东路，填壕而进，前仆后继。国荃督军抵御，炮伤颊，裹创力战，贼始退。李世贤又自浙江率十万众至，与秀成合攻，屡掘地道来袭，毁营墙，百计攻袭，皆未得逞。芜湖守将王可升率援师至，国荃简精锐分出，焚贼数垒，余弃垒走，进击，大破之。先后歼贼数万，围乃解。秀成、世贤引去。是役以病余之卒，苦战四十余日，卒保危局，诏嘉奖，颁珍赉。

曾国藩到前线实地考察，采纳曾国荃之议，不再坚持撤军：

议者欲令乘胜退保芜湖，国荃以贼虽众，乌合不足畏，不肯退。二年春，国藩亲至视师，见围屯坚定，始决止退军之议。诏擢浙江巡抚，仍统前敌之军规取江宁。四月，攻雨花台及聚宝门外石垒，克之。九洑洲为江宁犄角，贼聚守最坚。国荃偕彭玉麟、杨岳斌往觇形势，合水陆军血战，克之，江面遂清。连克上方桥、江东桥，近城之中和桥、双桥门、七瓮桥，稍远之方山、土山、上方门、高桥门、秣陵关、博望镇诸贼垒，以次并下。国荃初至，合各路兵仅二万，至是募围师至五万人。十月，分军扼孝陵卫。李鸿章克苏州，李秀成率败众分布丹阳、句容，自入江宁，劝洪秀全同走，不听，遂留同城守。

形成合围，发动总攻。战报详尽，如同实录：

三年春，克钟山天保城，城围始合。贼粮匮，城中种麦济饥。国荃迭令掘地道数十处，贼筑月围以拒，士卒多伤亡。会诏李鸿章移师会攻，诸将以城计日可破，耻借力于人，攻益力。鸿章亦不至。国荃虑师老生变，督李臣典等当贼炮密处开地道。既成，悬重赏募死士，李臣典、朱洪章、伍维寿、武明良、谭国泰、刘连捷、沈鸿宾、张诗日、罗雨春誓先登者九人。六月十六日，日加午，地道火发，城崩二十余丈，李臣典、朱洪章等蚁附争登。贼倾火药轰烧，彭毓橘、萧孚泗手刃退卒数人，遂拥入。朱洪章、沈鸿宾、罗雨春攻中路，向伪天王府；刘连捷、张诗日、谭国泰攻右路，趋神策门；朱南桂等梯城入，合取仪凤门；其左路彭毓橘由内城至通济门，萧孚泗等夺朝阳、洪武门，罗逢元等从聚宝门入，李金洲从通济门入，陈湜、易良虎从旱西、水西门入：于是江宁九门皆破。守陴贼诛杀殆尽，犹保子城。夜半，自纵火焚伪王府，突围走。要截斩数百人，追及湖、孰，俘斩亦数百。洪秀全已前一月死，获其尸于伪宫。其子洪福瑱年十五六，讹言已自焚死，余党挟之走广德。国荃令闭城救火，搜杀余贼。获秀全兄洪仁达及李秀成，伏诛。凡伪王主将大小酋目三千余，皆死乱兵，毙贼十余万，拔难民数十万。捷闻，诏嘉国荃坚忍成功，加太子少保，封一等伯爵，锡名威毅，赐双眼花翎。

南京陷落之后的曾国藩，又有怎样经历，且看：

国荃功高多谤，初奏洪福瑱已毙，既而奔窜浙江、江西，仍为诸贼所拥，言者以为口实，遂引疾求退，遣撤部下诸军，温诏慰留；再疏，始允开缺回籍。四年，起授山西巡抚，辞不就。调湖北巡抚，命帮办军务，调旧部剿捻匪。

五年，抵任，汰湖北冗军，增湘军六千，以彭毓橘、郭松林分统之。时捻匪往来鄂、豫之交，国荃檄鲍超由枣阳趋淅川、内乡防西路，郭松林由桐柏、唐县出东路，刘维桢向新野为声援。贼折而北窜，诏郭松林越境会剿。是年冬，败贼于信阳、孝感。贼窜云梦、应城、德安，郭松林击走之，克应城、云梦，又败之皂河、杨泽。松林追贼白口，中伏受重伤，其弟芳珍战死。彭毓橘破贼于沙口，又败之安陆。国荃以贼多骑，难与追逐，欲困之山地。毓橘偕刘维桢屡战不能大创，贼窜去。总督官文与不协，国荃疏劾其贪庸骄蹇，诏解官文总督任。六年春，贼复犯德安，为刘铭传、鲍超所败，遁入河南境，寻复回窜。彭毓橘恃勇轻进，遇贼蕲州，战殁于六神港。五月，捻匪长驱经河南扰及山东。诏斥诸疆吏防剿日久无功，国荃摘顶，下部议处，寻以病请开缺，允之。

曾国荃开缺回籍后，心绪不佳，大病一场。他大哥劝他百战归来再读书，他也的确开始反躬自省，自我检讨，收敛不少，直到1866年才奉清廷之谕，起任湖北巡抚、陕西巡抚、山西巡抚，为官从政，颇有建树。他在担任山西巡抚期间，正逢晋地久旱无雨，赤地千里，史称丁丑奇荒。曾国荃多方筹款、筹粮，办理救灾度荒事宜竭尽全力。当地百姓对他感恩戴德，曾专门修建生祠，以为纪念。光绪五年（1879年），曾国荃两次上奏朝廷，请示重修山西通志，获准后即下全省修志檄文，设馆聘人，展开工作。曾国荃离任之后，后几任巡抚皆予以支持，《山西通志》遂于光绪十八年（1892年）付梓。曾国荃还与郭嵩焘一起纂修过《湖南通志》。曾国荃不以文事知名，但其奏议、文章、书札、诗词，也有很多，汇编而成《曾国荃全集》。当时的官方语言，如此表彰曾九帅：

> 光绪元年，起授陕西巡抚，迁河东河道总督。二年，复调山西巡抚。比年大旱，灾连数省。国荃力行赈恤，官帑之外，告贷诸行省，劝捐协济，分别灾情轻重、赈期久暂，先后赈银一千三百万两、米二百万石，活饥民六百万。善后蠲徭役，岁省民钱钜万。同时荒政，山西为各省之冠，民德之，为立生祠。六年，以疾乞罢，慰留，寻召来京。七年，授陕甘总督，命赴山海关治防，复乞病归。八年，署两广总督。九年，内召。十年，署礼部尚书，调署两江总督兼通商大臣，

寻实授。

时法兰西兵犯沿海，中朝和战两议相持。国荃修江海防务，知上海关系诸国商务，法兵不能骤至，驭以镇静。诏遣文臣分赴海疆会办，福建疆吏遂不能主兵。国荃言权不可分，朝廷亦以其老于军事，专倚之。命遣兵轮援台湾，原议五，实遣其三。坐下部议，革职留任。兵轮终不得达，其二折至浙洋，助战镇海有功，和议寻定。十一年，京察，以国荃夙著勋勤，开复处分。十五年，皇太后归政，推恩加太子太保。国荃治两江凡六年，总揽宏纲，不苛细故，军民相安。十六年，卒于官，赠太傅，赐金治丧，命江宁将军致祭，特谥忠襄，入祀昭忠祠、贤良祠，建专祠。孙广汉袭伯爵，官至左副都御史。

盘点回顾曾九帅，大致可分为两段。首先是攻破天京之前的曾老九，个性昭然，能打硬仗，有"曾铁桶"的绰号，但也残忍嗜杀，贪财好利，颇受非议。彭玉麟大致有两次向曾国藩建言诛杀曾国荃，以儆效尤。据讲，曾国荃每次打了胜仗，总要回家休整，置田盖房，不无衣锦还乡、炫耀武功之意。而他大哥曾国藩在军中数载，权倾朝野，却从来没有为自己营建过屋宅。三河镇之战，湘军精锐之师六千余人全军覆没，湘军将领李续宾、曾国华同时毙命。而在此时，曾国荃攻破吉安城，其吉字营声誉鹊起。自此以后，曾国藩就把九弟湘勇视为心腹，处处予以照顾。曾国荃果然不负兄长厚望，作战勇猛，攻无不克。他手下将士大都能奋不顾身，敢打硬仗，程学启、丁汝昌本属太平军，都一度在其手下，成为一代名将。其次是天京陷落之后的曾国荃，受其大哥苦心孤诣的呵护，盛名之下，急流勇退，得以保全，此前虽然已经是省部级干部，但主要还是在军旅之中，此后则有短期剿灭捻军的军事行动，而大多是天下总体太平之后，成为行政官员，做了不少好事，最终死于南京。

曾家兄弟，手足情深，令人艳羡。曾国藩还没有出京办团练的时候，曾经有一首诗——《早发武连驿忆弟》："朝朝整驾趁星光，细想吾生有底忙。疲马可怜孤月照，晨鸡一破万山苍。日归日归岁云暮，有弟有弟天一方。大壑高崖风力劲，何当吹我送君旁。"武连驿，地在四川剑阁，曾国藩办完公务返京途中，眼见此地关山，想念三湘兄弟，写下如是诗篇，真是感人肺腑。曾国藩写给曾老九的对子，也都很有意思，如"千秋邈矣独留我，百战归来再读书""入孝出忠，光大门第；亲师取友，教育后昆""打仗不慌不忙，先求稳当次求变化；办事无声无臭，既要精到又要简捷"等等，不一而足，颇可玩味。曾国荃指导他六哥曾国华如何领兵、如何驾驭部下，也是毫无保留，千叮咛万嘱咐，手足之情，溢于言表。曾国荃的声名地位，固然离不开他大哥曾国藩，当然也有他自己的艰苦努力与卓越表现。他的六哥曾国华与弟弟曾国葆或捐躯沙场或病死军中，都没有他幸运，而在大哥曾国藩病逝后的十八年中，没有了大哥的呵护提醒，悉心照料，这位曾九帅百战归来，也的确成熟起来，实现了从名将到名臣的角色转换。李鸿章如此评价曾九帅："易名兼胡左两公，十六字天语殊褒，异数更惊棠棣并；伤逝与彭杨一岁，二三子辈流向尽,英才尤痛竹林贤。"虽不无溢美,但大体上也算符合实情。受他大哥的影响,曾国荃也喜欢自撰对子,还颇有点味道呢,如自题联"瓶花落砚香归字,窗竹鸣琴韵入弦""传家有道惟存厚,处世无奇但率真""家无长物琴书自乐,天生高人风雅之宗""意正心平,和谦致乐;名成德就,谨慎重言";九帅赠送他人的对联,也非打油,颇有路数,如"三岛路深浮阆苑,九霞觞满奏钧天""廉孝相承,世载其德;刚柔相济,功加于民"。

也有人说,曾九帅死在衙署,死前并无特别征兆。九条巷,当时人称曾公祠巷,后来才改称九条巷,与曾国荃这位曾九帅并无关系。顺便说一下,关于太平天国的研究,所谓"太学",一度很热,但又归于沉寂,而就曾国藩、左宗棠、李鸿章的文本,却日渐升温,难以遏止。当年给曾国藩戴上"汉奸刽子手"这两顶大帽子的,大概始自范文澜先生,他的关于曾国藩的这篇长文章写于1944年的延安时期。逐步开始给曾国藩摘"帽子",是改革开放以来的事情,在民众中间,影响最大的文本,是唐浩明的小说《曾国藩》。

刘公巷前说"忠诚"

多年前,蔡玉洗博士一来自八闽的朋友在太平南路与建康路相交处,大致位于建康路北侧接近淮清桥的地方,开了一家书店,经常请几位文友到此喝茶聊天消磨时光,此处附近有一刘公巷。这个刘公是谁?难道是刘伯温?他在明初不过一诚意伯而已,薪水收入还不如汪广洋,在有些自命权威者看来,哪有资格以姓氏命名路巷?却原来,这个刘公是指晚清重臣曾任两江总督的刘坤一。两江总督,名督多多,诸如曾国藩、李鸿章、左宗棠、张之洞等,而刘坤一也做了不少大事,却为何给人以盛名不彰之感呢?2020年是刘坤一诞辰一百九十周年,不妨说说刘坤一这位被追谥为忠诚公的历史人物。

刘坤一于1830年1月21日出生于湖南新宁,字岘庄,廪生出身。咸丰五年(1855年),领团练从官军克茶陵、郴州、桂阳、宜章,叙功以教谕即选。六年,骆秉章遣刘长佑率师援江西,刘坤一为刘长佑族叔而年少,师事之,从军中自领一营。刘长佑攻克萍乡，令进战芦溪、宣风镇，逼近袁州，招降贼目李能通。于是，降者相继，守城贼何益发夜启西门，刘坤一率先入城，克复袁州。刘坤一累擢直隶州知州，获赐花翎。

1862年，刘坤一升为广西布政使，三年后又迁任江西巡抚。刘坤一这一巨大变化，还是与他的族侄刘长佑有关。刘长佑赴两广总督任，命刘坤一接统其军，赴浔州进剿。同治四年（1865年），刘坤一剿平思恩、南宁，复永淳，擢江西巡抚。令席宝田、黄少春会剿粤匪余党于闽边，五年，聚歼太平军于广东嘉应州，加头品顶戴。军事既定，刘坤一治尚安静，因整顿丁漕，不便于绅户。十一年，左都御史胡家玉上疏劾之，刘坤一则奏胡家玉积欠漕粮，又多次贻书干预地方事务。诏两斥之，胡家玉获谴，坤一因不上闻，部议降三级调用，加恩改革职留任，降三品顶戴。寻复之，命署两江总督。

1875年，刘坤一获授两江总督，兼署办理通商事务大臣，次年，调补两广总督。1891年受命"帮办海军事务"，并任两江总督。甲午战争时，他支持对日作战，并任湘军统帅出关与日军较量。1895年强学会成立，他表示支持。维新运动日益推进兴起，他攻击康、梁变法，反对废黜光绪帝。1901年，他与张之洞连上三疏，请求变法，提出兴学育才、整顿朝政、兼采西法等主张，世称"江楚三折"，多为清廷所采纳。1902年，他提出兴学"应从师范学堂入手"，尽管他在当年10月即不幸病逝，但他的接任者张之洞等遵循这一思路，精心设计，筚路蓝缕，终于创建了三江师范学堂。

刘坤一的出仕经历与当时很多其他汉族督抚如曾国藩、李鸿章等相仿,都是身为儒生不满太平天国之乱而参与地方乡勇,进而因战功而被擢升为地方大员。硝烟散去,社会初定,刘坤一认为社会之富强源于典章制度的优良,抄袭西方技术不如"自力更生",对洋务派"师夷长技以制夷"理念不以为然。他说:"为政之道,要在正本清源。欲挽末流,徒废心力。国朝良法美意,均有成规,因其旧而新之,循其名而实之,正不必求之高远,侈言更张。大乱既平,人心将静,有志上理者,其在斯时乎!"

刘坤一署任两江总督,又在翌年晋升为两广总督直到1879年,之后在1880年,又担任了两年两江总督兼南洋通商大臣。大概是因为开始接触及认识西方事务的关系,他对洋务逐步有限度地予以支持。他在署两江总督及两广总督任内,整顿治安,清剿哥老会及海盗,禁止赌博。任两江总督之时,他整顿财政,精简勇营,以节省军费,将地方乡勇裁减四分之一,又减免捐助陕西的军饷,并查办招商局贪污。他推动发展海运,支持江南制造局造舰及提议各兵工厂生产专门化。但他反对采开煤矿及发展铁路,据说是担心铁路会令挑夫和大运河的船家失业。1890年,他复任两江总督兼南洋通商大臣,1891年又受命帮办海军军务,1894年中日甲午战争时被授予钦差大臣职衔,节制关内外各军对日作战。刘坤一在此时期对洋务的态度比之前更为积极,如推动江南制造局自行炼钢、提议在湖南开采煤矿及自行兴办铁路。他在1895年与张之洞联名上奏倡议包括军队、经济及教育现代化的改革,又参与主张变法的强学会,并捐助五千两白银。

1900年义和团之乱时，他主张严厉镇压并和李鸿章、张之洞、袁世凯等人倡导组织了东南互保，保障了东南各省免受团乱为祸。1901年，又与张之洞联名上"江楚三折"，主张育才兴学、整顿变通朝政、兼采西法以扭转清朝江河日下的局面，开启了清廷晚清改革的先声。"坤一素多病，卧治江南，事持大体。言者论其左右用事，诏诫其不可偏信，振刷精神，以任艰钜。坤一屡疏陈情乞退，不许。"

针对1898年戊戌政变之后，慈禧太后意欲更换"接班人"这一敏感问题，刘坤一旗帜鲜明坚决反对。光绪二十五年（1899年），立溥儁为穆宗嗣子，朝野汹汹，谓将有废立事，刘坤一致书大学士荣禄曰："君臣之分久定，中外之口宜防。坤一所以报国在此，所以报公亦在此。"

很遗憾，刘坤一在1902年去世，赐谥忠诚。当时清廷就刘坤一之死有如此表示，"嘉其秉性公忠，才猷宏远，保障东南，厥功尤著，追封一等男爵，赠入傅，赐金治丧，命江宁将军致祭，特谥忠诚。祀贤良祠，原籍、立功省建专祠。赐其子能纪四品京堂，诸孙并予官。张之洞疏陈坤一居官廉静宽厚，不求赫赫之名，而身际艰危，维持大局，毅然担当，从不推诿，其忠定明决，能断大事，有古名臣风。世以所言为允。"

关于甲午战争与东南互保，不妨多说几句。1894年8月1日，中日两国正式宣战。8月7日，刘坤一兼署江宁将军。26日，他在《续办江海防务折》中报告了镇江、江宁一带昼夜戒备的筹防情形，为防日军"窜入南洋，以图分忧"，特"将一应战守事宜妥为布置"。10月之后，日军在辽东、辽南攻陷诸多城池，清廷为挽救危局,于28日谕刘坤一为钦差大臣,"关内外防剿各军均归节制",并派湖南巡抚吴大澂、四川提督宋庆为帮办。刘坤一接受命令,表示"惟有殚竭血诚,于一切防剿机宜""亟图补救,迅扫狂氛"。1895年,刘坤一加强军队调度,派吴大澂统率湘楚各军二十多营万余人陆续出关,委新疆藩司魏光焘总理前敌营务处。1月初,盖平失陷,清廷"谕刘坤一进驻山海关",同时"抽调各营,分派帮办,并陈事宜八条"。当时清军在海城、营口、牛庄、田庄台一带集结有七八万人,而日军在海城、盖平的兵力不过二万人。2月底以前清军曾四攻海城,均遭败北,并于3月间先后失去鞍山、牛庄、营口、田庄台等地。十天之内,清军六七万人从辽河东岸全线溃退,宋庆、吴大澂溃而西走,从双台子退至石山站。1895年4月,刘坤一得知和议将成,坚决反对割让辽东半岛和台湾。他说:"既经赔款,又须割地,且割完富未扰之地,无此办法。辽、台并失,南北皆危,并恐各国从此生心,后患不堪设想。如畏倭攻京城,不得已而出此下策,则关、津、畿辅均宿重兵,讵不可一战?"4月30日,刘坤一再次寄折督办军务处,认为"宜战不宜和"。他分析了"倭奴远道来寇,主客之形,彼劳我逸"的形势,特别指出"在我止须坚忍苦战,否则高垒深沟,严为守御,倭寇悬师远斗,何能久留,力尽势穷""'持久'二字,实为现在制倭要著""坤一职在兵戎,宗社所关,惟有殚竭血诚,力任战事,此外非所敢知"。此时,他提出了对日作战应采取持久的方针。在给光绪帝的奏折上,他痛言"赔款割地后果严重,宋朝殷鉴凿凿,天下共知","坤于新定条约虽未尽悉,要之让地赔款多节,固难允行,后患更不堪设想,宜战不宜和,利害重轻,此固天下所共知,亦在圣明洞鉴","有钱赔款,不如用兵两年。况用兵两年,需饷不过数千万,较赔款尚不及半,而彼之所费愈多。持持久作战之要,抱一决死战之念,鼓动军心,是最优选择"。刘坤一这一主张,不能说没有道理,但历史怎能假设?当时的最高决策层,又怎会采纳他的这一建议?

是年5月2日,光绪帝批准《马关条约》。5月5日,刘坤一再次上奏,为陈日本"若得辽、台,如附两翼,中国必有噬脐之祸。辽、台与倭本国联成一气,日益强盛,将来即求援西洋各大国,亦无能制其死命。是此和议一成,惟任倭为所欲为,贻患无穷,何堪设想"。刘坤一对清廷将台湾拱手相让日本,很不甘心。5月29日,他致函台湾巡抚唐景崧,鼓励他设法保住台湾,并表示"愿振臂一呼,远为同声之应……但属力所能至,无不尽力勉为",他还派幕僚易顺鼎"持函渡台",转达支持之意。1896年,刘坤一回任两江总督,虽屡奏请开缺,皆不准。1900年八国联军入侵北京,刘坤一和张之洞、盛宣怀与各国驻上海领事签订了《东南互保章程》。

刘坤一从信奉儒家经典的封建士大夫到迫于形势不断思索转变成为晚清著名的开明大臣,其思想大致经历了从保守、思变到开放的艰难变化。自1855年从军到1865年任江西巡抚这十年,刘坤一主要涉足军旅,内心世界,无法窥知。1865年出任江西巡抚,且一任九年。任赣抚时期,刘坤一僻居内地,忙于军务,此后地方兴利除弊成为其头等政治目标,他无暇接触新思想、新事物,"忠君""安民"成为他一切政治活动的中心,他对洋务派提出的"洋为中用""师夷之技"等,恐惧排斥,很不热心,甚至明确反对兴修铁路、架设电线和采用西法采矿。在他看来,"富强之道,茫如捕风击影","造炮、制船亦都隔膜之事","造炮,我尚得用;制船将与洋人争锋海上,以我所短,敌彼所长,学孺子之射以射孺子,恐终为所毙","何必多糜金钺,徒为洋人所笑"。

但形势比人强,一叶障目,昧于大势,只能是万劫不复。1874年至1881年,刘坤一先是署理两江总督兼通商事务大臣八个月,后任两广总督四年、两江总督兼南洋通商大臣一年半。清末的两广、两江既是政务繁重之区,更是华洋交汇之地,刘坤一与洋务接触的机会不断增多且日见频繁。而这一时期,正是晚清洋务运动勃兴之时,刘坤一对洋务的认识得以加深,态度逐步改变,他对使用轮船作为运输工具表示赞赏,并能针对洋务派创办的各制造局生产枪炮、机械等物品"杂而不精"现象提出"各专各艺"的看法,同时也开始重视洋务人才的培养。但也经常摇摆观望,多有反复。他自己坦言:"洋务有何把握?能支持一件则一件,能支持一日则一日而已。"光绪七年(1881年)六月间,他两次被张之洞等弹劾,十二月被免职,自此开始了长达九年的乡居赋闲生活。

1891年,清廷再命刘坤一为两江总督兼通商事务大臣。重任两江总督后,刘坤一表现出开明务实的态度。他大力整顿军务、吏治,奖励士风;他积极推行洋务新政,积极经办修铁路、开矿、发展农工商等,提倡西学,改革教育,成为洋务运动后期的一大领袖。1894年甲午战争惨败,朝野上下的士大夫们猛然惊醒,刘坤一也受到极大触动。经过一番痛定思痛和对时局的深刻省察，刘坤一一针见血地指出今日中国要想转弱为强，唯有改弦易辙，变法自图。他向清廷先后上奏《策议变法练兵用人理饷折》《请设铁路公司借款开办折》《尊议廷臣条陈时务折》等，成为变法图强的宣传者和鼓动者。1901年7月，他与张之洞联名上奏"江楚三折"，更成为晚清新政的设计者、推动者。有人评价，刘坤一的洋务思想：一是以致用为原则，反对务尚新奇，强调洋务新政的易行、易为，对徒耗钱财，只有形式而无实际的举措，予以坚决反对。二是力求循序渐进，徐图自强。他说："论政之道，原不必尽循尘辙，遇事宽容；然必行之以渐，酌乎其中，乃可日起有功，而无矫枉过正之弊，从未有操之过急，轻试纷更，而能有裨治理者也"。三是坚持自力更生，以"保自存之利权"，他是明确提出"洋务对西洋依赖过重"认识较早之人。

刘坤一并非职业外交家，只是在总督地方过程之中，通过与西洋各国的接触以及对时局的综合分析，提出了自己的外交主张。他对晚清洋务外交中的拖延做法极为不满，"中外交涉之件，应办便办，不可推辞；可行即行，不宜迟误""有格碍者，无妨直告以所难，词尚和平，意须斩截。洋人性虽狡执，往往肯听吾言；纵使未必遽从，亦当持之坚忍，彼无非以兵事恐我，以总署压我，不为所动，彼亦其奈我何？待之以诚，晢之以理，有时机权之用则在操纵合宜；最忌躲闪游移，含糊了事，一以诿之朝廷"。"恪守和约，以和约为凭"是刘坤一办理中外交涉事件的根本原则，他说："承乏豫章、羊城，办理洋务，无非恪守旧章，绝无表现之处。"刘坤一就以夷制夷这一说法，也有深入思考。

在他看来，审时度势，最现实的外交策略就是，运用高明的外交手段，操纵合宜，借夷制夷，"不但邻国宜结，即使敌国可结亦结。能结邻国，即多一助我之邻；能结敌国，即少一图我之敌"。

1900年，庚子事变。两江总督刘坤一、湖广总督张之洞、两广总督李鸿章、铁路大臣盛宣怀等即商议如何保存东南各省稳定，避免列强借口入侵；同时密议盘算倘若北京失守而两宫不测，当由李鸿章出任总统以支撑局面。清廷向十一国宣战之后，刘坤一、张之洞、李鸿章与闽浙总督许应骙、四川总督奎俊、山东巡抚袁世凯，即和各参战国达成协议，史称东南互保。他们称皇室诏令是义和团胁持之下的"矫诏、乱命"，东南各省不予执行。东南互保，保护了河北、山东以外地区避免义和团与八国联军战乱的波及。1911年辛亥革命，各省在武昌起义后相继宣告独立，与地方势力崛起、中央权力式微关系密切。对这桩公案，当时的官方文件却是如此表述："拳匪乱起，坤一偕李鸿章、张之洞创议，会东南疆吏与各国领事订约，互为保护，人心始定。车驾西幸，议者或请迁都西安，坤一复偕各督抚力陈其不可，吁请回銮。二十七年，偕张之洞会议请变法，以兴学为首务，中法之应整顿变通者十二事，西法之应兼采并用者十一事，联衔分三疏上之。诏下政务处议行，是为实行变法之始。洎回銮，施恩疆吏，加太子太保。"

刘坤一身为清廷的南洋大臣、两江总督兼管两淮盐政，再加上晚年的勋望地位，甲午之后实为疆臣领袖、诸侯之长，他的言行举止、价值取向对清廷的决策、影响之大，自不待言。刘坤一"以两宫意见未洽为忧"，他曾经对翁同龢说："公调和之责，比余军事为重也。"这种话，真是观察敏锐，肺腑之言，也足见其忠诚。戊戌政变后，群臣缄默，唯刘挺身力言，保护光绪帝，殊为难得。甲午战后，刘坤一主持两江，苏沪地区的经济发展成为全国之首，又进而推动了全国的近代化进程，功不可没。东南互保，刘坤一在其中扮演的角色举足轻重。但他被追赠谥号忠诚，似乎不无讥讽与苦涩意味。1959年中华书局出版《刘坤一遗集》六册，约二百五十万字，是晚清史研究的重要参考资料。

1899年，提督杨金龙、道员杜俞等为首发起募捐，为两江总督刘坤一筹建生祠。刘坤一以明代魏忠贤建生祠的反面教材予以告诫、说服、叫停。后湘籍人士改建其为湘军公所，刘坤一予以认可。1902年10月，刘坤一病逝于两江督署任上，南京与湖南原籍等处均建专祠奉祀。南京的刘公专祠就设在原湘军公所内。湘军公所有正房三十五间、厢房十二间，占地数千平方米，位于现刘公巷北侧至秦淮河边。其中靠近秦淮河的三进二十余间房屋的主体建筑被设为刘公专祠，而因有刘公专祠的存在，民国时期至新中国成立初期，此地名为刘公祠，1952年更名为刘公巷。1937年夏秋间，此地遭遇日军空袭，炸弹落在附近的八府塘边。抗战胜利后，刘坤一后人返回南京，刘公专祠因战火已荡然无存，刘家三代人改住在原专祠南面的刘公巷7号和10号。1985年夏，刘公巷第一次拆迁，在原7号、10号旧址附近建两幢多层住宅。2012年，因南京建设地铁，刘公巷再次拆迁。南京地铁3号线竣工后，夫子庙站1号出口所在地周边也即刘公巷小区。

顺便说一下刘坤一的族侄刘长佑，此人出生于1818年，年长刘坤一十二岁,病逝于1887年,担任过两广总督、直隶总督与云贵总督等。刘坤一叔侄的老长官江忠源,兵败自杀的时候,也不过四十二岁,他做过安徽巡抚。刘坤一有一五代孙刘敦暲,是中科院紫金山天文台研究员,另一五代孙刘亦实,现供职南图。刘敦暲有一子刘叙武博士,现工作于西南一所高校。

南台巷里说南皮

桑田沧海，物换星移。许多街巷之名，看似简单熟悉，但稍一深究，就令人迷惑不解，如南台巷。本以为西起王府大街，一路往东再向南百米而折向东，与丰富路交接，就是南台巷。但，且慢，这里还分作南台巷东与南台巷西。简言之，南台巷东，自丰富路中段西侧东起，西至南台巷，因地处南台巷之东，故名。南台巷西，则位于南台巷北侧，东起南台巷，西至王府大街，因地处南台巷之西而名。南台巷呢？南起秣陵路，北至俞家巷，如今有小区阻隔，只剩半段，也只能意会而已了。据说，南朝著名杜姥宅就位于此，而民国时期的《首都志》即载有南台巷此名。

为何叫南台巷呢？说是原为晚清署理两江总督张之洞花园式公馆旧址在此，成巷时初名张家花园，后来，张之洞以《诗经·小雅》中的"南山有台，乐得贤也"中的"南""台"二字，更为今名。南台巷前身也曾叫南塘里、兰台里。陈作霖《运渎桥道小志》载:"高井大街有巷西出为南塘里,晋时豪侠所聚。"张之洞公馆旧址,如今安在哉? 张之洞是晚清重臣,虽然曾两次署理两江,但任职时间均不长久,他不住在总督府衙门,却在此辟有住宅? 在此,不妨说说张之洞,这位张南皮、香帅大人。

晚清重臣之曾国藩,左宗棠,李鸿章,张之洞,被称作四大名臣。曾、左均来自湖南,曾、李有师生之谊,曾、左、李虽然三人之间也有分歧,但大体上你我相知,彼此呼应,一荣俱荣。曾去世较早,死于1872年,也就得年六十一岁,而左宗棠晚他十三年病逝,得年七十三岁,时在1885年。曾、左之后的晚清重臣,就是李鸿章、张之洞,也可算上年长张之洞七岁的刘坤一。李、刘、张,彼此之间,相差七岁,袁世凯则属于晚清的年轻重臣,他出生于1859年,比张之洞还要小二十二岁呢。在权力的格斗场上,年龄可是一个宝啊。李、刘、张,还有袁,在一百二十多年前庚子年的中国,居然抛开丢下彼此猜忌,取得高度共识,做成了"东南互保"之局,以应对庚子之乱。此一政治操作,在事后并没有受到清廷明目张胆的政治整肃,而十一年后,清政府垮台,共和"挂牌",不能不说二者之间有着某种关联。且说张之洞。

张之洞出生于1837年的贵州兴义,字孝达,号香涛、无竞居士、抱冰,因历任总督,威重一方,民间称"帅",时人皆呼之为"张香帅"。这个夜郎国的兴义,就是温家宝撰文《再回兴义忆耀邦》之地。实际上,张之洞祖籍直隶南皮,又被称作张南皮。作家王蒙,似乎也是南皮人。张之洞是张锳的第四个儿子,他幼年禀赋聪慧,五岁入塾,读书用功,才思敏捷,丁诵先、韩超等两位老师对他的影响较大。丁诵先是道光十八年（1838年）进士，翰林院侍读。韩超曾累官至贵州巡抚。

十三岁以前，张之洞已学完四书五经等儒家经典，兼习史学、小学、文学及经济之学，又自学《孙子兵法》《六韬》等兵学名著，打下了日后从政治学的初步基础，并在十二岁刊刻了名为《天香阁十二龄草》诗文集。少年张之洞喜欢夜读静思，"尝篝灯思索，每至夜分，必得其解乃已"。他后来回忆说："后服官治文书往往达旦，乃幼时好夜坐读书故。"这种习惯，曾被人指为"兴居无节"，每每被诟病攻击。有此轶事，堪作谈资。张之洞的作息与常人不同，每天下午二时睡觉，晚上十时起床办公。大理寺卿徐致祥参劾张之洞辜恩负职，"兴居不节，号令无时"。后来两广总督李瀚章奏称："誉之则曰夙夜在公，勤劳罔懈。毁之者则曰兴居不节，号令无时。既未误事，此等小节无足深论。"其族兄张之万曾写信给张之京说："香涛饮食起居，无往不谬。性又喜畜猫，卧室中常有数十头，每亲自饲之食。猫有时遗矢于书上，辄自取手帕拭净，不以为秽。且向左右侍者说：'猫本无知，不可责怪，若人如此，则不可恕。'"

道光三十年（1850年），不满十四岁的张之洞回原籍直隶南皮应考县试，得中第一名秀才，进入县学。两年后，他又以顺天府乡试第一名中举，所谓解元，此之谓乎，取得会试资格，真是少年得意，令人艳羡。但此后好事多磨，直到他二十七岁才得中进士。在这十一年中，他前几年时间，帮助父亲办理军务，应付贵州苗乱，后又结婚生子，为父亲治丧守制。到他二十三岁，信心满满，准备参加会试，却因族兄张之万为同考官，循例回避，第二年又因同样原因，再次无缘会试。同治二年（1863年），他如愿以偿，得中第三名，进士及第，也就是俗称的探花，进入翰林院，被授予七品衔编修，步入仕途。张之洞得中探花，据说慈禧太后曾给予特别眷顾，令张之洞感恩戴德，铭感于心。

此后，张之洞历任教习、侍读、侍讲、内阁学士、四川学政、湖北学政等，但主要还是做一京官，逐步成为清流派首领。张之洞任湖北学政，建立经心书院，整顿学风，提拔奖励有真才实学者。他任四川学政时认为"欲治川省之民，必先治川省之士"，与四川总督吴棠一起在成都建立尊经书院，延请名儒，分科讲授，仿照阮元杭州诂经精舍、广州学海堂例规，手订条教，并撰写《輶轩语》《书目答问》等，作育人才，声誉渐起。据说，同治九年（1870年）张之洞湖北学政任期已满，卸任回京之际，颇得湖北士人好评，张之洞感慨赋诗："人言为官乐，哪知为官苦。我年三十四，白发已可数。"

光绪二年（1876年），张之洞任文渊阁校理。光绪五年（1879年），张之洞补国子监司业，补授詹事府左春坊中允，转任司经局洗马。1878年，清朝因俄国侵占新疆伊犁，派左都御史完颜崇厚赴俄国交涉索还伊犁。崇厚昏庸无知，于1879年与俄国签订丧权辱国的《里瓦几亚条约》。此条约名义上收回伊犁，但西境、南境均被沙俄宰割，伊犁处于俄国包围的危险境地。消息传来，舆论大哗。张之洞上《熟权俄约利害折》《筹议交涉伊犁事宜折》，分析俄约有十不可许，坚持必改此议，宜修武备，缓立约，并请求治崇厚丧权辱国之罪。张之洞上折之后被慈禧、慈安太后亲自召见，特许其随时赴总理衙门以备咨询。他同张佩纶、陈宝琛又共同起草奏折十九件，提出了筹兵筹饷、筹防边备的积极建议，终因曾纪泽斡旋其事，争回部分权益。经过此一事件，张之洞得到慈禧太后的青睐赏识。当时，张之洞、宝廷、张佩纶、黄体芳被称为翰林四谏，他们拥戴军机大臣、大学士李鸿藻为领袖，而实际上的核心人物则是张之洞。光绪六年（1880年），张之洞授翰林院侍读，历迁左春坊左庶子、日讲起居注官，次年擢内阁学士。

光绪七年至十年（1881—1884年）间，张之洞实现人生重大转折，脱离清流一派，得以外放就任山西巡抚，成为封疆大吏。当时，山西吏治腐败，百姓生活困苦，鸦片流毒严重。张之洞在写给友人的书信中，不改言官脾气，直陈三晋有"四极"之弊："山西官场乱极，见闻陋极，文案武案两等人才乏极，吏事民事兵事应急办之事多极，竟非清净无为之地也。""晋患不在灾而在烟。有嗜好者四乡十人而六，城市十人而九，吏役兵三种几乎十人而十矣。人人枯瘠，家家晏起。堂堂晋阳，一派阴惨败落景象，有如鬼国，何论振作有为，循此不已，殆将不可国矣，如何如何。"张之洞整顿吏治，振作革弊，严禁鸦片，胪举人才，编练军队，清查仓库。山西的铁运销奉天、上海等地，陆运成本很高，他改由天津出海，海运降低运费，又在产地筹办冶炼局。他创办令德堂，聘请王轩为主讲，杨深秀为襄校兼监院，杨深秀就是后来的戊戌六君子之一。英国传教士李提摩太当时在山西传教，刊行《救时要务》等，并举办仪器、车床、缝纫机、单车的展览和操作表演。张之洞会晤李提摩太，接受西方新学，拟筹建洋务局。

光绪九年（1883年），中法战争爆发，张之洞因力主抗争，仕途再上台阶，得以南下就任两广总督。张之洞到达广州后，加强防务，严饬沿海督抚，紧密防守，不可懈怠。六月，法军占领中国台湾基隆，张之洞奏请饬吏部主事唐景崧，往会刘永福，合击法军。他认为"援台惟有急越，请争越以振全局"，"牵敌以战越为上策，图越以用刘为实济"。清廷采纳张之洞建议，加刘永福为提督记名。刘永福率领黑旗军骁勇善战，屡创法军。但由于广西布政使徐延旭、云南布政使唐炯配合不力，终于战败，唐炯军逃走，黑旗军寡不敌众而遭到失败。唐、徐被撤职查办，张之洞因荐徐延旭不当而交部察议。光绪十一年（1885年）正月，法军侵占中越边境重镇镇南关，形势危急。张之洞奏请调前任广西提督冯子材、总兵王孝祺等援桂。年近七十的老将冯子材率军殊死抵抗，大败法军，扭转战局，法国茹费理内阁倒台。此即著名的镇南关大捷。中法之战，为张之洞赢得巨大声誉。

盘点张之洞一生行迹，他在教育方面，可谓功德无量。光绪十三年（1887年），张之洞在广州创办广雅书局和广雅书院，聘请梁鼎芬、朱一新主持其事。当时梁鼎芬因弹劾李鸿章主和而获罪，朱一新因弹劾太监李莲英而降职。张之洞力排众议，延聘他们，赢得士林尊敬。甲午战争后，他逐步形成了一套比较系统的近代教育思想，认识到建立新学制的重要性。他在湖北大规模兴办新式教育——实业教育、师范教育和国民教育。光绪二十八年（1902年），除选派两院学生赴日本专学师范外，张之洞又在武昌创办湖北师范学堂，专门培养中小学教师。同时，出任两江总督的张之洞又奏请设立三江师范学堂，选派科举出身的中学教习五十人，讲授修身、历史、地理、文学、算学及体操各科。新式教育使其教育强国的构想在推动中国教育近代化过程中发挥了重要作用。张之洞在湖北、江苏创办和整顿了许多书院和学堂。在湖北，有两湖书院、经心书院，又设立农务学堂、工艺学堂、自强学堂、武备学堂、商务学堂等；在南京，他设储才学堂、铁路学堂、陆军学堂、水师学堂等。自强学堂就是今武汉大学前身。他也注意训练军队，在两江总督任职期内，曾编练过江南自强军，人数过万，军官全部由德国人担任，采用西法操练。光绪二十二年（1896年），他回任湖广总督，将自强军移交给两江总督刘坤一。如今的湖北、江苏的高等教育，追根溯源，不能忘记张之洞。

光绪十五年（1889年），张之洞上奏朝廷，建议修筑卢汉铁路，自卢沟桥至汉口，以贯通南北。他认为铁路之利，以通土货厚民生为最大，征兵、转饷次之，"铁路为自强第一要端，铁路不成，他端更无论矣"，"西洋富强，尤根于此"。他提出卢汉铁路是"干路之枢纽，枝路之始基，而中国大利之萃也"。朝廷准奏，北段由直隶总督主持，南段由湖广总督主持，南北分段修筑。于是，清廷调张之洞任湖广总督，他所建议并监修的卢汉铁路，自光绪二十四年兴建，到光绪三十一年三月完成，命名为京汉铁路。光绪三十一年（1905年）六月，张之洞又奉旨督办粤汉铁路。粤汉铁路的筑路权早在1898年就被美国所控制，但到1903年铁路尚未动工。张之洞经过与美国公司一年多的交涉，光绪三十一年（1905年）七月，他以六百七十五万两的高价赎回路权,又于宣统元年(1909年)四月与德、英、法三国签订《湖广铁路借款合同》,筹建粤汉铁路。

督鄂十七年间,张之洞力主广开新学、改革军政、振兴实业,湖北人才鼎盛、财赋称饶,成为当时中国洋务新政的中心地区。

张之洞甫到湖北,即着手筹建汉阳铁厂。他致电驻英公使薛福成购炼钢厂机炉,英国梯赛特工厂回答说:"欲办钢厂,必先将所有之铁、石、煤、焦寄厂化验,然后知煤铁之质地如何,可以炼何种之钢,即以何样之炉,差之毫厘,谬以千里,未可冒昧从事。"张之洞大言曰:"以中国之大,何所不有,岂必先觅煤铁而后购机炉?但照英国所用者购办一分可耳。"英国厂方只得从命。当时,机炉设在汉阳,铁产大冶,煤在马鞍山。马鞍山的煤,灰矿并重,不能炼焦,不得已只好从德国购焦炭数千吨。光绪十六年至二十二年(1890—1896年),耗资五百六十万两,还是没有炼成钢。后改用江西萍乡的煤,制成的钢又太脆易裂。张之洞方才知道他所购的机炉采用酸性配置,不能去磷,钢含磷太多,便易脆裂。他不得已又向日本借款三百万元,将原来的机炉改为碱性配置的机炉,才制出优质的马丁钢。汉阳铁厂是一钢铁联合企业,光绪十九年(1893年)建成,包括炼钢厂、炼铁厂、铸铁厂大小工厂十个,炼炉二座,工人三千,采煤工人一千。这是近代中国第一个大规模的利用机器生产的钢铁工厂,而且也是亚洲最早、最大的钢铁厂。张之洞还筹办了湖北织布局。光绪十八年(1892年)在武昌开工生产,纱锭三万枚,布机一千张,工人二千。张之洞以湖北为基地,兴办实业,功在当代,利属千秋，毛泽东评价说：提起中国民族工业，重工业不能忘记张之洞。

1894年8月1日，中日甲午战争爆发，张之洞曾奏请派马队"驰赴天津，听候调遣"，并设想以"外洋为助"。他鉴于"倭势日强，必将深入"，建议"慎固津沽及盛京"。10月26日，张之洞致电李鸿章，提出"购兵船、借洋款、结强援"三项主张。10月底，日军强渡鸭绿江后，辽沈危急，张之洞再次提出"购快船、购军火、借洋款、结强援、明赏罚"五事。11月2日，张之洞调署两江总督。11月7日，他在致李鸿章电中指出"无论或战或和，总非有船不行"。11月下旬，日军围困旅顺，张之洞先后致电李鸿章、李秉衡，要求急救旅顺，均无效徒劳，无补战局。

光绪二十一年（1895年）初，日军进犯山东半岛，张之洞急电山东巡抚李秉衡，建议他"责成地方官多募民夫，迅速星夜多开壕堑，于要路多埋火药，作地雷"，以阻止日军进犯，并表示拟拨枪支弹药支援山东守军。丁汝昌自杀殉国后，他曾建议将驻扎台湾的刘永福调来山东抗日，保卫烟台。当张之洞得悉清廷有割台海予日之说，于2月28日致电朝廷，沥陈利害，极力反对割台，并提出保台的"权宜救急之法"有二：一、向英国借巨款，"以台湾作保"，英必以军舰保卫台湾；二、除借巨款外，"许英在台湾开矿一二十年"，对英有大益，必肯保台。3月29日，张之洞还致电唐景崧鼓励他积极御倭，并建议起用百战之将刘永福。他同时致电刘永福，建议他"忍小任大，和衷共济，建立奇功"。

《马关条约》签订后,张之洞于4月26日向清廷上奏,提出废约办法"惟有乞援强国一策"。5月20日,清廷谕令唐景崧"著即开缺,来京陛见。其台省大小文武各员,并著唐景崧令陆续内渡"。张之洞认为"此时为台之计,只有凭台民为战守,早遣无用客勇,以免耗饷,禁运银钱内渡,以充军实"。24日,张之洞从唐景崧来电中得悉"日内台民即立为民主国"之事,27日上奏,认为台湾"现自改为民主之国,以后筹械等事,自未便再为接济,以免枝节"。6月3日,日军攻陷基隆港。5日,张之洞仍致电唐景崧,希望他激励士勇民众坚守台北府,并鼓励唐"自率大支亲兵,获饷械,择便利驻扎,或战或攻或守,相机因应,务取活便,方能得势"。

甲午战争期间,张之洞调署两江总督,筹饷筹械,支援前线。朝廷旨调四艘兵舰,他致电李鸿章:"旨调南洋兵轮四艘,查此四轮既系木壳,且管带皆不得力,炮手水勇皆不精练,毫无用处,不过徒供一击,全归糜烂而已。甚至故意凿沉、搁浅皆难预料。"甲午战争失败之后,张之洞上《吁请修备储才折》,希望总结教训,变法图治。康有为在《公车上书》中称张之洞"有天下之望",对这位封疆大吏抱有很大的希望和崇敬。康有为组织强学会,张之洞捐五千两以充会费。帝师翁同龢也加入了强学会,当时有"内有常熟,外有南皮"之称。常熟即翁同龢,南皮就是张之洞,翁、张成了强学会的两大支柱。

1895年冬,康有为赴南京拜谒张之洞,两人相谈甚欢。康有为准备在上海设强学会,推张之洞为会长,并代张之洞起草《上海强学会序》,张之洞起初答应,但他最终复电说:"群才荟集，不烦我，请除名，捐费必寄。"他以会外赞助人的身份，捐款五百两，拨公款一千两，表示赞同。上海强学会成员中有汪康年、封勇、黄体芳、屠仁守、黄绍箕等，都和张之洞关系相当密切。但是，后来他一看到慈禧太后采取行动，逼令光绪帝封闭了北京的强学会和《中外纪闻》，便借口康有为谈今文经学、主张孔子改制说和他平素的学术主旨不合，停止捐款。光绪二十二年到二十三年（1896—1897年），维新派在上海创刊《时务报》，梁启超主笔，汪康年为经理。张之洞以总督名义，要湖北全省各州县购阅《时务报》，捐款千元，予以经济上的大力支持。但《时务报》发表关于中国应争取民权的文章，使张之洞很不高兴。他授意屠仁守写了《辨〈辟韩〉书》，批判严复的《辟韩》一文，在《时务报》上发表，与康梁等人的主张，分歧昭然。

陈宝箴任湖南巡抚后，在三湘掀起维新运动，得到张之洞赞同。陈宝箴也命令全省各州县书院的学子阅读《时务报》。湖南成立南学会，创办《湘学报》《湘报》，张之洞利用政治力量，推销《湘学报》于湖北各州县。但自第十册起，《湘学报》刊载了关于孔子改制和鼓吹民权思想等文，使张之洞大为不满。光绪二十四年（1898年）闰三月，张之洞电陈宝箴说《湘学报》议论悖谬，饬局停发。他还告诫陈宝箴，这件事"关系学术人心，远近传播，将为乱阶，必宜救正"。是年三月，张之洞刊行《劝学篇》。翰林院编修黄绍箕以《劝学篇》进呈朝廷。光绪帝发布上谕称是书："持论平正通达，于学术人心大有裨益，著将所备副本四十部由军机处颁发各督抚学政各一部，俾得广为刊布，实力劝导,以重名教,而杜卮言。"对于《劝学篇》的出版,守旧派大力赞扬,维新派却严厉驳斥。顽固派苏舆所编《翼教丛编》,收入《劝学篇》中的有关文章,赞叹说:"疆臣佼佼厥南皮,劝学数篇挽澜作柱。"章太炎则毫不客气地批评《劝学篇》"多效忠清室语",宣扬忠君思想。梁启超评论此书:"挟朝廷之力以行之,不胫而遍于海内,何足道?不三十年将化为灰烬,为尘埃野马,其灰其尘,偶因风扬起,闻者犹将掩鼻而过之。"戊戌变法运动起初,张之洞与维新派有较多联系,他自己也是相当活跃的人物。张之洞曾让陈宝箴推荐杨锐和刘光第。杨锐是张之洞的弟子和幕僚,他到京城后,与张之洞联系密切。后来杨锐、刘光第以四品卿衔任军机章京,参与要政。光绪二十四年(1898年)四月,张之洞奉调进京,因湖北沙市发生焚烧洋房事件,中途折回。八月,慈禧太后发动政变前夕,陈宝箴曾奏请光绪帝速调张之洞入京"赞助新政",但未成行。日本伊藤博文游历北京,曾对总署诸人说:"变法不从远大始,内乱外患将至,中国办事大臣,惟张香帅一人耳。"不久,慈禧太后发动戊戌政变,"六君子"喋血菜市口,百日维新失败。张之洞急电挽救他的得意门生杨锐而不得,南京鸡鸣寺有豁蒙楼,多人说,此处是张之洞为追怀杨锐所建。关于豁蒙楼,因在南京,再多啰唆一二。

刘成禺在其《世载堂杂忆》中,有《豁蒙楼》一文,谈到了豁蒙楼的由来。光绪二十年(1894年),时任湖广总督的张之洞来南京署理两江总督,与其任四川学政时的得意门生杨锐某夜"同游台城,憩于鸡鸣寺,月下置酒欢甚,纵谈经史百家、古今诗文,憺然忘归,天欲曙,始返督廨","此夕月下清谈,及杜集《八哀诗》,锐能朗诵无遗,对于《赠秘书监江夏李公邕》一篇,后四句'君臣尚论兵,将帅接燕蓟,朗咏六公篇,忧来豁蒙蔽',反复吟诵,之洞大感动"。光绪二十八年(1902年),张之洞再次署任两江总督,重游鸡鸣寺,"徘徊当年与杨锐尽夜酒谈之处,大为震悼,乃捐资起楼,为杨锐纪念,更取杨锐所诵'忧来豁蒙蔽'句,曰'豁蒙楼'"。20世纪80年代出版的署名石三友的《金陵野史》一书中也有《豁蒙楼与杨锐》,是根据此文而来。与刘文所说稍为不同,清末民初的著名学者、曾受聘任金陵江楚编译官书局"帮总纂"、后为东南大学中文系教授的兴化李详,在南京居住近十年,他在《南京鸡鸣寺豁蒙楼》一文中说:"张文襄再督两江日,属黄华农方伯于鸡鸣寺东,伐去丛木,建楼其中,俯临台城,以览玄武湖之胜。楼成,文襄署扁曰豁蒙楼,取杜《八哀诗·咏李北海》云:'朗吟六公篇,忧来豁蒙蔽。'"张之洞在豁蒙楼匾额跋文中也说:"余创于鸡鸣寺造楼,尽伐林木,以览江湖。"查阅《张之洞诗文集》(上海古籍出版社2008年版)中有《鸡鸣寺》一诗,这首五言诗中有"一朝辟僧楼,雄秀发其秘。城外湖皓白,湖外山苍翠"之句。张之洞在诗题下自注:"余以金施寺,僧辟寺后经堂为楼,尽伐墙外杂树,遂为金陵诸寺之冠。"原先闲人免进的经堂便成了人人皆可登临的览胜之处。民国时期的"立法委员",与刘禺生、冒鹤亭等有来往的诗人曹经沅,于1933年与友人同游鸡鸣寺,写诗一首,在第五句"布金人去思元老"下自注:"豁蒙楼旧为经堂。"《官场现形记》的作者李伯元,也写有《南皮游金陵鸡鸣寺》,现摘录如下:"南皮在金陵日,尝游鸡鸣寺。南皮立高处,左望玄武湖,澄澄如镜,右望台城,则树木丛杂,不能一览无余。南皮不慊于心,因命材官伐树。寺僧伏地哀之曰:'树皆百年物,伐之则生机绝矣。'南皮不顾,沉吟曰:'其如寥阔何?无已,其盖一三层洋式高楼乎?'寺僧以南皮为其置别业也,喜而谢。胡砚孙观察进曰:'以名胜之地而盖洋楼,似乎不古。'南皮深然其说。寺僧又忐忑不已。濒行时,顾胡曰:'你替他将就搭几间屋吧,茅蓬都使得。'言毕,匆匆乘舆而去。"由此可见,豁蒙楼是否缘于杨锐,还有待确认,也许是他人附会,为张南皮锦上添花?但即使张南皮缅怀这位学生,囿于当时情势,也不大敢公开表露心迹吧?当年,与张之洞曾经非常熟悉的朋友张佩纶就在南京,但因为物是人非,两人没有见面。即使后来张之洞邀约张佩纶与陈宝琛同游镇江焦山,还是被这两个人拒绝了。官场险恶,都要倍加小心呢。

光绪二十六年(1900年),义和团运动兴起。对此闹剧,张之洞毫不含糊,主张坚决镇压。他先后镇压了湖北天门县、荆州府等地焚烧教堂、医院的行动,还会同沿江各省奏请力剿"邪匪",严禁暴军,安慰使馆,致电各国道歉。张之洞、刘坤一等还彼此联络,签订了《东南互保章程》:"长江及苏杭内地各国商民教士产业均归南洋大臣刘、两湖总宪允认切实保护。"两广总督李鸿章、闽浙总督许应骙、山东巡抚袁世凯都表示赞同,加入"东南互保"行列。是年7月,张之洞在武汉逮捕并杀害了自立军首领唐才常等二十余人。唐才常是张之洞的学生,谭嗣同的战友。戊戌变法失败后,唐才常等人联络组织自立军,准备在安徽、湖北、湖南起事，谋求建立君主立宪的"新自立国"，拟请光绪帝复辟。他们还策划通过日本劝说张之洞，拥戴其建立"东南自立之国"。张之洞得知消息后，不无观望骑墙之念，并未立即表态。此时，英国也正在积极活动香港议政局议员何启等拉拢孙中山，准备在华南策动李鸿章"独立"。李鸿章也在左右观望徘徊。据说，张之洞也有一极为隐秘的代表团远赴东瀛，窥测时局，以做应对，宇都宫太郎的《当用日记》对此有详细披露。庚子年的政治局面，一度错综复杂。但八国联军攻入北京，慈禧太后虽仓皇出逃，但仍旧能够掌握大局。张之洞权衡再三，立即动手捕杀了唐才常等人，并迅速撤回在日本的若干人员，孤注一掷，衷心拥戴清廷。

张之洞剿灭自立军后，起草了一份《劝诫上海国会及出洋学生文》，列举了自立军是康党的罪状，劝诫国会中的士绅、学者以及留日学生，以分化瓦解反清队伍。留日学生公推沈翔云写出《复张之洞》，予以批驳。沈翔云在信中揭露张之洞："公之定此狱也，一则曰领事恨之，再则曰教士恨之，三则曰洋官、西士无不恨之，公以为领事、教士、洋官、西士，其为中国乎？其为彼国乎？何大惑不解为是也。"据说张之洞看了此信后十分窘迫，便指使两湖、经心、江汉三书院的学生撰文批驳，但总觉理由不足，拖延敷衍，不了了之。

光绪三十一年（1905年），清廷派五大臣出洋考察各国宪政。第二年宣布官制改革，编纂宪法大纲，施行"预备立宪"。张之洞闻听此举，不无惊讶，等到五大臣回国，征求他意见之时，他回电说："立宪事关重大，如将来奉旨命各省议奏，自当竭其管蠡之知，详晰上陈，此时实不敢妄参末议。"态度暧昧，骑墙自保。他对清廷所谓外官改制，更持反对态度，认为"若果行之，天下立时大乱"，还说："事关二百余年典章，二十一省治理，岂可不详慎参酌，何以急不能待，必欲草草尔定案耶？"清廷通过官制改革，加剧了中央与地方、满汉之间的矛盾，把当时地方督抚中权力最大的袁世凯和张之洞调到北京，不无架空投闲之虑。

光绪三十四年（1908年）冬，光绪帝、慈禧太后相继死去，时隔不到一天。溥仪继位，改元宣统。醇亲王载沣以摄政王监国，满族亲贵乘机集权，排斥汉官。袁世凯是当时权势显赫的汉族大官僚，加上戊戌变法时被众说出卖光绪帝，为载沣等皇族亲贵所忌恨。载沣等密谋杀袁，张之洞对此表示反对，认为"主少国疑，不可轻于诛戮大臣"。

宣统元年（1909年）正月，清廷以袁世凯患"足疾"为名，让他回河南养疴。六月，张之洞病重不起。八月二十一日（1909年10月4日），奏请开去各项差缺，同日在北京白米斜街寓所去世，八月二十三日（10月6日），清廷谥以文襄。据说，摄政王载沣对张之洞颇为忌惮。有一说，张之洞病重时，摄政王载沣亲临探视。张之洞毕竟是四朝老臣，临死之时还是念念不忘天下安危，提出要善抚民众。摄政王载沣扬扬得意道："不怕，有兵在。"张之洞从此再无一语有关国计民生。载沣走后，有人向张之洞询问摄政王说了什么，张之洞说是"亡国之音"。当晚，张之洞在哀叹"国运尽矣"声中去世。据说，他还说道："我的一生心血都白白浪费了！"

张之洞作为洋务派的代表人物，提出"中学为体，西学为用"主张。他与刘坤一合上《遵旨筹议变法谨拟采用西法十一条折》，提出了具体措施。学习和采用西法要有前提，即"中学为体"，中法的根本原则不能动；"西学为用"，西法的基本原则不能学。早在清末修律正式开始之前，张之洞就主张"择西学之可以补我阙者用之，西政之可以起吾疾者取之"，他认为这样做是"有其益而无其害"。光绪二十七年（1901年）五月，他与两江总督刘坤一联名所上三道"江楚会奏变法折"，提出了"恤刑狱""结民心"改良法制的建议，并同袁世凯一起保举沈家本、伍廷芳等为修律大臣。

所谓江楚三折，代表了当时最有见识的封疆大吏关于时局的观察，不妨多说几句。清廷在经过了八国联军侵略北京的战争以后，不得不"变通政治"，光绪二十七年（1901年）春，成立督办政务处，湖广总督张之洞和两江总督刘坤一"遥为参预"。张之洞会同刘坤一连续上了三道奏折：《变通政治人才为先遵旨筹议折》《遵旨筹议变法谨拟整顿中法十二条折》《遵旨筹议变法谨拟采用西法十一条折》。这就是有名的"江楚三折"。第一折，是关于办学堂、废科举，提出设文武学堂，酌改文科，停罢武科，奖励游学等建议。第二折，言说整顿中法，提出崇节俭、破常格、停捐纳、课官禄、去书吏、去差役、恤刑狱、改选法、筹八旗生计、封勇、裁屯卫、裁绿营、简文法等建议。两人在此奏折中说："近日民情，已非三十年前之旧，羡外国之富而鄙中土之贫，见外兵之强而疾官军之懦，乐海关之平允而怨厘金之刁难，夸租界之整肃而苦吏胥之骚扰，于是民从洋教，高挂洋旗，士人入洋籍，始由所隔，浸成涣散，乱民渐起，邪说乘之，邦基所关，不胜忧惧。"既反映了西方的渗透之深，也反映了中国人痛恨清朝政治腐败的无以复加。第三折言采用西法，提出了广派游历，练外国操，广军实，修农政，劝工艺，定矿律、路律、商律、交涉刑律，用银元，行印花税，推行邮政，官收洋药，多译东西各国书等建议。在此奏折里，他说："施之实政则不至于病民，至若康有为之邪说谬论，但以传康教为宗旨，乱纪纲为诡谋，其实与西政、西学之精要，全未通晓，兹所拟各条皆与之判然不同。"他还特地申明采用的西法内容和实质同康有为维新派毫不相同。"江楚三折"是张之洞"中学为体，西学为用"思想的具体化，两人诸如废科举、兴学堂、奖励留学、设商部和学部、兴办实业等主张，是很有创新意识的重大举措。

张之洞对中国文化建设事业有特殊贡献。他筹资兴建湖北省图书馆和湖南图书馆，并相继在光绪三十年（1904年）前后相继开放。他又与端方等人筹办京师图书馆，认为"图书馆为学术渊薮，京师尤系天下视听，规模必求宏远，搜罗必尽极详，庶足以供多士之研求"。他亲自选定馆址，购江南著名藏书家归安姚氏、南陵徐氏藏书，并翰林院旧藏合为京师图书馆，请派编修缪荃孙任京师图书馆监督，并代为制定京师图书馆及各省图书馆章程，为国家图书馆建设贡献卓著。张之洞家藏古籍亦富，仅宋元之本有数十种。藏书家傅增湘曾收藏张之洞旧藏，将其书、文、函、牍、电稿等辑为《张文襄公全集》。

张之洞精通目录学。他任四川学政时，写有《輶轩语》，专讲治学方法、科学时文和有关程式。他的《书目答问》，是一部列举了二千二百种书籍、以指示治学门径的书目，着重收录清代特别是乾嘉以来的学术著作，分经、史、子、集、丛书五部，每部之中又分若干类，类例不拘守于《四库总目》，阐述了读书研究、版本研究和目录学的关系，具有总结清代学术研究成绩的价值，丰富了古典目录学。在《书目答问》中，张之洞曾专列"劝刻书说"，认为"刻书者传先哲之精蕴，启后学之困蒙，亦利济之先务，积善之雅谈也"。张之洞工书，书法苏轼，深负盛名。他也擅米体，笔力遒劲，俊迈豪放，跌宕有致。张之洞曾向张佩纶私授书诀，称"即于两字求之，结体求丰，用笔求润"，自然丰润。

张之洞有诸多诗文，并非都是无病呻吟，如《读宋史》《九曲亭》《西山》《登采石矶》《哀时》《白日一首示樊山》《拜宝竹坡墓》《采桑曲》《人日游草堂寺》《杜工部祠》《五忠咏·石阡知府严谨叔和》《署贵西道巴图鲁于钟岳伯英》《思南府学训导张鸿远》《册亨州同云骑尉刘宝善》《送莫子偲游赵州赴陈刺史之招》等。张之洞少年得意，自负清高。传，某年，梁启超到广州拜见两广总督张之洞。张之洞先差人将一上联送于梁启超。联文是："披一品衣，抱九仙骨，狂生无礼称愚弟。"狂傲无礼，且拒人千里之外。梁启超气度不凡，坦然出对，请来人回送南皮："行千里路，读万卷书！侠士有志傲王侯。"对答不卑不亢，有理有据，文字高雅，气势慑人。张之洞出衙迎接，大有相见恨晚之意。张之洞调任湖广总督，名气更大，傲气益盛。一次，梁启超到江夏拜访张之洞，他又出联求对："四水江第一，四时夏第二,先生居江夏,谁是第一,谁是第二?"上联既包含四水,指古代江、河、淮、济四水,长江排首位,又总括春夏秋冬四季,而夏是排第二。才思敏捷的梁启超,略加思索,巧妙答出下联:"三教儒在先,三才人在后,小子本儒人,何敢在先,何敢在后。"张之洞吟读再三,不禁叹息称赏道:"此书生真乃天下奇才也!"

张之洞,无论是生前,还是在死后,都是经常被人议论的人物。谭嗣同眼中的张之洞:今之衮衮诸公,尤能力顾大局,不分畛域,又能通权达变,讲求实济者,要惟香帅一人。《清史稿·张之洞传》如是评价张之洞:张之洞是个清官,且又"爱才好客",做了数十年的封疆大吏,到死,"家不增一亩"。张之洞病逝后,当时的著名媒体纷纷发表评论,《大公报》如此说道:"当张相国之抱病也,有惟恐其死者,有惟恐其不死者。"该报批评他:"张相国一毫无宗旨,毫无政见,随波逐流,媚主以求荣之人也……相国之生平,恃以训勉全国者,惟在'忠君'二字。"而《申报》则认为张之洞:"固卓乎近数十年汉大臣中不可多得之人才,抑亦光绪朝三十四年有数之人物也。"《新闻报》也说:"若与历代贤臣相比,张之洞不愧为诤臣、能臣、良臣。"

张之洞葬于祖籍即如今的河北南皮,他死后也不得安宁,据说在某一历史时期,还被掘墓鞭尸,如同安徽合肥的李鸿章一样。张之洞出生在贵州兴义,但他做官留下踪迹的地方则有太原、成都、岭南广州,而一生最为辉煌之地,则是武汉三镇,据说如今还有抱冰堂在。南京,张之洞在此时间并不长,但不管是长江路上的原来两江总督府，还是玄武湖边鸡鸣寺的豁蒙楼，都留下了一定踪迹，而南台巷这个寻常小巷，应该是他在南京最为家常的地方，在这里，也许能看出张南皮最为幽深的内心世界？有意思的是孙中山对张之洞的评价，他居然说"张之洞是不言革命之大革命家"，谁能想到，在一百二十多年前，张之洞派往日本的代表团中，除了他的儿子、孙子外，居然还有黄兴黄克强啊。

犹自潸然对夕阳

1900年,20世纪的第一年,戊戌政变后的晚清中国,更为肃杀清冷,沉寂烦闷,彷徨莫名,暗流涌动。

陈三立为生计所迫,移家南京。几天前,他父亲陈宝箴自南昌还来信说,等他一切安排妥当,自己就从南昌前来金陵,一家人在此团聚。说起来,陈宝箴对南京并不陌生。此前,他至少有五次到过这座六朝古都。谁能料到,很快就传来了陈宝箴猝然离世的噩耗。陈三立如五雷轰顶悲痛欲绝,他急匆匆自南京下关溯流而上,赶回南昌奔丧。且来大致说说陈宝箴的五到南京。

1868年,同治七年的大约八、九月间,太平天国运动大致平息已经有五年时间,朝野上下,显露些微生机,所谓同治中兴,正在稳步推进。陈宝箴出山入都,取道南昌,与友朋诗酒文会,诗作唱和。他有《入都过章门,李君芋仙出庄少甫画松见赠,并与曾君佑卿、朱君萍洲各缀诗为别,答题二绝句》,其一是:

> 妙墨重劳品藻工，涛声万壑隐穹窿。
> 良材偃蹇天应惜，肯作寻常爨下桐。

李芋仙即李士棻，庄少甫是庄裕崧，曾佑卿、罗亨奎、陈宝箴三人分别有姻亲关系。罗亨奎是陈三立的岳父。朱萍洲，字宽成。这些人多与曾国藩关系密切。

就在此年十一月，陈宝箴来到南京，他携带自撰文章一册，请曾国藩的幕府师友品鉴点评。孙衣言曾如此说道：

> 不见右铭四五年矣。今年复相见于白下，而君将北行，匆匆读其所著文字，盖多当时万里之虑，非欲与文士角短长者。右铭壮年英达，忠肝古谊，郁勃如此。今游京师，将涉天下之事，其志可以有所施，而其抑郁不平当更有甚焉者矣，弥足叹也。戊辰十月，孙衣言识。

孙衣言是孙诒让的父亲，道光三十年（1850年）进士，曾任江宁布政使。他有"伊洛微言持敬始，永嘉前辈读书多"等名句，曾筑有"玉海楼"，人称江南三大藏书楼之一。

曾国藩门下著名的大幕僚张裕钊评论陈宝箴，客观中肯：

> 英峙开敏、笃挚沉毅之姿，隐然流露于楮墨之间。眼前突兀，乃见此人，爱慕敬服，不能以已。命意遣

词，间有伤率易处，然如作者，正不当沾沾字句间求之也。同治戊辰冬月，武昌弟张裕钊拜读于金陵节署。

张裕钊，字廉卿，武昌人，他与黎庶昌、薛福成、吴汝纶被称作"曾门四学士"。1854年，曾国藩进兵湖北，遂召张裕钊入戎幕参办文案。1894年正月，张裕钊于西安寓所逝世。张裕钊书法独辟蹊径，融北碑南帖于一炉，创造了影响晚清书坛百年之久的"张体"，被康有为誉为"千年以来无与比"。

而方宗诚在其《柏堂师友言行记》中说："（陈右铭）遇予金陵，谓予曰：往者龙阳易笏山观予气盛，谓宜琢磨。予甚感之，但念豪气须以学问琢磨，却不可以阅历琢磨也。"方宗诚，字存之，号柏堂，是桐城派后期人物，其子为方守彝。此处说到的易笏山即易佩绅，字笏山，湖南龙阳人，咸丰八年（1858年）举人。他历任贵州按察使，山西与四川、江宁布政使。易性负气，敢任事，官蜀日，与丁宝桢不相能，赖王闿运为解。易佩绅尝从郭嵩焘、王闿运等游，诗学随园，陈宝箴与易佩绅、罗亨奎相交甚好，被称为"三君子"。陈三立《先府君行状》称："席公假还籍已前为府君叙功，累保知府，府君不顾也。久之，复就曾文正公。江南宾僚益盛，游咏无虚日。曾公移督直隶，府君至是亦欲就官邻省，便养母，遂入觐，以知府发湖南候补。"

大约就在此年的十一、十二月间，陈宝箴北上进京途中染疾，就医济南。曾国藩有《复陈宝箴书》称："四月二十七日接惠书，并寄大文一册。知台从去岁北行，以途中染疾，就医历下，正月之杪乃达京师。"此后已经主政湖南的陈宝箴在《南学会开讲第七期讲义》中也说:"同治间天津实以此肇兴大狱,曾哄杀教士多人,并戕及洋官,势将开衅用兵。其时曾文正公为直隶总督,奉旨往办此案……当将定此谳时,鄙人适北行入都,道过保定,初亦随众訾议,欲诣公面诤。嗣晤公幕府,方存之诸君具道本末,始憬然大悟。比入都,则众论哗然,湘人尤甚。间以其实语人,无听信者,大惑不解。"方存之就是方宗诚。

1869年春末,陈宝箴在京城遇见许振祎,请许带信与自己文章一册到保定总督府呈交曾国藩。陈宝箴有《致许振祎》:"昨日走访不晤,甚歉……奉上呈曾侯一禀并另件,乞为便中附去为感。"此年五月末,曾国藩回复陈宝箴。曾国藩的《复陈宝箴书》是一篇名文,系统地透露出曾国藩的文学主张,广为流传:

> 阁下志节嶙峋,器识宏达,又能虚怀取善,兼揽众长。来书所称,自吴侍郎以下,若涂君、张君、方君皆时贤之卓然能自立者。鄙人器能窳薄,谬蒙崇奖,非所敢承。大著粗读一过,骏快激昂,有陈同甫、叶水心诸人之风。仆昔备官朝列,亦尝好观古人之文章。窃以自唐以后,善学韩公者,莫如王介甫氏,而近世知言君子,惟桐城方氏、姚氏所得尤多,因就数家之作而考其风旨,私立禁约,以为有必不可犯者,而后其法严而道始尊。

《曾国藩日记》中就曾有"夜改陈右铭信稿""将陈右铭信稿改毕,与之论古文之法"等载录。

这应该是陈宝箴首次到南京,时年三十八岁,再次进京参加会试,铩羽而归,此后他以举人身份终其一生,引为憾事。

1887年底,因被张佩纶弹劾而最终降三级调用的陈宝箴困守长沙郁闷无聊之时,被征召赴郑州参与办理河工。陈宝箴没有听从倪文蔚从天津赴河南的建议,他从江苏淮安清江北上,以便途中仔细观察水灾及其影响。陈宝箴此行曾在江宁致电张之洞,报告有关情况。陈宝箴的这一《致张之洞电》,如此说道:"河至皖分入湖、淮,溢庐北。塞口需料万垛,见不及千,未兴工,明春若难浚,里下河极可虑。箴由清江往,起程恳奏报。宥电、感电悉。箴禀。江。""起程恳奏报",即陈宝箴请求张之洞将其起程及行程路线上奏。"里下河"指江北里运河与下河之间最为低洼的地区。此年底,陈宝箴抵达郑州,为李鸿藻谋划治河方略,并与张之洞电报往还。陈宝箴又一《与张之洞电》称:"箴腊十日力疾抵豫,顷乞销差。堵口秸甚艰,定念日兴工。高阳折回督办。余另禀。宝箴叩。霰。"当时的张之洞还在岭南,是两广总督。倪文蔚曾是广东巡抚,因与张之洞经常闹别扭被调任河南巡抚。

"郑工"是当时最大的河防工程,前后耗资银一千一百万两。身在广州的张之洞与陈宝箴频发电报,除了上面引用两电外还有数次电报,此也说明两人之间的关系之密切。

陈宝箴起复有望,再度进京。郭嵩焘有《送陈右铭廉访序》,专门谈及陈宝箴在河南的这一经历:"及河决郑州,高阳李公任治河,奏起廉访。至则不任受事,独居幕府备议论。既治河有成绩,而李公去,亦遂戛然以归。河南巡抚倪公追叙其劳,为枢府所持。廉访诚自远于荣利,而人亦因其自远而远之。"郭嵩焘所说高阳李公就是李鸿藻,此人与张之洞的关系也非比寻常。

这是陈宝箴的第二次途经南京,与张之洞函电交驰,他即将走出政治上的低谷,复出有望,这一年,他已经五十七岁了,就要步入花甲之年了啊。

1894 年,因清廷下诏对日宣战,陈宝箴受湖广总督张之洞委派,往江宁与两江总督刘坤一等会商长江防务。张之洞、谭继洵有联名《致总署》:奉旨各省联为一气,以固江防,自应钦遵。现拟委臬司陈宝箴即日乘轮驰赴江宁,与江督刘筹商一切,不过旬日即回。请代奏。

陈宝箴亦有《复张之洞电》,汇报在南京情况:"十三日到。岘帅言,院司借雷、炮,公电已复。炮台操看过两次,颇中靶。苏臬陈湜奉电旨募勇数营入都,拟募十营。岘帅坚嘱住署,明日且搬入。余继陈。箴禀。元。"陈宝箴所说岘帅就是刘坤一。

战争推进,瞬息万变。陈宝箴很快奉调担任直隶布政使,主要是协助刘坤一办理粮草转运。刘坤一离开南京北上,其两江总督之职由张之洞前来署理。陈宝箴交卸湖北布政使职务,从武昌启程,入都觐见。陈宝箴《自述履历》称:"光绪二十年甲午岁,七月十一日奉上谕往金陵与刘制军商议海防各口公事,于本月二十日回署,二十九日接署藩台篆。本年十一月二十九日卸事,十二月初三日起程赴北。"

邹代钧曾有《致汪康年函》:"闻右丈已卸篆,现住在臬署否?伯严公馆将定何处?乞示知。本拟今日走右丈处道喜,然今日道喜,明日送行,彼此不胜其烦,不如明日一次为合。愿随君与浩弟同去,准十一下钟,钧来自强约齐,何如?仍候尊示。"

1894年的阴历十二月初七日,陈宝箴舟行至金陵,遇到王闿运。王闿运《湘绮楼日记》在此日日记中说:"未明已看关,行甚迅速。逢陈右铭,先余三日发,后余三日于江宁下关。约十二月十日前后,陈宝箴从上海乘北京号轮船赴天津。"陈宝箴还有信札《致赵凤昌》:"弟已定于今日附北京轮船去矣,匆匆不及复诣帅座叩谢,惟感深知遇,永言弗谖而已。弟家未知行期。特奉上一纸,乞待禀,请用官电发去为荷。"

1894年的多事之秋,陈宝箴两到南京,先是与刘坤一商议长江防务,后是奉调进京履新。一年之内,身份变化,时空交错。这是陈宝箴第三、四次在南京来去匆匆,留下痕迹。

1895年的阴历七月二十四日,陈宝箴被补授湖南巡抚,达到他一生仕途巅峰。此年的阴历九月二十三日,陈宝箴父子离京南下,他们从上海经南京,赴长沙,在金陵受到朋友们的热情接待。陈宝箴与张之洞在金陵相见,陈三立与康有为也在此晤面。当时的张之洞刚有丧子之痛。缪荃孙《艺风老人日记》此日载:"陈伯严来。晚心海招饮,宋芸子、黄仲韬、陈伯严、况夔笙、蒯礼卿、刘聚卿、徐积余同席。"次日,缪荃孙又记:"拜陈中丞……香帅、佑帅来拜……王木斋招饮于画舫,陈伯严、康长素、况夔笙、沈艾苍、蒯礼卿、徐积余、刘聚卿同席。酒半伯严别,赴下关,艾苍送之行,盖侍中丞公到湘也。"心海是梁鼎芬,艾苍是沈葆桢之子沈瑜庆。

这是有案可查的陈宝箴第五次经过南京。本来,陈宝箴还有可能再来南京寓居,谁能料知,他在此次来南京的不到五年就撒手人寰,魂归西山。

1900年阴历六月二十六日,陈宝箴猝死于南昌西山崝庐。病逝前五日,陈宝箴尚有家书给陈三立。当时,陈三立犹在江宁,惊闻凶耗,他奔还南昌,料理后事。

陈三立所撰《先府君行状》称:"是年六月廿六日,忽以微疾卒,享年七十。卒前数日,尚为《鹤冢》诗二章;前五日,尚寄谕不孝,勤勤以兵乱未已、深宫起居为极念。不孝不及侍疾,仅乃及袭敛,通天之罪,锻魂锉骨,莫之能赎,天乎痛哉……所著奏议若干卷、批牍若干卷、书牍若干卷、文集若干卷、诗集若干卷,待刊行世。《读易小记》未成书,日记若干册,藏于家。"

陈宝箴猝然而逝,追怀挽悼者众。与陈宝箴陈三立父子交谊匪浅的瞿鸿禨,当时正深得慈禧太后信重,他有《陈右铭丈挽词》:

千艰百折付销沉,成败论人每铄金。
欲挽沧波纡世难,犹悬白日照臣心。
灵均楚泽孤芳郁,朱邑桐乡旧泽深。
凄切蜺颐山下路,故交零落鹤鸣阴。

一代名僧八指头陀释敬安作为方外之人,与陈宝箴、陈三立都有一定往来。他有《义宁陈中丞挽诗》:

疾雨惊雷挟岳驰,天南一柱遂难支。
沧波东海横流急,白首西山挂笏迟。

功罪一时原未定,春秋千古岂能私!
鄂州遗爱何容泯?应为公刊堕泪碑。

见说辞家四十霜,归来旧业已全荒。
既无彭泽五株柳,那有成都八百桑?
死痛青山难葬骨,生怜白鹤与休粮。
道人平等无恩怨,犹自潸然对夕阳。

八指头陀注解说,公罢官后,结庐西山。尝蓄一鹤自随,今岁先公而逝,公哀之,为铭以瘗。

陈宝箴离世之后,流寓南京的陈三立几乎每年都会两次返回南昌靖庐,祭扫父亲,追怀往事,寄托哀思。

一生文章实地起

张謇是晚清状元,民国总长。他以家乡南通为根基,创办实业,进行社会实验,打造中国近代第一城,影响深远,有口皆碑。党和国家主要领导人肯定他的实业报国,家国情怀,誉之为先贤、典范、楷模。但张謇一生丰富,波澜壮阔,他走出南通,成名北京,又曾有在朝鲜、日本的经历。而他与南京,又有几多交集?南京在他的一生事业中处于怎样的位次?挂一漏万,贻笑大方,也来说说张謇与南京。

张謇自十六岁中秀才到二十七岁之间,经常前来南京参加乡试,先后五次都未得中,来去匆匆。撇开这几次不说,实际上,张謇的首次长驻南京,是在1874年。当时的张謇年届二十一岁,正是血气方刚的青春年华,他已经稍有文名。说到张謇的秀才身份,得来颇为不易,所谓冒籍风波,已多有记述,此处不赘。解决这一令张謇一家很是头疼的一大难题,有多人帮忙,其中比较关键的人物之一就是孙云锦。当时的孙云锦是南通知州。孙云锦工作调动,到了南京,任职江宁发审局。张謇受邀,也到南京,大致属于孙云锦的客卿幕僚身份。在南京期间,张謇得以结识不少人物,如薛时雨、张裕钊、李小湖等,都是当时的一流学者。薛时雨主持惜阴书院,李小湖主持钟山书院。在庚子之乱中被杀的袁昶与薛时雨有亲戚关系,也曾与惜阴书院有交集,袁昶是张之洞的学生。这三人之中,对张謇影响最大的则是桐城派名家张裕钊。张謇在孙云锦身边,开阔眼界,增加历练,也时刻准备着再进考场,金榜题名。两年之后,孙云锦再次工作变动,但张謇没有跟随,而是经孙云锦推荐,入淮军名将吴长庆之幕。吴长庆当时驻军南京浦口,奉命支援朝鲜平定叛乱,1884年奉调回国,张謇在吴长庆幕府总计有八年之久。张謇在吴长庆升授浙江提督后方才离开南京。张謇在吴长庆幕府中,与泰兴朱铭盘、武进何嗣焜、海门周嘉采等结为好友。当然,在此期间,还有一人,与张謇此后颇有渊源。此人者谁?就是袁世凯。张謇曾言:幕府之中,军事简,多读书之暇,与曼君、彦升、怡庵诸人时有唱酬,读《老子》《庄子》《管子》。

光绪十一年(1885年)春,张謇又曾到南京,为孙云锦"襄校府试卷",但不久即北上,参加乡试,得中南元,与翁同龢、潘祖荫这两位名臣产生交集。张謇为何不在南京江南贡院参加乡试而舍近求远,跨江过河,到北京考试?却原来,孙云锦当时已经又移守江宁,门生弟子依照惯例需要回避,张謇这才改到顺天参加乡试。此次张謇得中南元,自然是令人欣喜之事。张謇后来说:"清代乡人北榜中第二者,顺治甲子盛于亮、乾隆庚午方汝谦,至余共三人。"但,张謇会试得中甲午状元,已经是九年以后了。若从 1868 年他中秀才算起,到 1894 年终成状元,二十六年的马拉松长跑啊。已经四十一岁的张謇得此殊荣,与老师翁同龢相对无言,默默流泪。张謇在日记中写道:栖门海鸟,本无钟鼓之心;伏枥辕驹,久倦风尘之想。

1894 年,张謇得中状元,但国家危机日益深重,甲午战争最终爆发。两江总督刘坤一作为湘军宿将奉命北上,湖广总督张之洞顺江而下,署理两江总督。来到南京的张之洞邀请张謇前来,共商大计,他让张謇办通海团练、兼办实业。张謇中状元,"惟南皮不谓然"。但干大事,还是要往前看,张謇并不因为张之洞与自己的老师翁同龢有歧见矛盾而心存顾虑。他积极响应张之洞,1895 年 6、7、12 月,张謇三次到南京与张之洞促膝长谈,教育、商务等等,无所不谈,形成共识。张謇如此评价张之洞:闻人之言曰,某公有五气,少爷气,美人气,秀才气,大贾气,婢妪气。又云某公是反君子,为其费而不惠,怨而不劳,贪而不欲,骄而不泰,猛而不威。但,"然今天下达官贵人能知言可与言者,无如某公"。某公,即指张之洞。

此年夏,张謇为张之洞起草《代鄂督条陈立国自强疏》。1895 年 8 月,张之洞支持张謇在通州筹办纱厂。1896 年,张之洞正式奏派南通张謇、苏州陆润庠、镇江丁立瀛在当地设立商务局,以求实地进行之法。针对张之洞的大力推动,热情支持,张謇坦言:余自审寒士,初未敢应,既念书生为世轻久矣,病在空言,在负气,故世轻书生,书生亦轻世。今求国之强,当先教育,先养成能办适当教育之人才。而秉政者既暗蔽不足与谋,拥资者又乖隔不能与合。然固不能与政府隔,不能不与拥资者谋,纳约自牖,责在我辈,屈己下人之谓何?踌躇累日,应焉。

1896年,张謇还应张之洞之邀,主持文正书院。张謇在南京,闻听不利于翁同龢、文廷式的消息,心绪不宁,寝食难安。作为所谓翁门六子之一,他自然关心翁同龢的命运起伏。此后,翁同龢匆匆出局,文廷式亡命东瀛,戊戌六君子喋血菜市口,让张謇倍感政海凶险,令人不寒而栗。在此期间,为筹款办厂,张謇多次奔走于南京、湖北、上海、通海各地,心力交瘁,殚精竭虑。为大生纱厂多方筹款,一度陷入困境。无奈之下,由两江总督刘坤一做主,将之前张之洞用官款购买、搁置在上海码头三年的美国纱机作价五十万两入股,大生纱厂因此改为官商合办,开机生产。

1900年,庚子年,义和团运动爆发,八国联军侵入北京,慈禧太后与光绪帝逃至西安。湖广总督张之洞与两江总督刘坤一面对此复杂局面,在多人推动之下,终成东南互保之局。张謇在其中,也发挥了重要作用。1900年5月22日,张謇在南京拜见刘坤一,就如何招抚盐枭徐宝山提出建议。就东南互保,东南诸多名士达成共识。张謇曾有如此记述:与眉孙(何嗣焜)、爱苍(沈瑜庆)、蛰先(汤寿潜)、伯严(陈三立)、施理卿(炳燮)议合刘、张二督保卫东南。余诣刘陈说后,其幕客有沮者。刘犹豫,复引余问:"两宫将幸西北,西北与东南孰重?"余曰:"虽西北不足以存东南,为其名不足以存也;虽东南不足以存西北,为其实不足以存也"。刘蹶然曰:"吾决矣。"告某客曰:"头是姓刘物。"即定议电鄂约张,张应。

庚子之乱后,君主立宪之事,成为热议话题,清廷于1901

年 1 月 29 日颁发变法诏书。在此大背景之下，张謇完成了其两万多字的《变法平议》。对于耗费心血的这一变法改革方案，张謇寄予厚望。张謇满怀热望，来到南京，面见刘坤一。神情倦怠的刘坤一对此却毫无兴趣，只是敷衍应付，顾左右而言他，让张謇"意绪为之顿索"。1903 年，张謇出访日本，前后近七十天，对日本有了进一步的深入了解。1904 年，日俄战争爆发，张謇如此说道：日本全国略与两江总督辖地相等，若南洋则倍之矣。一则致力实业教育三十年而兴，遂抗大国而拒强国，一则昏若处瓮，瑟缩若被执，非必生人知觉之异也。一行专制，一行宪法，立政之宗旨不同耳。而无人能举以圣主告也，可痛可恨！

此年三月，张謇又应张之洞与两江总督魏光焘之邀，到南京商讨君主立宪事宜。张謇与蒯光典、赵凤昌、汤寿潜等人在南京数易其稿，为两督代拟立宪奏稿。张謇后来回忆，草稿内容是请求"仿照日本明治变法之誓，先行颁布天下，定为大清宪法帝国，一面派亲信有声望之大臣游历各国，考察宪法""为南皮、魏督拟请立宪奏稿，经七易磨勘，经四五人，语婉甚而气也怯，不逮林也"。张謇提到的林，是指当时的贵州巡抚林绍年，他有要求变法的电奏，张謇认为"敢言之气当为本朝第一"。此后，各方力量终于促成五大臣出洋考察。五大臣考察归来，预备立宪拉开帷幕。上海成立预备立宪公会，张謇曾为其中的活跃骨干分子。1908 年 6 月，张謇奉旨在南京筹备宁属谘议局，1909 年，设立江苏谘议局，张謇当选为会长，谘议局就在如今南京湖南路省军区大院之内。这一地址，是端方与张謇共同确立的。张謇在江苏首届谘议局闭幕式上发表演讲说：谘议局"举数千年未有之创局,竟能和平正大,卓然成一届议会,官长与人民毫无龃龉痕迹,上下交尽,谁谓吾国人程度不及,此为各省所略同","至其会议之精神,就议场之秩序论,虽议论繁富,或有时而流于驳,然以期望久殷,一旦而得法定之言论机关,倾筐倒箧,情不自禁,此实人人所不免"。在张謇领导之下,江苏谘议局先后议决有"联合各省请速开国会组织责任内阁案""预计地方自治经费厘订地方税限请由资政院议决案""弹劾总督违法案""全省预算案"等百余件提案。当时有媒体评论说:"去年设谘议局,而督抚多苦恼。自今年设资政院,而督抚又多苦恼。敬告督抚,勿以为苦,勿以为恼,百姓之苦恼,甚于汝万倍也。"江苏谘议局与当时的两江总督张人骏就展开过数次交锋,以至张謇等以辞职相抗议。张謇还牵头参与组织了进京呼吁召开国会的请愿运动。由十六省代表组成的国会请愿团抵京后,清廷劝慰一番,以筹备尚不充分为由,驳回请求。5月,张謇发起第二次请愿运动,再次被驳回。10月,张謇发起第三次请愿运动。三次请愿,震动朝野。但皇族内阁出笼于1911年,立宪运动最终以失败而告终。张謇说,自己一生事业,莫大于立宪之成毁。清朝的统治时间进入倒计时。

1911年春,张謇一行由上海沿江到武汉,尔后进京路经安阳,到洹水去见二十八年未曾晤面的袁世凯。告别洹上,张謇在北京、东北盘桓数日,两个月后回到南通。此次北行,张謇还见到了摄政王载沣。是年10月10日,辛亥革命在武汉爆发,张謇恰在此地,准备主持大维纱厂开机仪式。张謇匆匆离开武汉三镇,迅速顺江而下,10月13日抵达南京,分别去见两江总督张人骏与江宁将军铁良，劝说两人出兵平乱。但这两人无动于衷，张謇在南京盘桓三天，一无所获，就奔赴苏州游说江苏巡抚程德全。形势发展，瞬息万变。张謇审时度势，寄希望于袁世凯，并支持程德全到南京主持江苏大局。张謇与汤寿潜、陈其美不仅在南京为程德全倾力站台，还提供物质帮助，堪称不遗余力。在这一历史巨变之中，张謇知道君主立宪已经寿终正寝，转而赞同缔造共和。

1912年1月6日，张謇与袁世凯的代表张绍曾在南京会晤。张謇与孙中山、黄兴等人也多有接触，参与南京临时政府筹建，出任实业总长。但他拥袁立国，坚定不移，居间调停，煞费苦心。他说："至于政党，本为求利于国起见，以党德为枢纽，自是天经地义。今共和党与国民党政纲甚为接近，而彼此情谊不遽融洽者，容有不明党德之界说。尚望黄先生大力主持，俾朝夕有握手之机会，庶为不虚今日之聚会，并不负黄先生提倡党德之初心。"张謇说的黄先生就是黄兴，黄兴死于1916年，年仅四十二岁。此后，纷纭多事，宋教仁遇刺，张謇认为是小人拨弄是非，非袁世凯所为。二月革命失败后，张勋盘踞南京，很是嚣张蛮横，气焰熏天。张謇多次致电袁世凯，要求驱走辫帅张勋，他提出"宁张不去，通张不来"，最终张謇以年逾六旬抵达北京入阁。但，张謇在发现袁世凯要阴谋复辟帝制后，迅速抽身而退，回返南通。

张謇在此后的晚年岁月中，多在南通，耐心耕耘。1919年，他与沈恩孚、黄炎培等发起组织苏社，但无疾而终，不了了之。张謇还曾有召开南通自治二十五周年大会之计划，也是终成泡影。张謇的实业也遭逢危机，被人并购。他有一段话，非常著名，抄录在此，可见其心绪悲凉：

> 謇不幸而生中国，不幸而生今之时代，尤不幸而抱欲为中国伸眉书生吐气之志愿，致以矞然自待之身，溷秽浊不伦之俗。虽三十年前，反复审虑，投身实业、教育二途，一意孤行，置成败利钝于不顾，而幸而利，幸而成，又展转而至于钝，几于败，亦可已矣。而苦不能已，则以教育根本未完，实业替人未得，尚不可为陋巷箪瓢之颜子，即不得不仍为胼手胝足之禹稷也。

知父莫若子。张孝若曾言：

> 我父到了七十前后，看国家统一的局面已纷争破坏到极点，暂时没有收拾的办法和可能，而各省事实上割据的形势已经成就，一时也不容易打破。人民自然最希望全国有良好的统一政治，然而既河清难俟，也只有退一步，希望得到局部的安宁。我父尤其有地方事业关系，不能唱高调冒危险，就是心里边愤恨厌恶到万分，嘴里边和外面也只有忍默。所以我父但求部局秩序有相当的维护，人民元气能保一分就保一分。不是我父忽视放低了他的严格责望和改变了他的本性的人格，有所迁就合污，实在是人民经不起再闹，地方经不起再扰乱，事业更经不起再破坏。

晚年张謇，对龌龊交易乌烟瘴气的议会政治极度失望。1921年，他致信江苏议会：

> 仆恶议会之龌龊久矣。此孽自项城造之，而致项城之造此孽者，又有人在。其故皆由于浮慕欧风，一若议会之有政党，政党之用金魔力，彼固有之；不知施于我国，曾无一致常识之人士，乃适得其弊。予金钱者，窃国而不止侯；受金钱者，窃钩而不胜诛。风掀雷颠，波谲云诡；凿混沌之顽窍，荡廉耻为游氛，愈演愈奇，至有今日。

晚年张謇面对军阀割据政治黑暗，无能为力。他对各种思潮，也颇为抵触。他以孔子自况，"吾欲用世之心，犹之孔子也；皇皇而不获效，亦犹孔也"，"前清、民国，曷尝无希冀有为之心，以尽学为士之义分？而人民之愿望，如泡如影，而国变矣。农商之策划如露如电，而国又几于变。今之世，抢抢攘攘，较昔时何如？较忝阁员时又何如？尚有几希之望否也"？

"将雨山云忽际天，有时山忽上云颠。晚来更被横风扰，万点青苍尽化烟。"张謇一生，根基在南通，但到南京，与吴长庆、孙云锦等在一起，更为开阔视野。此后，他参与维新，推动立宪，拥护共和，在南京与张之洞、刘坤一、端方、张人骏等也多有交集。即使他创办实业，也需要到南京寻求各方支持呢。1926年8月24日，张謇溘然长逝于南通，终年七十四岁。

钱昌照曾如此评价张謇："成败由天，毁誉由人，一生经济文章，都从实地做起；细行不矜，大德不渝，盖世功名事业，那堪浊浪淘来。"

头条巷里说散原

南京鼓楼有头条巷,城东青溪西岸复成桥内也有头条巷,被誉为同光体大诗人的清末四公子之一的陈三立曾在此居住经年,留下过深深足迹。

义宁陈家是当之无愧的名门望族,就陈寅恪的各种文本,近乎汗牛充栋,而最为著名的文本,则是岭南陆键东的《陈寅恪的最后二十年》,此书经由三联书店推出后,好评如潮,大有洛阳纸贵之势。江西的百花洲文艺出版社有一套"国学大师丛书",其中有一《陈寅恪评传》,是海外学人汪荣祖所撰,为陈寅恪热再度加温。而陈寅恪的著作,上海古籍出版社与三联书店也都接连刊印,推波助澜,时至今日,还有不少出版机构跃跃欲试,出版陈寅恪的著作,引来阵阵热议。因为陈寅恪,大家更为关注这一似乎久违的晚清民初家族,却原来,陈寅恪的爷爷陈宝箴与父亲陈三立,也都不是凡常人物呢。因陈寅恪已经说得太多,在此,只是就陈三立,闲话一二。

先略说陈宝箴。陈宝箴在道光十一年（1831年）出生于江西修水县桃里竹塅，咸丰元年（1851年）乡试中举人。咸丰三年（1853年）回乡，他随父亲陈伟琳，操办义宁州团练抗击太平军。光绪元年（1875年），陈宝箴署理湖南辰永沅靖道事，治凤凰厅，教当地山民植茶、栽竹、种薯，以苏民困。光绪六年（1880年），陈宝箴改官河南省之河北道，捐资创办学堂"致用精舍"。光绪九年（1883年），陈宝箴升任浙江按察使，因前在河南省任内刑狱被劾，免职归家。光绪十五年（1889年），湖南巡抚王文韶上疏荐"陈宝箴可大用"，召入都，次年授湖北按察使。视事三日，改授布政使。光绪十九年（1893年），陈宝箴调任直隶布政使。

1895年4月，陈宝箴升任湖南巡抚，以"变法开新"为己任，推行新政。他先后设矿务局、铸币局、官钱局，兴办电信、轮船及制造公司，创立南学会、算学堂、时务学堂，支持谭嗣同等刊行《湘学报》《湘报》，使湖南维新风气大开，成为全国最有生气的省份。

1898年5月，陈宝箴奏请提出兴事、练兵、筹款三策以挽救危亡。7月，他保荐杨锐、刘光第参与新政。9月，他奏请调湖广总督张之洞入京总理新政。

光绪二十四年八月初六（1898年9月21日）慈禧发动政变，幽禁光绪，通缉康、梁，诛杀"六君子"于北京菜市口。八月二十一日（10月6日）惩处陈宝箴、陈三立父子的上谕发出："湖南巡抚陈宝箴，以封疆大吏滥保匪人，实属有负委任。陈宝箴着即行革职，永不叙用。伊子吏部主事陈三立，招引奸邪，着一并革职。"

光绪二十四年（1898年）冬，被罢免的陈宝箴、陈三立父子携带家眷，凄然离开湖南巡抚任所，迁往江西老家。陈宝箴离开长沙，蛰居南昌，在新建县境内西山下筑"靖庐"栖身。陈宝箴父子获惩次日，福建道监察御史黄桂钧就上奏慈禧太后，认为处分太轻，他提出："如陈宝箴之保谭嗣同、杨锐，王锡蕃之保林旭，适以增长逆焰，助成奸谋。此当与发往新疆之李端棻一例重惩，仅予革职，不足蔽辜。"10月14日，山东道监察御史张荀鹤又奏陈宝箴巡抚湖南时所设之南学会、湘报馆等虽已裁撤，但保卫局还继续存在："闻保卫局皆陈宝箴所用邪党劣绅，希图薪水，而后选道左孝同把持尤其，不顾虐民敛怨，酿成乱端，且捏称商民情愿捐资，办有成效。"张荀鹤还捏造证据，指责陈三立贪赃受贿。幸得接替陈宝箴的新任湖南巡抚俞廉三据实一一辨证，诬陷未能得逞。慈禧太后责令湖广总督张之洞："湖南省城新设南学会、保卫局等名目，迹近植党，应即一并裁撤。会中所有学约、界说、札记、答问等书，一律销毁，以绝根株。着张之洞迅即遵照办理。"

1900年7月22日，陈宝箴猝然去世，终年六十九岁。陈宝箴死因，《清史稿》未载，陈三立的《先府君行状》亦讳而不言。但江西有宗九奇曾刊布过一条鲜为人知的材料，即近人戴明震之父戴远传在其《文录》手稿里，有如此记载："光绪二十六年（庚子）六月二十六日，先严千总公（名闳炯）率兵弁从巡抚松寿驰往西山岘庐宣太后密旨，赐陈宝箴自尽。宝箴北面匍匐受诏，即自缢。巡抚令取其喉骨，奏报太后。"据此，有人认为，陈三立所称其父"忽以微疾卒",实是痛不忍言的避讳之辞。散原还有"锻魂剚骨""忍死苟活,盖有所待",乃是对父死因的暗示。1901年,陈三立自南京赴江西扫墓归来的诗句有:"孤儿犹认啼鹃路,早晚西山万念存。"陈三立还有一首五言诗《壬寅长至抵崝庐谒墓》,也是凄恻缠绵,感人肺腑:"天乎有此庐,我拂苍松入。壁色满斜阳,照照孤儿泣。""贫是吾家物,宁敢失坠之。江南可怜月,遂为儿所私。"陈三立曾有七律《墓上作》:

> 短松过膝草如眉,绵丽川原到眼悲。
> 丛棘冲风跳乳雉,香花摇雨湿蟠螭。
> 岁时仅及江南返,祸乱终防地下知。
> 弱妹劳家今又尽,茫茫独立墓门碑。

《清史稿》中的《陈宝箴传》,对其有如是评价:"宝箴思以一隅致富强,为东南倡,先后设电信,置小轮,建制造枪弹厂,又立保卫局、南学会、时务学堂,延梁启超主湘学,湘俗大变。上皆嘉纳,敕令持定见,毋为浮言动,并特旨褒励之。"陈宝箴,宗谱中的名字叫观善,字相真,号右铭,晚年自号四觉老人。

再说陈三立。陈三立出生于1853年,年少博学,才识通敏,洒脱而不受世俗礼法约束。光绪六年(1880年),陈三立随父往河北分巡道,也就是当今的河南武陟县,开始其随宦生涯。光绪八年(1882年),陈三立参加乡试,因恶时文,自以散文体作答,主考陈宝琛赏识其才,破例录其为举人。光绪十二年(1886年),陈三立会试中式。他返回长沙,与王闿运等人结碧湖诗社。光绪十五年（1889年），陈三立参加殿试，中三甲四十五名进士，授吏部主事，旋弃职。陈三立侍父在湖北布政使任所，与张之洞、梁鼎芬、易顺鼎、黄遵宪等多有交往。光绪二十一年（1895年）甲午战争后，李鸿章赴日签订《马关条约》，陈三立闻讯激愤异常，曾致电张之洞："吁请诛合肥以谢天下。"陈宝箴任湖南巡抚，推行新政，他往侍父侧，襄与擘画，在罗致人才、革新教育方面效力尤多。1898年戊戌政变，陈三立因"招引奸邪"之罪被革职。

光绪二十六年（1900年）初，陈三立移居南京，未几丧父。因家国之痛，陈三立更无心于仕途，于金陵青溪畔构屋十楹，号"散原精舍"。他常与友人以诗、古文辞相遣，自谓"凭栏一片风云气，来做神州袖手人"。陈三立早年虽有"吏部诗名满海内"之誉，但《散原精舍诗集》所收乃自南京始。

光绪二十九年（1903年），陈三立办家学一所，又赞助柳诒徵创办思益小学堂。他让出住宅作课堂，延聘外国教师，开设英语及数、理、化新课目，注重德、智、体、美全面发展。他废除"八股文"和跪拜礼节，禁止死背课文及体罚学生，创新式学校的先例。光绪三十一年（1905年）初，陈三立曾与李有棻创办江西铁路公司，倡修南浔铁路，历经风雨，终于建成。

1930年，陈三立自上海到庐山避居，他倡议重修《庐山志》。1932年"一•二八事变"，日军侵占上海闸北，陈三立日夕不宁，于邮局订阅航空沪报，每日阅读，忧国之心可见一斑。1932年，曾经的好友郑孝胥辅佐溥仪建立伪满政权，陈三立痛骂郑"背叛中华，自图功利"。他在再版《散原精舍诗集》时，愤然删去郑序，与之断交。1934年，陈三立离开庐山寓居北平姚家胡同三号。1937年卢沟桥事变爆发，散原表示："我决不逃难！"日军欲招致陈三立，百般游说，他皆不应许。陈三立五日不食，忧愤而死，享年八十五岁。

陈三立不仅是所谓同光体诗人，也是近代史上诸多重要事件的见证者、参与者。他与谭延闿、谭嗣同并称"湖湘三公子"；与谭嗣同、徐仁铸、陶菊存并称"维新四公子"。他早年襄助陈宝箴在湖南维新变法，提倡新学。戊戌变法后，陈三立致力于诗歌创作，写出《渡湖至吴城》《城北道上》《园居看微雪》等诸多作品，是近代"同光体"诗派的领袖人物，被誉为中国最后一位传统诗人。1924年4月，印度著名诗人泰戈尔来华，慕其名，由徐志摩陪同至西湖相访，泰戈尔赠给陈三立一部自己的诗集，希望陈三立也回赠他一部诗集。陈三立谦逊地说："您是世界闻名的大诗人，足以代表贵国诗坛。而我呢，不敢以中国诗人代表自居。"进入民国之后与陈三立再度有交往的梁启超如此评价陈三立："其诗不用新异之语，而境界自与时流异。浓深俊微，吾谓于唐宋人集中，罕见伦比。"陈衍说："五十年来，惟吾友陈散原称雄海内。"《学衡》杂志的参与者之一、东南大学教授胡先骕说陈三立的诗："如长江下游，烟波浩渺，一望无际，非管窥蠡酌所能测其涯涘者矣。"汪辟疆在《光宣诗坛点将录》中把陈三立的座次排为"都头领天魁星及时雨宋江"，宜兴人徐凌霄叔侄则认为陈三立"萧然物外，不染尘氛"，"以贵公子而为真名士，虽尝登甲榜、官京曹，而早非仕宦中人，诗文所诣均精，亦足俯视群流"。

陈宝箴父子政治生命终结之时，陈三立不过才四十五岁。他的抱负、襟怀，完全不是要刻意去做诗人，而是志在天下。他交游天下，朋友极多。1900年，他身在南京，忧心时局，曾有大胆主张，策动梁鼎芬等人，大致还有张謇等，游说刘坤一、张之洞等人迎接光绪帝南下，使东南互保之局更为宏大透彻，以改变历史进程。这一动议虽然无疾而终，但足以看出陈三立的识见不同一般。陈三立因江西铁路之事，与汪康年兄弟打官司也很有意思，彼此相持，函电交驰，成为当时一大新闻。陈三立与胡适见过三次面，而他在1922年秋七十岁生日前后，与梁启超等人在南京成贤街文德里的雅集，还有此后1933年秋在清凉山的聚会，都是很有意义的文人聚首。陈三立与梁鼎芬交情非同一般，梁鼎芬的《新建青山拜陈抚部丈》如此说道："枕中魂泪常经处，今晓冲泥上此台。肃肃高松非世物，疏疏寒雨助人哀。丈夫一瞑曾何顾，山径余花有未开。欲去仍留肠已断，衰迟真恐不重来。"

李瑞清在沪上靠卖字鬻画维持残生，居然也遭人嫉恨。李瑞清的寡嫂想攘夺其出卖字画之资而未能如愿，便对小叔子污言秽语，李瑞清因此被人借机中伤。其中一人，尤其卑劣，让陈三立大为不忿，他说："若辈心术如此，尚可自鸣高洁耶？若不敛迹，我必当大庭广众，痛揭其钩心斗角之诡术！"某日，"遗老"一班人等聚合宴会，陈三立当众呵斥此人："我要代清道人打你的耳光！"沈曾植也起而助威附和。经陈三立如此仗义执言，谣诼得以平息。李瑞清归葬南京，陈三立有《清道人卜葬金陵哭以此诗》："楼壁车厢反复看，海云写影一黄冠。围城余痛支皮骨，辟地偷生共肺肝。中外声名归把笔，烦冤岁月了移棺。带陴新冢寻藜杖，滴泪应连碧血寒。"陈三立堪称是李瑞清的乱世知音。

陈三立长子陈衡恪又名陈师曾，是近现代著名画家、艺术教育家，英年早逝于南京。次子陈隆恪为著名诗人。三子陈寅恪为中国近代素负盛名的历史学家、古典文学研究家、语言学家。四子陈方恪亦能诗。幼子陈登恪为词人。孙子陈封怀为陈衡恪次子，是植物学家，中国植物园创始人之一，有植物园之父之称。

陈宝箴父子故居位于江西九江市修水县义宁镇竹塅村，又称陈家大屋，亦称凤竹堂，是陈宝箴、陈三立的出生地。

陈三立父子在庚子之乱后流寓南京，至他妻子俞明诗去世的1923年，方才离开南京，移居杭沪，他在南京生活有二十余载，留下与南京相关的大量诗文，让人追怀。

一江凉月在孤舟

八十多年前秋冬时节的一个月明星稀之夜,病卧长江边上江津小城鹤山坪石墙院内的陈独秀,居然写了一首《对月忆金陵旧游》的七绝:

匆匆二十年前事,燕子矶边忆旧游。
何处渔歌惊梦醒,一江凉月载孤舟。

陈独秀的二十多年前,也正是如今的百多年之前,当时的他是何等的意气风发振臂一呼应者云集啊。而如今,山河破碎,外患正炽,自己穷困病卧在这江边小城,一无可为,唯有煮字疗饥。回望平生,往事历历在目,在老人心间会激荡着怎样的滔天巨浪。陈独秀怎么会在这样的江边月夜想起石城金陵?他一生起伏跌宕摇曳,多在上海、北京、广州、杭州、武汉,甚至东京,怎会与南京也有渊源?且来说说陈独秀与南京。

出生于1879年10月9日的陈独秀，原名陈庆同、陈乾生，字仲甫，号实庵，安徽安庆怀宁人，是新文化运动的倡导者、发起者和主要旗手，"五四运动的总司令"，中国共产党的主要创始人之一和党早期主要领导人。1927年，陈独秀在中共"八七"会议上被撤销总书记职务。1932年，陈独秀在上海被捕，后在南京老虎桥监狱被囚禁近五年之久。1942年5月，陈独秀于四川江津病逝。

陈独秀自幼丧父，随人称"白胡爹爹"的祖父修习四书五经，古文功底扎实。1896年，陈独秀考中秀才，1897年到南京应江南乡试落第，此年，十八岁的陈独秀撰写《扬子江形势论略》。这大概是有记载的陈独秀与他哥哥陈孟吉等一道第一次来南京，到秦淮河边的江南贡院参加乡试考试。为了这次考试，陈独秀一行自安庆顺流而下，到了南京下关，经过仪凤门、鼓楼，在夫子庙附近落脚。他把南京与安庆这座省城进行了一番比较，颇有登东山而小鲁，登泰山而小天下之慨。这次考试，虽然铩羽而归，名落孙山，但陈独秀的这篇《扬子江形势论略》，却纵横捭阖，俯瞰天下大势，痛陈国家危机，披肝沥胆，感情炙热，其气魄雄心，跃然纸上，呼之欲出。

1897年，陈独秀入杭州中西求是书院学习。1899年，因有反清言论，他被中西求是书院开除。1901年至1915年，陈独秀先后五次东渡日本或求学或避难，接受新思想。1903年，陈独秀曾回国在安庆筹建安徽爱国会，因被清廷察觉，紧急出走上海。1903年7月，他在上海协助章士钊主编《国民日日报》。1904年，陈独秀回安徽创办《安徽俗话报》，这是最早使用白话文进行通俗宣传的纸媒之一。1905 年，他在芜湖组织具有军事色彩的革命组织岳王会。1907 年，他入东京正则英语学校，后转入早稻田大学。1911 年辛亥革命后，陈独秀任安徽都督府秘书长，参加 1913 年反对袁世凯的二次革命。革命失败，他曾被捕入狱。逮捕陈独秀者是龚振鹏，龚有两个女儿，即龚普生与龚澎。龚澎的丈夫就是乔冠华，乔宗淮是他们的儿子。这个时期的陈独秀是安徽地区辛亥革命的积极参加者之一。1914 年，出狱后的陈独秀到日本协助章士钊创办《甲寅》杂志，编辑、撰写大量文章，他的《爱国心与自觉心》一文开始用"独秀"笔名，此名来源于其家乡的一座独秀山，此年的陈独秀三十五岁，正是年过而立不惑在望的苗壮年华。

1915 年 9 月，陈独秀在上海创办《青年杂志》，次年更名为《新青年》，新文化运动由此发端。1917 年 1 月，北京大学校长蔡元培聘请陈独秀为文科学长。《新青年》编辑部随之移至北京，编辑同人们聚会的地点多为陈独秀在京寓所箭杆胡同 9 号，这里实际上成为新文化运动的指挥部，北京大学也成为当时中国思想界最为活跃的阵地。1917 年 11 月 7 日，俄国十月革命取得胜利。陈独秀以极大热情讴歌它，他在 1918 年 3 月曾明确表示："二十世纪俄罗斯之共和，前途远大，其影响于人类之幸福与文明，将在十八世纪法兰西革命之上。"1918 年 12 月，陈独秀、李大钊创办针砭时政的刊物《每周评论》，与《新青年》相互配合，协同作战，启蒙大众。1919 年 4 月，他发表《二十世纪俄罗斯的革命》一文，认为 18 世纪法兰西的政治革命、20 世纪俄罗斯的社会革命，都是"人类社会变动和进化的大关键"。1919 年 5 月

4日,五四运动爆发。陈独秀指出:十月革命以后,"中国人也受了两个教训:一是无论南北,凡军阀都不应当存在;一是人民有直接行动的希望。五四运动遂应运而生"。1919年6月,陈独秀因散发《北京市民宣言》传单而被捕,同年9月获释。此次入狱获释涉及王怀庆、吴炳湘,还有徐世昌等。就是这一次入狱,陈独秀曾说,世界文明发源地有二:一是科学研究室,一是监狱。我们青年要立志出了研究室,就入监狱;出了监狱,就入研究室,这才是人生最高尚优美的生活。

1920年2月,为躲避军阀迫害,陈独秀从北京秘密迁移上海。离京途中,李大钊同他商讨建党问题,南陈北李,联手建党,由此而来。1920年5月,陈独秀在上海发起成立马克思主义研究会,该会同3月李大钊主持成立的北京大学马克思学说研究会一起,从上海、北京分别向各地辐射,先后同湖北、湖南、浙江、山东、广东、天津和海外一批受过五四运动影响的先进分子建立联系,促进了马克思主义的广泛传播。同年6月,陈独秀同李汉俊、俞秀松等人开会商议,决定成立党组织。就党的名称,陈独秀征求李大钊的意见后定名为"共产党"。1920年8月,由陈独秀主持,上海共产党早期组织在法租界老渔阳里2号《新青年》编辑部正式成立,取名"中国共产党"。这是中国的第一个共产党早期组织,陈独秀为书记。

1921年7月23日,中国共产党第一次全国代表大会先后在上海、嘉兴南湖举行。陈独秀时在广州,未能出席。他向大会提出关于组织与政策的四点书面意见,即"培植党员""民权主义之指导""纪纲""慎重进行征服群众政权问题"。虽然陈独秀缺席党的一大，但大会选举他担任中央局书记。党的一大之后，陈独秀辞去广东省教育委员会委员长一职，到上海主持中共中央工作。此后，从中共一大到五大，陈独秀一直是党的最高领导人。此次在上海期间，陈独秀又曾两次被捕入狱，分别在1920年与1922年，经共产国际马林等多方营救，方得以脱险，获得自由。

大革命失败前夕，1927年7月12日，根据共产国际执委会指示，中共中央进行改组，陈独秀从此离开中共中央最高领导岗位。瞿秋白和李维汉与陈独秀谈话之后，任弼时兄妹送陈独秀来到门外，黯然而别。陈独秀在秘书黄文容即黄玠然、汪希颜之子汪原放和亚东图书馆职员陈啸青的陪同下，乘船离开武汉前往上海。此后，他按照中央要求，经常发表文笔犀利的杂文，揭露鞭挞国民党的反动统治；他也反省大革命失败教训，关注当时形势和党的路线、策略。对大革命的失败，陈独秀承认自己负有责任，但他认为在许多问题上共产国际指导错误，自己是被迫执行，共产国际应负主要责任。为此，他拒绝赴苏联商议问题、拒绝参加在莫斯科召开的党的六大。此时他获悉，托洛茨基也认为斯大林应对中国大革命的失败负责。这一看法，得到陈独秀的高度认同。

1929年春，当陈独秀看到托洛茨基论述中国革命的文章之后，引起思想上的强烈共鸣。陈独秀不同意共产国际代表关于中国革命形势"不断高涨"的观点，他对临时中央政治局提出的建立无产阶级专政、不同其他党派合作的"左"的纲领也不赞成。经过一段时间思考，他接受托派关于中国革命的理论和策略，开始在中国共产党内部组织"左派反对派"。1929年8月13日，中共中央发布《关于中国党内反对派问题》的通告。10月5日，中共中央政治局作出《中央关于反对党内机会主义与托洛茨基主义反对派的决议》，点名批评陈独秀。11月15日，中共中央政治局会议作出决定，把陈独秀、彭述之等人开除出党。12月10日，陈独秀发表《告全党同志书》。12月15日，他联合八十一人发表《我们的政治意见书》。1931年5月，"中国共产党左派反对派"成立，陈独秀被选举为书记。这一"反对派"的主张完全脱离中国实际，加之内部派系矛盾重重，该组织成立不久，很快就陷于分裂和瘫痪。当后来托洛茨基又提出以苏联为轴心、保卫苏联等口号时，陈独秀开始与其格格不入，最终与之分道扬镳。托洛茨基与陈独秀同岁，他在1940年猝死于墨西哥。

1931年九一八事变后，民族危机空前严重，陈独秀发表一系列文章，提出反蒋抗日主张。1931年10月，他在《抗日救国与赤化》《此次抗日救国运动的康庄大路》等文章中，斥责蒋介石依赖国联主持公理不仅是"妄想"，而且是"奴性"表现。他坚决"反对国民党政府在和平谈判的掩盖之下，实行其对帝国主义投降"。陈独秀的诸多言论，表现了其强烈的爱国热忱和抗日态度。

1932年10月15日，因被人出卖，陈独秀在上海被国民党当局逮捕，押往南京，从此开始了最后十年的人生之旅。陈独秀被羁押于南京，先被看管于新街口羊皮巷附近的十㮾巷国民党军政部军法司。当时的军政部长是大名鼎鼎的何应钦。与陈独秀一道被捕的彭述之，忐忑不安，心神不定，但陈独秀在从沪到宁的途中，鼾声如雷，平静如常，令彭述之大惑不解。陈独秀的鼾声被学者王彬彬注意到了，他写有《留在沪宁线上的鼾声》，以彰显陈独秀磊落坦荡的卓绝风采。

10月18日，陈独秀在南京身陷囹圄的消息不胫而走，引起多方关注。不仅蔡元培、胡适、杨杏佛、柳亚子等呼吁刀下留人，就连杜威、罗素、爱因斯坦等也纷纷驰电声援。10月25日，何应钦传讯陈独秀。一番口舌之后，何应钦告诉陈独秀，经过蒋介石裁定，要把他从军方移交到地方法院公开审判。陈独秀闻听此消息，不禁释然。何应钦也曾留日，小陈独秀十一岁，他居然向陈独秀求字，陈独秀也不推辞，挥毫写下"三军可夺帅，匹夫不可夺志也"。旁人见状，也都纷纷让陈独秀写字，陈独秀就一口气写了"莫等闲白了少年头""先天下之忧而忧，后天下之乐而乐""梦中夺得松亭关""双鬓向人无再青"等名言警句。"三军可夺帅也"出自《论语·子罕》，至于"先忧后乐""莫等闲"则来自范仲淹、岳飞，而"梦中""双鬓"则是陆游的诗句。陆游特别喜欢南京，曾写有《南唐书》，也许是因为他爷爷陆佃曾在南京跟着王安石读书之故？他有《楼上醉书》："丈夫不虚生世间，本意灭虏收河山；岂知蹭蹬不称意，八年梁益凋朱颜。三更抚枕忽大叫，梦中夺得松亭关。中原机会嗟屡失，明日茵席留余潸。益州官楼酒如海，我来解旗论日买。酒酣博簺为欢娱，信手枭卢喝成采。牛背烂烂电目光，狂杀自谓元非狂。故都九庙臣敢忘？祖宗神灵在帝旁。"陆放翁还有《夜泊水村》："腰间羽箭久凋零，太息燕然未勒铭。老子犹堪绝大漠，诸君何至泣新亭。一身报国有万死，双鬓向人无再青。记取江湖泊船处，卧闻新雁落寒汀。"

陈独秀所写句子，就来自陆游这位高产诗人的如上诗中。陈独秀题写这些名句、诗句，无非是借机想唤起众人的爱国热忱，直面当时的民族危机，不能一味回避退让，要有血性担当，敢于挺身而出，能够有所振作有所作为罢了。

10月26日，陈独秀、彭述之被移解到小火瓦巷附近的娃娃桥江宁地方法院看守所。陈独秀与彭述之被关押的二号房，据说就是当初关押牛兰夫妇之地。牛兰夫妇在1931年6月于上海被捕后被押解到南京，初判死刑，减判无期徒刑。1937年8月，牛兰夫妇乘乱逃出老虎桥监狱，潜往沪上。实际上，他们是被驱逐出境。牛兰夫妇后经新疆返回苏联，他们的儿子吉米，据说如今还健在。陈独秀在看守所内还能接受《晨报》等媒体的采访，他居然还就记者问其有何感想时还慨然说道："惟对于我二十年来未到之南京，见各处之建设及商业之繁盛，真胜昔百倍，在此国难日殛之时，政府仍能努力发展建设，此点实为国家前途庆幸。"

1932年10月30日，傅斯年在《独立评论》上发表《陈独秀案》一文。作为有师生之谊的傅孟真，回顾陈独秀的一生，认为他是中国革命史上光焰万丈的大彗星，希望国家珍惜人才，对他施行特赦。蒋梦麟来看望陈独秀，并带来傅斯年、刘文典、周作人、沈兼士等人的问候。年长陈独秀七岁的吴虞居然也来看望陈独秀。吴虞当年被目为"名教罪人""士林败类"，但陈独秀在《甲寅》杂志刊发他的《辛亥杂诗九十六首》，两人自此结交。吴虞有《寄陈独秀狱中》："早年谈易记儒生，意气翻惊四海横。党锢固应关国计，罪言犹足见神明。尽知大胆如王雅，何必高文似马卿。万古江河真不废,新书还望狱中成。"

陈独秀的北大学生段锡朋也来看望老师,桑田沧海,感慨流年,颇有不知今夕何夕之叹。后来,潘兰珍自上海来南京探监,一度就住在段锡朋在傅厚岗的家中。但对陈独秀最为仗义执言者,应该还是老朋友章士钊。与鲁迅同岁的章士钊,前文已述,与陈独秀多有交集,但后来彼此政见不合,分道扬镳,疏于问候。陈独秀蒙难羁押,公审在即,章士钊挺身而出,自告奋勇,不取报酬,为故人辩护。章士钊此举,令陈独秀至为感动。审判先在长乐路江宁地方法院举行,后移到中山北路101号国民政府最高法院审理。章士钊有一养女章含之,后离婚与乔冠华结合。乔冠华曾是前文提到的龚振鹏的女婿。

1933年4月20日,陈独秀被再次公开庭审。虽经章士钊极力辩护,但陈独秀于4月26日最终还是被以"危害民国罪"判处有期徒刑十三年。这是他第五次也是最后一次被捕入狱。对于国民党当局所罗织的罪名,他回击说:"予固无罪,罪在拥护中国民族利益,拥护大多数劳苦人民之故而开罪于国民党已耳。"6月30日,国民政府最高法院作出终审判决,陈独秀与彭述之刑期改为八年,喧嚣一时中外瞩目的陈独秀案,终于水落石出。陈独秀、彭述之被押往南京第一模范监狱即老虎桥监狱,开始其铁窗生涯。有此结局,也算多人努力周旋差强人意,没有白费心血。章士钊曾有《念故人陈独秀》,送给这位独特的故人:"龙潭血战高天下,一日功名奕代存。王气只今收六代,世家无碍贯三孙。廿载浪迹伤重到,此辈清流那足论?独有故人陈仲子,聊将糟李款牢门。"陈独秀还有一北大学生杨鹏昇,当时是一上校军人,对陈独秀多有照顾。

到了大石桥与进香河附近的老虎桥32号之第一模范监狱，陈独秀开始了新的牢狱生活。这一次囹圄之中的时间之长，远超前四次的被捕囚禁。女儿子美与儿子鹤年前来探监，亲人相见，恍然如梦，自然会提到高君曼。陈独秀又能说什么呢？儿子陈延年、陈乔年都已牺牲，高大众、高君曼也都故去，自己年过半百，一身多病，又要在监狱里熬过这八载寒暑的漫漫永日啊。过了一些时日，顾孟余、陈公博、罗家伦、朱家骅等都来监狱探望，令陈独秀感慨不已。

最为感人肺腑的，还是质朴无华的潘兰珍对陈独秀的不离不弃。这位原来并不知道与自己在一起生活的男人居然是陈独秀的女人，从上海来到南京，先在傅厚岗16号段锡朋家栖身，后又到卫巷租一陋室，开始其无怨无悔的伴囚生涯。她每天用一竹编提篮为陈独秀送饭，为之换洗衣服，照顾生活，风雨无阻，每日如此。

陈独秀在老虎桥监狱，经过一番调整，安下心来，并无度日如年的坐废之感。他静心读书，著述不辍。他研究小学，撰写回忆录，还不断与人书札往来，他写有《金粉泪》五十六首，这些绝句，心忧天下，月旦人物，直言不讳，壮怀激烈，颇得龚自珍《己亥杂诗》的神韵，现不嫌累赘，抄录若干，分享如下：

    放弃燕云战马豪，胡儿醉梦倚天骄。
    此身犹未成衰骨，梦里寒霜夜渡辽。

飞机轰炸名城堕,将士欢呼百姓愁。
虏马临江却沉寂,天朝不战示怀柔。

长城以外非吾土,万里黄河惨淡流。
还有长江天堑在,贵人高枕永无忧。

苏马幽居蒋蔡逃,胡儿拍手汉号啕。
儿皇忠悃应无失,毋事皇军汗马劳。

人心不古民德薄,中夏亡军世道忧。
幸有安排谢邻国,首宜统一庆车邮。

两载匆匆忘四省,三民赫赫壮千秋。
中华终有新生命,海底弘开纪念周。

关东少帅如兄弟,淮上勋臣师道尊。
钦慕抒诚承雅教,何郎软语最温存。

健儿委弃在疆场,万姓流离半死伤。
未战先逃恬不耻,回銮盛典大铺张。

世事由来似弈棋,黄龙青白耍斯梯。
红袍不及蓝袍好,行酒青衣古有之。

严刑重典事堂皇，炮烙凌迟亦大方。
暴虐秦皇绝千古，未闻博浪狙张良。

开门闭户两争持，佝偻主人佯不知。
幸有雄兵过百万，威加百姓不迟疑。

感恩党国诚宽大，并未焚书只禁书。
民国也兴文字狱，共和一命早呜呼。

嫌疑反动日惊心，拱默公卿致太平。
干事委员资笑谑，女权不重重花瓶。

法外有法党中党，继美沙俄黑白人。
囚捕无须烦警吏，杀人如草不闻声。

垣墙属耳党先生，士气消沉官运亨。
闭户闭心兼闭口，莫伤亡国且偷生。

虎狼百万昼横行，兴复农村气象新。
吸尽苛捐三百种，贫民血肉有黄金。

鸦片专营陆海军，明严烟禁暗销行。
州官放火寻常事，巢县新焚八大村。

观瞻对外苦周旋，索命难延建设捐。
白发翁媪双跪泣，乞留敝絮过冬天。

委员提款联翩至，心软州官挂印逃。
入室无人拘妇去，婴儿索乳苦哀号。

兵车方过忍朝饥，租吏追呼乌夜啼。
壮者逃亡老者泣，将军救国要飞机。

珊珊媚骨吴兴体，书法由来见性真。
不识恩仇识权位，古今如此读书人。
（谓汪兆铭也）

一门亲贵人称美，宋玉高唐结主欢。
几见司农轻授受，乃知裙带胜衣冠。
（谓孔宋相继为财长）

专制难期政令宽，每因功业震人寰。
未闻辱国儿皇帝，亦欲伊周一例看。
（陈立夫谓国民党为伊尹、周公）

宝华山上暗生春，春满书斋不二门。
妒病难医今有药，老僧同榻尔何能。
（戴季陶有惧内癖，营金屋于宝华山僧舍）

艮兑成名老运亨,不虞落水仗天星。
只怜虎子风流甚,斩祀汪汪长叹声。
(吴敬恒以子有恶疾绕室长叹,曰:"吴氏之祀斩矣!")

十三万万债台高,破产惊呼路政糟。
太子叼光三百万,宗臣外府大荷包。
(孙科长任职铁道部时侵吞三百万元,汪兆铭任职行政院时以铁道部为外府)

要人玩耍新生活,贪吏难招死国魂。
家国兴亡都不管,满城争看放风筝。

凛凛威风御史台,三光荫下集群才。
狐狸暗笑苍蝇拍,心眼歪时嘴亦歪。

贪夫济济盈朝右,英俊凋残国脉衰。
孕妇婴儿甘拼命,血腥吹满雨花台。

自来亡国多妖孽,一世兴衰过眼明。
幸有艰难能炼骨,依然白发老书生。

1937年七七事变标志抗日战争全面爆发,陈独秀于8月22日被提前释放出狱。据老作家庞瑞垠测算，陈独秀在南京狱中差五十三天满五年。庞瑞垠著有《陈独秀在狱中：囚徒 学人 思想者》。陈独秀出狱之后，暂住鸡鸣寺南侧"中央研究院历史语言研究所"傅斯年宅邸。闻听陈独秀出狱，胡适、包惠僧、周佛海等前来看望。周佛海在日记中说：渠于日前出狱，别十五年矣，相见唏嘘，谈两个小时辞出。

8月30日，周佛海在西流湾8号寓所宴请陈独秀，当时的周佛海正在热心张罗低调俱乐部。因学生陈中凡盛情，陈独秀又从中研院搬到北阴阳营向阳里38号陈中凡的家中栖身。形势日益紧张，南京非久留之地。陈独秀决定沿江西行。陈中凡赠诗自己的老师："荒荒人海里，眊目几天民？侠骨霜筠健，豪情风雨频。人方厌狂士，世岂识清尘？且任鸾凤逝，高翔不可驯。"

陈独秀和诗一首，题为《和斠玄兄赠诗原韵》：

> 暮色薄大地，憔悴苦斯民。
> 豺狼骋郊邑，兼之惩尘频。
> 悠悠道途上，白发污红尘。
> 沧溟何辽阔，龙性岂易驯。

1937年9月12日，陈独秀夫妇从下关中山码头登上开往汉口的"江汉轮"，三日后抵达武汉，从此在汉口住下，直到第二年的7月2日离汉赴渝，一个月后，8月3日，他们又离开重庆寄寓小城江津鹤山坪。陈独秀在武汉滞留期间，他走访、接待各方人士，应邀到汉口青年会等处发表演讲，撰写时评。蒋介石请他出任国民政府劳动部部长,被他拒绝。国民政府出资十万元请他另立党派,也遭其痛斥。1939年2月,当陈独秀生病卧床之际,周恩来在辛亥革命元老安徽人朱蕴山陪同下,探访过陈独秀。1942年5月27日,陈独秀在贫病交加中于江津石墙院溘然长逝。

尽管陈独秀晚年穷困潦倒,但他以光明正大和清正廉洁,在社会上赢得了广泛尊重和巨高声望。邓小平后来曾说过,陈独秀"不是搞阴谋诡计的"。陈独秀主要著作收入《独秀文存》《陈独秀文章选编》等。陈独秀诞辰一百三十周年之际,上海人民出版社推出《陈独秀著作选编》,辑文八百九十篇,计有二百七十二万字。其中有陈独秀在南京狱中写给汪原放的五十四封书信,入川后写给台静农等人的近百封书信等。

《小学识字教本》是陈独秀文字学研究集大成之作。1929年,他写成《中国拼音文字草案》。居川期间,陈独秀在《实庵字说》《识字初阶》基础之上,撰就《小学识字教本》,原定由国民政府教育部出版。但教育部长陈立夫认为"小学"二字不妥,建议改书名为《中国文字说明》。陈独秀以"小学"乃音韵字、文字学综合之古称,也是他研究文字形、声、义三者统一而非三者分立的特点,拒改书名。《小学识字教本》书稿后由国立编译馆油印五十册分赠专家。梁实秋分得一册,十分珍爱,日后带往台湾,请专人描清字迹不清处,影印五百册,仍感不佳。再请人费时十月,将全稿重描无误,书名改作《文字新诠》,隐去作者姓名与《自叙》,代之以梁序,于1971年由台湾语文研究中心影印出版。《小学识字教本》得以传世,梁氏功莫大焉。在南京狱中,陈独秀还著有《荀子韵表及考释》《实庵字说》《老子考略》《中国古代语音有复声母说》《古音阴阳入互用例表》《连语类编》《屈宋韵表及考释》《晋吕静韵集目》《干支为字母说》等音韵训诂学著作。

　　陈独秀书法，颇为人称道。谈论书法，他与沈尹默还有一则佳话。书法家沈尹默与陈初次相见，两人并不熟悉，但性格率直、快人快语的陈独秀就当面对他说："昨在刘三壁上见了你写的诗，诗很好，而字则其俗在骨。可谓诗在天上，字在地下！"刘三就是江南名士刘季平，其时刘三和苏曼殊以及陈独秀、沈尹默等，都是东瀛留学归来的，常在一起诗酒风流。沈尹默并不因陈的批评为忤，后来沈入北大任教，还把陈推荐给蔡元培校长。但陈独秀在1941年写给台静农的信中仍旧说："尹默字素来工力甚深，非眼面朋友所可及，然其字外无字，视三十年前无大异也。存世二王字，献之数种近真，羲之字多为米南宫临本，神韵犹在欧褚所临兰亭之下，即刻意学之，字品终在唐贤以下也。"陈独秀晚年蛰居江津，贫病交迫中埋头于作书写诗和文字学研究，其对书法的爱好始终未有懈怠，即使在他逝世前一年，当得知欧阳竟无珍藏有东汉隶书拓本《武荣碑》时，以诗代简，向欧阳竟无"索借"："贯休入蜀唯瓶钵，久病山居生事微。岁暮家家足豚鸭，老馋独羡武荣碑。"欧阳得诗后，只得割爱以遂其心愿。

　　陈独秀是主张科学民主的新派人物，但他的古体诗也别具一格。前面摘引其《金粉泪》绝句若干首，对陈独秀诗文功夫，已有所领教。再看陈独秀有一《哭汪希颜》："凶耗传来忍泪看，恸君薄命责君难。英雄第一伤心事，不赴沙场为国亡。历史三千年黑暗，同胞四百兆颠连。而今世界须男子，又杀支那二少年。寿春倡义闻天下，今日淮南应有人。说起联邦新制度，又将遗恨到君身。"

汪希颜就是汪孟邹的哥哥，汪原放的父亲。陈独秀还有《题西乡南洲游猎图》：

> 勤王革命皆形迹，有逆吾心周不鸣。
> 直尺不遗身后恨，枉寻徒屈自由身。
> 驰驱甘入棘荆地，顾盼莫非羊豕群。
> 男子立身唯一剑，不知事败与功成。

陈独秀的《记戊寅年登石笋山》，不无伤今吊古的苍凉满怀之叹："悠悠史海，惊鸿掠过。念冯唐、秋不悯蝉语吱吱，独坐溪头思太公。登峰顶，神往春秋与聃同。芸芸众生，吾似故人。憎郭开、寰不惜廉颇凄凄，庚未及甲忧社稷。居简舍，垂叹功成木应朽。"

再说说陈独秀的琐碎家事。陈独秀原配高氏，大陈独秀三岁，安徽六安霍邱临淮乡人，清末安徽统领副将高登科之女，1930年病逝于安庆。多人说陈独秀原配夫人是高晓岚，但据唐宝林等学者研究，高晓岚并非陈独秀夫人高氏名字。陈独秀三子陈松年也提到"我的亲母姓高，无名字"。

陈独秀大高君曼七岁，与高君曼育有一子一女。陈独秀远赴日本，高君曼一人相思成疾，在《民国日报》上发表有怀念陈独秀的诗作。如其《月词》："嫩寒庭院雨初收，花影如潮翠欲流。绣幕深沉人不见,二分眉黛几分愁。倚窗临槛总成痴,欲向姮娥寄所思。银汉迢迢宫漏永,闲阶无语立多时。寂寂春城画角哀,中宵扶病起徘徊。相思满地都无着,何事深闺夜夜来。密云如幪望来迟,为拜双星待小时。偷向丁帘深处立,怕他花影妒腰支。春寒风腻冷银釭,竹翠分阴上琐窗。记得凭肩花底生,含情羞见影双双。影事如烟泪暗弹,钗痕依约粉香残。伤心最是当前景,不似年时共倚阑。"如其《饯春词》:"洛阳三月春犹浅,刚觉春来春又归。若个多情解相忆,征鞍还带落花飞。化碧鹃魂镇日啼,骄红姹紫怨何如。抛人容易匆匆去,莫到江南又久居。离筵惆怅日西斜,客舍留春转自蹉。多恐明年消息早,归来依旧是天涯。羌笛凄凉怨玉门,春来春去了无痕。年年载酒长安道,折得杨枝总断魂。楼下花骢花下嘶,殷勤还与订归期。问君更有愁多少,拼把年华换别离。"高君曼离开陈独秀后生活在南京,她于 1931 年病逝,葬于清凉山,后迁葬卡子门,再迁祖堂山。其后人一直想把她归葬安庆,迄今未能如愿。潘兰珍是南通人,因病在 1949 年病逝于上海,她有一养女潘凤仙。

陈独秀长子陈延年于 1927 年牺牲于上海。长女陈筱秀于 1928 年病逝于上海。次子陈乔年于 1928 年牺牲于上海龙华枫林桥畔。三子陈松年曾任安徽省文史馆馆员。幼女陈子美是妇产科医生,"文革"时经香港前往美加地区,后常住美国行医,已病逝。幼子陈鹤年于 1938 年底携妻子和孩子去香港,抗日战争期间又回内地。抗战胜利后,再度带全家定居香港,曾在《星岛日报》工作。电视剧《觉醒年代》,使公众得以客观全面了解陈独秀父子的大致过往历史。

毛泽东作为陈独秀曾经的战友，曾多次谈及陈独秀。1936年7月，毛泽东与斯诺谈及早年经历时，他说，自己当时十分崇拜陈独秀和胡适所作的文章，"他们成了我的模范""当我在北大的时候，他对我的影响也许比其他任何人的影响都大"。但毛泽东在谈到大革命失败时，他认为陈独秀应该负最大的责任，说他是一名不自觉的叛徒："陈独秀的确害怕工人，特别害怕武装起来的农民。……当时陈独秀是中国共产党的大独裁者，他甚至不同中央委员会商量就作出重大的决定。"1942年3月30日，毛泽东又讲道："陈独秀是五四运动的总司令。现在还不是我们宣传陈独秀历史的时候，将来我们修中国历史，要讲一讲他的功劳。"毛泽东在1945年4月21日中共七大预备会议上，说过这样的话："关于陈独秀这个人，我们可以讲一讲，他是有过功劳的。他是五四运动时期的总司令，整个运动实际上是他领导的。他与周围的一群人，如李大钊同志等，是起了大作用的。我们那个时候学习作白话文，听他说什么文章要加标点符号，这是一大发明，又听他说世界上有马克思主义。我们是他们那一代人的学生。五四运动替中国共产党准备了干部。那个时候有《新青年》杂志，是陈独秀主编的。被这个杂志和五四运动警醒起来的人，后头有一部分进了共产党。这些人受陈独秀和他周围一群人的影响很大，可以说是由他们集合起来，这才成立了党。""他创造了党，有功劳。"1955年2月，毛泽东在对邓小平作的《关于高岗、饶漱石反党联盟问题的报告》进行修改时写过"我们党内曾经出现过陈独秀、张国焘等著名的大叛徒，他们都是阶级敌人在我们党内的代理人，我们曾经进行严肃的斗争驱逐了这些叛徒"的批语。

2019年的《中共党史研究》曾刊文纪念陈独秀诞辰一百四十周年：纵观陈独秀一生，经历十分复杂，既有早年的辉煌，也有晚年的凄凉。他是那个时代站在中华民族和世界进步潮流前列的人物，对推动中国历史前进作出过重要贡献。他是中国近代历史上特别是中国共产党早期历史上的杰出人物，也因其一生有过许多变化而成为复杂的历史人物。他由一位叱咤风云的革命者、早期的马克思主义者、中国共产党的领袖，转而接受托洛茨基主义，后来虽然脱离托派，但最终没有回到马克思主义的轨道上来。这是他的人生悲剧。

党的十九届六中全会通过的《中共中央关于党的百年奋斗重大成就和历史经验的决议》中，提到了陈独秀，也提到王明、张国焘。但王明、张国焘都是终老于异国他乡，彭述之也是在1985年死于美国，而陈独秀则长眠于自己的祖国。陈独秀墓位于安庆市北门外十里乡叶家冲。陈墓坐北朝南，由墓冢、墓碑、墓台、护栏、墓道构成。墓园牌坊之上有独秀园三字，两侧则是科学、民主，彼此对称拱卫。墓园通道两侧，各排列三十二株杉树，喻示陈独秀走过的六十四个春秋；还有五棵龙柏松，说是指他从党的一大到五大担负主要领导人。

书院云何号钟山

钟山书院自 1723 年由时任两江总督查弼纳创办后，历经风雨，迭遭坎坷，办学时间存在有一百七十年之久，成就斐然，余音绕梁，迄今已经整整三百余年了。

钟山书院在一百二十年前的 1903 年改为江南高等学堂，又延续九载而最终归入历史，拔旗息鼓，令人唏嘘。胡适说，书院代表着一个时代的精神，"书院之废，实在是吾中国一大不幸事"！

中国在官学之外而有书院，萌芽于唐，成熟在宋，兴盛在元。进入明朝，情况复杂，官学近乎一统，书院基本凋零。成化时期之后，书院复起，王阳明、湛若水等领袖其间。张居正威势赫赫，打压书院。晚明东林、复社议论风生，多遭荼毒。清军入关，一统天下。虽然有文字狱此起彼伏，而书院创办以弥补官学，渐成风尚。雍正元年（1723 年），钟山书院在南京应运而生。

当年的钟山书院，服务科举，研究学问，作育人才，因其办学宗旨、教学内容、培养方向，堪称东南典范、全国楷模。雍正帝御赐匾额，敦崇实学。乾隆帝六次考察，学达性天，召试士子。众多名儒大家主掌书院，望重一方，大致有近四十位，他们的任期有长有短，作为有大有小，如姚鼐先后任职长达二十二载，他的作用与影响也就更大一些。现仅撷取姚鼐之后孙、宋、蒯、梁、缪等人任职情况考察钟山书院在晚清历史大变局中的嬗变与涅槃、结局与归宿，挂一漏万，贻笑大方。

先说孙锵鸣与宋恕这一对翁婿。孙锵鸣是孙衣言的弟弟，孙诒让的叔父，浙江瑞安人。他是道光二十一年（1841年）进士，当时正值鸦片战争如火如荼之时。孙锵鸣曾任翰林院侍读学士，他也是李鸿章的房师，著有《止庵读书记》《东瓯大事记》《海日楼遗集》等。道光三十年（1850年）七月，孙锵鸣应诏陈言：法祖宗以振因循，久委任以专责成，厉风化以兴人才，肃纪律以饬营伍。令人肃然起敬的是孙锵鸣弹劾八旗权贵大学士穆彰阿，斥之为秦桧、严嵩，直声震天下，终致穆彰阿被革职，永不叙用。

光绪四年（1878年）正月，两江总督沈葆桢延请孙锵鸣主讲钟山书院。据濮小南考索，"未几，因其兄孙衣言时任江宁布政使，与两江总督沈葆桢不睦，故该年岁末辞官离职"。光绪十二年（1886年）孙锵鸣应两江总督曾国荃延聘，又主掌钟山书院，兼惜阴书院。孙锵鸣建有玉海楼，藏书十万卷，是当时著名藏书楼之一。

孙锵鸣任职钟山书院，断断续续，与其女婿宋恕在时间上多有交叉，这大致也是宋恕继续主持钟山书院的缘由所在。宋恕，又称宋衡，有人称之为宋平子，是近代启蒙思想家。因钟山书院首任院长也叫宋衡，姑且称此宋衡为宋恕。宋恕是浙江平阳人，字平子，号六斋，后又改名衡。宋恕聪颖过人，过目成诵，又广读欧美各国学术名著译本，学贯中西，名噪一时。他与章太炎被誉为"浙江两奇才"。他读书甚勤，善于独立思考，曾与康有为、梁启超、郑观应等维新派人士畅议国事，为维新派著名人物。

1891年底，宋恕起草《上李中堂书》并撰写《卑议》，谒见直隶总督李鸿章，抨击程朱理学，主张变法维新、设立议院、开设报馆、兴办学校、振兴工商。甲午战争后，宋恕寓居上海，著书立说，"著书专为世界苦人立言"。他在上海与康有为、梁启超、谭嗣同、汪康年等大批维新派人物多有接触，并和孙宝瑄、章炳麟等经常在一起。戊戌变法失败，宋恕赋诗歌哭谭嗣同等六君子，怀念逃亡的梁启超。宋恕与晚清四公子中的陈三立、谭嗣同、吴保初等也都有交集。他曾为吴保初的《北山集》作跋，吴保初《北山楼集》中有一《支那有一士》题赠宋恕，其中有"著书累万言，吾道未终穷；哲人不偶世，至论无污隆。岂惟跻小康，将以致大同；挟策献太平，畴能识王通"的评说。1910年春，宋恕逝世，享年四十九岁。

孙锵鸣任职钟山书院三载，宋恕往返沪宁，代理岳父处理教务。宋恕教授创新，注重启发，旁征博引，提倡自修，他在钟山书院的办学历史上留下了重重的痕迹。

再说皖人蒯光典。蒯光典的父亲蒯德模与李鸿章及其兄李瀚章为少年同学，过从甚密，时相与论诗文。蒯德模曾在长洲、苏州、太仓、镇江等地任职，又调署江宁知府，后补授四川夔州知府。蒯光典是蒯德模第四子，光绪九年（1883年），他连捷成进士。1894年甲午战争时，蒯光典有《上德宗皇帝书》，洋洋一万五千余言，谓议和、速战皆非所宜，应做持久战准备，当以练兵、强国为先。光绪帝传旨嘉奖，然终难落实。1895年，当时的张之洞正署理两江总督，蒯光典入其幕府。蒯光典规划江南财政，每年增收至百万。海战硝烟虽散，东北陆地战事仍酣。蒯光典以非强兵不能御侮定乱，建议立自强军。此年，蒯光典应张之洞延聘，主讲钟山书院，"群经大义，目录训诂、算术舆地、史传诸子，莫不穷其旨归，洞明其要。"1896年，刘坤一回任两江总督，蒯光典被聘主讲尊经学院。

1897年，张之洞回任湖广总督，蒯光典跟随前往，任两湖书院监督。两湖书院和传统书院已大为不同，分科治学，除经学、史学外，还设有地理、算学、博物、化学、天文、测量等学科。蒯光典为西监督，讲西学，与讲中学之东监督梁鼎芬因中西学术之分及某些政见不同，且一重学术，一尚辞章，故互不相能，积怨日深，以致怒掌其颊。张之洞调停无效，蒯光典遂不辞而别，再归江南，寓住南京碑亭巷。

两江总督刘坤一奏派蒯光典管理全省各学堂事务兼领商务局，他又让蒯光典为总办，改储才学堂以创办江南高等学堂。当时中国高等教育尚无成例，蒯光典博考东西各国教育原理，详订规章和课程设置，聘名师执教，成效大著，成为南京现代高等教育之滥觞。

1899 年，炙手可热的大学士刚毅为筹军费到苏，出京之时，大学士徐桐对他说："江南唯蒯某可语。"刚毅一到南京，独延蒯光典于密室交谈良久。刚毅与蒯谈及慈禧光绪母子之间事，蒯光典以大义责之，触其怒，刚毅于事后欲撤学堂而取其经费。蒯光典向刚毅力陈办学堂育人才乃强国强民之本，刚毅不予理睬。主事人不敢得罪刚毅，以学堂经费大半予之，蒯光典遂辞职引退。

说到他塔拉·刚毅其人，不妨啰唆一二。刚毅，字子良，满洲镶蓝旗人，笔帖式出身，累升至刑部郎中。1885 年，刚毅为山西巡抚。1888 年，刚毅调任江苏巡抚。1898 年，戊戌政变，刚毅力主废光绪帝，罢新政，得到宠信，升任兵部尚书、协办大学士。刚毅到南京以筹饷练兵、清理财政等名目，大肆搜刮，挪走江南高等学堂经费，散布"宁赠友邦，毋与家奴"等论调，一时舆论哗然，称其为"搜刮大王"。1900 年，刚毅、载漪、赵舒翘等企图利用义和团"仙术"达到"扶清灭洋"之效。刚毅与载勋被任命为统率义和团大臣，同八国联军开战。西狩途中，刚毅因腹泻而病死于山西侯马镇。刚毅才疏学浅，却深谙为官之道，他时时处处迎合慈禧太后，深得宠眷，外任封疆，内入军机，荣宠一时。庚子之乱后，刚毅被列为主要战犯之一。

慈禧太后有废帝之意，蒯光典劝说刘坤一要挺身而出，表明态度，"公国家宗臣，义不容默"。刘坤一听从蒯光典的建议，上疏争之，慈禧太后乃止其事。刘坤一曾说：吾三督两江，可引为师友列者，蒯某一人而已。

1905 年，两江总督周馥奏补蒯光典为淮扬海兵备道，加按察使衔。1911 年，蒯光典病逝南京，得年五十四岁。蒯光典在钟山书院仅有一年，后又在江南高等学堂，时间虽然不长，却也可圈可点，挺立潮头，识见高远，不容小觑。

既然提到了蒯光典与梁鼎芬的不合龃龉，也就来说梁鼎芬。梁鼎芬，字星海，一字心海，又字伯烈，号节庵，广东番禺人。他一生与张之洞关系密切，曾在1897年任钟山书院院长。

1880年，梁鼎芬中进士。1884年，中法战争，梁鼎芬弹劾李鸿章有六大可杀之罪，指责他与法国议约处理中越问题失当。梁鼎芬因此疏而开罪慈禧太后，以"妄劾"之罪，被连降五级，他自镌"年二十七罢官"小印，愤而辞官返粤，有人题如此之语：梁星海辞官之年，苏老泉发愤之日。1906年，梁鼎芬被授湖北按察使兼署湖北布政使。1914年至1917年，梁鼎芬任清室崇陵种树大臣三年，树木成活十万余棵。1919年11月14日，梁鼎芬在北京病逝，赐谥文忠。梁鼎芬临终前有遗言不可刻其诗集："今年烧了许多，有烧不尽者，见了再烧，勿留一字在世上。我心凄凉，文字不能传出也。"

再说钟山书院末代院长缪荃孙，字炎之，又字筱珊，晚号艺风老人，江苏江阴人，被称作中国近代图书馆鼻祖。缪荃孙幼承家学，肄业丽正书院，习文字学、训诂学和音韵学，他曾充四川总督吴棠、川东道姚彦士幕僚。张之洞任四川学政，缪曾执贽门下为其撰写《书目答问》。1876年，缪荃孙得中进士。1894年，缪荃孙任南京钟山书院山长。1901年，缪荃孙任江楚编译局总纂。缪荃孙还曾受聘总办筹建江南图书馆、创办北京京师图书馆、任清史总纂。1919年12月22日，缪荃孙在上海逝世。他著有《艺风堂藏书记》《艺风堂金石文字目》《艺风堂文集》等。清末民初,缪与王壬秋、张謇、赵尔巽等齐名,被誉称四大才子。

1902年,钟山书院改为江南高等学堂,缪荃孙任学堂监督。1903年,实施癸卯新学制,两江总督府拟在江宁"先办一大师范学堂,以为学务全局之纲领",缪荃孙出任学堂总稽查,负责筹建江南最高学府三江师范学堂,他与徐乃昌、柳诒徵等赴日本考察学务,仿日本东京大学在南京国子监旧址筑校,后更名两江师范及复建南京高师,为南京大学、东南大学等开端。

宣统三年(1911年),江南高等学堂宣布停办。江南高等学堂早于三江师范学堂,是南京最早的一所真正意义的高等教育学校,也是一所综合性高等学府。江南高等学堂办学虽只有九年时间,但缪荃孙、徐乃昌、蒋炳章等相继担任过监督,柳诒徵、程先甲、缪谷瑛、杨冰等也都曾在此讲学。赵元任、胡适、竺可桢、光明甫、谈荔孙等都是此校校友。

这些院长山长多有行政背景或经验。从以上五位人物的梳理,约略可以看出,三百年前成立的钟山书院,自查弼纳开始,就一直与官府体制密不可分,其所聘任山长,无论是首任校长宋衡,还是后来的杨绳武、卢文弨、钱大昕、姚鼐等,都与现行体制密不可分。到了晚清,与时俱进,继往开来,孙锵鸣、宋恕、蒯光典、梁鼎芬、缪荃孙等也都是亦官亦学,穿行于官场与学界,都非纯粹的书斋学者。

这些山长院长多术业有专攻,学有所长。钟山书院的历任院长,无论成绩大小,多术业有专攻,都是内行,或大儒,或名流,学问扎实,文采风流,其人生经历,也多有创办学院的具体实践。

这些山长院长多能与时俱进，敏锐感知时代颤动，力图有所改变。孙镠鸣敢于批评穆彰阿，蒯光典人情练达娴于行政，缪荃孙沉醉书斋而明于大势，梁鼎芬痛斥李鸿章、奕劻、袁世凯，宋恕倡言维新变法，他们都是时代的弄潮儿，都不是抱残守缺冥顽不化者；虽然，有些更为激进，有些偏于中庸，但都是顺应潮流力图改变者。

这些山长院长的努力与回报虽然差强人意，不无遗憾，但并非枉费心机。实际上，三江师范学堂的创办，也不能说与钟山书院毫无关系。缪荃孙、徐乃昌、柳诒徵等也都是两校建立的参与者、推动者。

钟山书院的运作、发展，虽身份莫名，并非官学，不是官办与私办的混合，却也都得到当时主政者的大力支持。从查弼纳到尹继善，从曾国藩曾国荃兄弟到左宗棠，从张之洞、刘坤一到端方、周馥等，都多有关心，予以支持。这也是钟山书院能够延续一百七十年的重要原因之一。

西学东渐，**桑田沧海**，1905 年，废止科举制，传统的书院难以为继。改弦更张，必须彻底，不容优柔寡断，瞻前顾后。完成历史使命的钟山书院，留给后人无尽的思索。

跋

夜深人静，校稿已毕，有几句话要说。

几年前，应《扬子晚报》的陈正仁先生之邀，在该报《繁星》副刊开设一小栏目，唤作《烟雨石城》，让我写写南京的街巷。我应承下来，勉力而为，既要看不少资料，更要在南京的大街小巷穿行。读书，走路，几乎是雷打不动，每日如此。日积月累，集腋成裘。虽然多是报章体、豆腐块，自己还很是敝帚自珍呢。

报纸版面毕竟有限，好在有了网络公众号，更有臧磊为我开通了《南京文化地理》这一栏目，不必再在意文字的缩手缩脚，也就放开来写。这一下子因容量比较大，就一些与南京有关的人物，去查阅大量图书，反复研读消化，就写了不少与南京有关的文字，也就有了所遴选的部分篇什集中在《南京乎》这本小书里了。

这些篇目总计有三十余篇，大致以时间为序，涉及众多人物，自认为都非泛泛之言、人云亦云。辑一涉及李忠、孙权父兄、司马睿父子、温峤、刘裕、曾巩、秦桧等，多集中在赵宋之前，所谓六朝人物。辑二与辑三多属朱明时期的人物，既有徐达、蓝玉、汤和、沐英、康茂才、廖永忠廖永安兄弟、张玉张辅父子、郭英等勋臣名将，也有李善长、道衍和尚、方孝孺、焦竑、钟惺以及景清、卓敬、铁铉、唐寅等或著名或不大知名的人物，不全是这些人物的生平记录，也非挂一漏万的简单潦草，对这些人物的研究还是下了一番功夫，并非一知半解，盲人摸象。辑四论及清代与近现代人物，有张之洞、刘坤一、曾国荃、陈宝箴等名臣，也有蒋士铨、张謇、陈三立、陈独秀等活跃人物，多从他们与南京的关系切入，细说这些人物的前世今生、人生种种。

二十二年前，与卢冬梅老师联系，和秋禾教授一起主编过一套《六朝松文库》，其中有我一本《书卷故人》，出版方就是东南大学出版社。如今，经陈武先生热心张罗，这一小书《南京乎》又在母校的出版社得以付梓，由衷感谢各位朋友的帮助与付出。

《南京乎》这一书名，别无深意，但的确是受已经作古的京华姜德明先生编选《北京乎》的启发。

文字经营，甘苦自知。年过半百，早已颓唐迟暮，意兴阑珊。还要致谢《江南时报》的管云林社长、《扬子晚报》的华明玥女士、此书的编辑秦国娟女士，铭记你们为这些文字所付出的辛劳。

梅雨时节，窗外夏雨淅沥，另有一书稿方才刚有大致眉目，却还有不少未尽事宜,且待再做梳理。

最后要对妻子道声辛苦,三十余载相濡以沫,她工作很忙,还要照顾家中年近九旬的老人与四体不勤的我,实在是太过操劳,辛苦疲惫。

就算是跋。

2024 年 6 月 23 日夜

于俞家巷后